黑锅

我和罪犯玩命的日子

跟随本书中的热血刑警,在每一个改编自真实案件的故事背后,
感受最残酷的警匪交锋和人性挣扎。

常书欣 著

《余罪》作者

江苏人民出版社

图书在版编目（CIP）数据

黑锅 / 常书欣著 . —— 南京：江苏人民出版社，
2016.9
ISBN 978-7-214-19577-7

Ⅰ . ①黑… Ⅱ . ①常… Ⅲ . ①长篇小说 – 中国 – 当代
Ⅳ . ① I247.5

中国版本图书馆 CIP 数据核字 (2016) 第 219826 号

书　　　名	黑锅
著　　　者	常书欣
出 版 统 筹	陈　欣
责 任 编 辑	张一申
选 题 策 划	紫焰传媒
特 约 编 辑	朱若愚
封 面 设 计	七　慕
出 版 发 行	凤凰出版传媒股份有限公司
	江苏人民出版社
出版社地址	南京市湖南路 1 号 A 楼，邮编：210009
出版社网址	http://www.jspph.com
	http://jspph.taobao.com
经　　　销	凤凰出版传媒股份有限公司
印　　　刷	北京嘉业印刷厂
开　　　本	700mm × 1000mm 1/16
印　　　张	19.75
字　　　数	269 千
版　　　次	2016 年 11 月第 1 版　2016 年 11 月第 1 次印刷
标 准 书 号	ISBN 978-7-214-19577-7
定　　　价	36.00 元

（江苏人民出版社图书凡印装错误可向承印厂调换）

目录

五个人都没经过这阵势，相互诧异地看了一眼，耳边隐隐地听到了远处一阵接一阵的枪声闷响……还夹杂着警车的警报声！几个人慌了，都紧张地看着车窗外。

一眨眼的工夫，不到一公里的地方看到了车影，一辆警车正死死地咬着一辆越野，刚刚的枪声不用说，就发生在两车之间。

这个人简凡倒尚且记得，不过被这人赏识让简凡觉得毫无什么欣喜可言，前些日子和香香商议了许久的挣钱安家，估计这么一来全泡汤了，看着众人兴致极好，不知道怎么着简凡鼓着勇气说了句："二叔，我……我其实不想当警察！"

事态有点扑朔迷离，最高兴的当然是一干记者了，以速度和效率著称的晚报社第一份全版报道不到两个小时就新鲜出炉，一份打印的样版送进主编室时还不到中午。戴着小黑框眼镜的主编眼色一亮，抚掌大笑道："好好好！明星、警察、斗殴、保镖……有点意思！"

众人还没听明白，秦高峰又是脑后一巴掌，叱了句："讲清楚点，到底是死人、还是把活人吓成死人了？"

又挨了一巴掌，简凡一缩脑袋，这才省过神来，使劲抿了抿口水，定定神，紧张地说道："二楼那儿躺着个死人，啊呀，那心呀、肚啊、肠啊都露在外头……啊呀，吓死人了！"

简凡心里暗自高兴了，把自己说得差一点，衰一点，没准领导一摆手，说上一句：那回去吧！哈哈，那样的话可就躲过去了，岂不更好。

哪知道这话一出，这领导不但不摆手，反而拍了一巴掌，好似这么生的警察正中下怀一般高兴，笑着说道："好，就是你了，生面孔、新手、懂假币，从哪儿看都不像警察。坐！"

第一章
小厨遇大案

生平最怕考

"铃铃铃……"

急促的铃声响彻在一中的校园里，打破了考场的寂静。监考者刚刚喊了交卷，拉凳子声、考卷哗哗声、交头接耳声让这个沉寂了两个多小时的教室乱了起来。三个监考的看着一群不像学生的考生，颇有默契地互视着摇头，心情复杂。

这是全县乡镇机关人员招聘考试，来参加考试的都是应往届的大学毕业生，满打满算十三个岗位，报名的足足来了一百多人，差不多是十比一的录取比例了。

监考的是县政府派出来的办公室人员，一边大摇其头一边叱着让众人离开教室，还得眼疾手快地收着考卷，开圈放羊般把一群考生赶出了教室。

得，还有最后一个。一个贼眼兮兮的考生坐在教室后墙角，还在奋笔疾书。看着监考老师向自己走来，他马上递上一个非常谦恭的笑容。

这是一个二十出头的帅小伙，长得英气逼人，饶是这笑容阳光灿烂，不过对象好像用错了。收卷子的是一位四十出头的大婶，丝毫不理会，仿佛向违法乱纪分子发通牒一般地敲敲桌子："再不交卷，可给你按零分计了啊！"

"阿姨，马上就好……马上就好……我总得先写上名字啊！"

那小伙长叹了一口气，工工整整地写下了自己的名字：简凡！

等交卷时，他又猛地抽回手来，不死心地把一道有疑问的答案从"A"直接改为"B"。

最后一份试卷终于上交到了监考的手中，那大婶瞪了考生简凡一眼，仿佛在叱着"早干什么去了"，一看考生刚刚改过的答案，顿时有点幸灾乐祸地笑着评价了句："你干嘛把做对的改了？"

"啊？那我再改回来！"简凡一听，后悔不迭地要拽卷子，那大婶手一晃，瞪了一眼，简凡的手霎时僵在空中。

"一点纪律意识都没有啊，就你这样，将来怎么走上工作岗位？"大婶整着手里的卷子，训了考生两句。这位姓简名凡的考生悻悻然低着头，磨磨蹭蹭出了教室……

"哎……"

简凡无语地长叹一声。考试就像理想与现实的差别一般，想得好，总也考不好，而且这次叹气，比以往任何一次都深。

三农问题、两免一补、科教兴农、扶贫开发……一连串的字眼，简凡到现在还没全部整明白，脑袋里被考题搅成了一团浆糊。要再这么考两次，简凡丝毫不怀疑，会把自己做人的自信也剥夺了！

对了，还收了五十块钱报名费呢，又白交了。

出了教学楼，警戒线头顶，挂着"乌龙县乡镇人员招聘统一考试"的横幅，横幅下站着一个风姿绰约的女人，大热天里穿着长裤短袖，标准的一中老师形象，永远那么严肃，扶着自行车不时给进进出出的人打招呼。好多学生都认识，这是一中的英语老师梅雨韵。好多学生心里还惊讶，这么多年了，老师还是那么漂亮。

简凡可一点也不觉得她漂亮，反倒有种胃里泛苦的感觉，他犯了错似的，慢悠悠地移着步子，等走近了，很勉强地憨笑着叫了句："妈，你怎么来了？"

"考得怎么样？"梅雨韵拉着脸。

"就那样呗！"简凡讪讪地回了句。

"那样是哪样？"梅雨韵一看简凡的脸色，知道八成不怎么样。

"该会的都会，该不会的都不会，还能怎样？"

简凡说着，不无死皮赖脸的德性，每次考试都是这样应付过来的。

"毕业一年了才有这么一次机会，瞧你这德性，又考砸了吧。"

当妈的，说话间手指就戳上了简凡的脑袋，一副恨铁不成钢的怒容。这是当老师的职业习惯，一遇上这号调皮捣蛋不好好学习的学生，看着这耷拉着脑袋的表情就来气。

这还是轻的，简凡从小到大，屁股上、后脑勺没少挨打，不是厚厚的书本就是鸡毛掸子。

母子俩眉目间很像，漂亮妈妈和英俊儿子，不过光遗传了相貌，却少给了聪明脑袋。说实话，连简凡也觉得"名师不教子"的格言在自己身上应验了。母亲桃李无数，学生里有很多远赴海外留洋了，还偏偏就教不好自己儿子，连教带补三年直到高考都没有把简凡的英语教及格。凑合着上了三本学校，一毕业，这就业就成问题了，一说招聘还得考试，不但搅得简凡心烦，搅得梅雨韵更加意乱！

"妈……"简凡拉长了声音，一脸苦色，好言慰劝当妈的安心，"您别瞎操心，我看这次根本没戏，考试也就做做样子，我来就是一扛榜的！"

这话不假，从小到大，简凡考试一般都是"扛榜"。什么意思呢？在榜单的最后，扛着榜单！

"你小小年纪，脑袋里都想什么？工作落实不了，我看你倒是一点都不着急！"

梅雨韵说着，手指又戳过来，边推着自行车边训斥道。

"妈，我着急管什么用？再说，我跟爸开饭店不挺好的吗？还有，我不是去我叔那里当治安协警了吗？我也能挣钱了，干嘛非要让我考乡镇干部，咱家是当干部的料吗？往上数七八代，都是厨房大师傅，就是有奇迹也不会发生在我身上呀，连我叔都是当兵转业才混了个大檐帽……妈，我给您做饭成不？我爸那手艺，我都快学全了，以后我伺候您！"简凡谄笑着，每次都是这样逗老妈开心，还细心地帮着妈妈捋捋肩上并不发皱的衣服，一副讨好的面相。

"没出息！跟你爸一样，一辈子围着锅灶转。"梅雨韵笑了。从小鸡毛掸子下教育出来的儿子，虽然学无所长，可知道心疼人，知道嘘寒问暖，倒也算有这么个安慰。回头看看已经比自己高了差不多一头的儿子，她有点爱怜地摇摇头说道："小凡，你怎么就没点长进，你看着你爸起早贪黑，好受呀？你叔照顾你让你进治安队，一个临时协警长久得了吗？总要有份固定的工作，不比你现在强？妈也是为你操心，可你自己也得努力吧……"

老妈的说教来了，简凡一副洗耳恭听的表情，趁着老妈振振有词说到情绪激动的时候，他猛地揽着老妈的肩膀，觍着脸笑道："妈，不要老让我这么感动好不好？您是儿子的骄傲，不一定非要逼着儿子也成为你的骄傲吧？我为你和爸还有妹妹骄傲就足够了，咱们家的骄傲可够多了啊！"

"啊？……你……呵呵！"梅雨韵怔了怔才反应过来儿子在逗自己，一把推开简凡摇着头无奈地笑着说了句："你呀，就会油嘴滑舌，要有你妹妹一半聪明，我就不操这么多心了，哎……"

母子俩，气氛缓和了，暂且忘记了考试的不快。简凡抓着机会迅速把话题转移到了老妹的身上，妹妹高考全县状元，正是让全家自豪的事，连简凡也觉得脸上颇为有光！

梅雨韵倒也没有过分埋怨儿子，毕竟现在这就业形势可比前些年严峻多了，有的孩子毕业两三年还在家里待着。好点的在市里瞎混着找个工作，不好的甚至还是吃喝朝家里人伸手，自己儿子在这上面可比他们强多了，又在饭店帮忙，又进治安队当协警，知道来回折腾着挣钱，好歹凑合着能把自己顾了。

儿子智商不高，可情商不低。梅雨韵经常这样安慰自己。

"哎……简凡……"

背后有人大声喊着，简凡一回头，乐了。梅雨韵一回头，也笑了。

一个气喘吁吁的大胖子，正朝着两人奔来。正是简凡从小到大的玩伴，也是梅雨韵的学生，费仕青。

"梅老师好！简凡……"

胖子的肥肉晃得一身起伏不定，笑着向梅老师示意，跑上来拍着简凡的肩膀，仿佛久别重逢一般，其实两个人考试前还混在一块儿呢。梅雨韵倒不反感儿子和费仕青一起，这个胖子除了一身肥肉外，并没有把儿子教坏之虞，而且儿子和费仕青站一起，别说显得多帅了。

"妈，你忙你的吧，我和仕青一起走。"简凡说着，搂着胖子的肩膀，巴不得赶紧结束和老妈的谈心。

"晚上早点回来。"

"妈，今天我值班，晚上零点后才能回家。"

"行……小心点啊！"

梅雨韵笑着说了句，骑着自行车走了。

老师一走，这费仕青立马迫不及待地要说话，简凡立马脸色一变，指头差点戳到了胖子脸上，叱了句："别问我考得怎么样！"

从小到大，简凡忌惮的角色只有老妈和妹妹两人。除了她俩对付不了，出了门，自己就是别人最忌惮的角色了。虎着脸、瞪着眼的简凡不怒自威，现在谄媚的角色成了费仕青这个胖子。

费仕青立马明白了，他肯定是考得不怎么样！他重重地握着兄弟的手深情地说道："得，我明白了，不问。咱们哥俩儿一块'扛榜'，我怎么会笑话你？你妈又训你了呀？"

"废话，怪不得人家叫你'废品'呢，不说话没人拿你当哑巴。"简凡没好气地瞪了费仕青一眼，这关心得反倒让人颇为难堪。

"嗨嗨……说什么呢？我这外号还不是你取的！"费仕青不高兴地反驳道。

"有事没事？没事我走了，我还得回饭店帮我爸呢，懒得跟你这恶少瞎扯。"

简凡说着就要起身，心下烦躁之极。知道大学生毕业就业难，自己这学历实在不够看，也没敢想着在大城市里混，直接打道回老家，谁知道老家的就业形势，和大城市是一般地严峻。今天考试才发现，还有毕业两三年的人来凑热闹，看来自己想混一份旱涝保收的工资是没戏了。

在学校的憧憬理想都是美好的，不过一出校门，美好都留在学校里了，剩下的只有实现不了的理想。

"简凡，咱俩是哥们儿，咱走到哪话就说到哪，你说你现在人都回来了，总不能再出去吧？能有个行政编制最好，没有行政编制，有个事业编制也成，实在不成，企业编制也先混着，总得先有个落脚的地儿呀。"费仕青说得言辞凿凿，倒真是一番好意。

简凡话题一转："那你呢？有出路了？"

"嘿嘿，我爸说了，反正我也没多大出息，让我下乡镇去，当个什么村长或者乡干事，没准机会好，能提拔个副乡长什么的。"费仕青得意洋洋地说着。

费仕青的老爸原先是乡党委书记，在他上大学时已经提拔成了交通局局长。这一出校门，学生间的差别优劣立现：简凡原本在学校混得如鱼得水，一出校门就觉得寸步难行；反倒是费仕青这小子什么事都不着急，净等着家里安排。一想起这茬，让简凡颇有失落的感觉。

"哎，咱哥俩越混越不像人了，我连你都不如了，以前都说下岗职工可怜，其实我比他们还可怜，连上岗都没机会了，何谈下岗？我真羡慕你呀废品！"简凡大摇其头。

费仕青一听这话，用恍然大悟的表情接着道："咱们在大学那社会学老师不说了吗，这毕业不等于就业，而是意味着失业，咱们要时刻准备接受社会再教育，什么时候再教育完成，什么时候就有业可就了。"

简凡摇摇头，加快了步子，不理会费仕青了："算了算了，越扯越没边儿了，快十二点了，一会儿店里要忙起来了。"

"哎，别走啊！我跟你说什么呢，去市里玩，去不去？你不想你家香香啊？"

胖子暧昧地拽着简凡，看来主要目的是想找个搭伴的进市里玩。

"你怎么老惦记我女朋友？德性！"简凡一听来气了。这是仅次于工作的一块心病，又被费仕青提起来了。

"哟，吹了？"费仕青一听，不无幸灾乐祸的八卦样子。

"你是不是巴不得我们瞎？"简凡眼色不善地瞪着费仕青。

"我靠，你们真瞎了？别怪我趁虚而入了啊！"费仕青打趣了句，脸蛋上的肉颤着，小眼淫光四射。

简凡回头不怀好意地盯着费仕青："就你？一身膘！哪个女人见了你……有食欲还差不多！"

"食欲也是欲望！有欲望就有希望，嘿嘿，你家香香最喜欢我这一身膘了！"费仕青龇着嘴笑着。

"废品，我一年没修理你，你还翘尾巴了，拿你嫂开玩笑是不是？"简凡一听火冒三丈了，猛地伸手掐上了一脸坏笑的胖子。

两个损友对掐上了。简凡动手的时候才发现这费仕青两个月不见，脖子又粗了一圈，自己两只手根本掯不着他，反应稍一迟钝，反倒被费仕青的大肚子撞了个跟跄，差点摔到一边！好在简凡身轻灵活，一翻身从后面勒住了费仕青的脖子，直勒着胖子吐舌头大喊救命这才放手，简凡朝着对方肥臀上就是一脚："滚！别让我看到你！"

对付这货绝对不能手软，你烦的时候，他能让你越来越烦，哪壶不开他还就专门提哪壶。

简凡前面走着，悻悻的费仕青打了个出租车，上车后伸着脖子喊道："下周六我叫你啊！再不去看你那女朋友，等着戴绿帽吧！哈哈！"

费仕青报复似的喊了句，说得得意之极，笑得猥琐之极。等简凡低头找个石头块准备砸一家伙的时候，车和笑声早已远了。

"这死胖子……"

简凡被气笑了，自己从小到大经常被这个胖子气得哭笑不得，而且他俩的境遇非常相似：一起上学、一起留级、一起上大学，又一起毕业，现在仍然是一起待业。两人说话从来都没有投机过，经常搂着摔打在一起，不过这没心没肺的朋友有个好处，再大的火气也过不了夜。

简凡一路步行着回了饭店。县城不大，沿着路向东走到尽头，就是老爸开的饭店。不大不小的饭店，起了个很响亮的名字：乌龙第一锅！

锅大与锅小

乌龙第一锅，斗大金字，漆底招牌，就亮堂堂地挂在二级路和进县城公路的交汇处。

乌龙县产的铁锅全省有名，乌龙的铁锅炖菜比铁锅的名气还要大上几分，但凡各地的饭店有铁锅炖菜，一定会对客人重重强调"我们师傅是乌龙县来的。"

乌龙第一锅，都知道是乌龙县铁锅炖菜的招牌饭店。

这个招牌具体挂了多长时间，简凡到现在还说不清楚。自打记事起，父亲的熟人一见面都喊老爸叫"简铁锅"，而自己，就成了当之无愧的"简小锅"。从幼儿园开始，这"小锅"的外号就一直跟到现在，几个发小死党，见了直接就是叫声"锅哥"，甚至连女朋友香香也得了个"锅嫂"的名头。

简凡知道这帮发小这么推崇自己，很大程度上和蹭吃蹭喝有关。不过隐隐地，简凡并不反感这个外号，这第一锅的炖菜从小吃到大也不见腻味，何况这些年，兄妹俩上学都靠老爸起早贪黑经营第一锅养着全家。他不但不反感，反而对饭店后院里垒着的那四口比自己年龄还大的铁锅有一种特殊的亲切感觉。

在乌龙县，遍地可见的铁锅炖菜根本就是家家耳熟能详的大众美食，随便到村里乡间拉一个老翁老妇或者小哥大叔，都会这么一手：两三样调味坐底，三五把柴草塞进炉膛，火加旺，六七样菜蔬扔进锅中，先炒后翻再加几瓢井水长熬，随便做出来都是美味十足。菜熟锅起，蒸汽氤氲，香味一屋，一家就着白馒头热气腾腾吃一锅，正是乡间人的无上美味了。

而这些美味场景，第一锅可是天天都见。

外人颇觉得神秘的东西，在简凡眼里很平凡，从小到大耳濡目染，自觉代替老爸掌勺应该没什么问题。第一锅的炖菜说白了也没有什么稀奇，就是比别人的炖菜花样多了一些；味道呢，要更香更鲜一些；汤味呢，更浓一些；价格呢，要更物美价廉一些。所以，这"乌龙第一锅"从来都是薄利经营，小富没问题，发财绝无可能。

简凡进门，扑面而来的就是炖菜飘来的特有清香，味道很足。

"表哥，回来了。"

"小凡，回来了。"

"儿子！过来过来，去把那一盆小鱼拾掇拾掇。"

先后有若干人和简凡打着招呼：吧台上，一位粗壮大个的黑妞，那是表妹简桃花，初中辍学后在这里客串吧台收费的；擦桌子的、厨房边上水池洗碗的，那是两个跑堂的。老爸在后院里忙乎着，毕业一年的时间里，他已经心安理得地把简凡当成了跑堂使唤，不但使唤，而且是白使唤。

进了厨房后院，简凡悻悻地蹲下身子看着一盆寸许长的小鱼，八成是老爸的酒友钓回来的。摸索着身上，从钥匙扣上解下了一把弧形的自制小刀，三刀去鳞、一刀挑肠，手法麻利无比。简凡从小就喜欢干厨房里的这些事，不一会儿，大盆里堆起的小鱼越来越多。

"哟，儿子，这把小刀好使啊！"老爸回头不经意看了一眼，赞了一句。

"爸，我明儿给你做一把，我自己发明的，鱼肠刀，看见没有？"简凡笑着，小刀在手里转了一圈解释道，"一面是刃一面是齿，挑鱼肠只需要一刀，去鳞只需要三刀，看！"

简凡很拽地演示了一遍，老爸也乐了，摸摸儿子的后脑勺，笑着赞道："我儿子就是聪明哦！嘿嘿，这法子，我当这么多年厨子都没琢磨出来。"

简凡讪讪地笑笑，低头忙了。心下惦记着考试的事，看看老爸倒没提什么，心里有做贼一般的感觉，每次考得不好或者犯了错误，都会在这里加倍干活，一来弥补心里愧疚，二来万一让老妈看见，好堵她的嘴。不管在外面多淘多坏，在家里永远是乖乖仔。

老爸小勺子伸进汤锅里尝着味道，随意地问道："小凡，你碰见你妈了吗？"

"噢，碰见了。"

"她中午回来吃饭吗？"

"没说。"

"哦。"

几句话而已，老爸仿佛就是随口问问，他的注意力永远都在那几口锅上。

简凡偷偷地看着父亲——高大的身躯已经有点佝偻，皱纹比几年前更深了些，标准的国字脸，要细看倒真有几分硬汉的形象。一直以来，简凡都很惭愧自己过于细皮嫩肉了，长得太像妈了，而且缺少了老爸这样的威武神情，不过他在感情上和爸走得更近一些，每次被妈妈鸡毛掸子教育的时候，都是老爸帮衬着说话，而且还护犊子般地藏在身后。小时候倒不觉得什么，直到大学花了家里十几万读了三本学校，连自己都不知道学了点什么，一毕业就失业，简凡才总觉得多多少少对家里人有一种愧疚，仿佛欠下了这个家的债一般。

今天考得这么差劲，看着忙碌的老爸，简凡心下讪讪，小心翼翼地问道："爸，你怎么不问我考得怎么样？"

"你小子，就不是那块料，你要考得好，进门早告诉我了。"

父亲无动于衷，这话里倒听出来，不用问都知道考得不怎么样。

"那你知道我不行还让我去考。"简凡撅着嘴，数落道。

"我没让你去啊，你妈让你去的。"

"爸，那我跟着你开饭店算了，反正这工作一时半会儿也没着落。"

"我没意见，问你妈去。"

"爸，您就不能当一回家呀？干嘛非要问我妈？"

"家里的事除了做饭，剩下的都让你妈当家。"

"嘿……这！我说爸，您怎么比我还没出息。"简凡扑哧一声笑了，老爸从不掩饰自己的地位低下，老妈这么跋扈，简凡倒觉得有几分是老爸惯出来的。

"说什么呢？我看你是皮痒了。"当爸的随手一挑，抹布砸了过来。简凡头也不抬，顺手接住了。父子俩的默契很深，笑着就听着老爸慈爱地说着："别怪你妈，你妈也是好意，不想让你跟我一样一辈子围着锅灶，你要真当厨师，何必再花钱供你上大学？而且爸这一套，也没什么邪乎的，你都快学全了。"

"爸，就你那两下子，我十岁就会了。"

"错了，选材、配料、刀工你都会，可这一锅汤不是谁都能熬出来的，你这性子跟你妈一样急躁，动不动就上火，想干这活还嫩了点。"

"我妈就是职业病，我才不跟她一样呢。"

父子俩有一搭没一搭地说着，老爸向来不愠不怒，简凡向来嘻皮笑脸。父子俩谈话向来也很随和。

说话间，午时快到了，客人陆陆续续上桌了，两个跑堂的，也忙碌起来了。老爸一捋袖子，忙而不乱地听着跑堂捎进来的菜单，一句废话都没有，拿着大勺上舞下挥，加料、焖菜、沥油、调味，把一样样菜加进双耳锅里放到猛火上。父子俩说不出的默契，前后忙活着，一锅一锅加着汤，送进了饭店餐桌上。

"表哥表哥，来外头支应会儿，今儿人多。"

桃花表妹伸着脑袋喊着，简凡应声奔了出来。

看着简凡出去，当爸的脸上掠过了一丝不易察觉的微笑——四年大学，简忠实倒觉得儿子一点儿没白上，最起码那个屁股坐不下来的小娃娃，好歹现在能独当一面了，此刻外面儿子清脆的声音听得真真切切——

"哟，大叔，您坐，先尝尝小黑瓜子。特产，特香，今天吃什么？"

"这位大哥，来，先给你们上个凉菜，两位先喝着，自酿玉米黄，我替我爸敬您三杯啊。"

"大姐大姐，您稍等，今儿人多，菜得稍慢一点点，就那么一点点，我们总得保证色香味俱全，不能砸了我们简家的第一锅招牌不是？"

"哟，阿姨，您这儿子看着可真聪明！几岁了？叫什么？稍等一下，二位稍等……"

简忠实笑了，很会心地笑了。这时候，不管来多少人，不管对方是什么身份，儿子肯定应对得体，游刃有余。只要儿子一出现，乱哄哄的饭店用不了几分钟就井井有条了，嫌上菜慢的、嫌招待怠慢的、嫌饭菜有毛病的，马上都会被说服了！

要说儿子，还真是开饭店的料。嘴甜面嫩，见了客人大叔大婶大姐大哥地叫，这是开饭店的基本功；手脚勤快，在做菜上爱动脑筋；传菜的时候滴水不漏，比毛手毛脚的小服务员可强多了；说他学习不好吧，报菜的时候根本不用笔，连记三桌子十八九样菜一字不差。就是数学没学好，算账不太清，不过这也没什么，儿子算账只会往多处算，从来没少收过。

虽然性子浮躁了点，可干上几年，乌龙第一锅的牌子给儿子应该没有问题。

可表面上没有问题的事却存在着很大问题——妻子肯定不会同意，其实连简忠实也觉得，儿子读了十几年书，跌跌撞撞从大学毕业出来，把儿子圈在这么个小县小店里，实在是冤得慌，实在是有点不甘心。

可又能怎么样呢？两口子，一个大师傅，一个老教师，如果不是饭店经营尚可的话，供养这俩大学生都是问题。

"哎……"简忠实叹了一口气，叹气的方式和儿子考试失利时如出一辙。

饭时一般要从快中午一直忙到午后两三点才见客人稀落下来，刷锅、洗碗、结账、收拾桌子，手脚根本闲不下来。忙了两个多小时，客人渐渐散了，这时候就能喝杯水休息一下了。简凡刚刚坐下来，一眼瞥见窗外停下了两辆车，又来客人了。

五男两女，打头一位，比费仕青还胖了几分，白嫩的大胳膊露在外头。其他四个男人差不多像他一样身材，随行的两个女人却是漂亮得紧，年纪小的二十出头，戴着顶白色遮阳帽，身着白色的衬裙；年纪稍大点的挎着包，戴着墨镜，看那样子也是个美人。

几个男人倒不觉得有什么，那俩女人一看打扮就知道不是乌龙县出身。比女人还意外的是门口停的车，竟然是政府部门出来的车。

不是本地车、不是本地人，简凡眼骨碌一转，回头一看傻不愣登、粗指头沾着唾沫正数钱的表妹说道："桃花，看看，来了一群肥羊等着宰呢，这桌我招呼。"

"唉，别让发现啊。"鼓着腮帮子，表妹桃花重重地点了点头。在她眼里，这个又帅气又机灵又聪明的表哥，绝对是个牛人。两个人，相视而笑……

好吃与吃好

七个客人，刚进门就愣住了，迎宾的小跑堂整个就一阳光大男孩，围裙不像围裙，倒像演话剧的道具一般纤尘不染，配着灿烂的笑容，大叔大哥大姐叫了一溜，比见了亲戚还亲几分，让七个客人十分感动，都觉得这小县城好客古风确实不错。

边进门边上楼的功夫，小跑堂简凡立马来了一个准确的判断：最胖的这个家伙绝对是个带头的领导，还有两个也是领导，剩下的两个，根据身子前倾随时准备点头的表情，不用说肯定是司机了。

关键是这俩女人，戴墨镜的还没看清，戴凉帽的那了不得了，绝对是极品的美女，鹅蛋形的嫩脸比老爸那笼屉里的大馒头还白几分、嫩几分。穿着的凉鞋，简凡一眼便认出是Delman的平底公主鞋。这鞋简凡曾经准备买一双送给女朋友香香，不过一问价格得两千人民币，马上打消了念头，回头就买了双山寨货送给香香，那傻丫头愣是没看出来。

七个客人被领进包间，随即眼前一亮，倒比简凡还惊讶几分。

包间里简而不陋，很整齐，虽土气却不失雅致，竹皮筷、长条凳、杨木桌，墙上挂着一幅怀旧的画。搭着白毛巾的小跑堂殷勤地让座，穿戴整洁的服务员热情地倒水。桃花本就是个村姑，现在穿着碎花布衬衫，黑皮肤一脸实诚，一笑两个深酒窝，更有一番乡俗的味道了。

除了带头的领导，剩下的怕是初次见这架势，好奇之外，不无几分诧异，不过满意的成分倒多了些。多豪华的环境倒不稀罕，不过不失特色又雅致干净的环境就有点稀罕了。

"噢，白杨木桌、粗瓷碗……呵呵，很复古嘛，有点穿越的意思啊，回旧社会了。"

小美女支着手拭了拭桌子坐下来，笑着评价了句。没上漆的桌凳，带着自然的木质清香，不仅悦目，而且赏心。

简凡注意到了那修长白皙的手，笑吟吟地说着："这位姐姐，您可不能穿越回去。"

"为什么？"小美女笑着问，明眸皓齿，惊得简凡心里砰地跳了跳。

"很简单啊，您要穿越回去了，那个年代的美女不都得无地自容了？"简凡笑着应道，心想我家香香要有这么漂亮，那我可享福了。

大小美女都笑得花枝乱颤，一干男士也跟着笑。摘了墨镜的女人，简凡注意到有三十多岁，也很漂亮，虽然化妆化得看不出具体年龄，不过倒很有气质。

七个人笑着落座了，胖领导随意地翻着菜谱，笑着问道："小伙子啊，这还是简家经营的乌龙锅吗？"

正摆着香瓜子的简凡应了句："您老来过呀？没错，第一锅的牌子一直就姓简呢。"

"那你是？"

"噢，简忠实是我爸，我叫简凡。大叔，您叫我小凡就行。"

"呵呵，小凡啊。"胖领导摆摆手说道，"我也不看菜谱了，给我们介绍介绍你们的拿手菜。"

"嘿嘿，各位，我们这儿只有一样菜，就是炖菜。只要是炖菜，我们都拿手，只要您叫得上名字的炖菜，我们基本都有。"简凡介绍道。

"看看，迪佳，你喜欢什么？"胖领导把菜谱递给了身旁的小美女。

"陈主席，你点吧。"小美女随意看了看，没有表态。

简凡心里一亮，噢，小美女叫迪佳。

另一位男士笑着说道："小伙子，我们就是初来乍道，听过第一锅的名气。几年前我尝过你们的猪肉炖白菜，很有风味啊，可这么多客人，总不能拿这招待人吧，有什么稀罕菜品给我们介绍介绍。"

"这样吧，各位告诉我你们忌食什么，我给你推荐吃什么，先从这位小姐姐开始？"简凡征询道，眼里热切地看着那位叫迪佳的小美女。

"不要太辣。"小美女道。

"汤汁多点。"大美女道。

"不要太咸。"另一位道。

"不要太油腻……"

七个人有六个提了意见，简凡这脑瓜一转悠，接上话来了，连吹捧带推销地说道："几位领导说的话，正代表中国美食的发展方向，高见高见，这样吧，我给大家推荐三种锅炖，风味柴鸡、铁锅炖小鱼贴粑粑饼，外加一个百蔬乱烩，纯素菜！主食大馒头，酒水就上咱自家酿的玉米黄，剩下的时鲜小菜各位看着点。"

"什么是柴鸡？"小美女迪佳，眨着看了简凡一眼。

"就是土鸡，乡下放养的。不用饲料。"胖领导接了句，看着简凡笑着说道，"小伙子，你还没问我忌食什么呢？"

简凡一竖大拇指："您啊，应该是个美食家，酸甜苦辣咸五味都尝得，我猜得对吗？"

这家伙应该和费仕青一个档次，逮啥吃啥。不过那胖领导倒乐呵了，笑着领了恭维道："哈哈……好好，那你这三种锅都有什么说道？听上去很普通嘛。"

"呵呵，这位领导大叔，您有此道之好，那我就直说了。美食在美而不在食，食材不能决定美食的好孬，做好鲍鱼熊掌不算本事，把萝卜白菜做好了才算大厨。简家菜的特色就是平淡之中显神奇，我们的风味柴鸡是直接从乡下收来的，十几味中药炖成，不油不腻、肉色爽滑、香味持久，您一尝便知。要健康，喝鸡汤；要长寿，吃鸡肉就这个理。百蔬乱烩嘛，以汤为主，汤色浓郁，和佛跳墙的做法差不多，菜的精华都熬在了汤里，味道直透菜根，绝对让您满意。铁锅炖小鱼就更稀罕了，都是钓上来的野生鱼，不超过三寸长的小鱼，一熬过后连刺都是软的，锅边上贴着粑粑饼，就着鱼汤吃饼，这是我们乌龙的传统了。几位要能吃得了重味的肉，我们倒是恰好有野猪肉，这肉可没有家养的那么肥，脂肪含量低，绝对有吃头、有嚼头、有尝头……"

简凡笑着，抑扬顿挫地介绍着，如数家珍。一桌人还没吃，倒先觉得有味了。

"你们看呢？"胖领导笑着看着众人。其他人都点点头说道："陈主席你点吧，反正是你做东。"

"那好吧，小伙子，就按你说的来，给我们上三锅，加一份野猪肉，主食呢，就吃馒头，酒水要玉米黄，另外来两份清口的凉菜，你看着上吧。够我们七个人的量就成，别浪费。"陈主席道。这胖领导在简凡眼里倒显得挺随和，也有派头。

"好嘞，各位稍等。"小跑堂报完了菜，一溜烟跑出去了。

等简凡出了门，小美女迪佳笑道："陈主席，你找的这地方有意思，这小跑堂更有意思，加上辫子能演戏了。"

"呵呵，这孩子倒机灵啊。"大美女笑着评价了句，又问道，"陈主席，这里的菜有你说的那么好吗？"

这话倒问到大家心坎上了，几个人都盯着陈主席。一路从省城驶来，没进政府招待所倒被陈主席拉这儿来了，名气虽大，店面也干净清爽，不过和大家印象中上档次的店面比起来，还真差了一点。

"这是个返朴归真的地方，我说多好不算好，你们尝过后自己评价吧，现代的美食，过于注重外延，总是标榜多高的价格、多好的环境、多细的做工，其实把真正的内涵却丢了。"胖胖的陈主席笑着说道。

迪佳接了句："内涵？那美食的内涵是什么？"

"很简单，就俩字，翻来覆去都对：好吃，吃好！"

陈主席的话引得一阵笑声，不过笑罢之后，觉得还真是精辟得很。

闲聊几句的工夫，第一锅上来了，锅盖一掀，便是一屋飘香！食客的脸色一紧，眼色却都是一亮。

"铁锅风味柴鸡，简家的招牌菜，各位慢尝。"掀锅的简凡笑吟吟地看着食客们。

陈主席先尝一筷，紧接着左手竖了一拇指。小美女迪佳却是就着舀了一勺汤，抿着嘴，眼睛亮莹莹地看着简凡，不无赞赏。

汤味浓郁，却并没有夺了肉的味道，肉嫩爽滑，轻嚼即化，齿颊留香。吃到这份上才知道，这天然的味道是那肥硕无比的人工肉鸡根本无法相比的。

点头的、叫好的、竖着大拇指的，筷子勺子交错了几个来回，众人都直接无视跑堂简凡的存在了。

简凡笑着退了出来，心里暗道："我老爸的手艺，香味透骨，还没见吃过说不好的。"

只有在这个时候，简凡才觉得骄傲。只有在端着菜的时候，才有自己被人重视的感觉。

刚刚屋内几人的对话里倒是听出不少来，胖乎乎的领导，别人都叫他陈主席。小美女叫迪佳，还有人称她是蒋记者，不知是叫蒋迪佳还是江迪佳。大美女居然也是个领导，叫什么于主任，看来除了俩司机，都是领导级别的人物了。简凡倒不关心对方多大领导，此刻正暗自思忖着，这刀到底该宰多深，可看那小美女娇滴滴的样子，又实在不忍下这一刀。

管他呢，老妈账看得那么紧，自己又不好意思伸手再要钱，不靠这机会多宰点零花钱，那还咋办？一抹坏笑浮在简凡脸上，他暗自得意地又进了厨房。

紧接着，铁锅炖小鱼、玉米面和的粑粑饼、百蔬炖的老汤一样样菜看上来，吃得食客们不亦乐乎，连声叫好，捎带着连对简凡也客气上了，硬拉着简凡碰了三大杯，才把脸蛋已经红扑扑的简凡放走。

而简凡的注意力仍被那小美女吸引着。看一个人吃饭最能看出修养和出身来，只见小美女迪佳皓齿轻咬，再好吃也是浅尝辄止，再赞美也是含而不露，再激动也是轻声细语，这绝对是一个有良好家教的姑娘。

简凡心想着，要是放自己那傻妹妹和表妹身上，一饿了肯定不管三七二十一，先把锅抢过来大快朵颐再说。不过反过来说了，简凡倒更喜欢妹妹和表妹那种真性情大咧咧的女人，家教再好，修养再好，总让人感觉有点高不可攀，只敢远观，那可实在是无趣得紧。

噢，对了，还有香香，真要饿了，会跟我在一个饭盆里抢着吃，简凡莫名地又想起了自己的女友，上午被费胖子搅和了一顿，现在又见着了这么个美女，简凡倒真想起该抽空去看看香香了。女朋友毕业留到了省城，见惯了毕业就分手的事，两个人到现在还没有分手，在简凡看来，已经是很不容易的事了。

等简凡笑着下楼的时候，表妹早贼笑着把单子递过来。简凡接过来一看，空单，嘿嘿一笑，随手在单子上划起来……

一顿饭，用了差不多一个小时，桌上的饭菜基本没有剩下多少，两位女士对这顿饭可谓满意，捎带着对陈主席找的地方也赞不绝口了。

桃花表妹依然是一脸恭维地笑着把众人领下楼，送出门，可谓殷勤备至。回头一进门，到吧台向简凡伸着手："交钱，表哥！一百八十六，你收了多少？"

"三百八。"

"啊？你多收了人家一倍？"简桃花瞪着大眼，吓了一跳，每次宰人最多收个三五十，都没这次这么狠。

简凡眼看着厨房，紧张地要捂桃花的嘴，悄声道："嘘！桃花，别让我爸听见，分你五十。"

老爸太老实，要让爸听到了，铁定又得教育"行事不能偏，为商不能奸"的道理，一听准头大。

"我不要，婶知道了训我，我可不干，都是你干的啊！"简桃花不干了，偶尔分赃，表哥给个冰淇淋就乐呵得跟啥样，这么大宗款项，乡下表妹还真不敢拿。

"呵呵，不要都归我了。"简凡交了柜上的钱，把剩下的塞进口袋里，打了个响指。

　　"表哥，不会有事吧？别回头客人知道了找上门来啊，你宰得也太狠了！"简桃花心虚地压低了声音说道，神色有点紧张。

　　"桃花，你榆木脑袋呀？外地车外地人，这么肥的羊再见也不知道到猴年马月了，宰人的最高境界是让人心甘情愿地被宰。你没看他们吃得舒服、吃得高兴？这时候宰他们一刀，都不觉得疼。"简凡教育道，就像老妈教育自己一样。

　　"切，这么漂亮的姑娘你都舍得宰人家，真没人性啊……啊，坏了！"简桃花说着右手指着，手僵在空中。

　　"漂亮和我有什么关系，我只缺钱，不缺美女，怎么啦？"简凡笑吟吟地看着桃花眼瞪圆了。

　　"那姑娘回来了，表哥，我告诉你，赶快把钱退给人家，别嚷嚷起来让叔婶知道了，连我一块骂。"简桃花紧张地说道。乡下妹子没经过什么事，脸皮可离表哥差远了。

　　桃花也怕那个当老师的婶婶，算账算得很清，少了挨训，多了也挨训，而桃花每次都把责任往表哥身上推，表哥每次都说算错了来搪塞，要么拉上自己顶缸，每次都嗫嚅半天，解释不清楚。

　　简凡一惊一回头，却见得那车不知道什么时候又停到了路边，最漂亮的那位小美女，正快步朝着饭店走来。

　　"别出声啊！敢乱说话，小心我把你扣锅里！"简凡瞪了桃花一眼威胁着，桃花鼻子哼哼，悻悻地扭过头了。

　　一回头，简凡笑吟吟地迎了上来，心里整个就是七上八下。这次笑脸相迎，还真有点心虚的感觉。

咫尺却相杳

仲夏午后的阳光爬在小山包的顶上偷窥着，掩映在绿树群山中的小县城像个慵懒的睡美人，简凡一出门就觉得眼晃——阳光很晃眼，但快步走来的小美女，花般娇靥、白衣胜雪，更晃眼。晃得简凡眉开眼笑，迎着佳人走来的方向殷勤问道："蒋姐姐，您不是把东西落这儿了吧？"

嘴里说得轻松，可心里七上八下，反正老一套，找个话茬，你找我理论我二话不说，立马退钱；你要不是找我要钱，我铁定装傻。

"我？蒋姐姐？"小美女眼神霎那间怔了怔，"你……你怎么知道我姓蒋？"

"刚才不是你们相互叫的嘛，一个陈主席、一个于主任……他们不都叫你蒋记者嘛？"简凡笑道，除了记不住英文单词和数学公式，自己记菜、记人特别门儿清。

"呵呵，你倒记性好啊，认识一下，我叫蒋迪佳，大原日报社的记者！"蒋迪佳递给简凡一张名片，大大方方地伸出来手了。

"哈哈，我不用自我介绍了吧，简凡，简约的简，超凡的凡！"简凡笑着接过名片扫了一眼，又小心翼翼地塞进上衣口袋里，有点受宠若惊地握握蒋记者柔若无骨的小手，霎时如遭电击，强忍着没摔倒！不过脸上又是红了一片，仿佛还有几分害羞。

蒋迪佳又被逗得笑了笑，倒觉得小县城里这个阳光男孩，颇是有趣得很。

展颜一笑百媚生，简凡心里这小鼓打得扑通扑通——这笑好看是好看，不会笑里藏刀吧？否则干嘛认识我呢？

"蒋姐姐，您这是……怎么又去而复返了！您是想采访我，还是想报道乌龙第一锅？"简凡看着蒋记者不像兴师问罪，话里调侃的味道浓了点。

蒋迪佳浅笑着，落落大方道："都不是，我想问你一件事。"

"没问题，您说。"

"刚才你们店里的酒不是玉米酒吗？我听说乌龙县最好的一种玉米酒叫芙蓉玉米黄，这次来乌龙县，我父亲让我捎几瓶回去，这种酒在县城里能买到吗？我想问问你这行家，省得我跑冤枉路。"蒋记者说明了来意。

"呵呵，蒋姐姐，刚才上桌的就是产自枫林镇芙蓉酒坊的玉米黄。开芙蓉酒坊的人姓简，叫简放，是我爷爷。"简凡得意地看着对面小美女惊讶的眼睛瞪得格外圆，喜色外露的时候，更靓了几分。

美女拍着小手一脸欣喜："那太好了！我正发愁抽不出时间去枫林镇呢。可省了我的事了。"

简凡不无殷勤地说道："蒋姐姐，您说吧，要多少，我立马给你打去。后院十二口酒缸，现在还有一半是满的。"

"噢，不不，我现在下乡，可能在乌龙县要待几天，知道你们这儿有就成了，我返程的时候来吧。"小美女婉拒道。

"没问题，随时欢迎。"

"那，再见了，简弟弟，嘿嘿……乌龙县的人可真好。"

菜品美味之极、简凡又招待得殷勤之极，蒋记者看样子也高兴无比，浅笑着和简凡说了再见。

这次，车可真的走了。看来虚惊了一下下，一切又恢复平静了。直目送着车离去，多多少少有点失落的简凡笑着摇摇头，有点美人顾盼兮，可顾盼的不是自己的那种失落。

店里的表妹桃花见不是找后账的，长舒了口气，不无庆幸。时间已经三点多了，跑堂的开始收拾桌子扫地了，桃花端了几层摞着的碗往厨房里送，一会儿便响起了叮叮当当的锅碗瓢盆声音，洗净抹干之后又将准备晚饭了。这时候简凡就可以闲下来了，端着粗瓷大碗随便炒几样自己喜欢的菜，蹲在后院草草吃上了。

饭店里，什么人都能碰到。每天的生活就是如此，迎来送往，胖的、瘦的、俊的、美的、丑的、气宇轩昂的、猥琐下作的……千人千面不一而足。简凡从小到大混在饭店里，时间久了，只要来人一进门，谁是钱烧的来摆谱、谁是蹭吃的来占便宜、谁是当官的、谁是赶路的一眼便知。但平常能留下印象的人并不是很多，今天却有点意外，不是宰了多少钱，而是那个翩翩白裙、婉人倩影一直晃在眼前。一颦一笑，杏眼细眉……哎哟，比妈还漂亮了几分。

简凡从心底里泛着笑，心想美食常有而美女却不常有也！要放在几年前上高中，碰上这等美女，简凡八成会吹着口哨撩拨，靦着脸上前搭讪，即便是挨上白眼、被呸口水也不在乎。要放在上大学的时候，那更不得了，一定会挖空心思想着，怎么去认识这姑娘、怎么套出电话来、怎么设计个约会去……

可现在，简凡很平静。这个阶层的女孩子，可不是自己够得着的。

轻狂的岁月已经过去了，毕业了、失业了，不但对生活现实了，对异性的观感也现实了，自惭形秽的感觉却是越来越强烈了。这种美女对于自己就像现在渴望的一份体面工作一样，可望不可即。

刚刚的一干人，身上带着大城市的气息，那也是简凡曾经经历过的生活，不过仅仅是在大学作为旁观者体会到的，直到现在仍然与自己无缘。曾经也以为自己会成为其中的一员，可一出校门，工作、薪水、奖金、车、房子，这些在大学从来没有考虑的问题一夜之间都到了眼前，那时候才发现自己根本就是毫无防备的忙乱，自己依然是一无所有。

一毕业，自己像没头苍蝇一般在省城晃悠了几个月，终于在某电信公司找到了一份工作，哪知道越混越惨，没多久，自己就被扔到营业厅收费了。就这还是长得帅被照顾了，要不就得出去跑业务，完不成营销任务连工资都有问题。

简凡一气之下卷着铺盖回老家了，乌龙县虽小，可起码不会每天一睁眼就摸摸口袋里是不是还有钱，想想今天的吃饭是不是有问题，不用日盼夜想等着发工资，不用担心哪天一进公司门就有人通知你被炒鱿鱼了，也不用三天两头租房子换地方……即便是没工作，即便就在这里当小跑堂，简凡都觉得这里生活得不无惬意，很适合自己这懒散的性子。

想了这么多，简凡有点恶狠狠地狼吞虎咽，家乡的大碗不同于其他地方，方口圆底，一大碗一会就消灭了，再抬眼时，只见老爸简忠实诧异地盯着自己："小凡，你今儿怎么了？平时没见你这么能吃啊。"

"爸，今天做得特别好吃。晚上我值班，可帮不上您了啊。"简凡笑着放下碗筷。

"去吧，早点回家。"老爸头也不抬，往炉膛里填着木柴，再熬上几个小时，晚上的汤锅就成了。

饭店一清闲，派出所不值班，就是休息时间了。简凡回了一中小区的家里，心不在焉地给香香发了个短信，没一会儿，香香回过来说是在业务培训，没空。

现实不但摧残人的个性，而且摧残人的感情，和香香曾经如胶似漆，到现在已经变得若即若离。简凡刚回乌龙县的时候，两人每晚都会对着电脑视频聊天，老勾引着简凡三天两头往市里跑。不过等香香的岗前培训一开始，工作一忙，简凡又隔三差五值夜班，这联系就越来越少了。激情永远消磨不过时间，知道香香快转正的消息后，简凡倒还觉得还真该去市里跑一趟了。

不是互诉衷情，是得去看看，是不是到分手的时候了。

十八点，上班的时候到了，换了一身警服的简凡从一中小区出来，笔挺的警服，挂着"治安协警"的臂章。这份光荣的临时工作，到今天为止，简凡已经干了五个月零二十三天……

弄巧偏不巧

治安协警，就是各派出所警力不足，临时雇佣的巡逻和协查人员，属于合同制的临时工作。虽然工资不高，但近水楼台先得月，没准待上两年，赶个机会能混个警籍，当上正式警察。

简凡回家待业几个月后，不但老爸老妈犯愁，把身居派出所所长的二叔也惊动了，干脆挂了个名，让简凡来派出所干这营生了。按二叔的话说，这也是个熟悉社会和实践的好机会，能把这份工作干好，其他什么也都不在话下了。

上了岗才知道，二叔这话确实是透着真知灼见，当协警，上面要应付所里警察，下面要和城管、公路巡警联合执法。这还不算难的，乌龙这样的小县城一般都没什么大案，但值班时候的事从来不断，喝酒的、打架的、两口子拌嘴的、学生娃闹事的、丢自行车的、家里玻璃被砸的……都是些鸡毛蒜皮的事，但哪件事处理不好都会两面不讨好。

这也导致协警队伍换人特别勤，三五个月就能换一茬人，亏得简凡有眼色才躲过了不少事，勉强待了半年。不过即便是这样，每天上班的时候，简凡还是觉得心虚，真怕不经意摊上件什么事被开了。

城关派出所离小区不远，步行十分钟就到，白墙蓝底写着"人民公安"四个大字。十八点，是一天交接班的时候了。

刚进大门，让简凡诧异的是，今天的治安协警和干警都到了，估计又有紧急事件了，要不然不会把人全召集起来。简凡赶忙快步跑到队尾，插到协警治安队伍里。

众人窃窃私语的时候，所办里走出来一位女警，四十上下，边走边喊上了："同志们，今天是特殊情况把大家召回来啊，都精神点，立正！"

未见其人，先闻其声，声音比铜锣的穿透力还要强几分。

这警花可小看不得，姓邬，名水仙，是所里的指导员，仅次于所长的位置。虽然名为水仙，可长相、身材和水仙实在相差甚远，和蒜薹倒差不多！偏偏还脾气最爆，一帮子协警，最怕的倒是这位蒜薹阿姨。

所里四十个人，听着指导员的口令都直了直腰杆，直愣愣地盯着指导员。

简凡心里直打鼓，这不会是又让大家去办什么事吧？上次乌龙河里捞出具尸体来，简凡带着一组看了一天，一直等着刑警队的人去，看了一天不打紧，噩梦倒做了一个月。

果不其然，邬指导员话锋一转，战前动员就开始了："同志们，这段时间大家都表现不错，要再接再厉，要时刻保持一百二十分的警惕！严防死守，绝对不能让违法犯罪破坏大好和谐形势，绝对不能让一小撮坏分子破坏良好治安环境！我们所是连续六年综合治理优秀单位，绝对

24

不能让荣誉丢在我们手里……今天，我们要配合市局刑侦一大队出一项特别任务。下面请秦队长给你们安排任务。"

指导员说着，所办公室里已经走出来三个便衣，领头的一位，简凡一目测其身高，怕得有一米九了，北身后跟着的两个小个子足足高了一个头还多。

"先给大家发了……每人一份。"大个子轻声说了句，后面的两位拿着一摞纸，开始给下面的一众协警发了。

发到了简凡的跟前，简凡心里砰砰地跳了跳，给自己发纸张的那位，居然是一位女警——瓜子脸，小蒜鼻，眉目里英气逼人却也不失妩媚。这警花才算一朵花，和水仙指导员还真不能同日而语了。

那女警仿佛已经发现了简凡的眼光游离，手上的一摞纸顺手一晃扫过简凡的脑袋，吓了简凡一跳。简凡一抬眼看着女警笑着指着他手里的东西，轻叱了句："仔细看嫌疑人，别看我！"

"噢！"简凡有点不好意思地收回了眼光，把纸展开，一看，又乐呵了，纸上是四个长得歪瓜裂枣的嫌疑人肖像，一个秃头、一个长毛、俩短发。其中一个像胖萝卜、两个像削了皮的土豆、剩下一个一脸坑，脸像风干了的老牛肉。

简凡瞬间把对这四个人的印象和自己擅长的菜品做了一个对比，加深了印象。在识人方面，干过饭店的都眼贼，比如饭店一些老客户，你要忘了对方称呼那可大大不妙。像简凡看人都习惯性地和萝卜、土豆、猪头肉等食材混在一起，差不多要达到过目不忘的水平了。

协警和干警们看着，窃窃私语着，配合市局的办案不是第一次了，大案子的排查、走访收集线索其实都是基层派出所完成的，不过到了一线拼刀枪的，可就是这些真人不露相的刑警们了。大家在看一干便衣刑警时，倒也满是尊敬的目光。

这边看着，大个子警察说上了："同志们，你们手里的肖像，是四天前在省城大原市抢劫金店的嫌疑人，五个抢劫嫌疑人中，已经有一人落网，画像上的四人在逃。根据我们掌握的消息，这四个人已经逃出了省城外围的封锁线，其中有两个人是乌龙县籍，他们很有可能顺着国道或者二级路穿过乌龙县出省。你们的任务是在指定的路口设卡，守株待兔……我强调一点啊，四个嫌疑人手里都有枪，在大原金店抢劫案中已经有两人受伤。你们发现嫌疑人或者遇有紧急情况，必须迅速上报县公安局指挥中心，不得擅自行动，听明白了吗？”

“听明白了！”

“好，准备出发。”

刑侦支队的，安排完任务就走了。邰指导员摊着地图指了指城关派出所辖区的九个设卡点，分配给了协警队四个点。简凡看看四个设卡点，挑了一个，带着一组四个人，驾着小长安警车出发了。

出了城，下了二级公路，上了乡公路，磕磕绊绊的土路颠簸得难受。驾车的是简凡，大学时代考的驾照还真管了用了，家里有辆拉菜的小五菱，单位这小警车，也还是简凡开着指导员才放心，要说怎么也算老司机了。

这一组五个人是铁搭档，基本没出过大事。四个手下长得一个比一个黑，简凡进队第一天就顺口给四个人起了外号：钢炮，地雷，黑蛋，炭锤。

坐简凡身旁副驾上的叫肖成钢，外号钢炮的那位。上学一直就是问题学生，高中时就被家里送武校学了两年，回来直接到协警队了。比简凡小两岁的肖成钢也在社会上混了几年，早成小油条了，对又有学历又有厨艺的简凡倒也尊敬，就听成钢扭头问简凡道：“简凡，等会儿要是那歹徒专冲这儿来了怎么办？”

要是这地方遭遇了，没有后援还真有点悬。

“不可能，乌龙峙口是老路，十几年没修过了，在这路上车根本跑不起来，而且这条路根本出不了县域，除非他们想钻进山里当野猪去！今天县里武警队都出来了，连公安加武警几百人把县城周边十几个路口都把住了，设了几十个路卡。给协警分的口子，都是最安全的。而乌龙峙口，知道为什么只设这么一个点吗？因为歹徒从这里走的可能性基本为零。”简凡仔细地分析了一番，丝丝入扣，让余下几位，不得不服。

这个分析很有权威性，组员都闭嘴了。平时有什么事都是简凡拿主意，上过大学进过大城市的简凡比这帮子半大不大的小子眼界要高不少，起码不会胡来。

到了指定地点，天色渐渐暗了下来，从乌龙峭口已经看不到县城了，隔着山地丘陵，眼界开阔。路两旁一面是山包，一面是地垅。割麦的时节已经过了，金黄的麦茬地里种上了玉米，已经长了半人高。天一黑，这里就分外寂静，松鼠、猫头鹰和蛐蛐都在哼哼唧唧，典型的乡村情境。

五个人把警车停下来，有一搭没一搭地瞎扯着。这条老路形同鸡肋，虽然和国道二级路都相连，可废弃了很久，行车极少。晚上七点驻守到这儿，一直到零点才只见得几辆农用车驶过，协查了一番，根本和逃犯搭不上边。过了零点还没有接到撤退的命令，五个人聊着聊着都有点迷糊了，可又不能擅自脱岗。

每隔一个小时，简凡这边五个人就轮流通过步话汇报一句："一切正常。"

汇报到后来，步话器里就没人问了。于是几个协警躺着、靠着，都沉沉睡去了。

这一觉睡得天昏地暗，一直睡到日月有光。简凡睁开眼的时候，天色已透亮。简凡看着右手方向，只见步话装置供电的插头早被睡着的成钢胳膊蹭下来了，怪不得没人询问情况呢。

"这一觉睡的，肯定连收队的命令都没听到。"简凡悻悻地想着，白在这野地里支应了一晚上。

看看身边身后还睡着的队友，简凡笑着，恶作剧的心理来了。

只听"砰砰砰"几声刺耳的枪响，车里喊话器里传着刺耳的声音："兄弟们，快起床，歹徒来了！"

横七竖八还躺着打呼噜的几位一下子被惊起来了，后座那位叫黑蛋的，一骨碌滚到地上。几个人一睁眼，却见得简凡正龇牙咧嘴笑着。

刚才的枪声，是简凡调的手机铃声，一通过扩音器放大，车厢里震耳得很。此刻恶作剧的简凡，笑得前俯后仰。

"去死吧！"

"找刺激，靠！"

"扁他……"

"想请我们吃饭了是不是？"

几个人怒目而视，扔起警帽直飞向驾座上的简凡，被打扰了睡觉，都不高兴，一人一句骂着简凡。

简凡嘿嘿笑着，看着恶作剧的效果不错，躲过了砸过来的警帽，"呜"的一声发动了车，随即又一放离合故意一刹车，车打了个趔趄，把车上的人又震得后仰前摔。简凡这才喊了句："醒醒，回家了，守了一晚上都快累死了。醒醒，你们这一群猪呀，除了睡就知道吃！"

"你才是猪呢，你是猪（组）长。"成钢揉着眼睛，引得后面三人哈哈大笑。

车刚起步，突然"砰砰砰"几声清晰的枪声闷响传来。几个人吓了一跳，简凡一紧张，猛踩刹车，又来了一个急停。

这枪声可不是假的。刚一停下，"砰"的又是一声，听得更清楚了。

五个人都没经过这阵势，相互诧异地看了一眼，耳边隐隐地听到了远处一阵接一阵的枪声闷响……还夹杂着警车的警报声！几个人慌了，都紧张地看着车窗外。

一眨眼的工夫，不到一公里的地方看到了车影，一辆警车正死死地咬着一辆越野，刚刚的枪声不用说，就发生在两车之间。

"哇……枪战？"

"妈呀，敢跟刑警干？"

"组长，咋办？"

几个人瞪着眼，血脉贲张，甚至手足都有点痉挛。

简凡瞬间做了个决定，倒着车横亘在路上，低声喊道："下车！"

五个人跳下了车，迎着越野车来的方向，都躲在了警车后面。

飞驰而来的越野车越来越近。简凡紧张得手有点发抖，心里早骂了无数遍，以为这儿安全，谁知道还就跟危险打了个照面。左右一看，四个人除了成钢还算镇定，剩下的三人屁股蹲着，腿都在抖，都把眼光投向自己。简凡来不及细细考虑，耳边的车声越来越清晰，挥着手，一巴掌扇在成钢脑袋上，咬咬牙喊了句："兄弟们，上！"

奔命快与逃

"嗖嗖嗖"几条人影蹿出来，就像清晨里受惊的野兔，蹿得飞快。

简凡的手势打给成钢，示意着两队人分开，一左一右，命令一个字："上！"

不是示意往上冲，而是示意成钢向右手的小山包上跑！五个人早有默契，霎时便蹿了出去。

这情景倒把越野车上的几个人吓了一跳，刚举枪就发现眼前几个人却是朝着公路两侧的方向，蹿过了小山包、跳下了地垄，一眨眼跑出了几十米，钻在石头后面，都找到了掩护。

越野车里随即示威似的朝天开了一枪，还担心前面堵截呢，这下好了，让开路了。

后面追缉的警车，在山路上的性能和越野车差得不是一个档次，连续几枪都没有打爆越野车的轮胎，远远地也看到了前方拦截的警车。正高兴事情有所转机的时候，却看见几个警察跑路的镜头。副驾上的女警气得杏眼圆睁，指着前方："看看，秦队长，拦截的都跑了！"

警车后的五个人，一晃便不见了，肯定不是打埋伏。

大个子秦队长哼了一声，油门踩到了底，仍然是追不上加速的越野车，边驾车边狠狠地拍了一把方向盘，怕是要功亏一篑了。

刹那工夫，越野车加足马力撞到了简凡那辆警车的侧面，警车一个侧身被掀得翻到了路边。越野车长驱直入，呼啸着上了山。

警车追了上去，又过了几分钟后，又是一队警车呼啸着追上来了。

半个小时后，秦队长那辆车的发动机底盘在山路上被蹭裂漏油，趴窝了。秦队长火冒三丈，电话打到县刑侦大队："查一下派出所是谁在这儿蹲坑，怎么一个个跑得比嫌犯还快！"

又过了半个小时，县局局长的电话打到了派出所："谁在乌龙峤口蹲坑，给我报上来，放跑了嫌犯，这是要负责的！"

放下电话，窝了一肚子火的郜水仙，被局长骂得老脸有点挂不住了。一出办公室正见得几个灰头灰脸回来的协警，悻悻地骂了句："一组那群草包呢？"

简凡一行五人回到派出所的时候已经是日头高起了，警车被后上来的县刑警队征用，开着进山堵嫌疑人了。五个人步行了两公里才搭了辆拉砖的车回到县城。

几个半大小子，逃跑的时候太过慌张，黑蛋踩了一脚地里的粪肥，臭烘烘的沾了一腿；地雷钻荆条丛里躲着，屁股上被挂了一个大口子，炭锤和成钢，一个丢了帽子、一个丢了警棍；反倒是简凡跑了不远就找了个掩护，没有那么狼狈。不过清晨露重，裤腿也都是泥，拉砖车上的红砖也把身上蹭得一片一片，不过简凡一路上都心中狂跳着回忆枪战情景，压根没注意自己身上已经这么狼狈了。

看大片的枪战是血脉贲张，可真听着枪声在跟前，那是心下慌张。

五个人一进派出所大门，傻眼了，除了值班的，都杵在院子里站着。看着五个人像砖窑里滚出来的，都哧哧地笑。有人不经意地看到郝建雷的屁股开口之后，喊了句："地雷，你露馅了！"地雷一摸臀部光溜溜一片，赶紧夹着腿一个下蹲，却听"哧"的一声，口子开得更大了点，又紧张地站起来双手捂着屁股。十几名协警和派出所二十多个干警，不禁都哈哈笑得前俯后仰。

简凡和四个手下，一群半大小子，你看看我，我看看你，都悻悻地说不出话来。

"笑什么笑？都严肃点！"

背着手迈步出了办公室，水仙指导员脸上怒气十足，人未到音先至，把三十多人的队伍一下子震得鸦雀无声了。

简凡五人一路上都觉得在当时的情况下，自己的做法没什么不对。

派出所的协警大部分都没摸过枪，有些连枪都没见过，面对劫匪却手无寸铁，找掩护躲避绝对是最正确的做法。

但此刻五个人心里却直打鼓，不为别的，面前郜指导员瞪着眼，一副准备开刀取肉的屠夫眼神。

坏了，又要给我们扣黑锅！简凡觑得郜指导员斜眼看着自己这几个人，那眼神里不怀好意。这个时间赶得非常不好，简凡的二叔，所长简忠诚，这两天到北京去了。没个人在背后撑腰，连简凡也觉得心虚。

郜水仙瞪着杀猪般的眼神，背着手，对着简凡几个人说了句："你们有点组织性纪律性吗？昨天晚上就联系不上你们，说，干什么去了？"

"报告指导员，车载台坏了！"简凡汇报道。肯定不敢说是睡觉不小心把电源蹭掉了。

"哟，还振振有词啊！怎么，五个人都没手机呀？别给我打马虎眼，一遇到出任务，你们这帮小子就开小差，以为我不知道是不是？"

指导员背着手，训着话，开始揭老底了，最起码得给其他人来个警示作用。

"报告指导员，我们完成了既定任务，秦队长要求我们在指定路口设卡，守株待兔，遇有紧急情况迅速上报指挥中心，不得擅自行动……我认为，我们圆满完成了任务，应该受到表扬！"

简凡煞有介事的挺着腰杆一说，避开了这个说不清的话题，干警队伍里，"哄"的一声笑声四起。

"是吗？"郜指导员看着几个人，年纪小的倒还知道低头认错，一个简凡、一个肖成钢，就是协警队里的刺头。她撇撇嘴说道："我表扬你们什么？表扬你们临阵脱逃？你们就摆上一遛石头都能把车拦一会儿，怎么会扔下车不管不顾跑了呢？知道市局刑侦队怎么说你们吗？现在好了，放跑了两名嫌疑，你们说，这个责任谁来负？"

"指导员！"简凡刹时瞠目结舌，这大帽子扣得可不得了，他挺挺腰杆说道，"您想让我们当英雄，也得给我们当英雄的家伙呀，难不成真用几罐辣椒水、几根警棍去对付持枪歹徒？我们不跑怎么办呀？杵那儿当靶子？我们要有枪，我们也敢拦截，市局的同行砰砰放了几枪都没拦住人，那可都是警察中的精英啊，我们哪拦得住呀？那么多警察荷枪实弹都没逮着人，这怎么能是我们的责任？别人脑袋上戴着的是警帽，难道我们脑袋上扣的是黑锅？"

简凡据理力争，滔滔不绝说了一通。这饭店练就的小嘴可不是盖的，吧嗒吧嗒说得指导员半天反应不过来，也惹得队伍里哄笑一片。简凡身后的四个人也都哧哧笑着，要不是面对指导员，怕早笑成一团了。

但是简凡的话倒也句句在理，头头是道，把指导员给问住了。邰水仙脸上红一阵、白一阵。恰在这时，有电话来了，邰水仙掏出看看来电号码，迫不及待地指着简凡几人喊了句："停班，一组全停班，写检查，听候处理！解散！"喊了句，便匆匆奔着回办公室了。

队伍散了，在外面瞎折腾了一夜，都累了，除了值班的，其他人四零五散找着自己的车子准备回家。一干协警缠着简凡他们，七嘴八舌地说上了。

"地雷，你小子不挺牛的嘛，今天怎么这么狼狈，看见持枪歹徒长什么样了么？"

"黑蛋，你身上怎么臭成这样？哦哟，一股大粪味！"

"锅哥，您是咱所里名副其实的第一锅啊！"

取笑的、找乐子的、损人的说了一通，五个人不无几分糗色，分开众人，逃也似的离开了派出所。一直跑着转了两个胡同，简凡才停下，一回头却是诧异地看着四个手下还跟着自己，不耐烦地说道："你们各回各家，各找各妈，干嘛跟着我？"

"锅哥，咱们怎么办？要不写份检查，回指导员那儿承认错误去？"绰号炭锤的汕汕说道。他一脸黝黑，还是个半大孩子。

简凡想想，脸有苦色，舌头抿着嘴唇很为难地说道："不好说，估计咱们写检查也没用，刑警队还在山上忙乎呢，现在他们顾不上咱们。要抓着人了，都好说，肯定没人跟咱们临时工过不去。等处理结果出来再说呗。"

"那要抓不着人呢？"黑蛋悻悻问道。沾了一裤腿粪肥，今天可够糗了。

"那估计就得受处分了……没事，你们把责任推我身上就行了，就说我让你们都躲起来的。"简凡故作轻松地说道。

"别呀，要处分一起处分，怕什么呀？"成钢不乐意，一副有难同当的神情。

"嘁，说什么呢？我被开了，好歹还能在饭店瞎混着，你好歹还有个科长舅舅，他们仨屁都不会，你让他们干什么去？听我的，你们四个写检查交了，回头就能上班了，我赖着不交，拖两天，他们开了我拉倒，这事就了了。"

简凡说了句，看着四个同伴，差不多和自己一样都是生活无着无落的半大小子，甚至还不如自己。协警工资虽低，可对他们来说也是一份工作。

三个小子不无几分感激地看着简凡。简凡拍拍几个人肩膀，吧嗒着嘴，无言地摇摇头，转身走了。

"妈的，什么世道。"成钢悻悻地说道，回头看看三个发愣的小子，瞪着眼训了句，"看什么看，平时锅哥长锅哥短，有事了让锅哥一个人背黑锅是不是？一点义气都没有！"

处理了五个刺头，郜指导员接了电话，出了所到了局里，行色匆匆地跑到县局四楼局长办，一进门便被局长训了个劈头盖脸："简所长刚走两天，你们怎么搞的？乌龙崎口拦截的五个人，怎么都能弃车逃跑呢？"

"局长，五个人都是协警……"郜水仙懊悔不已，她就怕这些货不担事，还专门找了个不起眼的位置安置这几人，可偏偏这地方又成了关键地方。真是越怕事的时候，越出事。

局长诧异了："都是？不是让你一加四搭配吗？怎么能把协警都放到一线，让他们单独执行任务？你这指导员是怎么当的？"

郜水仙说得有点诚惶诚恐："对不起，毛局长，是我工作失误，所里警力实在不足，我们城关所的辖区又大，精兵强将我都卡在那要害路口配枪了；乌龙峙口是个乡村公路，根本就出不了县域，走三十公里就都成了山路了。这个卡连市局都觉得可有可无，我也是一时大意，派了五个协警在那儿杵着，谁知道嫌犯还就从那儿跑了，我……"

"你什么你？啊？警力安排失误，你要对这事全权负责，要做出深刻检讨！"

局长发人深省地说了句，这责任好像不是协警的，而是指导员的。

郜水仙点头不已："是、是，我一定做出深刻检讨！"

"当然要检讨，你的一时疏忽给抓捕造成了多大的影响，给局里造成多坏的影响。什么人不能用，你把一群协警放在关键位置！要抓不着嫌疑犯，我先处分你！"

电话响了，这才把毛局的训话打断了，接着电话，安排着几队特警搜山，顾不上理会派出所的烂事，摆了摆手，给了郜水仙一个示意，这意思是：走吧！

郜水仙悻悻然离开了办公室，走在路上，心里颇觉得不是滋味，倒觉得自己比简凡一伙还冤！没来由地，这责任怎么三绕两绕，又回到自己脑袋上了。

苦乐自逍遥

该扯的皮继续扯，该办的事继续办。

但此刻简所长未归，指导员就有点难办了，五个人都是半大的孩子，说实话也不忍心开。市局刑侦队知道是协警也没吭声，县局的毛局长也没怎么追究，只说听候处理。于是郜指导员汇报的时候，只是说五个人都在停班做检讨，也没有再往下深说。

追捕仍在进行之中。事发当天夜里，市局刑侦一大队在县城抓捕的时候出了漏子，把嫌犯的亲戚当嫌疑人抓了。几十名警察围着小区，就是钻洞里的老鼠也警觉了。被搜得无处藏身的两个嫌犯又铤而走险，快天亮的时候抢了一辆越野车直接冲关出城。县刑警队没拦住，市局的紧跟着追上来，结果乌龙关卡的几个小子弃车跑了，这才眼睁睁地看着这两名嫌犯钻进了山里。至于谁的责任，还真不好说。

派出所里倒没发生什么事，武警刑警一搜山就没片警的事了。地雷、黑蛋、炭锤三个屁孩隔了一天就耷拉着脑袋去交检查，听了邰水仙指导员的一通臭骂，上岗了。

肖成钢没露面，平时就吊儿郎当；简凡也没露面，看样子准备背这口黑锅回家了。

饭太烫，先晾着；事难办，先放着。邰指导员见上级没有很追究，干脆把这事放下了，心里盘算着，等简所长回来再收拾这俩刺头，如果刑警、武警们真在乌龙县把嫌犯逮住了，肯定不会再追究这些事。

可惜的是，市局县局刑警和武警连搜了三天，除了发现嫌犯的弃车，再没有新的收获，过了三天都疲惫不堪地收队了，市局的也不无悻悻地打道回府了……

别人没什么收获，可简凡的收获大了，连着四天名正言顺地不上班，简凡快把嘴乐歪了。

乐什么呢？乐的是口袋里充实了不少，乌龙县第一锅的生意虽然没有火爆过，但从来也没有差过，这几天全天候地守着饭店跑堂，逮着几桌生客，深深浅浅宰了几刀，口袋里又增加了不少银子。

简凡在自家的店里从来没有拿过工钱，可每个月收入比拿工钱还高。积少成多的道理从老爸那儿早学会了，隔三差五别看宰得都不多，可一个月下来，怎么着也有一两千。每每攒上两个月钱，简凡就会瞅着时间到省城找香香疯吃疯玩几天，等口袋里掏干净了再回家里。

和老爸不同的地方是，简凡存钱是为了花；而老爸存钱是为了家。

毕业第一年，差不多就是这么瞎混过来的，虽然在别人眼里像个无业游民，可简凡倒觉得这小日子滋润得紧。这两天算着连工资加上存的钱差不多有三千了，简凡还真想是不是周六跟费胖子一起进城玩去。

这天的上午，看着还没有客人上桌的时候，简凡算着今天是乡镇公务员考试统一发榜的日期了，跟老爸说了声出去办点事，就离开了店里。他派出所的事没敢跟家里说，怕爸妈着急；考试看榜的事也没说，自己先看看考得怎么样，为即将到来的暴风雨做好心理准备。

有货的时候开车，省力；没事逛的时候，就骑自行车，省油。今天，简凡就骑着那辆已经斑驳掉色的老式自行车上路了。

乌龙县很小，从饭店到县城骑着自行车二十分钟能打个来回。县城的绿化不错，夏日里炎炎阳光下，路两旁的刺槐、白杨、垂柳青翠欲滴，一面是山一面是河，依然清澈如斯未被污染的乌龙河在夏天里显得生机盎然。这些也正是让简凡感到不无惬意的地方，在城市里，不管绿化多好，总感觉那是假的——那些花是人工的，闻不到天然的清香；那水是净化的，没有自然的腥香；那些草，更不用说，根根肥硕，一看就是人工培植、养分过剩的。

一路口哨一路歌，这两天简凡早把派出所的事忘到脑后了，反正大不了除名，我还正不想干了呢。一路骑着车到县政府看榜，路过政府招待所，简凡一下子被一个"奇景"吸引住了。再一寻思，乐了。

装潢考究的政府招待所是县城最好的宾馆了，已经改名为乌龙宾馆，可县里人还习惯称之为政府招待所，在县城，住这里就代表最高身份了。招待所的大院子里一溜平整的白色大理石地面，最中间是一个假山喷泉，四周漆着绿色的铁艺栅栏，往后看是十层的白楼，在县城是最壮观的建筑。偏偏这栅栏前爬了个人，一个非常影响市容的人，一个肥胖的大胖子，前倾着身子抓着栅栏不知道在偷窥什么，那人不用看正脸都知道是费仕青，因为那个特大号的屁股撅着，乌龙县很少能有与之匹敌的。

恶作剧的心理又来了，简凡支好自行车，蹑手蹑脚地站到了费仕青背后，猛地大喊一声，然后一脚踹上了肥臀。

费胖子吓得捂着后臀惊叫一声，差点背过气去，回头一看是简凡，气哼哼地说道："捣……捣什么乱？影响胖爷看美女呢？滚！"

"哟，美女？哪有？废品，你发什么癔症呢？你不会喜欢上那扫地大妈了吧。嘿嘿。"简凡抬头看看，招待所的大院子里停着十几辆车，来来回回倒也有人，却没发现有什么美女存在，扫地的大妈倒有一个。

"啧！"费仕青不屑地吧唧着嘴，一说这话题来劲了，和简凡并排靠着铁艺栅栏，神色非常八卦地说道，"锅哥，这美女可不同凡响，你别吹阅尽天下美色，我保证你没见过这么漂亮、有气质的美女！哇，你没看见哦，我都看了两天了……"

简凡笑着道："美女？你有病吧你？"

"真的，锅哥！我这眼光还有什么可怀疑的？"费仕青急于辩白，"这两天我妈逼着我早起锻炼减肥，一大早出来就见乌龙河上公园里有人跳舞。哎哟，你可没看见，翩翩起舞、穿个白衣跟仙女下凡一样，看得人心里直痒痒，后来再一细看，我才想起来，这不是跳舞，这是瑜伽，知道什么是瑜伽吗？就那种，一下子往后翻，脑袋就挨着屁股了；一下再朝前翻，两条腿就能夹着脑袋了；一抬腿，哇，就又架在膀子上了，哟哟……"

费仕青手舞足蹈地说着，兴高采烈地比划着，差点把自己摔倒。

简凡哑然失笑了，接着费仕青的话头损道："然后你就尾随着人家来偷窥？老废，你下流就算了，不要这么下作行不行？"。

"啊？我辈自是风流种，这怎么是下流呢？我是欣赏，谁跟你一样。"费仕青想当然地说道。

简凡看费胖子这么大兴致，这到上心了："那人呢？你说得这么漂亮，我也审核审核。"

两人说着，心劲儿都来了。一说到美女，怕是男人都要提起那么一点好奇心。

隔着栅栏看美女在大学时代就是宿舍一干同学的爱好，边看边品头论足，也觉得惬意得紧。大学无所事事的时候，蹲在街头看过往的美女能看一天，而费胖子正是此道的好者，夏天最愿意坐大街上看美女、流口水。

"一会儿就出来了。准备好啊，嘿嘿，哟，看看，出来了出来了。"

费仕青紧张得两个胖脸蛋直发抖，瞬间从口袋里摸出了微型望远镜观察着，嘴里仿佛尝到了第一锅的美食一般吧唧着嘴感叹道："哟，看那身段，看那脸蛋，让我摸一下，砍了我手我都不心疼。"

赞得是天花乱坠，说得是口水飞溅。

"我看看，给我给我！"简凡被费仕青撩得兴起，挤着费仕青把望远镜抢手里。隔着几十米的距离，没这家伙还真看不清楚，看来费仕青是早就预备好了。

几十多米开外，水绿色的淡衫、休闲长裤，米黄色的挎包，娉娉婷婷、风情万种的一位佳人正从门厅出来，等在车前，好像正准备去什么地方。

简凡看到美女时，马上吃了一惊，手抖着差点把望远镜掉地上。

费仕青拍着简凡的后背得意地喊着："看呆了吧？看傻了吧？觉得自己白活了吧？就你那香香妹妹，和这位神仙妞儿，差得是天上地下吧！"

简凡一乐呵，放下望远镜，侧头一看费胖子的怪相，转念计上心头，笑着说："废品，我五分钟把这个妞泡上你信不？"

费仕青拿着望远镜头也不回："斯文点好不好，不要猫抓痒痒急不可耐好不好？就你现在这德性，和仙女站一起都是亵渎。"

费仕青的话不无嘲弄，简凡一身非主流文化T恤，上面印着四个大字"我是光棍"，配着一条洗得发白的牛仔裤，虽然小样长得也不错，可也实在寒酸了点。热衷于名牌的费胖子经常拿这话题来嘲笑简凡小气抠门。

简凡笑笑，却依然诱道："我现在修炼了一年，泡妞水平又有小成，这仙女也都不在话下，颇有心得。你打不打赌吧？"

费仕青不屑道："切，就你？连你家那妞儿都看不住。"

"嘿！你越贬低我，越说明你心虚，我知道你不敢赌，那算了！"

"怎么赌？"

"我现在立马上前，电眼一扫，马上让她投怀送抱，接着我可以随意摸摸她的手，再摸摸她的秀发，然后再把她的电话要出来，说不定再搞个约会，怎么样？赌五百。"

简凡双手叉在胸前，带着几分不屑说道，话里故意刺激着费仕青。

俩人从小就爱抬扛，谁都不服谁。

费仕青被这话刺激得顾不上看美女，回头指着简凡，比简凡还不屑地哼着鼻子道："你以为你帅是不是？乌龙县土鳖里，就你最帅是不是？吓唬谁呀？赌五千！敢不敢？"

简凡背靠着栅栏笑道："五百！五千我怕你赖账，就赌五百。"

"赌就赌！"费仕青不信邪了。

"好，你看清楚了啊，摸手、摸头发、要电话，我立马办到，一会儿别耍赖啊！"

"废话，我还怕你耍赖呢！输了不给钱，我上你家吃去！"

俩人互指着对方，拗上了，简凡在挑衅、费仕青不信邪，两人从小打赌互有输赢，谁也不惧谁。

不过简凡却是胸有成竹一般，大大方方拍拍费胖子，快步朝着招待所大院奔去……

巧把佳人扰

要说简凡这模样哄着未成年姑娘，费仕青绝对相信，这长相太迷惑人，大学都毕业了还那么面嫩，回头背着书包去装高中生都没问题。可对面这美女明显已经不是轻易能上当被骗的年龄了，没准是哪个单位下乡或者来乌龙旅游的客人，第一次见面想摸头摸手要电话，这事打死费仕青也不相信。

可费仕青没想到的是，这个美女简凡根本就认识，那辆车也认识，不是别人，正是那天在饭店被自己宰过一刀的蒋迪佳，一身白衣换成了休闲装，却不知怎么阴差阳错被费胖子盯上了。

只要认识就好办，不就摸个手、摸摸头发，再要个电话吗？难度不算很大呀！

奔跑的过程中，简凡这心中早已转过数种方案，很快就挑好了最直接、最好办的一种。快到面前的时候，简凡马上换了一副天真无邪的笑容喊着："蒋姐姐，可找到你了！"

仿佛是再见亲人般的笑容，绝对有迷惑人的效果，从小站在老师面前撒谎的时候，每次觍着脸骗老妈钱的时候，每次考试挂科到老师那儿说情的时候，每次笑吟吟下刀宰人的时候，都是这类笑容。

果不其然，蒋迪佳一回头，看着几天前的小跑堂化身成了学生男，霎时春光绽放般的笑容显在俏脸上，他乡遇故人一般欣喜地指着简凡道："你……简凡！你怎么来了？找我吗？"

"啊，是啊，找你！我找得你好苦啊，一路打听到这儿了。"简凡一副气喘吁吁的表情，瞎话比菜做得还好。

"有事吗？"蒋迪佳笑着，这么个阳光大男孩一脸急色地来了，还真让她诧异了。

简凡笑着开场了："您还记得您要的芙蓉玉米黄吗？"

蒋迪佳笑了："噢，我过两天去拿！事还没有办完呢。"

简凡搓着双手又急着摆着，仿佛有点害羞、有点手足无措地说道："不不，蒋姐姐，您误会我的意思了，我昨天见到我爷爷了，我爷爷说难得有人惦记着他的老店，一定是打心眼里喜欢玉米黄的老客户，这不是卖的问题了，他嘱咐我，一定让我给您送一瓶来，我回来才发现……那个……我实在对不起你……"

一个很合适的理由，一副期期艾艾的表情，一双无辜的眼睛，几句诚恳的话勾起蒋迪佳的好奇心了，有点不解地顺着话头问了："怎么了？怎么就对不起我了，我们不刚认识吗？"

简凡很诚恳地说道："我……实在对不起你，洗衣服的时候，我把你名片洗了，电话号码丢了，我想找你又找不着了，路过这儿刚好看见您站这儿，所以我……我来找你，再给我一张，我回头给您送酒来。"

这个小小的要求，谁都不会拒绝的。

"没事，别这么客气。"蒋迪佳一听笑着释然了，还真被简凡一番胡扯感动得无以复加，翻翻肩上的挎包，没找着名片却多了一支笔，笑着说道："名片来乌龙用完了，我给你写下来，不过我不能白要你的酒，我会照价付钱。"

简凡就驴下坡，蓦地伸着左手伸到蒋迪佳眼前，笑着："写这儿，蒋姐姐……"

伸着手不无得意，等会儿敲诈胖子的第一步完成了。

蒋记者看看简凡一脸笑容，丝毫不觉得这大男孩在捣鬼，抿着嘴笑笑，支着笔，刷刷在简凡的手掌腕部写了电话，边写边说："百年老店看来不是徒具虚名，你们简家一家都是义商啊！我算领教了。"

"哎，对对……"简凡看着一行手机号，喜不自胜，心不在焉地应着，只惬意地感觉着被那只白晰小手握着的感觉。

——仿佛一股微微的电流电过全身，惬意无比。一米近的距离，简凡当厨子这么灵的鼻子，简直能闻到从美女白颈里透出来的幽香……肩上飘洒着秀发，有一种若有若无的清香，是茉莉花的清香……甚至比芙蓉玉米黄的味道还要香醇几分。

蒋迪佳一看简凡发愣，笑着把他的手甩下来，有点嗔怪地说了句："不许这么看女孩子，很不礼貌哦。"

说是如此，但并不像很见怪的样子。被人欣赏总比被人无视的感觉要好吧。

"对不起，蒋姐姐，我失态了，不过我可不是不礼貌，而是发现那个……那个您想知道吗？"简凡瞬闰省悟了，反应过来了，这正事可不能误了，马上换上了一副严肃无比的表情，很慎重地卖了个关子。

"什么？"蒋迪佳诧异了。

得，上当了，第二步开始了。

简凡郑重地说道："我刚刚突然发现，您的健康有点问题，您不介意我说真话吧？"

蒋迪佳一下子被唬住了，眼里惊讶多了几分："是吗？我挺健康的呀！你看出什么来了？"

"呵呵，我是看您的头发看出来的，头发颜色、形态的改变在一定程度上可以反映人体的气血运行和健康状况，我看到您的头发，那个实在是……我们家懂中医的人不少，那个……"简凡说话一直是半截半截说，这吞吞吐吐的是最好吊人胃口的办法。

"是吗？那我？"蒋迪佳有所触动，下意识地用手指挽着头发往眼前放。

"看您的头发……"

开始了，简凡顺理成章地食指中指一捻，轻轻地挟着蒋迪佳肩上一缕头发，伸到蒋迪佳侧目能看得着的地方，很慎重、很严肃，丝毫不带轻浮的成分，一切都看上去非常自然。

架着望远镜看着的费仕青下巴快掉了，紧张地轻喊着："他大爷的，真敢摸呀……美女唉，快踹他一脚、踹他一脚……"

不过情景并没有像他期待的那样发展，美女不但没发飚，反而很受用的样子。如此唯美的情景，就像一对壁人在互诉衷情，女人在含情脉脉，男的在抚着她头发安慰。

眼见的不一定为实，费胖子以为简凡在泡妞儿，而妞儿根本不以为简凡在泡自己！但谁又会知道简凡醉翁之意不在美女，而是在费胖子的钱包。

不到一米的距离又被简凡拉近了几分，迎着蒋迪佳的目光，清楚地看着在眨长长睫毛。美女的个子差不多顶到了自己鼻梁上，如此近的暧昧距离，简凡强自压抑着心中的蠢蠢欲动，摆着一副学究的神态，很博学、很老气横秋地缓缓解释道：

"头发颜色、形态的变化和人的肝肾、气血循环有关，肾脏功能正常与否和头发的外在表现紧密相联，有'肾精气充足，其华在发'之说。肾藏精、肝藏血，精血可互相转化。肾精不足、血液亏少、精血亏虚，头发就会枯黄无光、容易断裂分叉；人的气血充盛，头发就会变得乌黑有光泽……蒋姐姐，您看您的头发，虽然保养得很好，但梢部颜色稍稍发黄，偶尔有分叉现象，这说明你精血亏少，无法很好地营养毛发；可以看得出您在工作中思虑过多、精神压力也多少有点，这样导致了你体内的精血暗耗，发根会失去滋养的成分。所以，您只能算亚健康的状态。"

天下就没有百分之百健康的人，人都不健康，何况头发？简凡知道这偏门一般不会有人懂，怎么唬都不过分。从小跟着爷爷耳濡目染了不少中医知识，药酒药膳都懂一点，治病肯定不会，可唬人绝对没问题，特别是唬智商并不见得很高的美女。

这话一说，倒让蒋迪佳另眼相看了，诧异地说道："嗯，差不多，我从小身体不好，练了十年瑜伽，倒是调养得差不多了。咦，简凡，你才多大，中医你还懂？不简单啊！中医调理没有十几年功夫可到不了家。"

诧异中带着欣喜，仿佛发现新大陆一般眼前一亮。

"嘿嘿，您说的没错，我爷爷是酿酒师，略通中医，我也学了十几年了，其实美酒、美食、美容本是同源的，看您的发色……"

简凡胡扯着，得寸进尺地抚着蒋迪佳的秀发，感受着头发的滑爽。然后继续庄重地说道：

"您的头发不够黑、不够亮，偶尔有分叉的现象，建议您不要使用过多的化学焗油。通过自然食补的法子调理。人体内肾与五色相配为黑，多食用黑豆、黑木耳、黑芝麻等黑色食品有利于头发健康。避免吃辛燥、油厚的食物；日常的生活要注意，洗发的时候，最好能自然晾干，不要使用吹风机，以免头发干燥。注意用梳子或手按摩头皮，促进血液循环……"

手随着滔滔不绝的话在轻轻抚着，话毕、动作停止，简凡不动声色地把手里蒋迪佳的头发轻轻地抚回原处。整个过程滴水不漏，就像一个医生在嘱咐病人，更像一位帅哥安慰情人！

蒋迪佳瞪着一双美目诧异不已地看着简凡抚平自己的头发，这段时间仿佛已经失去了意识，被这个男孩带着磁性的话吸引了。还没等她把刚才的话消化，简凡又握着她的小手，这时候，蒋迪佳倒是相信的成分多了点，机械地被简凡握着手没有抗拒，反而饶有兴致地看着简凡要干什么。

简凡呢，很郑重地给自己的龌龊行为美名其曰一句："把脉！"

最后一道工序了，这摸手也得多摸一会儿，得让费胖子输得心服口服啊。

美女有时候是可以白摸的，但需要一个信得过的理由，现在这个理由嘛，无懈可击。

指比春葱嫩三分，腕较皓月白几许。蒋迪佳的小手差不多到手模的水平了，看得简凡心动不已，可算欣赏了个十足。足足握了一分钟，简凡才点着头说道："嗯，精血暗亏……蒋姐姐，我建议您多尝尝我们家泡的药酒，我随后给您送一瓶，这种药酒是用首乌、菊花、侧柏叶、赤芍等天然的中草药泡制的，对于维护发根发梢生长都有很好的疗效。如果不喜欢酒的话，我给你一个煲汤的配料，用这几种药煲，保管您半年不到，出落得比现在更漂亮、更健康，用美食来催发健康和美丽，您觉得这个办法好吗？看得出你并不热衷于化妆，这很好，美是化不出来的，自然的才是最美的。您很美，有自然脱俗之美，但你能够比很美更美一点，也能够把这种美保持得更长久一点。"

话完了，手放下了。蒋迪佳惊喜、诧异和被暗暗恭维后的满足，都写到了脸上。

女人都爱美，不但爱美，当然也喜欢被别人赞扬和欣赏自己的美。脱俗是一种美，可再脱俗的美女，也脱不了喜欢别人恭维这个俗。

不过，简凡却是不动声色地心里暗笑，我白摸美女，费胖子回头付钱，这生意赚大发了。

蒋迪佳笑着，很受用地像大姐姐看弟弟一般，捏捏简凡的脸蛋："哇，名虽简凡，实在不凡啊！姐姐看来得好好谢谢你啊！这个办法太好了，看来我得好好向你请教请教！"

"不用谢，不用谢……我应该做的，我一看您就觉得非常亲近，就像咱们是亲戚似的。"简凡厚着脸皮套近乎，一脸涎色。

不过蒋迪佳却不介意："呵呵……是吗？我要是有你这么一位会做饭的弟弟就好了……哎，对了简凡，你的厨艺能赶上你爸吗？"

"嗯，差不多！熬汤我不如他，炒菜的花样我要比我爸强一点，炖菜我们爷俩旗鼓相当。"

"哟，那我得饱饱口福啊。"

"没问题，您来了，随时欢迎！"

这一手借头发说话的本事迅速拉近了两人的距离，美丽和健康是女人最关心的话题，只要说这个话题，鲜有不吸引女人注意力的。不过可惜的是，当简凡还滔滔说着自创的美食与美丽的关系时，当天那几个被自己宰过的客人都从门厅里出来了。而且还都对这个小跑堂记忆犹新，挨个打过了招呼。蒋迪佳仿佛也有点不舍似地拍拍简凡，笑着说道："谢谢你啊，简凡，今天我们还要下乡，咱们回头聊。"

"路上小心啊，姐姐。"简凡帮着美女开门迎上车。蒋字直接省了，叫姐姐了。

蒋迪佳坦然受之，笑着坐进车里和简凡再见。车里几个人，被简凡殷勤得近乎肉麻的告别逗得直笑，都一脸暧昧地笑着。

直到看不见招手再见的蒋迪佳，直到看着车驶出了招待所大院，简凡才奔着出了招待所大门，一副得胜的表情，站在费仕青面前。

根本不知道简凡在捣什么鬼的费仕青可惊傻了，一副不相信的表情——张着大嘴合不拢、眼瞪得比刚才看蒋迪佳的时候还圆，看着简凡，简直比大白天看见一群鬼还惊讶。

简凡斜觑着眼，一副不屑的神情，伸手端着费仕青的胖下巴，往上顶了顶，帮着费仕青合上了嘴，然后这手已经伸到了他脸前——此时无声胜有声，都知道这个手势的意思：给钱。

却不料费仕青两手捧月般地握着简凡的手，上下看看，跟着吧唧在简凡手上使劲亲了几口，边亲边惬意地说道："哇，这是美女握过的手啊！哇，好香！多亲几个……"

亲不着美女，亲着简凡也让费胖子眉开眼笑，还笑得猥琐之极。

这下倒把简凡气得哭笑不得，不耐烦地抽出手来，劈头就是一巴掌扇在费仕青脑门上，手又伸到脸前，瞪着眼叱道："给钱，别装傻！"

"哦，我、我没带那么多钱。"费仕青还是发愣，不知道是装傻不想掏钱，还是仍在震惊之中。

"就知道你要耍赖。"

简凡可不客气了，动手要拽费仕青的裤子，费胖子紧张得赶紧提着裤子，肚大没胯，最怕人拽裤子。刚一提却不料简凡这快手已经伸向他几个口袋，三下五除二摸了一通，瞬间把屁股口袋里的一叠钞票抢手里了，数了数才二百多。简凡倒也不嫌少，很拽地把钱塞在自己口袋里，看着还发愣的费仕青，朝着肥臀又是一脚："你个死胖子，还局长公子呢，装二百就给我打赌，赌五千你是不是输了准备赖账？"

"谁赖账了，你又没说立马就给，我欠着还不行？"费仕青一瞪眼，快快不乐地说道。

"你个无赖，欠我多少顿饭了，就没见你还过。好了，拜拜啊！你一边凉快去，明儿还赌再叫我，再赌先把债还了啊！"简凡把费胖子捉弄了一番，回头推着自行车要走。

两人从小就以捉弄对方为乐，都以掏空对方的口袋请客或者敲诈对方的银子为乐。

费仕青急了，蹦着粗腿跟在简凡背后，拉拉扯扯地说道："锅哥，锅哥，你怎么办到的，教教兄弟……这么个美女，你又摸手又摸头发，还被美女摸了下脸蛋，要我早幸福地晕倒了。锅哥锅哥，以前就知道你骗未成年少女有两下子，没成想您在御姐方面还大有研究啊，给兄弟指条明路，让兄弟也试试去……哎，那电话呢，给我抄下来。"

"啧……废品，这教你能学会吗？就你这德性，别人抬头往上看，看不着你的脖子；你低头朝下看，看不见自己脚。你都好意思出来泡妞啊？"简凡故作不耐烦地停下来了，瞪着费仕青，逮着机会使劲损着。

这费仕青火急火燎，上窜下跳，不但不介意被简凡数落，反倒觍着脸谄笑着迎上来了，点头哈腰说道："锅哥，乌龙您是第一帅哥，这我没法比，咱们不是兄弟吗？有难同当，有福同享，有了美女一起上……"

费仕青说着说着脸憋红了，嘴刹住车了，再说就不像话了。他紧张地看着简凡，现在揪心的不是那两百块钱，而是已经消失的那位美女。

"少废话，先还赌债，你宰我的时候可没客气过啊。"简凡不依不饶地说道。

"教兄弟一招，没问题，我下午送你家去，我爸那柜子里有好酒，我偷一瓶给你咋样？"费仕青拍着胸脯说上了。

"这还差不多！"简凡一听，勾着指头说道，"过来，我告诉你，看你小子这么上心，得，把约会这个机会送给你了，今儿晚上，你到店里找我爸，整瓶玉米黄给这姐姐送去，就说你是店里的伙计啊，不过你这长得也太寒碜了……这样的话，不有认识的机会了吗？下面的，剩下你自己想办法吧，至于你能聊到什么程度，能不能让美女青睐你，就看你的本事了。"

简凡边说边忍着笑，这下，又找了个冤大头送酒的，省得自己跑腿破费了。

费仕青听得却是喜笑颜开，不住地点头，听完了，万分感激地握着简凡的手不住地点头鞠躬："锅哥，兄弟我多谢了啊，从小到大，就你照顾我，我感激得真是无话可说。下辈子，下辈子我当哥照顾你啊！"

简凡叱道："滚！拣了便宜还想占我便宜是不是？"

"哎，立马就滚，我去准备……"费仕青捡到了金元宝似的，回头就跑。

简凡蓦地想到了什么突然喊了句："站住！"

费仕青应声站定了："怎么了？"

看着费仕青一脸暗自高兴的憨相，从小到大都是别人捉弄的对象，简凡突然觉得心里颇有不忍，暗忖是不是捉弄得有点过分了，想了想提醒了句："废品，别说哥没提醒你啊，这姐儿可不是个省油的灯，别到时候你毛都没沾着，回头怨我啊。人家穿的是公主鞋、挎的是LV包、手腕上一块玉镯我看顶得上咱们一年学费，身上那衣服什么牌子，那字母我都叫不上名来，一身上下怕不得好几万，咱哥俩就是一对土鳖，你老子就是有钱，你也就是个有钱的土鳖，那层次不是咱们够得着的。"

"没事，我就喜欢，我就想认识而已……你老爸说得好，美食不一定非要吃，观着、闻着、想着就是一种享受，对不？"傻里傻气的费仕青说话经常爆出经典。

简凡一听老爸的话被这么引申，嘴里泛苦，正话反说着："有长进啊胖子，你这样想最好，希望越大失望越大，这事当不得真。"

捉弄不能太过分，毕竟是哥们儿。简凡的话，倒是现实得很。

"嘿嘿……"费仕青毫不介意地傻笑了半天才凑上来说道："锅

哥，这话我也送给你，今天失望最大的肯定不是我，你也别太当真了啊。"

"什么意思？"简凡一听这话里有话，倒怔住了。

"自己想去！"费仕青倒卖起关子来了。一句话把简凡说愣了，自己倒得意洋洋地走了。

简凡诧异了半天，直看着费仕青迈着八字步走远了。想了一会儿，一拍脑门恍然大悟：对了，考试！光顾着瞎玩呢，把这茬忘了。

心里一急，简凡跨着自行车就急切地往县政府大门口赶。门前熙熙攘攘地早已聚了不少人：蹲着的、站着伸脖子的、一脸失望的、牢骚一堆的……

简凡顾不上注意这些，挤进人群，顺着榜单最后开始找。这是简凡看榜的习惯，知道自己没本事挂到前头。

找啊找啊，哟，终于看到自己的名字了，第五十七名，排在中间，考了71分。

简凡终于长舒了一口气，好歹这次考试还算公平，基本代表自己的真实水平，五十七名虽然没有面试资格，也无缘于那个岗位，不过勉强能对老妈交待了。

意料中的落榜，从小到大都是如此，简凡倒没有觉得天崩地裂，只是有点悻悻然，知道自己不是那块料，没有抱着太高的希望当然也没有那么多失望。挤出熙熙攘攘的人群，准备打道回店，老老实实炖菜卖饭，简凡猛地想起了费仕青临走的那句话。

哟，怎么没见费胖子的名，难道这小子这次没失望？

这一急，简凡又重新挤了回去，爬在榜单上从后往前数，这费仕青从小到大考试一般都是榜尾十名以内！经常就挂在榜尾最后一个，应该一眼看得见。

今天奇了，从后向前一直找到自己跟前，仍然不见费仕青的大名……啊？简凡吃惊地揉了十数次眼睛，看得真真切切，费仕青的大名在第一行，第十一名，分数九十二分！

"九十二分？这货能考二十九分都是发挥超常！"

简凡这自尊被大大刺激了一下，看来费胖子早知道结果了才那么笃定！简凡霎时觉得刚刚摸美女和捉弄费胖子的快意消失了，取而代之的也是一种被捉弄的感觉。这时候，油然而生的失望还真是真切得很，还真被费胖子说着了……

失望，其实离绝望还有很大的距离。

虱子多了不怕咬，麻烦多了不怕扰。失望多了，简凡倒也不觉得自己在失望面前很渺小。

相对于别人眼里的好学生，简凡只能和费胖子这类划等号了，贪玩、好吃、早恋再加上调皮捣蛋，除了老爸一直把儿子当宝贝，除了老妈一直恨铁不成钢地敲打，让老师见了，基本就是阶级敌人角色，从小到大，受的挫折多了，简凡对自己的期望值并没有多高。

失望的时候，简凡经常这样安慰自己：咱当不成大师当厨师总没问题吧？干不出名堂当跑堂总成吧？难道活人还能让尿憋死？

和几个熟识的人笑着打着招呼离开了县政府张榜的地方，简凡很默然地骑着自行车回店，顺路进了趟调味铺，林林总总挑了十几样。一百多块的调料，和秃头的老板砍价砍了二十分钟，算计着最终砍下了十二块两毛，这才打包准备回家。

从街上回到店里，一切不快都已经烟消云散了。这些东西早就想过无数遍了，你再揪心也是毫无办法，还不如不想呢！空想永远不如实干，干什么呢？

做饭呗，还能干吗？晚上可以做梦，这白天，可得活得现实点。

饭时快到了，捋着袖子，扎着围裙，爷俩忙乎上了。苦中能作乐，着实不寂寞。饭店的活虽然累人，但搁简凡爱闹爱笑的性子，还真不觉得有什么吃不消的，即便没有费胖子这个开心果，店里也是笑声不断。

晚饭时分，又是一天忙碌的时候开始了，从六点开始一直持续到十点左右，小县城里没有什么夜生活，除了特殊情况之外，晚上一般都要比中午人少很多，厨房里的活干完了，简凡除了客串跑堂，偶尔还帮着跑堂的扫地、抹桌子、洗碗，桃花这账目算不对了，也要找表哥帮忙。

在店里，除了慈祥且不失威严的简忠实，几个乡下亲戚倒更喜欢简凡多一点。

一直到九点多快打烊的时候，简凡突然想起了费仕青，一想起这货，简凡就忍不住肚子笑得要疼。费仕青这货从高中时代就开始泡妞，可每次都是在越挫越勇中开始，又在越勇越挫中结束。大学时代最经典的是一个妞为了摆脱他的纠缠，含情脉脉地调戏费仕青说你减三十斤肉，我什么都答应你。结果费仕青狂喜之下开始疯狂减肥，减了一周，体重没降、血糖骤降，直接晕倒在校园了，一时在学校人尽皆知。"泡妞泡到昏迷的胖子"费仕青那名气可比校花还要大几分。

这个时候，简凡想着，费胖子估计已经被人扫地出门，一个人坐河坝上郁闷去了。正揣摩着是不是打个电话安慰安慰费胖子受伤的心灵时，店里又来了两个客人。简凡照例是客气地把人请进店，两个客人不坐大厅却是坚持要进包间。笑着介绍菜品时，简凡突然心里一动，这两个人，莫名的熟悉，好像在哪见过，却一时又想不起来……

绝对不是店里的熟客，可好像也不是生人，偏偏还不是乌龙口音，这就奇了！

俩客人点了两份耳锅炖红烧肉，酒水也不要，催促着快点上菜。简凡支应着，心下不无诧异地想着，猛地一拍大腿，颤巍巍地摸出口袋里那张皱巴巴的纸……

是他们，是他们！简凡一下子心里狂跳不已！暗骂了句："妈的，这群通缉犯，老子躲躲躲、逃逃逃，这倒好，躲开了俩，剩下俩还找我家里来了，这人走背字也就罢了，不能老遇着这种不要命的货色吧？这还让不让人过了？！"

奇食有奇效

"打110！有困难找警察！"

一般人遇到危险，都会条件反射般地产生这样的想法。

不过这个想法很快被简凡否定了。要放在以前估计会这样干，可当了半年协警，多多少少对县里的警力配置有所了解。派出所里，差不多值班的就是协警，而刑警、特警真组织起来也需要一段时间，再快也赶不上这顿饭的速度。

再说了，店里还有老爸、表妹，还有乡下亲戚和几个食客呢，伤着人可咋办？

简凡把那个皱巴巴的纸又看了几遍，很快确认了：一个萝卜脑袋、一个脸像牛肉干，编号A1、B4，市局刑侦一大队出于保密，连嫌疑人的名字都没留下。回忆如过电影一般：俩人进门的时候，一个戴着帽子，另一个戴着墨镜，怪不得觉得别扭。两人先扫了一圈大厅里，看没什么人才进来，进来了要包间坐下的时候，先看看窗外，窗外正对着通往县城的路，视线开阔。一说话，目光游离，这警剔性明显很高，而门口就停着他们开的车。

咋办？就这么放他们走了？简凡有点心里发毛。

不动声色地放走是最好的办法，可简凡实在觉得难受。被人耻笑、被指导员训做草包、那口偌大的黑锅晃晃悠悠地，没准就扣自己脑袋上了。直到现在还瞒着爸妈，没准二叔一回来，又是一顿恨铁不成钢的奚落，还有那个水仙不开花的指导员，这时候没准正准备给自己写一个处分通报。

不能让你们如愿了！简凡恶从胆边生的报复心理上来了，恨恨暗忖道：帅哥不发威你们还当我是什么了，让你们瞧瞧简家菜的神奇！

心下一寻思，简凡拍着大腿飞奔着报了菜，钻进配菜房，拿起个小耳锅，眼疾手快地拉着一面抽屉柜，运指如飞地捻着十几味中药，瞬间配成一副，又不死心地加大了几味料的分量，奔着出来加水上火，将加猛的液化炉开到了最大，轰轰的火声，一会儿水便滚了……

"小凡，你干什么呢？"正调味配菜的老爸诧异地看着简凡。

"爸，配几味安神补脑的药，我这几天睡眠不好……"简凡不动声色地说了句瞎话，一看老爸，心下又觉得慌张，赶紧说道，"爸，你先回吧，就一桌了，我伺候着……你骑自行车吧，我一会开着车顺便把垃圾倒了。"

"那行，早点回来啊。"简忠实说着，抹抹手看看时间，已经快到打烊的时候了，步行着出门又想起什么来似的问了句："小凡，这两天你怎么没上班？你妈中午还问呢。"

"轮休……爸，你问那么多干什么？"简凡嘴里有点苦，话到嘴边说不出来了。跟老爸说实话倒不怕挨批，就是怕看到老爸失望的表情。

"开车小心点啊。"简忠实安慰了句，先骑着自行车回去了。老爸几十年就是这么两点一线，家到饭店、饭店再回家，那辆破自行车，差不多和简凡的年龄一般大了。

伸脑袋看老爸走了，简凡心放了一半，厨房可就是自己的天下了。

快点快点……简凡盯着火上的锅，心里像锅里沸腾的水一样熬着！最担心的是药效不到，平时熬中药都是猛火滚水再加慢火细熬，这么快的速度也不知道有没有效果。

沸腾的汤汁蹦起来了，咕嘟咕嘟的声音，厨房里慢慢地飘出了药香。简凡一咬牙，一大勺子药汁和在耳锅的炖肉菜里，香料加中药，再配着肉香，成了一股说不出的异香，简凡尝了尝，没有破坏汤汁的鲜味，这才端着上楼了。

小隔断包间里，两个人看样子早等急了。简凡心有余悸，只怕这俩货发现出不对来，笑吟吟地放下两份菜说道："两位大哥，慢用，耳锅红烧肉，先烧后炖，我们用的药膳底料，闻着有异香，吃着有淡淡的中药味道，汤色鲜美，有清胃健脾、醒脑明目的功效……"

简凡显得不动声色，两眼清澈如水，从小到大，越是说瞎话的时候越是镇定。

这个时候，简凡知道自己是安全的，当跑堂练就的一张笑脸当得是迷死人不偿命，除了笑、除了谄媚，在这张脸上还发现不出什么异样来。即便是心里害怕得要死，把这些人骂了一千遍，可嘴上还是客气。

"嗯……"萝卜脑袋的那位，使劲闻了闻，夹了一大块五花肉嚼着，含糊不清地说道，"不错，味道不错，我听朋友说过乌龙县最好的炖菜是第一锅。"

两个精致的小耳锅，飘香的肉炖菜引得俩食客食欲大增，看那样也是饿了，俩人都是馒头就着菜狼吞虎咽。吃得咂咂有声，连简凡一直伺候在身边都浑然未觉。

这时候看着两人，一个萝卜头，一个牛肉脸，和那照片却是更相像了几分。

笑吟吟的简凡看着第一步达到了，又是征询般地问道："二位大哥是第一次到乌龙吧？我们店里还有玉米酒，叫芙蓉玉米黄，酒味清香、药味浓郁，二位听说过吗？要不来点？"

那牛肉脸的看样是大哥，忙不迭地吃着菜，却是顺手摆摆筷子："噢，算了算了，你去吧，我们不喝酒，还要赶路。"

这难不倒简凡，略一思索便忽悠上了，很诚恳地说道："这位大哥，美食不配美酒是一大遗憾，看样子二位是远道而来，肯定是开车赶路，怕影响。这个二位大哥放心，没关系的，玉米黄酒精度数才十度，比啤酒高不了多少，对于二位大哥来说和饮料没什么区别，不过味道香醇、酸中带甜，尝一口是齿颊留香，喝一杯是提神醒脑。初来小店，实在没有什么照顾二位大哥的，我赠送二位一人一大杯，二位尝尝，不用付钱。尝着不好，您泼我脸上；尝着好的话，您二位也照顾照顾小店生意，见着亲朋好友传个口碑，做个广告。我们老店的口碑就是这么来的。二位大哥意下如何？"

这恳切的表情实在让人不忍拒绝，忽悠了一堆，不过是找个送酒喝的借口而已，但凡吃饭买东西，贪小便宜心理总是有的。这么挑逗一下，很少有人会不要白送的酒。

那牛肉脸的一听倒乐了："哈哈，这小伙子会说话。好，听你的。"

俩人都乐了，伸手不打笑脸人，何况又是白送酒的笑脸人。

"哎，二位稍等。"简凡也乐了，这才飞奔着下来。厨房里的药锅已经快干了，赶紧一斤酒往锅里一喷，只见"哧拉"一声冒着白烟，酒香药香弥漫了整个屋子。简凡手忙脚乱地过滤了一遍，扔进冰箱，卡着时间算了一分钟，又飞快掏出来倒进瓷壶里，奔着上了楼，毕恭毕敬地把酒放到了两位食客的桌上。

"喝死你们！"简凡心里暗骂着，却是一脸笑容地看着两人狼吞虎咽地吃着，等酒上桌的时候，差不多已经一半下肚了。两人就着大杯尝了口，淡淡的酒香和药香，入口清爽，味道能直冲着鼻子里，竖竖大拇指赞口不绝。简凡这时候倒不需要说话了，笑着慢慢地退出来，轻轻地掩上了门。

脚步刚移两步就听见里面人压低了声音，一个在问："大哥，离省界还有多远？"

"不远了，乌龙县是最后一站，二级路再走两百多公里就到了。"

"大哥，这可够玄的啊，老二老三也不知道跑出去了没有，您还就专门往窝里钻。"

"呵呵，咱们都躲了一周了，设的卡早撤了，最危险的地方才最安全。快吃吧，吃完好上路。"

"嗯，好……别说，老二一直吹嘘乌龙第一锅，这味道还真是不错。"

简凡听着，心想这两人还真胆大，明知道乌龙一线的在搜查还冲这儿来了。不过也正如人家猜想，二级路、国道上的哨卡早撤了，上午还听成钢说在乌龙山里搜人三天都没结果，也已经撤回来了。

下了楼，简凡和桃花心不在焉地闲聊着，等了好久都不见人下来。简凡这心里打鼓了。刚刚几样药材是安神补脑改善睡眠的配方，几味嗜睡的药加了平时四倍的量，要按正常情况，就是头山猪也应该倒头睡了。不过熬的时间太短，药性进了多少、发挥药效需要多长时间，进汤里、进酒里是不是还能发挥效力，就让简凡这半瓶子醋说不上来了。

但怎么说也该有点效果吧？这十几分钟等得好漫长，简凡走又不敢走、上也不敢上，火急火燎的样子连桃花也懒得搭理了。

十几分钟后，出人意料的事发生了。楼上包间门"吱"一声响了，接着简凡听到了脚步声，一伸头，傻眼了——

两个吃完了饭的食客，抹着嘴一脸惬意从包厢下楼来了，神采奕奕，哪像要昏迷的样子？下了楼问了价，四十块钱的耳锅，两人扔下一张五十连找零都不要了，还笑着和简凡打着招呼，拍拍简凡的肩膀大赞味道不错。简凡糊里糊涂应着声，眼看着两人驾着车扬长而去了。

啊？眼看着两人出了饭店上了车，"呜"的一声大摇大摆开车走了！简凡笑脸相送着，手挠着腮，一副孙猴子遇上如来无计可施的表情，笑脸慢慢成了苦脸。

这怎么一点效果没有？不但没吃迷糊，反倒越吃越精神了。

药不对？不可能呀！这方子太熟悉了，就几味药而已！特别是酸枣仁，药性直接作用于中枢神经，哪一味安神的药都缺不了，怎么可能会错了？

失效了？也不可能，新药呀！配药膳、泡药酒，老爸最细心了。

简凡转身急急忙忙往楼上包间跑，一斤玉米黄、两份炖肉锅，连汤带菜带酒，都被消灭得干干净净。

"简直两头猪哎，吃这么干净都没事……报警！"

简凡大眼瞪小眼，又浮起报警这个念头，不过马上又否定了。万一这药根本没起作用，出了岔路一走，再抓不着人，自己不成了报假警的了？再说自己现在还是个接近开除的协警，万一让人知道了，自己任凭着两个通缉犯大摇大摆地在店里吃饱了，喝足了，再大摇大摆上路了，那要传出去，就不是要背一口黑锅的问题了。

这可咋办？简凡在饭店的厅堂里来回踱步，一时间比热锅上的蚂蚁还焦急了几分……

好事天上掉

莫不是……莫不是中药的药效发挥的间隔时间问题？

简凡霎时想到了这一层，没有慢火煨、时间又太短，但药量大，药性应该没有什么大问题，但从汤里酒里透出来，这间隔的时间，要比直接服药慢很多吧？

"桃花！"简凡想着焦急，一下子爬到了吧台上，直勾勾地看着桃花，紧张地问道："宁神汤里的酸枣仁加了四到六份的量，会出现什么效果？"

"头晕目眩，然后昏睡不起，伴随有严重腹泻……表哥，你想干什么？"桃花吓了一跳，精灵古怪的表哥可老是出馊主意。

"药效发挥，需要多长时间？"简凡紧张地问道，不理会桃花的惊讶。

"空腹半个时辰，饱腹一个时辰。"桃花脱口而出，从小跟着爷爷酿酒，桃花在中药上的造诣可比半瓶醋的表哥要强不少！

哟，把这茬忘了，简凡拍着脑袋乐了，捏捏桃花的鼻子笑道："哎哟，桃花，我可喜欢死你了，表哥明儿得给你买水晶发卡了哦！"

桃花倒不知道表哥发什么神经，正要问个究竟，不过简凡可顾不上理会了，立马拨开了电话："成钢，在哪……在网吧？饿了不？刚收了一百四十斤的野猪，猪下水锅里炖着呢。还有十分钟我就关门了啊，错过了今天，明儿可没你吃的了啊！"

说罢笑着挂了电话，这是此刻最得力的帮手了，一般使唤不动，不过一说吃稀罕野猪肉，这小子一准跑得快！简凡火急火燎地在店里来回踱步，感觉等了很久才见得成钢坐着出租车慌慌张张来了。

高高壮壮的成钢一副小孩心性，眉开眼笑乐得一步三跳地进门喊着："锅哥，肉呢？哈哈，今儿有口福啊！还是锅哥好啊，知道整点好吃的安慰我受伤的心灵。"

俩人还被停班着，不过看样子成钢停班比上班过得还乐呵，八成是趁着这时间猛玩去了。

　　"啧，来来，有急事，咱们上车再说。"

　　简凡不容分说，揽着成钢的膀子往外走，安排着桃花锁好店门，自己却和成钢上了家里拉菜的车上。

　　一坐定了，简凡把刚刚遇着事细细一说，倒把成钢吓得连吃肉的事也忘了，不过再一想这事透着邪性，不太相信地问："锅哥，你看清了没？"

　　"就是这俩！一个脑袋像大个萝卜、一个脸像牛肉干，错不了。"简凡掏着口袋里的纸，开了车灯展平了，指着画面上第二个和第四个画像。那天警花把这肖像发手里的时候，简凡扫过一遍，特别是对那个脸像风干老牛肉的人记忆非常深刻。

　　"咱们要不报警？"成钢没主意了。

　　简凡解释道："啧，你以为我不想报警呀？万一看错了，我又成谎报军情的了；万一没抓着，回头又说我瞎扯；再说等他们出门，那俩家伙也出省了。"

　　"那怎么办，你叫我有屁用。这帮家伙都亡命徒，咱们还是躲远点。"成钢不乐意了。

　　简凡一听，拽着成钢神神秘秘说道："你听我说，我刚才给他们吃的饭里下药了。"

　　"啊？我靠，这事你都敢干？"成钢吓了一跳，瞪着简凡。

　　"别光叫唤，那药是安神补脑的药方，我加了量，酒里菜里都有。我就想吧，先迷倒了他们，咱们捡个现成的，抓俩通缉犯这功劳不小啊……你就不想立个功？"简凡说着自己的想法。

　　"那他们怎么走了？"成钢听着有点动心了。

　　"这不我也纳闷着呢……我就想，是不是中药药效发作得慢，他们在路上才发作，要不咱们沿路走走，没准他们迷糊在路上了，咱俩捡个便宜。"简凡征询道。

　　成钢不乐意了："越说越没谱了，那你找去呀，你叫我干嘛？"

"废话不是？我要是敢去，我还用叫你吗？我不是一个人害怕吗！叫上你壮壮胆，再说这么大功劳，我一个人消受得了吗？"简凡笑着，一半真一半假，硬要拖上成钢了。

成钢一听，感觉这危险系数并不大，歪着头想想："行倒是行，那可说好了，今儿你把我骗来了，明儿得炖一锅五花，不，不吃猪肉，炖只鸡给我补补，要不我不去。"

"开饭店还怕你大肚汉呀！咱们遛一圈，碰不着回家，万一碰着了，那可拽大发了，回头别说他们处分咱们，我看他们得敲锣打鼓把咱俩迎回去，你信不？"

简凡边说着，边打着了火。这想法倒不错，两人一溜烟开着顺着县城到了岔路口，简凡想了想，打电话骗家里说派出所紧急值班，直接上了二级路，一直和成钢沿着二级路追了几十公里都没见着目标。别说记得那个车号，一路上连个车也没见着。过了零点了，已经出来两个多小时了，毫无斩获的俩人悻悻回返。

简凡正心疼着又赔了好几十块油钱，成钢是没心没肺正捧着游戏机玩着，边玩边幸灾乐祸地说着："嗨，锅哥，您不会看错了吧，一路上咱们可一辆车都没见着啊。"

驾车的简凡有点讪讪道："怎么可能，我这眼神你还不知道，菜叶里钻个小虫子我都剔得出来，何况俩大活人呢？"

"那就是跑远了，咱们白忙活了。"成钢笑得合不拢嘴，巴不得那俩人跑远了呢。

返程到了半截，正玩游戏机的成钢猛地觉得一个急刹车，差点碰到脑袋。一回头却见简凡"嘘"的一声，指指左前方，成钢一看，瞳孔瞬间放大了。

一辆小车停在二级路岔路边的草地上。俩人大气不敢吭一声，借着车灯细细辨认着。月朗星稀的夜色下孤零零的一辆车，显得有点诡异。

俩人看着，大气也不敢出，足足等了十几分钟都没什么动静。简凡气道："钢炮，来的时候你怎么没看到，害得我跑了这么多冤枉路。"

"我、我哪知道，没准刚停那儿……你不也没看到吗？干嘛赖我！"成钢不高兴地反驳道，过去的时候还真没发现。

"去看看？"

"你去，我不敢！"

"我也不敢，一起去！"

"那车咋办？"

两个人争辩了半天，这才定了主意，远远地把车停下来，一人捡了几块石头，走近那辆车十几米的地方，劈劈叭叭扔了一通石头。

还是没反应！这下俩人都胆大了，大摇大摆地上前。简凡晃着电筒晃到车前一拉车门，驾驶室的人"咚"的一声倒了下来。

成钢"啊"的尖叫了一声，连滚带爬立马就蹿着跑了，比乌龙峒口那天还快。

简凡这时候就心里有谱了，摸了摸脉搏正常，再挑挑眼睑，确实药性上来，睡死了。副驾上那位，还兀自打着呼噜迷糊着呢。这倒把简凡逗乐了："哈哈，我还说吃不倒你们，知道简家菜好吃了吧？成钢，滚回来！"

俩人合力把车上睡迷糊的俩货捆了，扔到了五菱车的后斗里，用盖着拉猪的刹车绳绑了个结实。接着又从对方身上摸出一把一尺多长的藏刀和一支手枪。干完了这些，两人相视一击掌，哈哈大笑起来。

"哈哈哈，告诉你什么了，两头野猪，够肥吧！"捡了这么个大便宜，简直把简凡的嘴要乐歪了。

"肥，简直他妈太肥了！锅哥，抽烟抽烟。"成钢这会儿客气了，对着画像倒有八成像，一摸出枪来，这准没错了，想象中的危险和恐怖一点都没有发生，这倒真出乎意料了。知道这俩人价值有多高，肖成钢捆完了赶紧给简凡递上根烟点着。不会抽烟的简凡牛气地抽了一口便呛着了，成钢又是赶紧捶背，边捶边问着："锅哥，这功劳算咱们俩的吧？"

"那当然。"简凡道，"报警，这回该报警了，让他们来拉人吧。这次肯定给咱们发个奖状，记个功什么的，哈哈，我告诉你成钢，锅哥我从小就是学校里的三坏学生，我还真不知道这拿奖状什么感觉呢？这回我得裱好回头挂我们家客厅里！"

成钢兴奋地补充着："奖金可不能少了！"

"笨蛋，现在都是'特发此奖，以资鼓励'，那奖金能少了你的吗？成钢，不是哥说你，你得有点追求，一天到晚就知道打游戏，典型的没出息。"

"别，锅哥，我请你行不，发了奖金，我请你行不？"

"这还差不多！把那一群小屁孩叫上，让他们眼馋眼馋！哈哈……"

俩人背靠背坐到了路上，得意地笑着，惬意地憧憬着被派出所几十名干警仰视时的得意，憧憬着戴着大红花上领奖台、拿着奖金吃五喝六请客时候的风光……简凡笑着笑着突然想起了，活这么大，好像还没有得过奖状之类的东西，满屋子都是妹妹的奖状。

这回，我总该拿一个了吧？这次总不用他们再说我是草包、是饭桶了吧！这回，我得先举着奖状在一中小区里跑一圈显摆显摆。

简凡得意地想着，直到一列警车呼啸着来了……

第二章
警察考试

错对总混淆

炸锅了。

省城大原市"八一一"金店抢劫案的主案，被乌龙县俩协警抓着了！这消息比热油里倒进了一股凉水还炸得响。

指导员本是不信，可所里值班的总不敢拿这事开玩笑吧？再一听说是简凡和成钢俩货，半夜里吓得差点从床上一骨碌滚下来，定了定心神赶紧集合干警。等她到派出所的时候，110和刑警队的早把人车都带回来了，派出所里里外外挤满了警车、警察。

本来应该直接带着刑警队来，可几个刑警实在没法相信。等去了派出所，指纹、武器、车里暗藏的部分金器，身份很快确认了。再向上汇报，县局、市局都连声叫着侥幸，市委督导的大案，被乌龙小县城的警察给捡了现成，都奔着城关派出所来了。

一个小派出所比过年过节还热闹，两个抓回来的嫌疑人昏迷不醒，只好又手忙脚乱地请120实施洗胃清肠急救。

一直忙到凌晨四点多，两个嫌疑人又被刑警队羁押走了，这事才安生下来。

都在忙碌，简凡和肖成钢反倒傻眼了，二级路现场到了二十几名警察，喊着不许动、举着枪就奔上来了，吓得俩人直往车底下钻。回头一问，这钻车底的居然是抓逃犯的主角，倒把刑警队的逗乐了，仅仅是简单询问了几句便把俩人扔过一边了，都把注意力放到了嫌疑人身上，这是市局追缉的要犯，闪失不得。

一晚上让俩人从峰顶跌到了低谷，颇为失落。本来期望的英雄回归、干警夹道欢迎的场面一点都没出现，不出现也罢了吧，嘿，里里外外忙乎的警察们都还跟看怪物一般看着俩人，俩人颇觉得无趣得紧，悻悻地回值班室和衣睡大觉去了。

这一觉简凡睡得太累了，结果连个好梦都没做就被人叫醒了，叫人的黑蛋鬼鬼祟祟地说了句令人心悸的话："你二叔简所长回来了。"

这消息好！简凡一个激灵起床了，叫醒了成钢。有二叔在，这事就好办了。

简凡穿着白厨衣还没脱，成钢穿着花衬衫，俩人揉着眼出了值班室，又引得一干协警和干警们哈哈大笑，笑得俩人糗色一脸，逃也似的进了所长办公室。

居中而坐的正是从北京回来的所长简忠诚，旁边坐着指导员邰水仙，还是一副准备扣黑锅找茬的眼神。

当过兵的二叔浓眉大眼国字脸，和老爸多有几分相似。这环境不一样，人也长得不一样，当厨师的老爸一看就是老实巴交，而二叔呢，这派出所所长当久了，举手投足都是虎虎生威。

俩人此时却是不怎么害怕了，简凡亲亲切切地叫着："二叔，啥时候回来了？"

"昨晚上……别关心我啊，先说说你们的英雄事迹。"简忠诚不动声色地问了句。那脸从来不太会笑，估计也是职业病。

得，这下好了，简凡意气风发地介绍着昨夜的经过，问到昏迷不醒的原因时，简凡细细一解释才明白，是把简家药膳里几味安神改善睡眠的药加量之后，导致食用者产生了强烈嗜睡的负作用，这才有了俩嫌犯轻而易举被擒的结果。

说完了，成钢和简凡喜滋滋地看着自己的最高领导，不过诧异的是，所长、指导员两人倒是有几分讶色，一点惊喜和鼓励都没有，还是瞪着俩人，令人心虚。

简忠诚点了支烟，看着成钢道："成钢，你呢？参加了昨夜的事，你是怎么想的，说说。"

过程都知道，看来简忠诚只不过是想求证几句而已。

"报告所长、指导员……"成钢脸带喜色的立正，气宇轩昂地抬头挺胸，大声说道，"维护良好的治安环境、保卫人民群众生命财产安全是我们的崇高使命，与一切违法犯罪做坚决有效的斗争是我们协警的职责，作为城关派出所一名普通的协警……"

"嘭"的一声，简忠诚拍桌子打断了成钢的话，跟着叱了句："胡闹！"

正五迷三道摆功的成钢一惊一乍，下面的话全咽回了肚子里。

就听简所长瞬间发威了，不管是训嫌疑人还是训部下，所长总是猝不及防来这么一手："说得比唱得还好听，我问你成钢，这两天去什么地方了？是不是钻在网吧打游戏，你舅舅知道你这事吗？停班期间不来报到，不好好检讨深刻认识你的错误，俩人又串通一气，逃班、旷工、擅自追缉嫌疑人，你觉得你很英雄是不是？"

啊？又错了？俩人傻眼了，你看看我，我看看你，听得悻悻然谁也不敢犟嘴。所长训人训得高明，不就事论事，非扯到你干过的烂事上旁敲侧击，还让人反驳不得。

不敢犟不代表就服气了，简凡和成钢都气得斜眼看着所长和指导员，心里可觉得是冤死了，本来还准备让指导员震惊一下子，这效果好像离预料的差得也太远了。

得，奖状奖金没戏了，没准又是一口黑锅扣脑袋上了。

简忠诚看两人不说话，瞪着眼一副训嫌疑人的表情："怎么都哑巴了？简凡，还委屈你了是不是？"

"二叔，上次我们逃跑不对，这次我们可是把人给你抓回来了啊！要是这都批评，这还有没有天理了？总不能我们横竖都是挨批吧？"简凡有点赌气地说道。

　　"嘭"的又一声，吓得简凡和成钢全身惊了下。

　　简忠诚又是重重拍了一巴掌桌子，瞪着眼凶巴巴地说道："你俩当协警半年了，怎么遇到问题还是胡闹？为什么不在发现嫌犯的时候通知所里，为什么不报警？明明知道案情重大，居然还敢擅自追缉，如果万一放跑了嫌疑人，这责任你们担得起吗？你们这是什么行为知道吗？典型的无组织无纪律，没有一点荣誉意识，没有一点集体意识，这是逞英雄的事吗？警情不报，擅自行动，目无上级、领导，这是严重的个人主义泛滥，这要严肃处理，停班！"

　　又是停班。不过这几句都敲在点子上，遇有警情不报擅自行动，本身就是警队里的大忌。

　　低着脑袋的成钢喃喃地回了句："所长，我们还停着班呢。"

　　"这就更不对了，停班期间擅自行动，这是错上加错！继续停班，继续写检查！明天天黑以前交到我这儿！"简忠诚虎虎生威地训着俩人，所长的威风发挥得淋漓尽致。

　　"啊？"成钢、简凡俩人张着大嘴，一脸诧异加愤然。简凡瞪了成钢一眼，成钢也后悔不已。多了一句嘴，又得多写一份检查，这下亏大发了。

　　表扬成喝斥、奖金成检查了！俩人苦着脸、低头瞥着一脸凶相的简忠诚，悻悻地不敢多说，对水仙指导员好歹还敢顶两句，这所长俩人可不敢顶。简凡从小就怕这个什么时候都虎着脸的二叔，而成钢就更害怕了，简所长当着舅舅面还敢教训他，这人可惹不起。

　　"啊什么啊？都回去老老实实反省反省你们错在哪儿，为什么错了，深挖思想上自由主义和个人主义的根源，反省不到自己的错误，反省不出错误来，班就停着，出去吧！"

　　简忠诚说话从来不知道客气，把俩人训得如同斗败的公鸡，耷拉着脑袋出了所长办公室。

指导员郜水仙这时可看得有点不忍了，讪讪地说道："简所长，你……你是不是训得他们有点重了，俩人好歹也立了这么大功劳呢……"

　　简忠诚一听，眉目间露出点难色来了，摇摇头，撇撇嘴道："哎，我说指导员，你怎么还没看明白，这能算功劳吗？这俩小兔崽子就是三天不打、上房揭瓦的货色，再不敲打着点，还没准给你出什么事，你说这是协警去干的事吗？我倒觉得他们乌龙峙口集体逃跑，这事办得对，都是些半大孩子，真要怎么着了，你让咱们怎么向人家家长交待。"

　　简忠诚抽着烟，侃侃而谈，这思路倒是清晰得很。

　　郜指导员又有点为难地说道："那这报告怎么写？毛局长催着问了。要给参加行动的人请功呢。"

　　"突出集体，淡化个人，什么时候都不能居功自傲，你提提两人的名字就成了，具体怎么写你看着办吧！"简忠诚随口应了句。

　　这倒也在意料之中，不过郜水仙还是求了句情："简所长，是不是别停人家班了，这边报功，这边停班让人家写检查，是不是有点太那个了？"

　　"啧……这不是停班，是别让他们回所里，小孩子心性肯定要胡吹大气，过不了一天这闲话就传出来了，干脆让他们俩回家待着，你分头给他们做做工作，别乱嚼舌头乱说咴话。成钢那儿你去说，鼓励鼓励，再敲打敲打，简凡这儿我去说。"简所长安排着。

　　"噢，好的。"郜水仙总算明白了，不无庆幸地说道，"简所，还是您火候老到，您一走这乱七八糟的事，我还真不知道该怎么处理。"

　　"有什么不好处理的？把集体放在第一位，什么事都好处理。你也忙去吧，赶快把报告写出来。"

　　"好嘞，我马上去办！"

　　所办的话成钢和简凡却是听不到了，俩人一脸悻悻，简直比上次挨了训还丧气。成钢不无埋怨地说道："锅哥，你可把我害惨了啊！还说奖金，弄半天奖了一顿骂。"

简凡也是百思不得其解，不过还是没好话地说道："你小子不说功劳算你一半吗，挨批也算你一半，你别怨我呀，我也是好心分你一半。"

　　"哎，你说咱们怎么这么命苦啊，逃也不对、不逃也不对，放走坏人不对、抓了坏人吧，这也不对！咱们为什么就没对过一次呢？"成钢吸吸鼻子，发着牢骚。

　　"你闭上嘴，就什么都对了！哟，坏了，车还在派出所呢，把我今天的生意耽搁了，这事闹的！"简凡猛地想起来了，扔下成钢一跑到车前，傻眼了，心虚了，心里扑通扑通乱跳开了——胡同口奔来了俩人，神色匆匆的俩人！

　　一个是爸，一个妈。妈在前面、爸在后面，从小到大，被扣学校里了、玩得忘了回家了或者犯了事挨批了，爸妈都是这么一前一后奔着来找儿子的。

　　简凡霎时觉得百感交集，怔得一句话也说不出来了。

　　"小凡，你没事吧？没伤着吧？妈看看……"

　　梅雨韵一把拽过儿子，看宝贝般捧着儿子的脸，上上下下看看，像看瓷器一般，关切焦急写满了一脸，就差搂在怀里护着了。

　　"妈，没事，我和成钢抓了俩坏蛋回来了。"

　　简凡抱着最后一丝希望告诉老妈，这事估计已经传出去没得藏了。接着挣扎出了老妈的怀抱，这么大了还被老妈这么拉着，实在有点太那个了。

　　梅雨韵看看儿子一切正常，没磕着没碰着，还嘻皮笑脸地说话。关切之后，这火气腾地上来了，梅雨韵一把推开儿子，手指一指戳将过来，一把戳得简凡迷迷糊糊。

　　关切瞬间又成了气愤和恨铁不成钢的熟悉表情，说着说着话音就变了："你个臭小子，大晚上跑出去抓坏人，那是你干的事吗？还骗爸妈说值班，你停班都几天了你怎么不对家里说？你知不知道爸妈多着急！一听着你二叔说，把妈吓得课都没心思上了！啊，你就不能让家里省省心，这么大了，还跟小孩一样？你有点出息行不行？"

"啊"一声，戳一指。梅雨韵说得字字清脆、句句有劲，简直比上课还精彩几分。耷拉着脑袋任凭老妈训斥的简凡却是大气不敢吭一声。从小训到大，早失去反抗意识了。

成钢乐了，早喊了一群人来看，派出所大门口，伸出一溜脑袋都嘿嘿乐着看锅哥被老妈训着。简忠实实在看不过眼，拉拉妻子，又赶紧地让简凡上车回店里。

夫妻俩看来是趁着这机会来看简所长，直到简忠实拉着妻子进门，梅雨韵还在兀自气咻咻地唠叨。

简凡也气得摇着脑袋吧唧着嘴，一肚子苦水没地儿倒。刚刚悻悻地打火打着了车，车前却立了一圈大小脑袋，都不怀好意地看着简凡。

"干什么，滚开！"简凡伸出脑袋来喊着。

简凡一肚子气发这儿了，一干协警都看笑话看半天了，这么大了被老妈当街训着，实在丢人。协警们乐了，一个人喊着："啊！你这么大了，怎么还跟小孩样？"

"啊！你有点出息行不行？"另一个马上接上话了，也是梅老师的口气。

"啊！大晚上还骗爸妈值班！"

"啊！你个臭小子！"

"啊！锅哥，还啊什么了？"

一干协警学着梅老师的口气，个个笑得前俯后仰，一群人相互携着还怕笑倒似的，里头站着的居然有黑蛋、炭锤，连成钢也跟着起哄。简凡火冒三丈地下了车，一帮子协警却呼拉一下子都跑了，散了后还兀自在取笑着。

"哎哟妈呀，这回人丢大发了。"

简凡悻悻地摇着头，苦味从肚子里直透到嘴里，让这帮小子看见这自己这糗相，这笑话能翻出十几个版本来，这以后在派出所可有乐子了……

峰回有路转

有时候，日子过得就像无厘头的闹剧一般，感觉既哭笑不得又郁闷无比。

别人不知道怎么样，可简凡这两天绝对郁闷到家了。指导员训完所长训，所长训完老妈训，老妈训就训呗，还当着一干协警的面训，让简凡自觉得男子汉大丈夫这颜面可丢了个差不多了。派出所里辛辛苦苦了半年，好歹有点人缘、威信，这一夜之间又打回解放前了。

自打在派出所领一份工资开始，简凡就过得战战兢兢，既怕丢了老妈的面子，又怕让二叔为难。这里工资虽然不高，可好歹是一份收入，而且能穿一身狐假虎威的警服，总比坐家里当啃老一族强吧。说实话，简凡也羡慕费胖子衣来伸手、饭来张口、没钱了有人给、没人给就从家里偷的生活，可自己不具备人家那条件不是！

检查开始写了，成钢揪着黑蛋、炭锤几个屁小子把检查抄好交了，扮了个认真反省自身错误的好同志形象，居然还被指导员大大表扬了一番，给了几天休假。

这下把简凡将住了，都睁着眼看所长侄子可该咋办呢？出于维护二叔权威的目的，简凡倒不在乎委屈自己一下半下，反正从小到大写检查挨批就是家常便饭。不过这次简凡老觉得别扭，写了一二百字再也写不下去了。一直觉得自己没什么错呀！乌龙峙口要是不跑，真伤着谁了都不好说，那不更麻烦了吗？二级路把两个抢劫犯轻轻松松逮着了，那我也是有把握才去的，这更没错呀！就一老百姓也得给个见义勇为奖吧？就没奖也不能让我写检查吧，总不能把我当窦娥来冤吧？

可这话，没法跟二叔说，从小就害怕这个不苟言笑的二叔，在他眼里，自己永远是个光着屁股的小娃娃，说破了天，也是自己没理。

跟老妈梅雨韵就更不敢说了，一和她争辩，老妈铁定是把自己从穿开裆裤时的糗事一直数落到大学毕业，还得加上派出所这茬，这些铁证足以证明一个结论：错就是错了，还犟嘴！

好像活了二十几年就没对过。这么不被理解，只能和老爸说了，这前前后后的事简凡在饭店里悄悄跟老爸说了说，蔫不拉叽的老爸倒是很理解，拍拍简凡的膀子不无鼓励地说了句："儿子，爸支持你！"

简凡刚刚感动了一下下，却不料老爸的话锋一转，又是一句："虽然支持你，可我更支持你妈，你呢，还是听你妈安排，我不一直都听你妈的？你妈怎么会错呢？"

嘿！简凡瞪着眼被噎住了，爷爷怕奶奶、老爸怕老妈这两代遗传的特性可一点没变，能怕到老爸这份上也是难能可贵了，气得简凡干脆连老爸也懒得搭理了。不过简忠实倒乐呵呵地，一点也不介意儿子的态度不端正的问题。

简凡决定抗议了，第一天，不和老妈说话，故意不理她；第二天，抗议二叔霸道作风，不去派出所报到也不交检查了；第三天，简凡自己都觉得抗议得没什么意思了，才发现自己还是像小时候那样人微言轻，压根就没人理会他这个抗议，就像小时候自己赌气不吃饭一样，大人根本不理你，知道你饿了自己就会偷着去吃。

好像没有人理会的日子，并不比挨训好过多少。店里窝了三天，没有好事发生也没人找茬。这天简凡刚要回店里，迎面驶来了一辆警车，鸣着喇叭朝店门开来了，"嘎"的一声刹在路边。简凡一惊，还以为二叔来了，正待钻厨房躲的时候，车里跳下来三个人，领头的正是那位一米九高的秦队长，再往后一看，那天发通缉犯肖像的警花也来了，半袖的警服，胳膊晒得有点黑了，半长乌黑的头发束在脑后，瓜子脸，俏眼含威，有点英姿飒爽的意思。

不过简凡现在对警察孰无好感，看着三人走近了，不无促狭地说道："三位客官，锅刷了、碗洗了，你们吃饭也太不赶点了吧？"

"噢？"大个子秦队长笑着迎上来，说道，"我们不吃饭，这位小师傅，跟你打听个事，城关派出所里有个协警叫简凡，他在这儿吗？"

这下让简凡愣了下，诧异地看着，知道对面的都是市刑侦队的，却不知道找上门来了是什么意思，再低头一看自己，系着个白围裙，整个就一帮厨的，怪不得人家称小师傅呢。

简凡一愣，看得对面三人也愣了。一见那警花也看着自己，简凡笑着指着自己，示意那警花说道："这位警花姐姐，您还认识我吗？"

"你？"那警花更愣了，对这种谄笑却是没什么好感，狐疑地说道："那你犯过什么事？被我们抓过？"

"啊？"简凡一听，自尊心大大受挫了，城关所里最帅的协警，人家居然一点印象都没留下，居然把自己当成犯过事的嫌疑人了。

被无视的感觉可不那么好，简凡一想起派出所里这乱七八糟的事就无名火起，脸瞬间拉下来了，沉声道："我就是简凡！我认识你们，市局刑警不是？想给我上政治课就免了，我觉悟没那么高；想教训我是不？没门，我不干了！别以为乌龙县草包就没脾气啊！泥人还有三分土性呢！我说你们有完没完啊，嫌疑人都抓了，还准备抓我怎么着？"

说者是满满怨气，三位听者是瞠目结舌，估计是没想到要找的人这么面嫩，更没想到的是这么面嫩的居然脾气不小。三个警察互视了一眼，神情颇为古怪，接着又都笑了起来。

简凡有点莫名其妙，愈发地尴尬了。正待拂袖而去的时候，秦队长却是从口袋里掏出几页A4文件纸递给傻瞪着的简凡，笑着示意："看看吧！我们可不是找茬来了。"

"这是什么……"简凡诧异地接过来展开，是市局办的《大原公安信息》，绿头红边，所里偶尔能见到。展开一看，首页首栏便是《"八一一"金店抢劫案十天成功告破，四名在逃嫌疑人无一漏网》。

这下兴趣来了，接着往下看，越看脸上的喜色越多了几分，哇，找到自己的名字了……

8月17日，乌龙县城关派出所协警简凡、肖成钢同志无意中发现了嫌疑人的踪迹，二人立即向县指挥中心汇报，并及时跟踪嫌疑人逃窜的方向。次日凌晨一时十五分，在县特警中队、刑警大队以及城关派出所民警的合力追捕下，在乌龙至省界32公里处将主犯靳某、陈某成功缉拿归案。近日，市局对专案人员以及乌龙县参案人员提出通报嘉奖……

三个人看着简凡，简凡看着信息，等到看完了，郁积的不快已经消失得无影无踪。秦队长看着简凡不吭声，问道："有问题吗？"

"我怎么读着别扭？"简凡侧着头，说不清楚了。

秦队长心领神会，蓦地笑了："是不是没有看到你下药、你们俩擅自追缉的英雄事迹有点失望？你下的这药可真厉害哦，昏迷了十个小时，跟着又发生了严重腹泻，差点造成嫌疑人脱水，这种事也需要报道澄清一下？"

秦队长这口气说得两位随从揶揄地笑着，那警花还低头掩着嘴，怕笑出声来。两个抢劫惯犯潜逃了数年，要知道没栽在警察手里却栽在一锅菜里，真不知道该做何感想。

"噢，不不不……"简凡有点不好意思了，讪笑地看着三人："那，秦队长，您三位是？就为报喜来了？那可得谢谢你们喽。"

"我们回市里，顺便来看看小英雄嘛！正好案子里有几个细节，我们也想了解一下！"秦队长说道，跟着介绍道："这是小郭，郭元！小史，史静媛！我叫秦高峰，一大队队长！"

"哎，秦队！郭大哥，还有这位，史姐，您好您好！您问吧，随便问，知无不言，言无不尽啊！里边请！"简凡这乐了，有生以来第一次被人称为小英雄，跟着点头示意着，把三人请到了饭店二楼，张罗着让座、倒水，又把桃花和跑堂的赶了下去不让来打扰，这才回头招呼三个客人。

刚刚坐定，简凡一脸堆笑地就上来了，手里还拿着那信息通报，小心翼翼地问道："秦队长，这个我留一份成不？"

秦队长诧异了："这是内部信息，不外传的啊，你留这个干什么？"

简凡一听，面色肃穆，很正式地说道："我给我妈看看，省得她一天老戳我脑袋说我不务正业；回头再给我二叔看看，他们老训我，就因为这起英雄事件，我检查还没交呢，嘿嘿，警察不最重证据吗？我得用证据说话。"

也许是平常脸皮太厚的缘故，此刻简凡越一本正经越像在开玩笑。

秦队长三人又被逗笑了，大方地说了句，留着吧！简凡乐得把信息揣口袋里，和三人坐一块了，推着水杯、瓜子碟，这可和刚来的时候大相径庭了，简直是殷勤得无以复加。

那位姓史的警花却是顾不上理会这些，掏出一张肖像画来直入主题了："你别客气！还记得这张肖像纸吗？"

"记得呀！我还记得你给我发的呢？是你记不得我了而已！"简凡道。

"呵呵，我想起来了，你就是那个眼光老瞟人的协警，还有在乌龙峙口逃跑的也是你。对吗？"警花姐姐似笑非笑地看着一身厨子装束的简凡，觉得有点可笑。

简凡听得这话，嘿嘿地笑而不答了。

"是这样，你看A1，也就是主犯靳大军，提供的这个照片是他七年前的照片；B4，陈强，是我们根据被捕嫌疑人的描述绘出来的。押解的时候我对比了一下，客观地说，能够达到百分之七八十的相似率就已经很了不起了。这样的话，我们就有一个问题了……"

史警花说话倒是利索，全无一点温柔的感觉。接着把纸放到了简凡一眼可见的地方。

"我知道了，你是问我怎么认出他们来的？"简凡打断了警花的话，征询似地回答了。三个人随即赞许般地点点头。

"这个嘛……太简单了！"简凡笑着，指着那两幅肖像想当然地解释道，"你看这个人脸型，头窄脸宽下巴小，长得像一大萝卜；这个人，跟风干的牛肉差不多，脸上坑坑洼洼，太容易认了！我们这老店伙计要求就是眼准、手稳、嘴甜三大样，我从小就在店里玩，来过一次的客人只要隔的时间不是很长，我肯定回忆得起来。看了画像才隔两天他们就来了，我一眼就认出他们来了。人这长相呀，和萝卜白菜土豆没有本质区别，一记清了轮廓和形状，差不多就忘不了了，比如这个人，我不知道名也不知道姓，但我意识里把他的长相和某一种物体的形状联系在一起，比如大萝卜，这个人一出现，我脑子里跳出的先是萝卜，然后才发生对应，这样，我就记清了……嘿嘿，你们看，他就再活二十年，他的脸还是个萝卜形状……"

简凡说着，三句离不了本行。萝卜土豆这理论一说，得，把三个刑警那六只大眼听得瞪得比土豆还圆。一抬眼再看秦队长，高个长脸，颇像个小头胡萝卜；警花的脸蛋却是浑圆，像个大鸭蛋；那小郭，虎头虎脑，还真不好形容……简凡说着看着，自己倒先乐上了。

三位刑警听得大眼瞪小眼，秦队长和另一位警察很有深意地看了那位警花一眼。那位警花脸带诧异，仿佛在说：这样也行？

"我没问题了，秦队长你问吧！"那位警花悻悻道，有点失望的样子。

看来现实和料想中差得确实太远，以往经常有在逃数年的嫌疑人，糊里糊涂被枪都不会使的民警逮着了，这次看来也差不多。

"简凡！"秦队长笑着接口了："我可不是责备你啊，我是想问问，当时你发现嫌疑人后，为什么不第一时间报警，为什么要和肖成钢两个人擅自去追人？亏得是把人抓回来了，要是出个意外，那这事可就不是小事了。"

"这更简单了，维护治安是我们协警的光荣职责啊！我们在毛局长和简所长的英明领导下，我……"简凡刚扯了两句，看着三位刑警又是古怪地盯着自己，明显不相信这话，有点讪讪地笑着说道，"您不信呀？我说得我自己都不相信……"

秦高峰笑着，实在被简凡逗得可以了，这才说道："那就说点让我们相信的呀！"

看来对今天三个上门报喜的刑警颇生了几分好感，简凡神神秘秘地套上近乎了："得，都不是外人，咱们关起门来都自家人说话啊……我不是不想报警，我不敢报警呀。就咱们县里的警力您几位应该知道吧，肯定要通知刑警队、特警，等他们都来了，黄花菜都凉了。再说就算他们赶上了，把我家店一围，砰砰砰干一家伙，那我哭都来不及了。工作丢了无所谓，这店要砸了，我们一家饭碗可都砸了，您说是不是？"

"呵呵……"秦队长笑了笑，话锋一转又是一句，"那你为什么又敢自己去了呢？"

"我相信我的厨艺呀！您别觉得我素质觉悟高啊，我就想沿路捡个漏子。捡着了，省得让他们再训我，捡不着也不碍事，反正我脸皮厚，也不在乎一回两回。"简凡嘿嘿笑着，不知道为什么看着史静媛倒觉得亲近，捎带着嘴没把门了，还真是言无不尽了。

三个人被简凡的话说得触动了几分，这话虽不怎么好听，可听得出来是实在话，实在话反倒让秦高峰觉得这人比其他人更可爱了几分。他顿了顿，笑着说道："过程我们知道了，现在最重要的是结果，你们的行动虽然鲁莽，但抓住了两个最重要的嫌疑人，我们以两人为诱饵，把剩下的两个也逮回来了。没有你们，这案子限期内肯定无法结案，我得好好谢谢你们。"

"谢倒不用谢！有这信息通报和你们这几句就够了。你们说我冤不冤？我一直觉得我就没什么错嘛，嘿，可就因为这些，指导员批完了所长批、所长批完了又得写检查，回头我妈又骂了我一顿，检查现在还没写呢。有这通报就好办了，我回头也能站直腰杆了，我去找他们评理去，凭什么一天到晚把我训过来训过去！"

简凡兀自气咻咻地说道，一副被冤枉了受了委屈的诉苦样子，好不容易找到三个倾诉对象，这苦水自是倒了一大摊！三位刑警倒乐呵了，那警花掩着嘴差点笑出声来，没想到还是一副半大孩子的心性，这倒和预想中的差太远。

"简所长不是你二叔吗？"秦队长蓦地想起这茬来，突然问了句。

"是啊。"简凡自然而然的应了句。

"你二叔和你妈训你，那是你们家事了，我们帮不上忙了啊！"

"哟！对呀……"简凡被噎住了。

秦队长却是笑着道："我们来还有一件事，下周一市局领导到一大队召开'八一一'大案告破庆功会，你们也是受表彰的单位，刑侦一大队全部警员，邀请你和肖成钢到会！"

三位刑警这才撂出了包袱，笑意中颇有几分期待。正经八百的刑警邀请两位名不见经传的协警去参加庆功会，倒是破例的事了，上午找成钢的时候，就把这屁孩高兴得差点蹦起来。

不过，今天还是要意外了。简凡盯着三个刑警，眼骨碌一转，突然问了句："有奖金吗？"

"啊？"秦队长没料到简凡来这么一下，侧头古怪地盯着那警花，像在自言自语地说道："小史，有奖金吗？"

"这个……好像、可能……有吧！"警花嗫嚅着，神情古怪地说了句。

"我明白了，我不去！"简凡一听，又有几分被捉弄的感觉，愤然拒绝道，"领着锦旗回来，还不是我的，肯定又是集体功劳……不去啊，谁爱去谁去！"

简凡挥着手，一副决绝的样子。三位刑警你看看我、我看看你，脸上青一片红一片，还真被简凡糗到了。这事还真像他猜的，是个集体三等功，颁发给城关派出所的。县局的毛局长、简所长都力推俩人到县里去参会。这事现在秦队长倒多少明白点了，县里对两位没有警籍的协警没法请功，只能以这种方式安抚一下了。

"我说，你这孩子怎么这样？集体荣誉，不也有你一份吗？"秦队长被简凡搞得心烦意乱，接了一句。

"集体对我没好感，我对你们……包括我二叔在内，也都没什么好感啊！秦队长，把你放在我的位置上，你好意思去和一群警察站一块呀？我可不丢这个人！您三位稍等啊，我差点忘了，我锅还坐在火上呢。"

简凡说着，看三个人脸色不大好，一起身就要走。别人是尿遁，简凡常用的一招是锅遁。

"站住！"

一声叱喝，吓得简凡激灵一下站定了，一回头，秦队长和两个随从也跟着起身了，就见秦高峰也是有几分为难地想了想说道："简凡，你有怨言也好，对警察有成见也好，可我相信你还是有正义感的，否则你不会在那个时候站出来。'八一一'大案五个抢劫嫌疑人在作案过程中打伤了两名保安，其中一名重伤的已经死亡，省城布控抓捕的时候，有一名警察受伤，这是一大队辖区内发生的恶性案件，是压在我们心里的一块大石头，现在案子告破，你们虽然出于无意，可做的事正是我们恨不得亲手要做的事。可惜我级别不够，没有能力给你们荣誉和奖励。我们能给予你的，是我们的尊敬。在危难时刻敢于挺身而出的人，都值得尊敬，不管他是不是一位警察……请接受我们的尊敬！小史、小郭，我们代表一大队，向你敬礼！"

三个人，一脸肃穆，很庄重。保持着立正的姿势，迎着简凡诧异的目光，很正式地敬了一个礼。

霎时，简凡有点懵了，手足无措地连回礼也忘了，估计是一下子受得如此大礼，实在不习惯。未待简凡醒过神来，三个人已经站立到了简凡面前，高大的秦队长很诚恳地拍拍简凡的肩膀："下周一上午九点，五一路189号刑警一大队，我们全队恭候你到来，路费朝我要！"

言毕，却是再无赘言，三个人气宇轩昂地迈步下了楼，出了饭店。

呀！现在都成了英雄人物，就去装一回呗！几句话，让简凡觉得自己的觉悟实在是太低，实在有点不入眼，低得让自己都有点脸红，赶紧飞奔下去，那辆警车却是已经走远了。

这次突发事件让简凡脸红之后又有点兴奋的感觉，虽然事情磕磕绊绊，可好歹还是一个好结果。就算没什么个人奖励，不过这等荣誉好歹也是个认可了。

简凡从门外飞奔进来，钻进厨房就喊着："爸，你看看，你儿子当英雄上内部报道了啊，这回您可露脸了！"

好不容易有这么一次机会，回头自然是扯着虎皮拉大旗了。简忠实被一脸兴奋的儿子拽得差点摔倒，还没翻看清楚就又被简凡夺了回去。简凡拽了车钥匙，慌慌张张地往外跑，边跑边喊："爸，你别看了，我让我妈看去！一会把那王八炖上，我料配好了，我和妈回来咱们一起吃啊！要是莉莉在就好了，省得她一天笑话她哥！"话音未落，人已经冲出了饭店。

"呵呵……这孩子！"简忠实笑着摇摇头，心里暖烘烘的。

警车呼啸着行驶在国道上，驾车的小郭打破了沉默，笑着看着副驾上的队长说道："队长，您说现在这小娃娃怎么都这德性。上午见那成钢，整个一游戏综合症患者；下午这简凡，生怕咱们不知道他觉悟低，张口就要奖金。哈哈……"

　　秦队长笑着，后面的史静媛倒接上话茬了："小郭，你才多大，还说人家小娃娃，我倒觉得这个小厨子说话实在。钱怎么了？没有钱，没有办案经费，咱们也没治。要不是这两人胡闹，结案还准到什么时候了。"

　　"那倒是啊！瞎猫逮着死耗子了。"小郭道。

　　"哎，小史，有什么发现吗？"秦队长想起这茬来了，一队人也正是冲着这个事顺路跑了一趟。

　　"嗯，本来有，可我现在有点怀疑……咱们警星CCK人像模拟组合系统刚刚起步，我的导师告诉我，系统不是万能的。即便相似率达到百分之百，也未必一定有效，何况我们还达不到……我就想收集收集辨认者亲历这种事后，瞬间的触发印象。如果说把这些人的经验都总结下来，对于我们将来追逃、排查会很有效果的。可今天你们看看，这简凡说的都是萝卜白菜，八成和小郭说的一样，瞎猫逮着死耗子了！"史静媛解释道，确实有点失望。

　　"有没有过人之能倒说不准，不过，这小子挺会见风使舵的，跟我们说话脸说变就变！你们再想想有一个细节，当他发现嫌疑人进门的时候，明知道这两个人是持枪逃犯，在极短的时间里却选择了最正确最安全的方式，下药；之后又很镇定地把酒菜送到嫌疑人面前不露馅，这一般人办不到吧。就算你们在知道对方身份的情况下去干，也未必能做到万无一失吧？这最起码说明了，这孩子的心理素质非常好！"秦队长点评着，言语中，老刑警倒对这个小菜鸟颇有欣赏之处。

　　"这个呀，我可以从专业的角度解释！"后座的史静媛笑着凑上来："但凡在学校学习成绩差、调皮捣蛋的学生，一般心理素质都异于常人。您说的这简凡啊，他二叔给咱们介绍过不少，天天被他妈妈戳着脑袋训，这种人的心理素质怎么会不好呢？还有那个肖成钢，法制科肖科长的外甥，典型的一问题学生。上过武校，打架闹事是家常便饭，他那心理素质，没准比简凡还好！"

"哎哟，队长，我怎么听着史妹妹像在说您小时候的事呢！"开车的小郭蓦地插了句，惹得史静媛咯咯直笑。

"你小子，连队长也敢涮是不？"秦队长也乐呵了，笑着啐了句。

来乌龙的时候心里的沉重已经全部扔到了路上了，三个人轻松地聊着，说话间，不一会儿就到国道岔路了。高速路口，标识牌上写着：大原市。

娘亲精谋算

乌龙一中能容纳三千学生的连体白楼，简凡再熟悉不过了，而乌龙一中里，教职员工对简家也同样是熟悉不过了。不因别的，梅雨韵是学校里恢复高考后第一届名牌大学的毕业生，英语学科的带头人；而简忠实又是第一锅的名厨，都是县里叫得上名来的人物。据传，简忠实早年凭着一身厨艺在外闯荡若干年后，就糊里糊涂带回这么个如花似玉的老婆来，见者估计都无法相信，这么漂亮且能干的梅老师怎么着就会看上那个老实巴交得有点木讷的简厨师呢？但现实就是如此，越匪夷所思的事就越真实，两人不但是夫妻，而且还恩恩爱爱二十几年，几乎没有生过气红过脸，一直就在学校里传为佳话，从职业到家庭，都当得起年青一代的楷模了。

只有简凡知道，最冤的怕不是老妈，而是老爸。这家里，自己、妹妹再加上老爸，老妈只要一黑脸，三人谁也不敢吭声！与其说恩爱二十年，还不如说受气受了二十年呢。

爸妈出名，考上北师大的妹妹也出名，而这个不成器的儿子，比前三个加起来还出名。就在这儿长大的，属于出名的差生，高中时谈恋爱又谈得全校皆知，从门房到校长，自是无人不识了。

简凡轻车熟路地停在校园门口，逮了个空，钻到白楼三楼的英语教研组里，正待找老妈的时候，却听得楼道里熟悉的声音传来，伸着脑袋一看，乐了。

只见挂着某班教室门口，两个比老妈高半个头的男生，一脸稚气，耷拉着脑袋，头低得差不多和脖子形成了九十度角，八成又是犯错了。老妈梅雨韵呢，正襟危立，凤眼含威，怒目而视，一手夹着课本，另一只手早伸直了手指，正在掷地有声地教育着。

要说老妈不但人漂亮、课讲得漂亮，训人训得更漂亮，一训起来那是有理有节、引经据典。从不好好学习能引申到辜负了父母养育之恩，辜负了学校的教导之恩，辜负了一日三餐，直接后果让你觉得非找个地缝钻进去才成。过程很繁复，结果呢，很简单，写检查，承认错误，然后再叫父母来。这一番口吻好多年了都没怎么变过，让简凡觉得是如此亲切和熟悉，当年自己经历过无数次这样的数落，现在一想起来颇觉得好笑。

听着老妈训人，简凡伸着脑袋在楼道里偷笑着。那俩学生眼光游离不定，明显是驴耳朵过风，根本就没听进去！简凡心里暗道，像这种根本不用教育，看那样子就知道和自己差不多水平，哪壶都提不起来。

老妈训了足足十几分钟才算罢了，要不是偶然一眼瞥到儿子，这场训话还没准得到什么时候。打发走了两个学生，梅雨韵回头就揪着简凡进了英语组，脸色依然没有见好，见面就训着："不是不让你随便来学校吗，干什么？"

职业使然，说话的时候都是教育口吻。

"妈，我真有事，您看您看！"简凡乐得跟捡了个大金元宝一般把公安信息递到了老妈手里，直看着老妈，等着被大加赞赏一番！

梅雨韵随手一翻，大致一扫，却是不屑地扔到简凡手里说道："就为这？我早知道了！"

"啊？妈，您知道了还不告诉我。"简凡吃了一惊，看着老妈不为所动地坐到了办公桌前，大大受挫了。

"告诉你干什么？你二叔说你调皮捣蛋，连检查也敢不交，胆子越来越大了。这事让你知道了，你这尾巴还不得翘上天去。"梅雨韵翻着教案，根本不理会儿子的诧异和质问。

"嘿，这还成？"简凡气愤不已地把信息塞到口袋里，看着老妈，愤愤说道："妈，你和二叔不能老这么冤枉我，给我穿小鞋吧？我是您儿子哎，你们再这样功过不分、好赖不管，见事就乱收拾我，我可离家出走了啊！"

"你敢？"

"你看我敢不敢！"

"好啊，明儿我就把你扫地出门，当我没养你这臭小子！你看谁愿意当你妈，你赶紧找谁去啊。"

两人辩了一句，梅雨韵倒被逗乐了，抬头看看儿子，以威胁对威胁。

简凡糗得有点脸红，自小到大就没独立过。而且在老妈面前从来都硬气不起来，霎时没底气了，转脸嘿嘿笑着，没皮没脸地说了句："妈！我真走了，就剩你和爸了，那多孤单，骂人都找不着对象了。"

"臭小子，还威胁上你妈了！"梅雨韵笑了，拉了把椅子到跟前拍拍，"过来，坐这儿。妈给你说个事。"

"哎……"简凡一看老妈和声悦色了，心想这八成不是什么坏事，坐下了。

"你叔说，今年公安系统扩招，三分之二是从警事类大中专招人，还有一部分公开向社会招聘警务人员，告诉妈，想当警察吗？"梅雨韵笑着，打量着儿子，眼中不无鼓励。老妈看儿子，再不成器也觉得还是自己儿子好。

"想啊，为什么不想。"简凡想当然说道，顺着老妈的口吻。

"那就好，妈替你报名了啊！下个月底考试，复习大纲过两天就会来了。"梅雨韵说道。

"啊？妈，你怎么不告诉我就给我报名了？"简凡吓得一屁股就站起来了。

"你报我报还不一样吗？怎么，你还不想去呀，连费仕青马上都要上岗了，你坐家里跟你爸系个围裙，让大家看着好看呀？"梅雨韵瞪了儿子一眼，一把把儿子拉着又坐到椅子上。

"妈妈，我一考试就犯怵，我害怕！您又不是不知道，我从小就怯场！"简凡心虚地说道，刚刚考完没几天又要考，这真是吓出一身汗。

"别担心，这次妈是有充分准备的，你好好复习、好好考，你叔再给你使使劲，这次准行。小凡，上次没考好，不要有思想负担啊。等你有个好归宿，妈也放心了不是。"梅雨韵侃侃而谈，句句在理，气定神闲，看来已经有几成把握了。

"哦，那行吧。"简凡无奈地答应了一句，"那我这周六去太原，办公事啊。"

"周六就去？庆功会不是周一开吗？"梅雨韵诧异地问了句。

"啊？"这下倒把简凡惊得无以复加了，瞪着眼不相信地看着老妈说道："妈，这你都知道，你这刺探消息也忒厉害了吧，我看您不用考就能当警察。"

"你二叔早通知我了。切，你那点小九九还瞒得过我，又去找香香是不是？"梅雨韵笑着回道。

简凡被老妈戳中了心事，嘿嘿笑着，从小到大，不管什么事都无法瞒住双目如炬的老妈。

梅雨韵看着儿子一脸幸福的表情却是已经明白了几分，有点无奈地摇摇头，语重心长地教育道："哎，说到这儿妈还想跟你说说，人这理想可以远大一点，可生活得现实一点。妈虽然不知道你俩的关系到什么份上了，可现实上的差异你不得不好好考虑啊，香香打小就比你强，考的又是省重点，毕业又直接招进了省移动公司，我听她爸爸说马上就要定级定岗了，人家一定级月薪马上就四五千了啊，你现在可还是吃穿靠爸妈，这能比吗？将来你拿什么养活人家，即使香香不嫌弃你，你可一辈子都低人一头啊！我看你们俩……悬！"

一个"悬"字，道出了上一辈的担心。门当户对这老理还是有说道，不服还不行。

"妈，我没白吃啊，我天天干活呢。"简凡笑着想转移话题。

"没有你爸那店，你到哪儿干活去？还是靠着你爸活，你和人家是一个档次吗？"梅雨韵说着，爱怜地抚着儿子脑袋，安慰道，"人这位置高了，这心气也就高了，现在这姑娘家，个个是心比天高，一点都不务实……别想太多这些事，好好考试，真进了公安局，有份正式工作，在乌龙县咱们家也不算什么很差嘛，什么姑娘找不上？对象你别着急啊，回头妈在一中今年毕业新招的老师里给你瞅一个！相信妈的眼光啊，绝对比你强！"

梅雨韵说得胸有成竹，在乌龙一中，她对自己还是有信心的！不过这次估计是怕儿子分心，话里安慰的成分多了点。

"啊？"简凡一惊又站起来，大惊失色道："妈，你当老师训了我二十年，再娶个当老师的媳妇再训我二十年？等老了，你们婆媳俩老师一起训我，您不觉得我生活得太悲剧了啊！就算不娶香香，打死我也不找老师当对象啊！我爸那还不是前车之鉴吗？"

简凡嘟嘟嗫嗫地说出了最好的一个实例，一下子把老妈气得脸变了。

"啧……"梅雨韵长吸了一口气，瞪着眼要发飚。这时下课铃声却响了，教室里乱哄哄一片，却是不好发作了。她气愤地看着儿子摆摆手："赶紧从我眼前消失，我懒得跟你生气，晚上回去再收拾你！"

简凡如逢大赦，嘻笑着掉头就跑，跑到门口，脑袋又伸了回来，轻轻喊了句："妈！"

梅雨韵一抬头就见得儿子正笑着，很期待也很知足地笑着说道："还有一节自习，我在外头等你啊！我在家给你炖了一锅王八汤，我等你啊！"

边说着边招着手，儿子终于消失了。正兀自生气的梅雨韵一下被说怔了，随即又幸福地笑了，尚没有尝到王八汤的味道，已经觉得舌底生津，香味扑鼻。儿子做的饭，肯定香喽，尽管是个不太成器的儿子。

已经习惯了爸妈来安排谋生路子的简凡倒不觉得什么，反正你让我上班我就上班，你让我考我就考，考好考不好，别赖我。不过派出所的事总算还有一个好结果，虽然没捞着什么好处，可也没落下什么坏处，而且二叔说有了这件事没准会对将来的招聘有一定正面影响。再说出门去省城玩两天，老妈也没反对，等于是放假了。回头简凡又回了趟派出所，却是没有见到二叔。这所长忙得紧，一年四季经常找不着家门。简凡想了想，干脆不跟他说了，回头电话上说，省得他见了面又把自己当儿子训。

进城的正装摆出来了，一条洗得发白的蓝牛仔，一件香香给自己买的T恤，已经穿了两年了，虽然不贵倒值得珍惜。对了，还有钱，银行卡里存了三千块，床铺下塞的零零整整一数，居然还有一千多块，揣着厚厚的一叠，乐得简凡直在床上打滚。

这次得多玩几天再回来，省得听家里人没完没了唠叨。

出了门想家、在家又巴不得找机会出门逛。周六总算熬到了，一大早，费胖子坐着车，载着心情颇好的简凡，两人神侃着，向着省城大原市的方向驶来了。

话长去路短

乌龙县是省城大原市下辖最偏远的一个县，距市区差不多二百多公里，但这条路对于简凡和费仕青都是熟悉无比，大学四年，两人上学、回家，都是一路神侃着来回的。

一路上，夏日里清晨的阳光从和煦慢慢转向炎热，国道两边高大的白杨成了天然荫凉。驾车的是费局长的司机，一个敦厚老实的年轻人，和费局长的公子正好两个极端，一个是沉默如金，一个是废话连篇。

费胖子和简凡估计都是在乌龙小县城憋久了，从上车开始，都在翻着对即将到达的那座城市的记忆，说着当年那几个颇有姿色的校花、系花、班花，两人都曾经心仪过，期望过或者干脆交往过的学姐学妹，现在再回想，不知道是痴情难忘还是年少轻狂，说着系里毕业告别会上的唏嘘一片，号啕哭声不绝于耳，也不知道留下来的，是有了新的守望还是依旧在无所事事地逛荡。最伤感的是一毕业，这同学几十个便作鸟兽散了，天南海北再聚也不知道到猴年马月了。但最兴奋的是将要见到同室的老大和老三了，两人思谋着这次两月没来，得痛宰他们一顿。

前尘往事，多少唏嘘！这才一年，要过上十年，没准见了面都形同陌路了。

在国道上行驶了六十公里，转上了高速路，话题也跟着从回忆转到了现实里。费胖子坐在副驾上，不时地扭过头来，大赞那蒋迪佳皮肤如何如何好、一言一行如何如何有气质，直赞得简凡一见胖子扭头就赶紧捂脸缩脑袋，生怕唾沫星子溅上来。

简凡本来还想着那天自己教唆他去泡蒋美女的事，生怕这家伙吃了瘪回头找自己算账。但看着费仕青一脸神采飞扬，跟发了猪瘟一般狂躁，简凡终于是忍无可忍了。他悻悻地扳正费胖子脑袋，扇了一巴掌道："废品，你呲得像花椒一样，大蒜发芽，口水流了这么多，蒋美女你到底上手了没有？"

厨子骂人，喜欢拿菜比喻，这是简凡的强项。细看费胖子现在的表情，还真像炸开的花椒。简凡被喷了若干口水之后，实在气愤之极，把平时觉得最有代表性的形容词给费仕青了。

"扑哧"一声，司机也被逗笑了。费仕青却一点不觉得难为情，反倒是得意洋洋道："锅哥，说真的，你教我泡妞啊，我还没谢谢你呢！在你的指导下，我成功地和蒋美女勾搭上了，这两天我跟蒋美女天天下乡，咦哟，锅哥，你不知道蒋姐姐什么身份吧？说出来吓死你！"

"别，你先别咦哟，这到底怎么回事？你……怎么勾搭上了？"简凡张着大嘴说着，诧异不已。

"啊！不是你教我的办法吗？我胡扯瞎扯，扯得昏天黑地，然后就……"费仕青瞪着大眼，一脸兴奋，简直丧失了语言表达能力。

"你们没有发生肢体接触？"简凡舌头舔着嘴唇，咪着眼逗着费仕青，揶揄地笑着问道。

"那个……还没来得及发生呢！"费仕青一听这话，反倒有点不好意思了。

"啧，你胡思乱想什么呢？我是说蒋美女没有噼里啪啦在你脸上或者肥臀上给你来个肢体教育？"简凡嬉笑着，戏谑地捏捏费仕青的胖脸，做了几个揍人耳光的假动作。按照正常思维，这胖子如果按自己教的胡诌八扯，再学着自己动手动脚，应该是这么个被痛扁的下场。

"没有，绝对没有，那怎么可能？蒋姐姐最温柔了，她是我见过的最温柔的女人。"费仕青一扭身，端着简凡的下巴，使劲往上合上了，得意地笑着说道："锅哥，我知道你正经历着一个男人一生最复杂的感情，惊讶、怀疑、悔恨……对了，最关键的是嫉妒，你不是妒火中烧了吧？"

费仕青一脸小人得志般的欠揍笑容，损得简凡半晌接不上话来。

"妒你个头呀？我至于妒嫉你吗？"简凡明白过来了，掩饰道。

"真没有？那我可真泡她了啊，你真的一点不嫉妒？"

"你拉倒吧！一点都没有。再说还是我教你泡的，怎么可能……"简凡摇摇头。

虽然嘴上这么说，简凡心中却是郁闷之极。特别是费胖子一脸小人得志的表情更让简凡的郁闷加深了几分。这死胖子，十年不开斋，开斋还泡着极品了，泡也罢了，最郁闷的是，这妞居然还是我教人家去泡的，这冤不冤，早知道，我去下手多好！

"嘿嘿，你就嘴硬吧！不过你要知道她什么身份，我估计你压根就不敢摸！"

"什么身份？"简凡的好奇心来了。

费胖子笑着扳着手指头数上了："人家爸，北京人，山北大学的教授，研究生导师，七十年代下放到咱们这儿劳动改造，后来成家就留到省城了；人家妈，以前市工商联主席，华美超市的创始人，省城最大的一家啊；人家哥，九鼎实业的老总，旗下那个九鼎假日酒店你记得不？人家叔，叔是个什么来着，我也弄不清了。反正这是一个典型的官商结合的家庭。要泡这妞，咱们呀，没戏！锅哥还是你眼毒啊，一眼就看出这蒋美女不简单了，我后来一了解，来了个迂回战术，死皮赖脸跟她屁股后面学瑜珈、认她当姐姐，哟，她居然答应了！哈哈，不过你别说，大户人家出来的，是不一样，比咱们修养高多了啊。"费胖子笑着道。

"那你还说你们勾搭上了？我说嘛，我这眼神什么时候错过。"简凡一听，心头竟然莫名地泛起点自足。

"啊？你脑残了，连我说话你都相信呀？你别提这茬啊，我跟蒋美女下了两天乡才知道你居然假借看病为名，对人家姑娘动手动脚，你这衣冠禽兽。最卑鄙的是，还骗了我二百块钱！这血债我得加倍讨还啊。"费胖子终于省悟了，恶狠狠地说道。

简凡呵呵笑道："那是你小子愿意，赌输了活该。"

"得了呗！这次揪着你小辫了，我和蒋美女现在可是姐弟俩哦！靠，哪天你惹了我，我告诉她哥哥，你等着吧，人家哥凑几十号人来收拾你，嘿嘿，哎呦……"

"你死去吧你……"

两人胡扯了半天，又在车里闹腾上了。

聊的话题多了长了，这路就短了，不到中午就进了大原市区。熟悉中带着几分陌生的城市，高楼大厦依然林立着、车水马龙依然是川流不息。夏日里的北方城市，却只感觉到酷热，开了车窗便是挥汗如雨。

费胖子城里有亲戚，把简凡扔到了大原移动公司大门口，便去忙自个儿的事去了。看看时间刚十一点，简凡打了个电话，安安静静在外面等着……

我为佳人伴

等待香香的时间里，几分钟便如同几年一般漫长。

香香叫刘香莼，熟悉的人都爱称"香香"这个顺口的小名，更熟悉一点的，像费胖子之类的同学就称"锅嫂"。简凡和她的关系发展有点年头了，不过直到现在，简凡还不知道该怎么形容俩人的关系，说女朋友吧，有点浅了；说感情多深吧，又有点扯淡；把两人的关系形容成打打闹闹的小夫妻倒有点像，只不过还不知道会不会领证。

要追溯俩人的关系，差不多要从穿开裆裤的时候说起。在一中还是统一住公房的年代，大操场上经常活跃着一群扛着棍子当枪、和着泥巴抹墙的小屁孩，都是教工子弟，偶尔玩个抬花轿游戏，轿夫是费胖子，扮新郎新娘的，就是香香和简凡了。只不过简凡后来被父母送回乡下去住了几年，等回来了，裤裆也缝上了，上学后不在一个年级，这才隔断了两小无猜。后来简凡留级了，偶然间发现当年跟在自己背后的鼻涕妹妹已经出落得婷婷玉立，按捺不住的少年冲动让简凡平生第一次对一位异性发动了猛烈追求。那两年每天绞尽脑汁想的就是怎么讨香香欢心：书桌课本里塞纸条鸿雁传情、为了买礼物和费胖子偷偷坐车进省城、瞅空就把香香约出来谈谈心说说情、偷饭店的鸡腿熟肉以飨美人……反正高中那几年，全部心思和口袋里的零花钱都花在香香身上了。

　　早恋是瞒不住的，结果香香爸妈找上门来了，梅老师把儿子不只一次训得狗血淋头。劝阻无效之后，两方家长合谋着把这对鸳鸯拆了班，香香爸妈每天防贼似地看着女儿上下课，一直看到高三毕业，让简凡不只一次地隔着窗户望美兴叹！

　　但早恋没有太影响到香香的成绩，她依然是那么优秀，考上了省内一本。当然，也没有影响到简凡，从来就是那么糟糕！花钱谋了个三本。不过戏剧性的是，两人上大学还在一座城市，双方的父母却是不太管了。简凡这个嘴上没毛的男子汉，也就担负起了照顾香香的责任，一直到现在，都快到七年之痒了。

　　简凡叹了句，跟着就看到视线中奔过来一个倩影，娇小玲珑，像奔跑着的小鹿让人眼前一亮。简凡两眼几乎眯成了一条线，心里却像夏日里的玫瑰怒放，乐开花了。

　　白底蓝线的短袖衬衫，深蓝色的工装裙，穿在香香身上显得格外挺拔有致，眼见着她一脸高兴地走近了，那张热情洋溢的脸，不无久别重逢的喜悦，张口如同老夫老妻般地问道："什么时候到的？干嘛不打电话？我接你。"

　　"老废家的顺车，直接到这儿了！"简凡笑着应道。

　　"走！"香香很随意地挽着简凡。

　　"去哪？"

　　"吃饭呗，肯德基怎么样？"

　　"行，没问题！"

"下午陪我逛街！"

"行，没问题！"

"晚上呢，吃你做的。你肯定琢磨出新菜来了。"

"行，没问题！"

白衣蓝裙的香香，纤细的胳膊挽着简凡，随意说着安排。一脸幸福且惬意的简凡一直机械地回答着"没问题"，心里比这天气还美几分——香香还是香香，还是那位爱吃爱玩爱和自己在一起的香香，从眼里的喜悦能看得出来。现在再侧瞥香香，额前飘着碎发、脑后却还是一个小马尾，一笑起来就露着两个小虎牙，青春逼人、活力四射，还没有完全脱去学生时代的清纯，煞是好看。

不管怎么着，简凡一直觉得香香当老婆是最合适的。虽然不是最漂亮的，不过双方知根知底又知冷知热，比像老妈说的那样随便找一个门当户对的要强很多，更何况两人还是青梅竹马呢。

"嗨嗨！你怎么这么讨厌，说句话都走神？问你什么呢？乡镇公务员考试成绩出来了吗，考得怎么样？"香香猛地推了推正走神的简凡，把简凡从癔症中惊醒。

"啧……你不老说我是应试教育产业下的伪劣产品吗，你说考得怎么样？"一听考试，简凡心虚了。眼光躲躲闪闪，明显不想提起这茬，干脆来了个以问代答。

"呵呵，就知道你上不了正场……你不挺会来事的吗？现在怎么不行了？上大学不数你能吗？怎么不显显你的本事呀？"香香听得这话，掩着鼻子直笑，话里有几分取笑和挖苦。

简凡大学应付考试的办法无所不用其极，作弊手段行不通之后，马上想出了新办法，一考完就和费胖子提着乌龙县的野生木耳、黄花菜、小米去收买老师。

"那不一样，办工作我哪有那本事……"简凡有点失落地回道，又想起毕业这一年处处碰壁，俩人不知道怎么地差距越拉越大，简直不可同日而语了。

"考不上才好呢，下乡有什么意思？要我说你还是想不开，能挣到

88

钱，干什么不行！"

"那干什么？"

"开饭店，我吃了一年了，省城大小饭店，就没见着手艺比你好的。到这儿开一家。"

香香一听，跨了一步站到了简凡面前，眼神里鼓励着。

"啧……"简凡一听这话，却是马上意会到香香话里的依恋，还是不愿意自己回乌龙，要真下乡那更不愿意了。想了想，简凡猛抓后脑勺，为难地说了句："哪有那么简单，不是你做得好吃就能当得了饭店老板，房子、地段、人脉、推出什么样的菜品，还有店里雇员，这不是简单的事，大原开个中档的酒楼，没有二三十万根本起不了步，就小饭店都得十万八万，谁给本钱啊？"

简凡有些为难，要当厨子还凑和，开饭店经营可没那本事了，其实这问题也曾经考虑过，甚至上大学还在几所饭店装模作样玩过几天，但到这开店，可比乌龙要难得多了。而且老妈不知为何最反感自己系个围裙，怕是连当厨子这愿望也是实现不了。

"没出息！就知道你瞻前顾后，什么也干不成。"香香支着手臂戳了简凡的脑袋一下，这一招，还是跟着梅老师学会的。简凡嘻笑着不以为忤，被老妈戳有点害怕，被香香戳却是只觉得温馨有加。

"谁说我没出息？你看你看，我还没给你说呢，这次我可是为公事开会来了，周一的庆功会……"简凡想起这茬来，不无几分兴奋地把《公安信息》递到了自己最心仪的人手上。

"啊？金店抢劫逃犯……是你、你们抓住的？"香香一看，眼睛扑簌着，诧异地盯着简凡，仿佛第一次见面一般。

"是啊！我们派出所抓住了俩，剩下的还是通过这俩抓住的，我和成钢是头功。"简凡得意洋洋道。这是活这么大，自己最得意的一件事。香香的惊讶让简凡也颇为满足了一番，直等着香香惊讶后的拥抱。

却不想，香香眼瞪得溜圆，愤愤地把信息纸摔到简凡身上，说了句："有病！"

"啊？有病？这怎么叫有病，一大队刑警，专程到乌龙请我来开会！我现在是英雄，你是英雄的女朋友哎。"简凡笑着，却不知香香的火气从何而来。

"我、我可怎么说你！"香香小细指指着简凡鼻子，有点无语的样子，气得直跺脚，嘴巴飞快地说道："这事省城都搅翻天了，一死一伤，死了的就不说，你猜伤着的那个怎么了？"

"怎么了？"简凡愣傻了。

"俩人都是保安公司临时雇的劳务工，乡下进城打工的，医保都没有。受伤住院了，金店、保安公司互相扯皮，连医药费都没人负担，那个死了的，连赔偿都没地方出。报纸上都报道出来了，你窝在乌龙县知道什么呀？"香香一副惊魂未定的样子，却是一下子怎么也接受不了在老妈面前大气不敢吭的简凡，居然敢去抓逃犯。

简凡两手一摊，还是不理解："那……这种逃犯有机会就更应该把他们抓了。"

"你啊……还英雄呢，你看你长得像吗？要是伤着了怎么办？"香香数落着，有点生气。

"没什么不对呀？我这不好好的吗？再说，我妈还让我考警察呢！"简凡狐疑地说了句，却不知道这件事，怎么着就引起了香香如此大的愤慨情绪。

不是说美人爱英雄嘛，这又错了吗？早知道就不说了。

一听考警察的话，香香更是气重了几分，怒不择言地说了句："啊？考警察？你妈也有病！"

简凡一听，回敬了句："你妈才有病呢！"

"你说什么？"香香一下子瞪眼了，要发飚了。

简凡蔫了，不服气地反驳了句："不说了，我回去告诉我妈……等你回乌龙，让我妈找你算账。"

老妈也是香香的英语老师，家有悍妈就有这么个好处，一提起老妈来，香香也怵，每次简凡都搬出老妈来威胁香香。

却不料今天不起作用了，反而引发了香香更大的怒气，掐了两把捎带着踹了两脚，拿着简凡当出气筒了，边施虐边说着："你敢！几天没见，你还长脾气了是不是？你今天是故意来气我了是不是？"

"别别，好香香，咱不生气啊，不提这回事了，反正我也考不上，消消气啊。"

简凡一看这场面不好收拾了，却是话软了，陪着笑脸，一把抱着香香，嘻皮笑脸直抚着香香消气。

"走开，看着你我就来气。"香香不悦地打掉简凡伸上来的手，"简凡，你别光不正经，回省城的事，你到底想过没有？"

"我一年前刚奔回县里，现在再回来，你让我怎么跟家里说呀？"简凡一听，又蔫了。

"那你说我们怎么办？在乌龙你有个正式工作也罢了，你不也是瞎混？来了大原，好歹机会多点，找工作不容易点吗？我跟你说多少次了，你怎么就不听啊。现在人家大学生毕业了，谁还傻等着分配呢？不都是找工作嘛？"

香香有点忿然地说道，直到现在还对一年前简凡不声不响打道回乌龙县耿耿于怀。有时候平日蔫不拉叽的简凡经常干些出格的事，这次回去两个月，居然还学着人抓逃犯去了。

就听香香有点无奈地说着："简凡，在大原别的我还没敢想，你总不能让我连个人也摊不着吧？你就让我一个人待在大原？你就不想想我们以后怎么办？你就这样，两三个月来一回住住旅馆？咱们可以从头开始嘛，可你根本就不往那方面着想，你让我怎么办？"

两个人都是初涉社会，大概都不知道到底该怎么办。香香有点气愤，简凡也被问傻眼了。大原可以不留恋，可香香，实在不能不留恋，何况香香对自己的依恋也很深。

这话将了简凡一军，简凡苦着脸想了想，半坐起身来，嗫嚅了半天，底气明显有所不足地道："我这次考警察，没准能考上，要考上没准就能正式分配……"

"呵呵……就你？你脑袋里就一锅糊菜，你连你自己能干什么你都不知道，还考警察？你算了吧你，我可跟你说明白了啊，你再这样下去，迟早要各奔东西啊……我怎么就那么傻，上高中就被你骗了，一直被你骗到现在！怪不得你妈一天戳着脑袋训你呢！"香香气咻咻地说着，有点恨铁难成钢的忿意。

"香香，我妈之所以还对我抱有很大的信心，原因就在于我每次考得不上不下，要么这次我横了一条心再试一次，再不行就让她断了念想……我也知道不能这么傻等下去了，就像你说的，我要么就来省城给哪个饭店当厨师，攒点钱开店，买房子。嘿嘿，娶你，怎么样？到时候把我爸妈、你爸妈接来，轮流住，咋样？"简凡身子靠靠香香，征求着香香的意见。

"想得美，你妈要不同意呢？你妈同意，我爸妈要不同意呢？"香香撅着小嘴说了句，此时话里已经有了不少撒娇的成分。

"那太简单了！"简凡背着包笑着，揽着香香的肩，"咱们呀，先制造出个小香香、或者小简凡来，他们不同意也没办法啊。"

"切……讨厌！"香香羞得有点脸红，一把推开简凡凑上来的脸，心里却早已沉入甜言蜜语中了。

快乐和无奈在现实中往往是一对孪生姊妹，简凡和香香两人经常就这样在快乐和无奈中起起伏伏。在香香看来，这个从高中时代就谈的男朋友什么都好，很帅很体贴，知冷知热地关心你。不过就是属于那种离了爹妈就不知道该咋办的大男孩，就等着别人安排生活。不过香香每次见到简凡大老远风尘仆仆地从乌龙奔来，每次看到那双如水般深邃的大眼和帅气的面庞，每次看到他殷勤地买东西、做饭、洗衣服，总是有点舍不得……更何况，两人还有过那么一段青梅竹马、两小无猜的日子。

没办法，都是情，因为这情之一字总是难以勘破，便生出许多的不舍来，有不舍却又是难以如意，又平白地生出些气来，这很复杂的感情让香香理不清道不明……

夏日里最凉爽的时候是清晨，日头将出未出的时候，尚余留着夜里的轻风，片刻的凉爽和惬意之后，城市里铅灰色的天空将升起新一轮的阳光。

简凡再次睁开眼的时候已经是周一了，周六周日一闪而过，和香香从日出玩到日落，马不停蹄地吃饭、逛街、看电影、做饭，忙得不可开交。两个月没见，两人玩得都有点疯。

此刻，简凡一个人躺在宾馆的大床上，只觉得身上有点酸痛，结果醒了没过一会儿就听到费胖子打电话说已经到楼下了。换好了警服、下了楼，费胖子从车里伸着脑袋，眼睛眯成了一条线，一直目视着简凡上车，这才扭回头来，伸着舌头笑着说："锅哥，这两天和香香没出门吧？我真怕你直不起腰来，这不，一大早就接您来了。"

简凡笑着不理会这货胡扯："废品，怪不得你找不上女朋友呢，你看你笑得多猥琐，要是个女人，肯定被你吓得花容失色，掉头就跑！"

两人说笑着车起步了，司机乐呵着，这费胖子更乐呵了，不以为然地说道："物以类聚，要不怎么说是兄弟呢？哈哈！对了，锅哥，今儿的行程我安排啊。你听我的。"

"你安排？安排干什么？"简凡诧异了。

"上午你不开会吗？开完会，中午跟哥几个聚聚。老大现在拽了，开发区写字楼有独立办公室了，人五人六也成白领了；老三就更拽了，自己开店当老板了。"

费仕青说的是大学里宿舍的四个室友哥们儿，感情非常不错，老大薛翰勇，光打架就被记过几次，差点开除；简凡的年纪排老二，舍友评价是会吃饭，能泡妞，属于闷声发大财的实干家；老三黄天野，据说家里开过夜店歌厅，黄段子讲得比谁都好，一张嘴全校无敌；老四费仕青体重全校独一无二，何况还有为爱减肥减到昏迷更是人尽皆知。四个名人本来自封四剑客，后来传着传着就成了学校里有名的"四贱货"了。

简凡一听，乐了，笑着说了句："不会吧？老三比你还猥琐，他开店谁敢去呀？"

费仕青一下子乐了："哈哈……这评价好哦，老三听着非气炸肚子，他还真就开店了，你猜他经营什么？"

"什么？"简凡笑着，好奇了。

"性用品商店，哈哈……昨晚上我去了，一屋子……我靠，简直太壮观了。我可告诉你，周六周日你消失了两天，你准备好了，老大老三对你重色轻友的行为非常不满啊，中午肯定想法整你呢！"费胖子笑得前俯后仰，仿佛见着了平生最大的乐事一般。

"呵呵，老三看来是找到正确的职业发展方向了啊！他们还想整我？喝酒他们都怕我，耍流氓谁也不怕谁，他们怎么整？"简凡笑着又问了一句："胖子，我为什么听你安排呀？"

"你这话说的，白吃白喝，跟着我还错得了？不去拉倒，你以为你多大个官，还摆谱怎么地？"费胖子不置可否，一副爱去不去的样子。

"马不知脸长、猪不知腰胖、屎壳郎还以为自个香！切！"简凡损了一句，心中不知为何突然想到蒋迪佳的白衣情影——还是无法释怀，那个气质清丽脱俗的大美女，就算脑袋里灌上一桶水，也不应该认这么个货色当弟弟吧？

两个人胡扯着，到了五一路，费胖子扔下简凡又自个儿去逛了。简凡找了个胡同口小摊吃了早餐，看看时间差不多了，这才循着五一路去找一大队的地址。

不知道当英雄到派出所领奖状是个什么样的感觉呢？平生第一次不是因为做检讨站到主席台上，简凡心里一想到这事，还真不知道是什么样的滋味。窃喜？有点，毕竟是好事嘛；遗憾嘛，也有点，要是给自己个人发奖就更爽了；担心嘛，也有点，让老妈说，自己就一盘狗肉丸子上不了大席面，这么大场合出了洋相就麻烦了，还有什么呢？

算了，想不清楚，骑驴看唱本、开车瞅红灯、边走边瞧吧。

有景蔚为观

五一路在大原是最繁华的路段之一，全市有名的商家都坐落于此，招待的基本都是些购物不问价、买单就刷卡的大户。前一天简凡和香香就逛过这里，上学时在这里待了四年，轻车熟路，街面上商厦的东西一般人买不起，向内胡同里几家小商品批发市场才是市民购物的好去处。商厦里能买到的世界名牌，这儿地摊小铺里都有，比商厦里的还全乎。

简凡没来过一大队，但知道这单位门肯定不好找，没准钻在哪个胡同里。果不其然，这一大队还颇有大隐隐于市的风格，问了一路，没几个人知道，还是和先到一步的成钢打了电话，顺着侧面的胡同往里走了几百米，看着警车停了一遛这才找着了地方。

胡同里的路被四面的高楼堵得严严实实。走二百米一拐就是一大队的院子，正门上挂着人民公安的牌子，下面是刑警一大队的标识门牌，两层灰色小楼，看得人心里愈发地有点虚。

简凡在派出所干了半年，对这一行都略有所知，要是真当警察，简凡还真是心虚得紧。不为别的，天天和心理扭曲的坏人打交道，时间长了，他怕连自己的心理也跟着扭曲了。

一大队大门里，肖成钢远远地看着简凡迎了上去。今儿这打扮不错，协警服熨得笔挺，帽子也扶正了，不像平时吊儿郎当的样子，上前拉着简凡就神神秘秘说着："锅哥，您怎么才来呀？今天市局梁局长来，我舅舅说了，让咱们代表乌龙城关派出所发言呢，你赶紧地准备一下啊。"

"啊？怎么没有告诉我？"简凡一听，吓了一跳。

肖成钢却是狡黠地笑道："我也刚知道，那不很简单吗！锅哥你还不是张嘴就来？嗨嗨，你别紧张呀……"

"我不紧张，我害怕！成钢，你别火烧猴屁股坐不住，这里可都是正经八百的刑警啊，咱俩在人家眼旦就俩小屁孩，前面的嘴巴、后面的尾巴都夹紧点，低调啊！别让人笑话。"简凡有点心虚地说着，这地儿可不是拽大头的地儿。

肖成钢却是不以为然，直说着简凡没出息，看样子是志得意满得紧，把自己当英雄了。

说话间进了院子，里面进进出出穿着警服的人都在忙活着，一会儿只见得那叫郭元的警察认识两人，领着简凡和成钢上了二楼活动室。活动室倒挺大，人头攒动地早坐了四十多人，迎面挂着横幅，写着"'八一一'金店抢劫案庆功表彰大会"。

都是生人，没人注意到又进来的两名警察是什么人，穿着什么制服。简凡和成钢坐在后面瞎扯了几句，简凡正犯愁发言的事，就听得有人喊："起立！"

一句话，四十多个警察齐刷刷地站起来，简凡这反应慢了半拍，被成钢拽起来，跟着就见到了秦队长带着四个人，都一副领导模样，和警察们示意着进了活动室会场。

"敬礼！奏国歌！"

声若洪钟，却不知道从哪里传来的。这场合，一溜警服装束的直竖竖站了几列，肃杀之气很浓，让人顿生凛然之意。简凡听着国歌，向着主席台敬礼。

齐刷刷落坐后，主席台上的发言开始了。局长、政委、支队长依次发言。先说形势，后说案情，再来勉励。

坐在最后一排的简凡听着听着就走神了，眼乱瞟着，试图找个养眼的警花瞧瞧，却只瞧到了自己这一排，都一群一脸凶相、正襟危坐的老爷们。前面的只能看着后脑勺，都是齐刷刷的警服戴着帽子，连性别都分不出。

胡思乱想着，台上的议程到授奖时刻了，就听那位政委一脸喜色地放大了声音说着："经局党委研究，决定对破获本次'八一一'金店抢劫案立功单位和个人表彰……刑警支队重案分队，集体二等功；经侦分队，集体二等功；刑侦一大队，集体二等功；乌龙县城关派出所，集体三等功……请以上单位代表上台领奖！"

掌声哗哗响起的时候，简凡刚刚听到乌龙县城关派出所的名字，正暗忖怎么上台的时候，肖成钢早按捺不住奔着上台领奖了。这下让简凡哑然失笑了，这货看来逃跑还不是最快的速度，现在才是！得，让他感受去吧，咱正好歇着。

不过刚歇着，眼霎时又亮了，不但有锦旗，还真有奖金，大红贴子写着黄字：5000元！

简凡看着心里直痒痒，等成钢把奖领回来了，却只是塑料泡沫外面贴了一层红油光纸而已。简凡压低声音问道："钱呢？"

"锅哥！"成钢回道："您别这么财迷好不好？回头得统一到市局

财务上领。”

“呵呵，咱俩得分大头。”简凡乐得眼睛快成一条线了。

两人咬耳朵的时候，这台上的政委发话了：“同志们，希望大家向今天立功授奖的单位学习，下午我们就要召开新闻发布会，向社会各界公布‘八一一’大案的侦破情况。职业原因，只能由我代替大家抛头露面了啊！最后我要强调一点的是，这次侦破和追捕行动中表现突出的单位，乌龙县派出所！一个小小派出所、两个名不见经传的协警，居然把两个在逃嫌疑人抓了回来，大家想想，这说明了什么？”

说明了什么？下面的人群里有点轻微的骚动，这话卖的关子够大，好几位警察都回过头来，颇有深意地看着简凡和成钢坐着的方向。

政委这话锋一转，说道：“同志们，这充分说明了，我们基层公安局、派出所以及治安员，包括协警、治安同志们，都是好样的！我们刑警、干警，更是好样的！下面，请乌龙县城关派出所的两位小同志上来，给大伙说两句，说说这追逃经验，肖成钢，你先来……”

政委挥手示意着，喊了句，那边成钢已经乐得蹦蹦跳跳地上了台，从口袋里掏出一张折叠好的纸张，铺开念上了：“尊敬的各位领导、各位警察前辈，大家好！维护治安是我们每个公民的神圣义务、协警上级单位打击违法犯罪……我们在上级的领导下，全体协警认真学习市局关于打击涉枪涉爆恶性犯罪的第七号、第十一号文件精神……”

哟！简凡惊得眼越瞪越大，这口气越来越像派出所里的水仙指导员，而且这货看来早把演讲稿准备好了，还装模做样地，真不是东西！简凡心里多多少少有点被出卖的感觉。

肖成钢这长相倒是虎虎生威，武校里锻炼得也到位，站那儿跟杆了根高粱杆一般笔挺笔挺，炯炯有神的两眼配着黑红的脸膛，倒还真像那么回事。抓了逃犯的肖成钢一番说道，倒也赢得了个满堂喝彩。

鼓掌的当会儿，成钢刚刚坐下，就又听得那位喋喋不休的政委喊着：“哎，那一位呢，叫什么来着……对，简凡，上来上来，给大家说两句，鼓鼓劲！”

看来，政委还没忘了这茬，简凡心咚咚直跳，旁边坐着的成钢迫不及待要看简凡出丑，一把把简凡拽起来，推出去。几十双目光都聚焦在了这里——文雅、白净、细皮嫩肉的简凡，倒比成钢还有几分看头。一干警察都乐呵了，这白白净净的大小伙，莫不是也是个人物？

紧张兮兮地走到了前台，霎时和几十双目光来了个对视。警帽下，都是警察的眼神，简凡顿觉自己如同被褪光毛的山猪上锅般，被一帮等着下锅上菜的人盯着，嚅嗫了半天，愣是没憋出一个词来。

得，紧张过度了！

锅、下锅、菜、上菜……简凡一愣神，先挨着几个方向鞠了几个躬，嘴里说道："各位大哥、大姐……"

再看看，又加了一句："还有各位大婶、领导大叔，大家好！欢迎……欢迎对我提出意见！"

张口不骂笑脸人、伸手不打上门客。简凡霎时把自己最擅长的老本行搬了出来。不过却是临时改口，平时都说"欢迎光临"之类的。

这话一出口，简凡自己就又愣了，好像听着别扭、非常的别扭！

肃穆的会场里，也都被说愣了，一愣之后便是哈哈一声，笑倒了一片。台上的几位领导也眯着眼呵呵笑了。不知道谁瞎起哄，鼓起掌来了，跟着都鼓掌欢迎上了。

政委倒也和气，安慰着简凡："小同志，不要紧张嘛！你在面对歹徒的时候表现得很英勇嘛！啊，说说你当时的感受。"

这下，简凡倒不觉得手足无措了，张口便来："没什么感受，就觉得紧张、害怕，直哆嗦！"

下面的警察又都笑了。简凡一瞥而过，坐在第三排人堆里的那位，隐隐地能认出是史警花，也看着这场面笑。一干刑警的眼神里，倒是善意的成分多点，这话说得倒比成钢的表态更有可信度，要一点不害怕才见鬼呢。

"可是我今天站在这里更紧张……为啥呢？"简凡几句下来倒不感觉手足无措了，一个关子吸引了众人的目光，正正身子说道："我紧张是因为，我们这个功劳纯粹是个巧合，是个不能再巧的巧合，就瞎猫抓了一死耗子……要说功劳，要说厉害，还是咱们刑警厉害，我们这次可是见识了啊！乌龙县里，秦队长带着刑警们，和劫匪噼里啪啦枪战，我们吓得掉头就跑，差点没尿了裤子，要没有你们，我们压根就不敢出场，哪还会有什么功劳？我叫简凡，简约的简，超凡的凡，以后还请各位大哥大姐多多关照！"

绘声绘色地说完，简凡谄媚般地又鞠了一圈躬，那政委接着引导着："好！谦虚谨慎，不骄不躁。大家鼓掌！"

下面被说愣了的人，哗哗啦啦的掌声和笑声响着，倒比之前都要热烈几分。本来这派出所里逮了这么俩大头实在是捡了个大功劳，不过人家这么着说出来了，反倒显得光明磊落。

平生第一次发言，就这么匆匆结束了，有点脸红的简凡匆匆从主席台上奔了下来。成钢笑着问道："锅哥，没见你这么谦虚过呀？"

"我一直很低调的，这点你就不懂了吧，让人快乐才是自己的快乐之本，不把人捧舒服了，咱们怎么能舒服？就你还五迷三道跟人家讲什么追逃？开什么玩笑，人家抓的人比你认识的人都多，切！"简凡终于醒过神来了，把这个肃穆的场合说得气氛活跃了几分，让人的感觉颇为不错，明显看得成钢的眼神里不无嫉妒。

"我怎么什么都落你一截啊？早知道我就不准备了！"成钢有点悻悻地说道，本想出个风头来着，不过现在看来，眼球都被锅哥抢走了。

会终于结束了，成钢和简凡被一大队的一干刑警围着说长道短。一大队的案子，又是这么两个逗人的小协警，等领导一走，这场合就东一句、西一句，问上了。

"小伙，你多大了？"

"这小子真棒啊，块头跟我差不多了！"

"哎，同志们听着啊，今儿秦队长请客啊，咱们全体人员谁也不能落下啊！"

"这俩小子，都是好料子啊，当协警可惜了！"

评论的、相互说话的，弄得成钢和简凡不知道该回答哪一句。里头一位个子差不多赶上秦队长的，伸着蒲扇般的大手，拍拍成钢、又拍拍简凡，眼神里满是赞许，不过那劲道直拍得简凡龇牙咧嘴。

跟着几个老女警就更扯了，其中一位搂着简凡像看新女婿一般，还捏捏简凡的脸："哟，这孩子长得，跟个大姑娘样，真秀气啊！"

人群里哈哈哄笑着，就有人喊上了："谢法医，你天天摸死人呢，你别吓着人家小娃娃！"

"我爱摸，你管得着吗？我摸过你，也没见你死呀？"那法医翻着白眼回了句，围着的一圈人倒有一半笑弯腰了。

简凡被糗得脸红一阵、白一阵，这回可是真紧张了，使劲挤着，出了乱哄哄的活动室。这地方却是再也不想待下去了。下了楼、奔出了大门、逃也似的离开了一大队……

君悦来酒店，十七层某间，笑声打闹声骂声夹杂着……

"贱人，你们这俩贱人，这馊主意谁想出来的……哦哟……"

骂人的是简凡，咬牙切齿地骂着，骂着肚疼的劲儿又上来了，捂着肚子，急奔着往卫生间跑！今天又中招了，被几个损友下药了。

简凡跑出了一大队，谎称有事回绝了秦队长的请客，回头就奔到了山北商学院门口的川味楼。这下"四贱货"终于聚全乎了，这费胖子一进城就不和简凡一条战线了，三个人挨个数落简凡重色轻友，饭桌上却是商量好了新花样，非得让简凡喝雪碧兑可乐！

大学的时候，一说喝酒，商学院一幢楼里都知道简凡能喝，宿舍里三个人一聚餐总是变着法子要灌简凡，啤酒兑白酒、白酒兑黄酒、高度酒里再兑点酒精，什么办法都用过了，就没见简凡醉过，连费胖子也觉得诧异，后来回家一问简忠实，才知道简凡从小在乡下酿酒坊里玩，掉曲缸里昏迷过，后来根本对酒精免疫！

治不住简凡了，这次才商量出这么个好办法来，可乐兑雪碧两大瓶，一杯啤酒兑一杯可乐混雪碧。三个人同仇敌忾，果不其然，简凡喝到一瓶半就开始跑厕所，等回到费胖子住的君悦来酒店，早已经跑了七八趟了。

卫生间里响起了哗哗的水声，简凡趴在马桶边，肚子里难受得厉害，想吐，喉咙里"呃"了半天，却是什么都吐不出来。一会儿悻悻然出了卫生间，床上的人，还在笑着打滚。

费胖子仰面躺着、笑得肚子一耸一耸；旁边盘腿坐着的，却是精瘦的个儿，正是老三黄天野，贼眉鼠眼芝麻牙，不用化妆就是一副损人不利己白开心的德性，一笑，两眼就看不着眼珠子了。一胖一瘦，却是一般猥琐。

"哦哟……"简凡出了卫生间趴在床上，有气无力地说着，"你们这俩贱人！居然想得出这损办法来。死胖子，你等着啊，等回了乌龙我再收拾你，下次上我家吃，我给你小子下巴豆，不让你拉上十天，我跟你的姓。"

"哈哈，锅哥，您别吓唬我，我这肚子，什么都消化得了，拉肚子对我来说，等于排毒啊！"费胖子乐呵呵地说着，丝毫不惧这个威胁。

"锅子，你罪有应得啊，看看废品兄弟，多诚实、多有义气，一来省城就报到，你倒好，先找妞逍遥去了，把兄弟扔一边去了是不？老大让我警告你啊，再发生一次重色轻友事件，那就别想喝可乐兑雪碧了，直接灌苏打水兑泔水，不让你上吐下泻，你就没点集体主义精神！"黄天野奸笑着，四个舍友虽然当年是一致对外，可内斗的时候捉弄谁也不含糊，谁出糗了都乐得看笑话。

"老三，我现在要是能吐能泻，我得磕头感谢你了，呃……"简凡有气无力地说着，喉咙里却是冒了几个气泡。碳酸饮料下了肚子，上不来下不去，那比喝酒可难受多了。

一看简凡的糗相，费胖子和黄天野却是乐得更厉害了，这黄天野还拿着手机拍了张照片，兴致勃勃地说要给老大看。老大吃完饭要回公司，没见着这糗相，实在是一大损失。

闹腾了一会儿，费胖子和黄天野看着简凡不行了，两人嘀嘀咕咕了半天，干脆扔下简凡，神神秘秘地出去玩了。

难受不已的简凡嘴上嘟囔着，把大学最恶毒的攻击送给俩损友了。接着自顾自拉开了被子，先是陪香香，后是做汇报，这两天还真累得不轻，趁这时间赶紧好好休息休息……

娘较儿更悍

半个月后，费仕青突然接到了一个电话，赶紧套了个大短裤，大中午跑到桥头，终于又见着那个养眼如斯的美女了。

夏末秋初，这毒辣辣的日头把小城烤得毫无生气，但桥头临水而立的美女绝对让人眼前一亮，心头一凉，立马有春风拂面的感觉。穿城而过的乌龙河，水泥雕栏旁的蒋美女，依然那样俏丽迷人，长裙、格子上衣、披肩发，伫立在桥头顾盼。

"仕青！"

"蒋姐姐，您来啦。"

两人都有着久别重逢的喜悦，寒暄几句便沿着街道溜达上了。费仕青身畔有这么个美女，不气宇轩昂都不成，可惜大中午日头这么毒，街上压根就没几个人。

几句话就步入了正题了，费仕青拍着胸脯道："蒋姐，您有事吧？说！乌龙县里的事，我包办了！"

这话听得蒋迪佳直乐呵，索性把原委前前后后地给费仕青说了一遍：原来上次蒋迪佳和陈主席、于主任等人来尝过乌龙第一锅后，一直赞不绝口，念念不忘，惹得蒋迪佳那担任省城九鼎大酒店经理的哥哥蒋九鼎也兴趣颇浓，委派了九鼎大酒店里的营养师、厨师以及圈子里相识的几位吃客依次去品尝，结果当天晚上消息就传回来了，说这是六七十年代省城失传的手艺，年头不短了，而且差不多都一个口径，这第一锅确实可口，现在放省城也是绝无仅有。

这下蒋九鼎像发现了宝藏似的，如果有这么一份美食配方，那可不得了了。于是便极力劝说妹妹出面，兵分两路：自己负责去探听简忠实的口气，让妹妹负责去简忠实家里探一下虚实，双管齐下。据说这简忠实老实人一个，真正当家的是背后的女人。蒋迪佳原本不太愿意掺合到生意的事里，不过蒋九鼎把身担董事长的妈妈搬出来后，一想也不过就是探探口气，才无可奈何答应了。

　　只不过她给简凡发了几条短信后，始终不得回信，只好先委托费仕青了，毕竟眼前这憨笑一脸的胖子弟弟虽然有点蠢相，不过看着要比那个简凡朴实多了。

　　费仕青一听这原委，难为地抓后脑勺，有点惊讶地问道："蒋姐，你们不是真看上简家老店了吧？"

　　"我们只是初步接触一下，怎么啦？有什么不对吗？"蒋迪佳看费仕青刚刚还托大，一下子蔫了，这倒奇怪了。

　　"不是不对，是根本就没门。"费仕青摇着脑袋解释道，"您别觉得您家有眼光。我和简凡光着屁股的时候，就有人来请他爸出山掌勺，现在也是年年都有。可他爸他妈根本就不愿意离开乌龙县，您说也白说，他爸和简凡，连自个儿的家都当不了！"

　　"那不正好，我就是来找你，带我认识一下梅老师。"蒋迪佳顺水推舟。

　　"啊？不不不，我不去。"费仕青霎时如遭电击，两眼里不无惊恐，开始打退堂鼓了。

　　"仕青！你刚才还说乌龙县的事你包办呢，这么点小事都不帮我？怎么，简凡不愿意见我？"蒋迪佳笑吟吟地挤兑着费仕青。

　　"什么呀？我跟你说啊，蒋姐，前段时候我们在外头玩了一星期才回来，回来简凡他妈训了他一顿，把他赶回乡下复习备考去了，捎带着把我也训了一顿，说我把他儿子带坏了……您说，这可能吗？我打小就被他带坏了还差不多。我真不敢去，他妈见了我，没准又得训我。"费仕青喋喋不休地说着，反正是找借口不敢去。一说起梅老师，已经有了条件反射了，这梅雨韵向来严厉，不但她儿子怕，她儿子的朋友里，没有不怕的。

　　"这样吧，帮我找着地方总行吧。"蒋迪佳退而求其次了。几番劝慰之下，费仕青勉强同意了这个提议，不过却是再三声明，绝对不和蒋迪佳一起去见梅老师。

　　两人乘着出租车到了一中小区，费仕青指引着进了小区某单元某户……指着屋门告诉蒋迪佳，自己一闪身，跟做贼似的就跑了。

蒋迪佳倒不知道费仕青何来如此惧怕，心里暗笑着叩响了门。良久才见得屋门开了，一个头发有点散乱的中年妇人站在眼前。

几乎是瞬间，蒋迪佳认出了这就是正主，母子俩简直是一个模子里铸出来的。

"你是……"梅雨韵站在门口，很诧异地看着门前这位漂亮姑娘。

"梅老师吧？我是大原日报社记者，我叫蒋迪佳！"蒋迪佳赶紧恭敬地递上自己的名片。

梅雨韵一听，狐疑了，眼神中的警惕性越来越高。看来还得拉拉近乎，蒋迪佳笑着解释道："我认识您儿子简凡。"

"啊？"梅雨韵轻叫了一声，开始上上下下打量着蒋迪佳。老师这眼光就不同了，如同看上课吃零食、自习看小说的坏学生一般。直盯了蒋迪佳一会儿才狐疑道："他手机上的短信，是你发的？"

"是啊！"蒋迪佳笑着答道，才反应过来简凡的手机估计是被他妈妈收走了。

却不料骤生变数，梅雨韵的脸刷地一下子变了，眼一瞪、眉一挑，几十年当老师的威风立现，顿时让蒋迪佳没来由的感到了一阵寒意。就听得这梅老师声音一下子尖锐了："我说你多大了，跟我儿子纠缠不清干什么？还找上门来了，你这简直是……你自己好好反省反省！"

蒋迪佳也是张着嘴"啊"了一声，目瞪口呆了，张嘴结舌："这这这……不是……"

梅雨韵最痛恨儿子勾三搭四不好好学习，香香那儿还不知道如何处置呢，这又来一个。

"这什么这！"梅老师一下子抢过话题了，"我儿子平时最乖巧听话了，这次一上省城回来快快不乐，我就想没准又是哪个女孩子把他魂勾跑了，警告你啊，离我儿子远点……你们关系发展到哪儿了？"

梅雨韵咄咄逼人，蒋迪佳急得面红耳赤，好不容易说上话了，却是结结巴巴："我们……我们没发生关系啊……这什么跟什么呀？您怎么见面就血口喷人啊！"

“血口喷人？我看你是做贼心虚！我趁早告诉你啊，没戏！追我儿子的姑娘海了去了……”

梅雨韵不容分说，说着就要给蒋迪佳吃个闭门羹。

蒋迪佳早被训得昏头昏脑，忘了自己来这儿的使命，揪着话头，声音也大了，愤愤不已地争辩着：“你什么意思啊你？你把话说清楚，我什么身份，我至于吗我？”

“你什么身份？不至于你紧张干什么？不至于你上门干什么？我告诉你，说什么也没戏！”梅雨韵一句话便化解了对方的质问，要论训人斗嘴，两人根本不在一个层次上。

蒋迪佳气得甩着手、跺着脚，偏偏无计可施，从小到大哪经历过这种斗嘴的场合？无奈之下喊着：“气死我了！有没有搞错，我是记者！要不要给你看工作证？”

“你就真是记者怎么啦？我还就告诉你，我儿子打光棍，你也没门！”

说着没门，门“砰”的一声重重关上了。

最后一句，险些气得蒋迪佳一骨碌从楼梯上滚下去，气呼呼地踢了门一脚，却不料用力过大，把脚崴了一下。这下身心受创，疼得差点没抹出泪来。蒋迪佳弯着身子揉了会，哼哼着一瘸一拐地下楼了。

防盗门上的监视眼里，梅雨韵直看着蒋迪佳悻悻离开，心里暗道着：这臭小子，学习不怎么样，眼倒贼，又勾回个这么漂亮的姑娘来，还找上门来了！这事可不能由着他，这么漂亮的姑娘，娶回来爸妈能放心得了吗？

费仕青听得梅老师训上了，早先一步跑了。一直在楼下直看着蒋迪佳一瘸一拐出来，赶紧上来扶着：“这……简凡他妈打你了？谈不成也不能打人啊？这个老巫婆！”

“我脚崴了……哎哟！谈什么谈呀，我压根就没开口，劈头盖脸就训了我一顿，我……气死我了，他妈怎么这样啊？不分青红皂白……”

蒋迪佳一阵气苦，气咻咻地说着，扶着费胖子的胳膊，神情里愤怒之余是凄苦无比，而这个中隐情，让她还难以启齿了。

"蒋姐，您消消气啊，这对您态度算好的了。我和简凡从小就被他妈训，上高中那会儿是拎着课本直接干我们，您看现在我们俩，一个比一个笨，那原因在哪？都是他妈把我们俩打傻了。"费仕青说着，形象地做了几个打人的动作，表明了自己的立场，也是受害者。

"啊？她凭什么也打你？"蒋迪佳随口问了句。

"这有啥奇怪的，我们俩从小就被老师打。我告诉你啊，蒋姐，我们对这事是深恶痛绝啊。将来我当了领导，我得下条红头文件，规定这老师，不能打学生……啊！您可不知道，我被他们打了十几年啊！"

费仕青一副开忆苦会的口吻。蒋迪佳听得这话才知道自己撞到悍妇手里了，不无埋怨地说道："那你不早告诉我……"

"我说了你别去，你非要去。"费仕青愣了。

"那你不说清楚！"

"我就说清楚了，你不还是要去吗？"费仕青道。

蒋迪佳被噎住了，这才明白费仕青死活不敢见梅雨韵的原因，看来还真怨不着人家。不过心疼加脚疼，兀自发着牢骚道："气死我了！我妈还没训过我呢，没来由被她训了一顿……"

这五味杂陈的感觉，还真是气得无话可说。

费仕青看着好端端一个美女一见梅老师就成了这德性，还真有点同仇敌忾兼怜香惜玉，一直把蒋姐姐送到蒋九鼎手里。哥哥看看妹妹这样，妹妹看看哥哥，那一脸失望，话都不用说，结果都知道，就跟简凡他妈说的那样：没戏！

蒋迪佳一行无功而返，有一搭没一搭聊着的时候，蒋迪佳听明白了，哥哥此行不比自己强多少。那位简忠实和他儿子是迥然不同的两种性格，不紧不慢、不急不恼，也不太多说话。

蒋九鼎趁着客不多的时候光临了小店的厨房，大大举例一番：这省城一个大厨年薪最少都好几万，像您这手艺，挣个十几万一点问题都没有……磨了半天嘴皮子，简忠实却是忠厚地笑着反问："您说的这些，我不都有了吗？"蒋九鼎又笑吟吟地探着口风："简师傅，有没有到省城发展的想法？如果您愿意，什么条件都可以谈嘛。"

简忠实该忙什么忙什么，蒙了半天，才吐了俩字："不谈！"

蒋九鼎只能悻悻而返。这生意人讲究个试探，不知道虚实的时候就试探，如果简忠实马上答应的话，这就不值钱了，没准在蒋九鼎眼里也就和三五千能请到的大厨一个档次；可简忠实越不答应，越让俩人怀疑这家伙手底有真东西……

对了，简凡呢？被爸妈赶回乡下的简凡怎么样了？

除了无人一起消遣的费胖子，除了略嫌人手不足的店里，除了省城还独守着空房的香香，大概没人能想起这个落榜生来！本来蒋迪佳对这个人颇有点好奇，不过被梅雨韵这么一训，得！以后要见了面，不成仇人就不错了。

离乌龙县城向西六十公里，便是枫林镇；枫林镇再向西六里，便是镇郊青埂村的所在地，半幅被单大的"芙蓉酒坊"的酒旗在路上，隔着一里村便瞧得清清楚楚。

青埂山下青埂村，玉米黄时酒香醇。这个小镇地处省界边上，好酒之风尤盛之，大大小小的人，最爱喝散装的玉米黄酒。不管哪家哪店，这东西都是必备之物，不知道已经延伸了几世几代。在枫林镇，芙蓉酒坊正是那年代最老、味道最醇的一家。

玉米黄了，又是一个好年景！青埂村靠山而建，半山腰的核桃树下，一个半大的小子正聚精会神地削着青皮核桃，蹭蹭擦擦，边削边吃。不大一会儿，周遭便堆了一堆削过的核桃皮。核桃皮的旁边，放着一本书——《申论》。

小子抬起头来，可不是被老妈赶到乡下苦读复习的简凡是谁！乡下的日子比市里、比县城里还要快活几分，每天钻山里烤个红薯、削个核桃，这美好，可不是什么人都享受得到的。

午后上的山，看了一会儿书，睡了一会儿觉，吃了一会儿核桃，开着手机听了一会儿歌，看看时间下午五点多了。好了，今天的任务完成，打道回府。

简凡起身拍拍身上的泥土，夹着书本，沿着弯曲的小道往山下走。

路过山间自家的地头，简凡看着爷爷又到地里了，扯着嗓子喊道："爷爷，你怎么自己出来了，咱回吧？"

"马上好咧！"老人一回头，油光的脑门，秃头无发，而枯如老树的脸上，皱纹丛生，连鬓的胡子花白一片，颇有些仙风道骨。

"来来，我帮你。爷爷，叔不是不让你出来嘛……"简凡说着扔下书本，爷俩捋着袖子干上了。

"秋来一场雨，水分都窝地里，肥大了。过两天种几窝老葱。"老人一本正经地说着。

俩人合力把塄边又敲了敲才算完工。简凡扛着锹头，跟在爷爷背后，爷俩往山下走。简凡父亲这一代三个兄弟，城里派出所简忠诚是老三，尚有老二在家里务农，简凡从小在爷爷奶奶跟前长大，对这里倒也熟悉得紧。

老人边走边摸索着口袋，手指利索地倒着烟丝卷了支大炮筒，回头看看孙子，随意地问着："凡娃，你今年多大了？"

"24了。"

"大了啊！刚跟我下地的时候，才这样高，哈哈，一转眼成大小伙了！"爷爷爽朗地大笑着，比划了个小屁孩的样子，笑着关心道，"都24啦，咋还没说媳妇？"

"爷爷，城里人结婚都迟！"简凡解释了句。

"屁！你爸结婚就够迟了，村里像他年纪这样大的，孙子都有了。赶紧啊，回头我得说说他们。把娃耽搁了可咋弄？"

爷爷在前头谆谆施教，简凡在后头笑得直打颤。爷爷年纪大了，这脑袋还停留在解放前后那段光景，一辈子最远去过的就是镇里和县城，一出了门，连觉都睡不好，住不了三天肯定嚷嚷着要回家。

慢悠悠地回了家，炊烟袅袅，米香阵阵，奶奶估计又在焖小米饭。开着三轮车往镇里送酒的叔婶也回来了，车上酒缸已空，跟前坐着十岁的秋树，是桃花的弟弟，和桃花长得一个样子。这一家子一到齐，亲亲热热晚饭就快开始了。

这里的生活节奏就如同老牛拉车一般，巨慢！连莓雨韵也把儿子的懒散性格归咎于在乡下待过的几年。可简凡不觉得慢有什么不好，越慢，越能沉淀出生活的精华来，就像爷爷酿的玉米黄，芙蓉酒坊的酒贵就贵在量少工艺细，说白了贵在慢上，没有细蒸慢捡，便没有清冽如琼浆的玉米黄。可什么时候，自己也能活得这么游刃有余呢？

这乡下惬意的日子随着考试的日益临近，自己也快要舒服到头了。要走的那天，爷爷摸索着身上，掏了几张皱巴巴的人民币硬要塞给孙子，甭管多少，这钱都没法拒绝，要拒绝就是拒绝心意了。

离开老家的时候，简凡突然想起那年上大学的时候，爷爷奶奶乐得仿佛年轻了几十岁，逢人就说：俺大孙儿考上举人啦！为了这件花钱买来的喜事，爷爷还叫人杀了家里两头没长成的猪大宴了一顿。可那顿饭吃得简凡实在不是个滋味。

从乡下回到县城，又聆听了老妈一番教导，接受了二叔的一番训导，现在却是连厨房也不让下了，就锁在家里看书、学习、上网查资料。又继续熬了一周，接着照相、体检加上填一大摞自己也不知道干什么用的表格，直到政审过关，已经临近考试了。

这次，得单身到省城参加考试，老爸老妈一大早送简凡上了车，千叮咛万嘱咐，千言万语汇成了一句话：一定要沉着冷静，考出成绩，一定要给爸妈争气啊！

这句话实在压力太大，压得简凡从乌龙到省城一路都高兴不起来，爸妈总是望子成龙，哪怕儿子是条毛毛虫这心思也变不了。实际上对于这次考试，简凡的失望比期望大很多，全市招聘三百七十名警察，报考的就有三千多人，研究生、本科生、还有双学历，找个人才比砍一把烧柴还容易。别说自己的文凭实在够呛，就身份而言，光对口院校出来的大学生就不止这个数。可自己不仅没有真本事，还一考就犯怵，一上考场就犯迷糊！

所以，估计这次结局和自己经历的所有考试的结果一样：没戏！

这一次考试，简凡宁愿还是和以往一样没戏，从爸妈和二叔的话里，他已经隐隐地听出个所以然来，连考带面试，加上上岗的实习期还要有一年，还不如一直混着临时工，没事了操勺坐锅当个大师傅，那样的话，父母或者可以省不少钱。可真是没戏的话，简凡又觉得黯然，他实在不太想再看到爸妈眼里越来越多的失望。

二十几年了，好像自己一直在为父母活着，活得没了自己；不过父母好像也一直是为儿子活着，心血和血汗，都扔进无底洞里了。

车水马龙的街道，鳞次栉比的高楼，从县城到了太原，仿佛一天跨越了一个世纪。一路恍恍惚惚的简凡住了下来，准备着第二天的考试。这一次，简凡想着，应该是人生的最后一次了，即便不是，也要把它变成最后一次……

孰对孰为错

考试，依然是在沉闷的气氛中进行着，上午考的《行政职业能力倾向测验》和《公安基础知识》，还是老样子，该会的会，不该会的绝对不会。在这个氛围里，里里外外都是一身警服的人在站岗值班，神情肃穆之极，甚至比高考的时候还要紧张几分，更别说大学了。看着监考的那身制服，简凡连作弊的想法也不太敢有，不过又幸好感觉题不是太难太偏。

下午考《申论》和《心理素质测试》，心理素质测试的题出得像玩笑一般，等把类似的"喜欢和同事协调还是喜欢指挥别人？""遇到危险你的第一反应是什么？"等等这些习题答完，连简凡都觉得自己心理有问题了。

《申论》却是举出了一个实例，然后让写一份先进事迹和向先进警察学习的通知。平时胡吹大气，要下笔写先进事迹可把简凡难住了，抓耳挠腮了半天，写了几百字，快交卷的时候才发现，笔下这话，怎么都像城关派出所邵水仙指导员平日说的啊。

上场有点紧张，开考又有点慌张，直等最后交卷完了，简凡这才长舒了一口气。赶紧回了宾馆，准备着第二天警校的面试。

次日又是赶了一个大早，到省警校排队等待，到了那，简凡心里的失落更重了几分。

警校的院子里，警车、私家车林林总总停了七八十辆，有的甚至直接就是穿警服的人带着直接送进教学楼里参加面试。简凡坐在学校的花池边上悻悻然地想着：这么多公安子弟，看样子八成没我的戏。

简凡一直从上午等到中午、从中午等到太阳落山，这才轮着自己。等考官叫着简凡名字的时候，他已经等得无名火起，有气无力地应声进去了。

一进去，简凡吓了一跳，只见三堂会审一般，大阶梯教室里，讲台上并排坐着四位，俱是警服在身、警星闪烁。三男一女，旁边坐着一位像是记录员的，那人更让简凡吃了一惊，居然是警花史静媛。

心里惊讶着，简凡还是老老实实站到了讲台前，等待着问话。

"简凡同志，根据省厅本次招聘的相关规定，现在由我们对你进行面试，面试成员我先行介绍一下。我是山北省公安厅人事处路均明，这边是梁泊洋、陈海军、张露茜和书记员史静媛。你对面试成员如果有异议需要谁回避的话，可以现在提出来！"

居中而坐的一位，叫路均明的，先行介绍了一番。

"没有！"简凡应了声，知道这只是程序而已。

简凡暗自观察了几位主考，刚刚说话姓路的，官味十足；左边一位，姓梁的，四十多岁年纪，戴着眼镜，文质彬彬；右边一位，姓陈的，颧骨高耸，这号人应该很刁钻；最后一位姓张的考官，却是一位中年女性，警服衬得仪态庄重，就是脸色不那么好看。

几个穿着警服的考官，瞬间被简凡下了定论。

"请注意，不要左顾右盼！"路主考一声把简凡吓回现实里，就见得这人颇有几分不悦地开始了："简凡同志，请回答第一个问题：和单位同事共同完成一项工作，因配合不默契导致工作不合格，但责任在他。有人告诉你，他父亲是领导，你怎么做？"

主考官的手里拿着一栏里，标示着"考生协调能力及原则性"，是随机抽取题目，很简单的问题。

不料简凡一听，傻眼了，好像根本不明白一样，嚅嗫了半天这才说了句："这个……这个题目，好像……"

"有问题吗？"主考诧异了。

简凡壮壮胆子说道："您问的这问题，好像不可能发生吧？"

四个主考官面面相觑，仿佛看着外星人一般地看着简凡，这是今天得到的最莫名其妙的一个答案了。那路主考沉吟了一下笑着道："说说你的理由？"

"领导的儿子，怎么可能和我一块工作？再说，即使和领导的儿子一起工作，我肯定会配合默契的。"简凡想了想，却是根据自己的认识和实践，找到了一个答案。

"简凡，请注意这是假设，你没有听清楚我说的题目，你配合默契，但是他不和你配合默契，在这种情况下，你会怎么办？"考官追问着。其实很简单，就是考验一个人的原则性。

简凡再想想，咬着嘴唇道："理论上讲，我会吸取本次工作的教训，工作上与同事多协调、多沟通，密切配合，避免类似工作失误再次出现。要是在实践中的话，我让着他，让他不行我躲着，躲着不行，那我听他的还不成？"

四位主考瞬间脸上都有了笑意，均觉得考生可能由于紧张或者其他的缘故，不知怎么冒出这么几句。几个人心里笑着，都觉得有乐子了。

"继续吧！"路主考仅仅是微微笑了一下，包袱扔出去了。

接着那位戴眼镜的，看看简凡，问了句题："简凡同志，现在社会上有女大学生说，'找得好不如嫁得好'，原因是当今就业压力过大引起的。对这样的想法，你有何看法？"

简凡随口应道："这个观点有点偏颇！"

"是啊，我也知道它偏颇，谈谈你的看法和想法。"

主考笑着，这个问题很简单，却不料简凡想了半天才开口："我觉得女大学生就业压力不算大，男大学生压力才大，她们好歹还能找个嫁，可男的就没治了，有人嫁你都娶不起！"

扑哧一声，雷语出口，后面的史静媛倒先笑出来了，赶紧捂着嘴。

四个考官都浅笑着，出题的文质彬彬的那位，长吸了一口气，有点

112

不悦地剜了简凡一眼。本来挑了个简单的问题，想着不至于让这人过于难堪，谁知道这家伙放出这么一句雷语来，倒让自己有点难堪了。

悻悻之余，摆摆手，继续吧。

"简凡同志，你玩过网络游戏吗？"

"没有！"

"是吗？像你这种年龄，应该妾触过呀。"

"我接触过，又费时又费力还得花钱，后来就不玩了。"

"呵呵，你接触过就好，那你应该知道网瘾了，网瘾被纳入精神病范畴，正报批卫生部。综合以上实例，我想问一问你对网瘾的看法。"

第三个果不其然是个刁钻的，简凡苦着脸想了半晌，说了句："复习大纲上，没有提到类似的问题吧？"

后面的史静媛听得这话心里暗笑着，一天接待了几十名考生，就简凡标新立异得厉害，连考官都质疑上了。

"没有我们不可以提问吗？"考官反问了一句，面带不悦。

"噢，不……"简凡看看考官，几分悻悻之色，静了静说道，"每个人都有瘾，有的人嗜烟，有的人好酒，也有的人好吃，网瘾也是一种嗜好而已，知之者不如好之者，其实网瘾也没什么坏处嘛，个人喜好而已。那什么网络高手、黑客高手还是计算机专业的，不都多多少少有网瘾吗？我觉得不是什么坏事。"简凡道。

"那你，是赞同网瘾了？"考官诧异道。

简凡解释道："当然赞同！以之为乐、以之为好才能学好，有瘾了，才能学好。"

考官更愣了："你的看法是不是有问题，网瘾毒害青少年一代，你也持赞同的观点？"

"对不起，陈考官，您刚才问的是'网瘾'，而不是网瘾对青少年的毒害问题。您说的是不是跑题了？"

"啊？我……"

简凡彬彬有礼地说着，考官一下子被问愣了，再看看手里的考题，有点尴尬地挥挥手。得，不问了，一个字眼没注意，倒被考生揪着了。

三个问题都得出了与常人不太相同的答案，这倒让耳朵听得千篇一律的考官们兴致来了，笑意盎然地看着最后一位女考官。史静媛却是暗暗捏了一把汗，这位女警官是省厅警察心理辅导的教官，最真正刁的问题在这儿，今天被这女警官问得哑口无言的考生有十几个。

　　姓张的女考官饶有兴致地看着大放厥词的简凡，手里把玩着一支笔，沉吟了一会说道："我不提问题了，干脆把最后一项你对警察工作的陈述放到一起，小史，你注意记录。简凡同志，我们以对话式开始，可以吗？"

　　"嗯，可以！"

　　"好！我问你，路考官给你出的第一道题，你回答的前半部分基本可以过关了，为什么最后要加上一句？有点画蛇添足了．你是有意加上去的，能告诉我为什么吗？"

　　张考官不虎着脸的时候，倒也和蔼可亲。

　　"不为什么，我就是这样想的。"简凡道，心里暗惊，对方这眼神比老妈还厉害。

　　"好！虽然不是正确答案，但在某种条件下却是正确的方式。那第二个问题简单之极，即便你没有看过考试大纲也能够回答出相对正确的答案，能告诉我，你为什么要选择一种完全不同的方式回答呢？"看样子，张考官早揣摩到了考生的心理。

　　简凡心里暗惊了下，这警察居然瞧出来自己是装的，不动声色地说了句："不为什么，我说的就是事实，事实就是男大学生的就业压力很大。"

　　"嗯，我可以理解你这种年纪的逆反心理，那么，我问你，你知道这么做的后果吗？"张考官，扔出包袱来了。

　　"知道。"

　　"是什么？"

　　"考不上呗！"

　　简凡有点不以为然，听得考官有些诧异了："看来你很轻松嘛，那么你来了，就是为了考不上？你的条件按理说很有优势，'八——'金店抢劫案，你和乌龙县派出所的另一名协警成功擒获了两名在逃嫌疑人，这在你的档案里已经注明了。难道你不想当一名警察？”

“不太想！”简凡摇着头。

“好，这其中就有一个问题了，你在乌龙派出所表现得很优秀，理论上你可以成为一名优秀的警察；但你不想往这个职业方向发展。既然不愿意往这个方向发展，可现在又来参加考试了，能告诉我为什么吗？这就是我的问题，也是你今天的最后一个问题。”张考官说完了，丝丝入扣，把一堆矛盾牵成了一个大疙瘩，让简凡来解了。

“我……”简凡有点不知如何开口了。

张考官笑吟吟安慰着：“别紧张，只是一个小小的面试而已。”

简凡抿抿嘴，定定心神，站了不知道多大一会了，腿已经有点发酸发麻，终于爆了句：“我确实不想当警察！我妈逼着我来的！”

这一下子，五个人都笑了！

“这有什么可笑的，我妈让我来，我就来！”简凡有点不快地看着四名考官，雷了句：“虽然我不想当警察，可我想要一份工作，做梦都想。我从小学习就不好，不懂事，又贪玩又爱捣乱，后来大学考得不好，我爸妈还是省吃俭用，花了十几万把我供着毕业了。可没想到毕业了，却是无业可就，让他们更失望了。当我知道这次招聘是十二比一的比例时，我不是失望，而是绝望了，我一想到这一次还是要把失望带给父母，我的心里就很难受……”

“于是，你就故意把题答偏甚至背离大纲？”张考官看样子反应极其迅速，把简凡当成心理实例了。

一揭破这些，简凡有点讪讪地说道：“我知道我考不好，从小我就是扛榜的材料，或者说即便我考好，也未必有机会穿上警服，与其让他们失望，还不如一次了断，让他们绝望一次，这一次我想考得很差很差，让他们不要再对我心存幻想。考完了这一次，我不想再参加什么考试了，我就想回家、回乌龙县，跟我爸爸当厨师。我妈、我爸都老了，我妹妹在北京上学，我也不忍心看着越来越老的爸妈孤零零地在老家，而我还要再花他们的血汗钱！我要挣钱，养活他们！我要挣钱，供着妹妹上学，我不如她，她将来肯定比我强！"

简凡说着，眼里有点酸楚，莫名感到胸口暖洋洋，莫名地想到炉前灶下，跳动的火焰、氤氲的蒸汽，想到了老爸斑白的两鬓，想到了老妈那张经常生气的脸，想到了妹妹……这些才是自己想要永远结束考试的原因。

静默持续了几十秒，四位考官相互看了一眼，被这个普通考生几句话说得有些莫名触动。台下坐在简凡身后的史静媛，却是停笔了，这个回答已经超过了面试的范围，不知道该不该做一下记录。她也明白，眼前这男孩不管平时怎么淘、怎么捣蛋，心底总是纯朴的。

看着全场静默，简凡知道这一次的考试终于结束了，反而感到身上一阵轻松。这一次，也许是他平生第一次为自己出主意，是没有人知道的主意。看看四名考官都是满目复杂地看着自己，简凡轻轻地问，仿佛还有点不好意思："我……可以走了吗？"

"可以！"那位张考官此时看上去慈祥无比，如同看着儿子一般示意道，"答得很好！"

"谢谢！"简凡正色鞠了一躬，迈着步子，静静地出了教室。

隔了良久，路考官看着三位同伴都看着自己，自嘲般地笑笑："别看我，这孩子不错，我儿子要像这样，我高兴还来不及呢，你们呢？"

剩下三人互相看看，都点点头，把考评表交回了路主考的手里。表上仅简单几句评语，只有那位女考官，密密麻麻写了一堆心理分析。

对，这也是爱好，成瘾了！

浮世多起落

　　就这么一眨眼，国庆节到了。长假，会让热闹的地方更热闹，让冷清的地方更冷清。乌龙县就是如此，没有名胜古迹、也没有什么风景，每逢节假日反倒比平时冷清了不少。这个时节，应该是沿街各小店小户比较清闲的时候。然而今年国庆节结婚的不少，简忠实父子俩联袂出手，给几家做了七八趟待客的饭，反倒没怎么清闲。

　　长假结束的这一天，中午客人走罢，一家子人围着热气腾腾的大桌子来了个聚餐。简忠实夫妇，放假回来的女儿简莉，侄女桃花，帮工的跑堂伙计三强、水生，都在座。

　　只听得厨房里叮叮当当锅勺的撞击声音，跟着一声："来咯，茄香豆腐、甜酱肉丝……"

　　人未到，声先至，一脸喜滋滋的简凡一手一盘从厨房里出来了，拾掇着碗筷并上桌，刚放下几双筷子便同时进了盘，夹着菜尝着。简凡眼骨碌碌转着看看几个人吃到嘴里，开口了："嗨，别光吃啊，我做得怎么样，这几道爸可不会做啊！桃花，你说，数你吃得快！"

　　"嗯，我？都好吃，哥做得也好，叔做得也好。"桃花憨憨地笑笑，嘴里嚼着，含混不清地说道，引得众人一阵轻笑。梅雨韵倒挺关心这个老实巴交的侄女，笑着给她夹菜。

　　"骑墙派，两头都说好。"简凡评价了句，回头又凑到了跑堂的身边，笑觑着脸问道："水生哥，您待的时间最长了，您尝呢？"

　　"嘿嘿，姜是老的辣，菜是叔的香！"水生笑着说道，明显是说简凡的火候尚差一点。

　　这话应该比较中肯，水生在第一锅店里差不多七年了，简凡上高中的时候他就来了，也是简家的远亲，性格里倒更像老爸一样老成持重，简凡一直把他当哥哥看。

　　"啊？这……这简直就是一反动派！"简凡不乐意了，竟然没有一个鼎力支持的。一抬眼，看了妹妹简莉一眼，瞪眼道："莉莉，你呢？"

"啊？"简莉一惊，马上竖着大拇指："哥，这还用说吗？肯定是你做得好，你比老爸做得好吃多了！未来的简家大厨师即将诞生了，不，已经诞生了！鼓掌鼓掌！"简莉估计是心疼哥哥，不吝言辞地表扬着，还装腔做势地一个人鼓掌。

简凡有了妹妹这么着支持，倒也颇为高兴，不过还是装着不信地问："真的？"

"当然真的了，是不是，桃花……他们碍于爸的面子不敢说，可我敢仗义执言，好就是好！"简莉眉飞色舞地解说着，拍着哥哥的马屁。

桃花嬉笑着不答话，简凡可乐开花了："爸，您看啊，我说的没错吧？"

简忠实半晌没发言，只是乐呵呵地看着一对儿女开玩笑，笑着说道："儿子当然要比爸强了，不过说来说去还是一盘茄子豆腐，又不是龙肝凤髓。至于这么较真吗？呵呵……"

"不一样啊，爸！"简莉极力维护哥哥，筷子指着简凡炒的几盘菜说道，"您尝尝这茄香豆腐，简直赛过猴脑，再尝尝这醋溜白菜，这是哥做的吗？简直是全国特级大师的水平……"

梅雨韵看着女儿越说越离谱，敲敲盘子："哎，不要装腔作势啊，再做就过了！你把你哥夸成一朵花，他也得像呀？"

看看简莉嘻嘻笑着，不住地给哥哥使眼色，梅雨韵又是道了句："莉莉，平时就见你们俩互相攻击、互相揭短，这次回家变性格了呀，还处处维护你哥？"

简忠实一听，乐呵了："孩子大了，懂事了，这不是好事吗？"

"就是嘛！"简莉就着这话头，不无撒娇地说道，"我心疼爸、心疼哥不行呀？妈，你不能老抱着怀疑一切的心态吧？"

"你少贫嘴啊！哪轮得着你教训妈来了。"梅雨韵白了一眼说道。

老妈的权威在家里是不容置疑的，别说兄妹俩，就是老爸和店里的伙计最惧的都是老板娘。梅雨韵一开口，简莉却是不敢争辩，吐吐舌头，做了个鬼脸。

老爸还是慈爱地笑着。别人家里是母慈父严，而自己家是父慈母严，正好颠倒了，兄妹俩和伙计们大多也习惯了梅老板娘的不苟言笑。这顿饭热热腾腾地吃着，兴致来了，简凡打了壶酒给一家人斟着，温馨有加。简莉毕竟难得回来，连梅雨韵的眉宇间也渐渐露出笑容来了。

　　正吃着的当会儿，门外刹车的声音响了，跟着的是"蹬蹬蹬"的脚步声。桃花一个激灵起身出来迎着，还以为是有客人上门了，不过一出门就听桃花喊着："叔，你来了……"

　　坏了，二叔来了，简凡心里咯噔一下子！警察上门，八成没好事，二叔也不例外。

　　"老三，你吃了么？"

　　"简凡，去，给你叔添副碗筷！"

　　简忠实和梅雨韵两口子赶忙起身迎上来，简凡一个激灵钻厨房了。

　　简忠诚风尘仆仆的，谦让着说已经吃过了，进门后大咧咧地坐下，接着梅雨韵递的水，喝了一口，才不无兴奋地说道："好消息，好消息！你们还说简凡这孩子没出息，我看是大有出息啊！内部消息啊，这次首批录取的，就有简凡，哈哈哈……简家又要多一个警察了！"

　　简忠诚一番话说得，简直比自己当警察还要高兴。

　　"啊？是吗？"

　　简忠实两口子一下子被突如其来的好消息震惊了，相视着，齐齐眼露喜色。

　　"啊？"

　　刚从厨房提着碗筷出来的简凡一听，手里的碗"咣当"一声，滚地上了，赶紧俯身去捡。

　　简凡要当警察了？简莉和桃花都乐呵了，围上来饶有兴致地听着。

　　梅雨韵乐得有点忘乎所以了，情不自禁地喊着："他叔，这……真的呀？"

　　"是啊，这还能有假？市局赵科长说呀，简凡的排名靠着前几位，你们放心吧，这次是铁板钉钉了。哎呀，当时我说什么来着，这孩子，我从小看就不凡，小时候越淘，长大了越好，咱爹说的啊，哈哈！"简忠诚乐呵着,长吁短叹。

一干人喜滋滋听简忠诚说着,倒没注意到正主简凡傻愣愣的,考了十几年,在最没有希望的时候,猛地来了这么一下子,考上了反倒比考不上还让人失落。简凡亦步亦趋地走到人群边上,插了句嘴:"二叔,你没搞错吧,我考的稀里糊涂,根本不行呀!"

"看看……"简忠诚找着话题了,指着简凡说道,"看这孩子多实诚,这点像大哥,一点都不掺假,我明跟你说,你考得确实不怎么样,但你有一样特别突出你知道吗?"

一美遮百丑,这会儿简凡在二叔和老爸老妈眼里,怕是缺点也要成为优点了。简忠诚难得兴致这么好,净说些表扬的好话。

"什么?"简凡诧异了,自己好像没有哪一门突出呀。

"心理素质,你的心理素质测试是满分,这个了不得啊,全市三千考生里,其他科考满分的多的是,可心理素质测试一共三十多个满分,你是属于其中之一呀。心理素质的养成和知识没有太大关系,不过警察这个职业,良好的心理素质要比学识更管用,看你叔还看不出来?当警察,脑子活才重要。"简忠诚呷了一口水,一脸兴奋地说道。简凡毕竟也是自己手下的兵,又沾着亲,看着孩子有希望了,当然高兴。

"哎哟,我儿子真行啊!"梅雨韵一听,乐了,一把揽着儿子的肩膀,摸着儿子的脑袋,乐得眉开眼笑,"还考满分了,哎呀,妈真是小看你了。"

简莉看着,笑着凑上来道:"妈,这都是您培养得好啊!您三天两头对我哥又打又骂,他心理素质能不好吗?就我的心理承受能力都要比一般人强!"

"嘿,你个死丫头!"梅雨韵笑骂了句。

简忠诚一表扬起来了还滔滔不绝了:"哈哈……这个呀,心理测试超常是一方面,简凡和成钢两人上次擒住在逃要犯也是一个方面,不但派出所,连刑侦支队对他们两人的评价也不低……不过简凡的表现确实很突出啊,赵科长说咱省厅政治处张副处长,就是警察系统有名的心理学专家张露茜……哎,简凡,你见过的,她在面试的时候对你的评价很高，敢于直言，有个性，有独特的视点……我都没看出来，你小子还有这本事啊，主考官几个对你的印象都挺深的啊！这次呀，你的梦想可要实现了啊，哈哈，等着好消息吧！"

简忠诚兴致极好，几句话不离赞扬，说得大哥一家子都是开心无比。

这个人简凡倒尚且记得，不过被这人赏识让简凡觉得毫无什么欣喜可言，前些日子和香香商议了许久的挣钱安家，估计这么一来全泡汤了，看着众人兴致极好，不知道怎么着简凡鼓着勇气说了句："二叔，我……我其实不想当警察！"

"啊？你说什么？"简忠诚吓了一跳，虎眼一瞪，脸拉长了，凶巴巴地看着侄儿。其他人被简凡没来由的这一句说愣了。

"我其实不想当警察。"简凡看形势不对，嘟囔着重复了一句。

"那你想干什么？"简忠诚的脸刷一下子黑了。

"我想当厨师，我想挣钱，现在厨师这个职业挺吃香的，我想挣点钱自己干。"简凡鼓着勇气，终于说了一句想说的话，在没既成事实之前，或者这事还可以商量。

梅雨韵花容失色了，狠狠瞪着儿子，回头又是不高兴地瞪了丈夫一眼，那架势如同以前一般，好像在说：看，都怪你把儿子教成厨子了。

"嘭"的一声，却是简忠诚拍桌而起，虎虎生气地训了一句："胡闹！"

简凡被这声音吓得全身激灵了一下子，没等说话，这二叔就抢上了："挣钱？挣什么钱？就你这出息。炒个白菜糊弄糊弄赶驴车的还差不多，想当大厨差远了，你做到你爸的水平都得几十年。你看你爸一辈子守着锅台炉灶，不辛苦呀？等着老了，退了，干不动了，谁给他发工资呀？你到时候再没一点出息，还朝着他们伸手要钱呀？就你这么个不成材的小子，谁给他俩养老？你爸妈就盼着你出息，你一天净想没出息的事。你给我听好喽，老老实实给我搁家里等着，通知来了，老老实实跟着去集训，敢丢了脸，回头我饶不了你！大哥，嫂子，你们好好说说他，这孩子脑子里想法稀奇古怪的。好了，我走了……"简忠诚就着话头训了简凡一顿，报喜来的得了这么个效果，确实有点怏怏不乐，起身要出门。

"老三，吃了饭再走吧！"

"是啊，他叔，吃了再走，别理他，小孩子心性……"

梅雨韵两口子要挽留，简忠诚却是风风火火的，婉拒着出了门。

这边出了门，简莉看着哥哥笑着凑上来恭维："哥，厉害厉害，服了老哥你了，自打我记事起，您就没考一回像样过，这回考好了，居然还不想去，有个性，有性格，佩服佩服。"

简莉说得不知道是挖苦还是表扬，反正听得简凡跟话里有刺似的，扯眉瞪眼看着妹妹，一瞪眼却见老妈回头了："你瞪什么瞪，不想当警察？好啊，桃花，给你爸打电话，就说你哥没地方去了，不是不想当警察吗？让他回乡下跟着你爸种地担肥去！"

几个人听着都笑了，桃花也知道这是婶婶故意损表哥，捂着嘴斜眼看着表哥一脸悻悻然。

老娘教子有的是办法，这就是最厉害的一招。梅雨韵训简凡的时候就是威胁，没出息了回老家种地。每逢到紧要时候就把这茬提出来了，久而久之，这成了家里最大的一个笑话。

简凡糗得有点脸红，悻悻然说了句："我就说说，我不想当，我没说我不当呀！不就个警察嘛，有什么了不起的！"

虽然不愿，多少也不忍违背父母的意思，和父母争辩更没那胆量，简凡有点无奈地说道。

梅雨韵看了丈夫一眼，都笑了，这次可真是会心地笑了。

这下可让简凡毫无办法了，全然没想到人生会这么着来个逆转，最不可能的事糊里糊涂地就发生了。不过看这事，爸妈倒是都挺高兴的。

没过几日，一家人送走了妹妹，简凡给了妹妹一千块自己攒的钱，返校的妹妹自是欢天喜地地走了。又过了几天，简凡送走了费仕青，这个费胖子，居然谋到了镇办秘书的职位，上任的地方就是枫林镇，简凡的老家。那地方虽然偏了点，可要轻松好混得多。就像当年上大学一般，这家伙的行李里有一半是吃的，兴冲冲地坐车上任去了。

生活，仿佛在向简凡展开着全新的一页，只不过，简凡越想心里越没底，只怕这一次像自己所有憧憬过的生活一样，又变成一场闹剧……

这一天也是简凡初到大原的第一天，他接到了到省警校报到参加集训的通知，简单提着行李就上路了。当他刚刚下车，挤出人群拥挤的长途汽车站时，手机铃声却响了，简凡顺手就摁了接听键。

"喂喂……谁啊？有事吗……"

人太多，声音太杂，偶尔还有司机大摁喇叭，实在听不清楚。简凡刚喊了两声，嘴里一句"喂喂……"，跟着手机就不翼而飞了！

一抬眼，却是不知道什么时候冒出来一辆摩托车，趁自己不注意的时候从背后来了个飞车夺机，坐在后座的人手里正拿着自己的手机。

简凡反应倒也迅速，无名火起，嘴里骂着，扔下行李包，蹭蹭蹭几步就追了上去。只见得后座那人半黑半黄的发色，打着耳钉，是街上痞子的标准打扮。简凡追出几十米，那摩托车"呜"的一声加速，钻进小巷，眼看着追不上了……

"居然敢抢警察的手机，别落我手里！"简凡第一次恶狠狠地跳脚大骂着，从来没有生过这么大气，引来了围观众人的一阵笑声。你要被抢了东西，肯定围观的有一大帮子，八九成都是看热闹的，偶尔会有一两个同情的喊着报警……

报个屁呀！我简凡现在还是准警察呢，还不嫌丢人？坏了，我的包呢？

简凡一想这事，忙着又往回跑，已经追出了五十多米，回过刚才站着的地方，傻眼了，哪里还有包的影子？亏是没有什么重要东西，只是几身换洗的衣服。

这下把简凡气得胸前一口气郁结得简直吐不出来！这还没当警察就遇贼，等当了警察，还没准怎么倒霉呢。

这趟大原之行，简凡怎么也想不到会以这样被劫的场面开始，简凡的心情一下子失落到了极点，这个时候却也不想告诉香香、告诉寝室里的室友或者任何自己认识的任何人，实在丢不起那人！干脆一路连车也懒得坐了，糊里糊涂走在大原的建南路大街上，走着走着，有点漫无目的了。旁边掠过的车水马龙，匆匆行走着的人群，自己也成了其中的一位，成了人潮人海中被夹带着的砂粒。这个熟悉的城市，在他眼里依然处处透着陌生。

到了省警校门口，简凡徘徊了许久才进了大门，向着门房一亮报到通知，看门的老头也沾染了警校的霸气，威严无比的一指身后的教学楼，吐了三个字："教务处！"

简凡整整衣领，抹抹脸，尽量平息着遭劫给自己带来的郁闷表情，鼓足了勇气，迈着大步向着教务处走去了……

第三章
焦点警校生简凡

缺点与缺陷

天凉了，仿佛是一夜之间，冷风夹带着寒流把树上树下的叶子卷了个干干净净。大街上，只见得光秃秃的树丫像电线杆子一样杵着，根肥叶大的人工草皮也显得了无生气。不知不觉中，原本秀着美腿、裸着玉臂的妹妹们换上了五颜六色的毛裙、风衣，甚至于为了温度不得不放弃一点点风度。大伙儿都知道，冬天来了。

靠近大原市西郊的一所依山而建的白楼大院，挂着"大原市武装警察训练基地"的招牌，便是今年第一批特招警察的训练所在地了。大原市区及下辖各县的警察差不多都在这里接受过轮训，少则一周、多则数月，经常听得见里面的口号声和枪声不绝于耳。

今天，也是炒豆子一般枪声砰砰，山头就能看得真切，足足几个足球场大的训练基地，身着冲锋服站队列队形的、跑步的、喊口号的，杵了一院子。

枪声来自于基地西北角临时靶场，这里正进行着实弹射击。

这是最早的一批特招学员，枪声刚停，五名试射的学员站在当地，

按着标准作业把枪平放在射击台前。这里的条件尚苦，完全不像电视里那种射击，整个就一野战靶场，有时候射击风沙大了，能吹得人迷了眼。市里的警体训练馆地下射击场要好一点，可这帮没摸过枪的学员明显还不具备进那里的资格。

一个虎背熊腰、头发像刺猬般根根直立的教官夹着记录夹，登记着成绩，边记边喊一句：

"一号位，高亚楠，27环。"

"二号位，薛凯，36环。"

"三号位，郝建理，48环。"

"四号位，肖成钢，52环。"

"五号位，杨红杏，41环。"

"肖成钢同学的射击要领掌握得很好，归队！"

教官喊着，大致点评了一句，完成作业的五人转过身来。唯一的一位女学警杨红杏成绩尚可，队伍里的几位女警都竖着V形手势，似乎给女同胞争光了一般祝贺着。那位叫杨红杏的女学警，不无几分傲气地站到了队里。

教官虎视着队伍喊着："第五列，出列！"

话音刚落，又从队伍里出来四男一女，其中乍一看一位帅气逼人的小伙，可不是换上了冲锋服的简凡是谁？但见得这个小厨子穿着冲锋服、脚蹬警用靴，几步上前，上弹、拉保险，举枪在手，端得是虎虎生气，颇有几分英气逼人。

事实上，从报到第一天起，简凡就成了三十二名男生中最惹其他八名女生注目的一位。倒不是因为简凡太过于帅，实在是因为剩下的三十一人不是太胖就是太瘦，要不就是像肖成钢一样，太黑，一溜大白菜，还就简凡模样、个头和机灵劲都说得过去。加之从小在农村待过，又混过两天协警，身体素质也说得过去，这事事排在末尾的家伙来到了这里，反倒轮不着他是最差的了。

到了这个队伍里，连简凡也没想到，竟然莫名其妙地让他找回了点自信。

装弹、上膛、举枪，各人轻车熟路，按着标准要求操作。

教官在背后大声喊着："注意要领，三点一线，有意识瞄准，无意识击发，保持手势的平衡，不要让后座力影响到你的成绩……开始射击！"

五支枪，砰砰砰响了。随后教官握着记录夹，沿着号位边走边登记着："一号位，刘江峰，42环；二号位，杨国成，36环；三号位，裴刚，40环……五号位，牛萌萌，36环！"

教官漏了一位，却是四号位的简凡，停顿了一下，直接说了五号位。不过说完了回过头来，教官很复杂地看着简凡，又是拉开了嗓子喊道："四号位，简凡，5环！"

人群里热闹了，一个个笑得东倒西歪，像刮过了一阵狂风，吹弯了一半人的腰。

简凡悻悻然站着，无话可说了，其他项目尚说得过去，这一项却一直难以逾越。

教官无可奈何地看着简凡，带着几分不解地问："简凡，其他成绩都可以嘛，怎么搞的，六枪里五枪脱靶，你看看，连女生都不如。杨红杏你就别比了，你连牛萌萌同学也比不过。"

人群中，又是哄哄哈哈一阵笑声。五号位站着的牛萌萌是班里最胖的一位女生，背对着教官向着简凡做着鬼脸。

"吕教官，我、我比上次强，我有一枪中靶了，我……"简凡好不容易找了个借口。这借口让同组的几个人憋着直笑。

教官不置可否地看了一眼，喊了句："归队，第六组出列！"

在众人耻笑的眼光中，简凡有点恬不知耻地站到了队伍里，和成钢并肩着。

这里面都是特招学员，最胖的一位，立定跳远只能跳八十公分；八个女生里，三千米能跑下来的，不到一半人。男生里洋相也不少，有的做引体向上，愣是一个也憋不出来，憋到最后憋得放了个屁，扑通一下子从单杠上栽下来了！类似的笑料每天都会发生，每个人都有机会成为别人的笑料。

那边忙着，这边小话说上了，却是肖成钢笑着悄悄地说着："锅哥，你怎么了？准头不应该这么差呀？不过二十米，你就是扔六块石头也不至于只砸中一块吧？"

　　"啧，我一瞄准心里就怵，眼里就花，看那靶是重影……我小时候打弹弓挺准的啊，要是换成弹弓就好了，我一准打六十环。"简凡也弄不清自己怎么回事，按着要领瞄，闭右眼，左眼也跟着闭；睁左眼，右眼也跟着睁开，反正非常同步，不同步都不行。

　　成钢嘿嘿笑着："你将来不会别个弹弓执勤去吧？我可听说了啊，射击项目不合格，有可能被淘汰。"

　　"皇上不急，你个太监急个毛啊！这话你吓唬吓唬别人还成，现在警察队伍里没拿过枪，没开过枪的人多了去了，像你这种又爱玩枪又爱打架的，就等着上一线当枪靶吧……嘻嘻，锅哥我就这水平，我才不指望谁要我呢，我回乌龙县跟我二叔混去！"简凡得意洋洋地轻声说道。不以为耻，反以为荣，反倒说了成钢一通。

　　一直到现在为止，简凡都觉得自己能够进到这个群体里，肯定不是因为自己发挥超常，却一直找不出自己能混到这个群体里的真正原因。但有一点是肯定的，自己和旁边站的所有人都不在一个档次，甚至连曾经是自己下属的肖成钢，那也要比自己有资格得多。现在没有其他想法，就等着一个月到期，打道回乌龙，跟费胖子一样，继续混着。

　　乱想着，一回头却见肖成钢正诧异地看着自己，简凡没好气地说了句："看我干什么？我说得不对呀？"

　　"锅哥你老说我没追求，你看看你，怎么老把乌龙挂嘴边，乌龙有啥好的，我可不回去！"成钢想起这茬来了，埋怨了句，在这个观点上无法认同。

　　"你不想回拉倒，我觉得还是县里好，赶明儿回去当个户籍警，风吹不着、雨打不着，多好！"简凡得意洋洋地憧憬着未来的生涯。成钢嘴来得可没有简凡快，挠挠脑袋，倒也说不出什么话来。

　　没成想，成钢没说话，后头的那位女生听得简凡说话，却哼了声："呸！流氓……你是怎么混到警察队伍里来了？"

成钢哧哧地笑着，简凡一回头，却是刚刚射击完毕的同组牛萌萌，简直能当费胖子的妹妹了，入队第一天就被简凡给起了个"清纯小肥妞"的绰号。这绰号不知道被谁传到了胖妹妹的耳朵里，自那以后，这牛萌萌什么时候见了简凡都是嫉恶如仇的眼神。

简凡摇头晃脑着乐了："喂，胖妞，咱们可是阶级同志啊，这流氓二字从何说起呢？作为预备警察，说话你得凭证据啊，你有目击证人还是有确凿证据？否则你怎么会知道我是流氓？莫非你也是女中同行？嘿嘿……"

此话一出，前面几个男生的肩膀剧烈耸动着，八成是想笑又怕教官看着，硬憋着呢。要论斗嘴，这女生哪是简凡的对手，后面的牛萌萌被简凡说得面红耳赤，悻悻然又是一句："流氓加无耻！"

又是一句女声声援的："无耻的流氓！"

跟着又是一句半开玩笑地声援："比流氓还无耻！"

简凡回头一瞥，却见得左右两位都在声援牛萌萌，一位是杨红杏，临时班长；另一个是学计算机的梁舞云，据说学到编程水平了，是队里唯一一位破例允许带电脑入队的学员。

简凡这损嘴说话就来，看看后面几个得意地说道："喂喂！咱们不带这样以多欺少啊！你们就是吵架吵赢了也胜之不武啊。我一直怀疑你们不会是集体暗恋我吧？要不怎么会这样恨之深呢？我一张口你们马上群起而攻之，这恰恰说明了爱之切啊！哈哈……"

这里的生活很无聊，无聊之下，这些男女玩笑就开得有劲了，后面的几个女生听着简凡这么说，一人一句，干上了：

"就你？帅得像东方不败！"

"猪八戒儿子充高鼻子老外！"

"你还'帅锅'哦，简直是'衰锅'啊！"

几个女生一人一句，说完了都是得意窃笑。

后面一同仇敌忾，前面听着的男学员们可没人来声援简凡了。女生本就不多，狼多肉少，连胖妞这德性抛个媚眼都能引过一群人来，当然没人像简凡这么招惹女学员了。

简凡嘴皮子和脸皮可比枪法要厉害多了，进了基地没老娘敲打着，尾巴越翘越高了。听得后面的女生窃笑，简凡瞬间换了一副口气，低三下四地说道："妹妹们别这样成不？我暗恋你们还不行？你们个个如花似玉、英姿飒爽，难道你们没发现，特招一班里的三十二名男生，都愿意拜倒在你们的冲锋服下！"

这话还像话，后面的几个女生听得简凡服软，都乐了。班长杨红杏得意地代表女生发言了："知道就好，要是你还不老实，再欺负萌萌，小心我们八个警花上擒拿课揍你一顿。"

女生咔咔地笑着，简凡这话锋转了，用揶揄地口气说道："我是最老实了，难道你们没发现？看来我不表白一番对你们爱慕之情，你们还不明白我的心。杏子妹妹，每次从背后看到你的时候，我是想犯罪啊；舞云妹妹啊，我从侧面看着你，我是马上想后退啊；胖妞妹妹啊，你就更厉害了，每次我见你，我都想自卫……"

此话一说，都听得出来是损人，前面一排男学警嘿嘿偷笑着，肩膀一耸一耸。后面的女生被噎得有点词穷，相互看了一眼，使着眼色，左侧个最高的杨红杏伸着腿直踹上来了。

"哎哟"一声，正得意洋洋说着的简凡猝不及防，一声惨叫向前扑倒，扑倒了两三个！

简凡怒目而视地回头看，后面一排女生，都一本正经，装作什么都不相干的样子。不过都是使劲咬着嘴唇，怕笑出声来。

教官吃了一惊，回头一看这情况，喊着："简凡，又是你！怎么回事？"

"报告教官，我……脚崴了，没站稳！"简凡忙不迭地站起来，完全低估了这帮女学警的暴力程度，平时用嘴，这次腿都用上了。怒目而视了女生们一眼，却是不敢如实汇报，被女生踹了这臭名可担不起。

"简凡，一会儿解散你留下。"

"啊，干什么？"

"捡弹头弹壳！"教官说了句，知道又是他捣蛋。

"啊？是！"

简凡悻悻地应了声。捡弹头、弹壳是最辛苦的差事了，特别不好找，尤其是像自己这种放了空枪的。捡完了还得交回枪械室过数，就是整人呢。

试射结束，教官一喊着解散，乐子又来了，一干男生女生都乐呵呵地看着简凡悻悻然地捡弹壳。刚刚被简凡损过的三位，个个摆着手：

"哟，帅哥，你捡弹壳的姿势好帅哦！"

"小锅，挨个叫姐姐，姐姐们帮你捡！"

"喂喂，再摆个酷点的姿势出来！"

几个女生说着说着就笑得前俯后仰。教官看着此情此景，却是无奈地摇摇头。看着基地门口进来一辆越野警车，知道是约定的支队长来了，于是赶紧让临时班长杨红杏带着队回训练室，自己一路小跑着迎着车上来了。

下车的有一位高个子，吕教官一眼便认出来是一大队的队长秦高峰，跟着副驾下来的是支队长金越清，另外一位女的就不认识了，正是刑侦一大队的史静媛。

"高支队长，秦队，你们好！请请，什么风把你们吹来了？"

吕教官客气着，把三个人往办公楼里请。几个人寒暄了几句刚刚坐下，金支队长掏着打印好的名单半开元笑地说上了："小吕啊，我们这次可是得到市局刘局的许可了，专程到各队挑人，刘局说了，你得无条件配合。"

吕教官接过名单笑着应道："那没问题，你就挑我都没问题，我说金支，这刑侦上也缺人呀？"

"可不，都往机关里钻，都喜欢坐办公室，谁愿意上一线呀？我们这一线好不容易培养几个，干不了几天就都跑了，从来就没有不缺过人。"金支队长笑着说道。

吕教官说道："那我丑话说前头啊，您最好到其他组挑，这一组可够呛，基本训练科目能达标的都没几个。"

"是吗？"金支队长一听倒不解了。

吕教官翻着厚厚一摞的档案，嘴里说道："理论吧还凑合，文化素质高，可身体素质太差，嘿，还都是大学生，说不敢说，训不敢训，我真不是知道是我训练他们还是他们训练我。这小少爷小公主实在难伺候，第一天封闭式开始，要统一保管他们的手机电脑，有一半人喊着我是侵犯人权，一个比一个有个性啊。哪像咱们那时候，组织让干嘛，二话不说，立马就走。都在这儿了，档案和训练成绩，你们看上谁了，自己挑。不合格了可别怨我啊！"

教官无奈地笑着。这话引得金支队长和同行的两位都是一脸笑意。

"哎！这是你的老观念了，我听刘局说呀，特招的这群人里有外语过专业六级的、有计算机高级程序员、还有有会计资格证的，科技强警这是必由之路嘛。你对人家好点，现在这年轻人一提拔都是坐火箭上，回头就成你上司了！哈哈，看看这个，这几个人怎么样？"金支队长说着，在名单上划着圈。

吕教官看着已经划出的几个名字，哑然失笑了，解释道："肖成钢是个好苗子，我听说是武校出身的，身体素质没得说，射击成绩优秀；刘江峰也凑合，就是有点孤僻，年龄也不小了，二十六了；简凡，哈哈……"

吕教官一说便是乐呵了，笑得有点控制不住。

"怎么了？"秦队长和史静媛本来抱着希望来的，一见教官笑了，有点诧异地问道。

教官乐着说道："哈哈！这可是个活宝，第一天来登记特长，他写的什么你们猜，他写的是他会吃！他一口气能报一百多个菜名不带重复，那小嘴和女生吵起架，几个人都吵不过他。哈哈……"

史静媛笑着接了一句："他是挺会吃的，他家就是开饭店的。"

吕教官道："还有啊，他是个一顺眼，你们要啊？"

"一顺眼？"史静媛没听懂。秦队长解释道："就是两眼不能一睁一闭，只能全睁全闭。"

"你们看吧……"吕教官笑着挑了一份射击科目的成绩单。

"五环？"史静媛一看便笑了，递给了队长和领导，两人都看得面面相觑。

吕教官还觉得砝码不够似的加了一句："噢，你们看的是他的最好成绩！"

确实是最好成绩，剩下的两份更差，吕教官一解释才知道，这还是训练过了，稍比前几次强了。据说第一次开枪直接就把枪扔了捂耳朵，第二次开枪不是往枪天上飞就是往地下钻，单独训练了几次，好歹能把枪抓稳了，不过眼睛同步的毛病却是不好纠正了。像这类情况警察队伍里不是没有，倒也不是不能干其他，但要干持枪出勤的刑警，那估计是没戏了。

三个人听得一番轶事，可笑之余多少有点失望地从训练主楼里出来，刚上车，史静媛看着提醒了句："秦队长，看看，那不是简凡吗？"

一侧眼就看到了训练场上，简凡端着一盒子不知道什么东西往楼里奔，匆匆一瞥仿佛没看到车上三人似的，拔腿便跑。

秦高峰发动了车子，摇摇头笑笑，叹了口气，莫名其妙地说了句："支队长，我一直觉得这小子是棵好苗子，特机灵，要不再考虑考虑？"

"考虑？这还有什么考虑的？其他警种凑合还罢了，咱们刑侦上还缺这号？怎么，给你配个打水扫地的通信员呀？"金支队长笑着说道。

"呵呵，我可没那福气……您是领导，我听您的！不过说好了啊，今儿使唤了我们一天，人可得先紧着我们一大队挑。"

"我看没挑头，还是警校小中专的小伙出来像样，这帮子社会招生，实在没什么看头。"金支队长评价着。

三人聊着，车也缓缓地驶出了训练基地……

携美共赏月

训练的生活是单调而乏味的。早晨六点起床，六点半早操，八点到十一点是科目训练，下午还是训练，即便没有训练，也会安排一两节政治思想课或者警察基本知识课，一直到晚饭后集体看完新闻联播，从这个时间到二十二点熄灯才是学员的自由支配时间。

凭心而论，训练的强度并不是很大，不过这也让一干新招的学员们叫苦不迭，特别是训练期间不得擅自离队、不能随便打电话，只有在自由活动时间才能通过IC公话和家里联系，让用惯了现代通信工具的人觉得很不自在。更让人难以接受的是不能上网，这简直是颠覆了现代的生活方式，砍掉了学员们生活中最重要的一部分，差不多有一多半学员一进警营便是怨声载道，牢骚不断，不过亏得时间不长，只有一个月，再长点怕是要有开小差的了。

简凡倒无所谓，本来就不爱多上网，手机也丢了，正好省得交。至于训练嘛，倒不比店里的活更累，进训练基地二十天了，觉得比平时的生活还要轻松。这个轻松不是因为工作安定心里轻松，而是因为一天无所事事而轻松。虽然射击科目实在够呛，可其他项目尚可，总的下来，简凡估摸着自己就是跑不到前头肯定也拖不了后腿，这么一来，倒活得更轻松了。

下午和一干女生斗嘴被踹了一脚，回头又被教官罚着捡了一堆弹头弹壳，往枪械保管室送的时候，又瞥见了认识的秦队长和那位史姓的警花。简凡不是没看见，只是不想和他们打招呼，更不想和这类人打交道，特别是那秦队长，一米九的身高，什么时候看人都是凶巴巴的眼神，一瞪眼便是两道凶光毕露，两道扫帚横眉配着鹰勾鼻子，让人多少心生凛然。这号家伙天生恶相，不是强兵就是悍匪，总是让简凡有点心里惴惴的感觉。

就是啊，和他们打交道，还不如和班里那群经事不深的学警妹妹们

134

贫嘴打屁呢。

吃过了晚饭，看罢了新闻联播，简凡又照例跑到一楼队部活动室打电话，这里是对外联系的唯一方式了，一直开放到晚上十点。简凡一般电话是先打给店里问问老爸、再跟老妈瞎扯一会儿。自打穿上警服，爸妈颇觉得儿子争光，每次都是大大勉励一番。然后就是偶尔慰问下苦守在乡下的费胖子，正常情况是大大耻笑一番，要不就打给市里老大、老三，问候一下兄弟们过得如何。

别人都尚可，可这些天每次给香香打电话却是遭遇了冬天的寒流，说话不冷不热、问候不暖不冰，让简凡觉得心里不舒服，大概是因为俩人商量的开店大计又泡汤了，而香香对简凡从警一直抱着不乐意的态度。每逢俩人谈到将来的话题上，简凡老是食言，这使他多多少少对香香还是有那么点愧疚之情，自是大大安慰一番。

和香香甜言蜜语一番，放下电话，后面等着打电话的早接着聊上了。简凡刚准备回宿舍，一回头却见得队部门口站着个警装妹妹，示威一般双手叉在胸前，眼光里不无复杂地盯着简凡。

是杨红杏，吓了简凡一跳，心想这小娘们不是来找茬的吧？擒拿课上数这妞最厉害，除了肖成钢，没人敢跟她对练，简凡估计上午那脚八成就是她踢的。

还没等出声，杨红杏却是一副玩味的口吻道："简凡你啰嗦不啰嗦，一个电话能打半个小时……出来，我有事找你！"

"找我？"简凡一吃惊，抬头就往窗外看。

"看什么？"

"我看你是不是把娘子军都拉过来了，准备骗我出去打闷棍呢？"简凡狐疑地说了句，引得等着打电话的其他队友都一脸笑意。

"就你？我一个人都收拾得了你，还用带人？出来，我有话给你说。"杨红杏的口气缓了几分，勾着小指头。简凡看看确实也没什么危险，跟着出了门。杨红杏跺跺脚，门厅的声控灯亮了，这倒让简凡放心了几分，确实没人。

不过没人更让简凡有几分不解了，小心翼翼地问："班长，这是唱哪一出啊？咱们扯平了啊，要说我吃着亏呢，不过说了两句，还被你们端了一脚，要找麻烦也是我找你们呀？"

班里的女生一个比一个娇，简凡向来看不太惯，讽刺带挖苦偶尔还起个绰号，他自己也知道自己根本不招人待见。

不料那杨红杏却是不着恼，一番揶揄的口吻说着："怎么？我找你就不能有其他事吗？我无聊，我郁闷，我想找个人聊聊天行不？"

话里倒听不出无聊来，听这口气，有聊得紧。

"不会吧？"简凡哑然失笑了，跟着好话连篇："班长，咱们可没什么聊的哦，你们女生见了我都恨不得踹我几脚，再说您这身份，我能给你聊什么？不会是拿我逗乐吧？"

队里的女学员本身就少，而且简凡听说但凡招进来的女学员多少都有一技之长，特别是特招班里的，没准还有过硬的背景。简凡颇有自知之明，班里处得再好，一出训练基地大门，即便是同一职业也要分个三六九等，像这些女学员们没准就进了市局甚至进了省厅，那起步肯定要比自己高得多，别说不会有什么意思，就有意思也白搭。

却不料杨红杏听得简凡这话并不生气，笑了笑，反而很委婉地说道："简凡，不要这么煞风景好不好？看看外面的月色如水、朗朗星河，我想找个人陪我聊聊天、散散步、谈谈心你不会拒绝吧？要说咱们班里呀，能看得过眼的，还就那么几个，你比他们帅多了啊！我不找你找谁呀？"

俊男泡靓女，合乎情理，靓女泡帅哥，也合情理。类似的经历，简凡还是有过的。

"是吗？嘿嘿……哇，我这么低调都被你发现了啊！"

简凡颇为自得地说了句，看看灯光下的杨红杏，消除了敌意之后，倒也不失几分妩媚之意，长得虽不惊艳，但绝对有一种很让人喜欢的气质。那又高又挺的鼻子，放在那张瓜子脸上，便如书法大家的点睛之笔格外醒目，一下子把整个人的气质都提升了不少。

简凡这话逗得杨红杏笑了几声，抬步向门厅走去，随意说了句："那走吧，趁着本姑娘心情格外好，给你一个携美赏月的机会，别等着我反悔了你后悔啊！"

"哎！"简凡一听，乐了，屁颠屁颠小跑几步，和这个突如其来的艳遇并肩出了门厅。

自由活动的时间里，训练场上仍然是闹闹嚷嚷，三三两两的，不同班级的学员瞎聊着。单双杠下，聚了一堆人，像是在看着谁做引体向上，更有些精力过剩无处发泄的，就着操场跑步或者做俯卧撑。只是时间尚早，根本没见得有什么月光如水和月上柳梢头。而且这天气，明显有点冷，冷得缺乏暧昧的氛围。

杨红杏迈着随意的步子，宽大的冲锋服裹着身体。光线不太好，简凡看不清楚这美女脸上的表情，也无法对对方的意图作出准确的判断。

杨红杏看着倒也还真像无聊出来散步的样子，边走边随意说道："简凡，你一天到晚自称哥哥，你到底多大了，我怎么看你像个中学生？"

"哈哈！我自小就面嫩，24了，要按我们老家算虚岁的话，25了！你呢？"

"我比你小一岁！看来你还真能当哥了啊！那我以后叫你简凡哥哥？"杨红杏大大方方笑着说道。

"不敢不敢，班长，平时咱们就开玩笑胡说，我可没有占你便宜的意思啊。"

"我愿意，你怕什么？"

"嘿嘿，那你要愿意，我……那我就更愿意了。"

几句话之间，杨红杏嬉笑着不无几分诚恳，反倒让简凡有点不好意思了，心下狐疑地想着，莫非这妞还真对我有意思？说不像吧，这话里的意思却太过露骨了；说像吧，前后认识不过二十天，不可能。不过简凡宁愿把这当成是姑娘们无聊找个人瞎扯淡而已。

杨红杏却是不知道简凡这鬼心思怎么转着，笑着说道："哎，简凡，你哪个学校毕业的？"

"山北商学院。"

"哟，商学院毕业都来当警察啊？挺有追求的嘛。"

"班长，你真不懂还是装不懂？你以为我们是哈佛商学院呀？我是毕业了没办法才来的，你看看我，难道没发现什么？"

"发现什么呀？"

"你一看见我，起码应该能看出教育改革是失败的！我们呢，就都是教育改革失败的产物……"简凡嘻笑道。听得杨红杏仰头哈哈直笑。

"哈哈，逗死我了，没想到你还这么幽默啊？"杨红杏笑了半晌才缓过气来。

"呵呵……你呢？别光问我啊。"简凡道。

"我呢，上海外事学院毕业的，我爸妈让我考税务系统的公务员，不过我从小的梦想就是穿上一身威风凛凛的警服，除暴安良，行侠仗义。他们不同意，不过我据理力争，他们不得不同意了，后面你知道了，我们就成了同学了。"杨红杏一言以蔽之，简单明了，经历如此，话也如此。

"噢，理解了！你这是理想主义者！"简凡评价了句，引得杨红杏又是一阵笑意。

两人说笑着，话题越来越多，也越来越近。简凡隐约听出来了，这杨红杏虽然没有怎么明说，但越是隐晦其词，越让简凡觉得对方出身肯定不简单，不像自己会大咧咧说一句：我妈是老师，我爸是厨师，都是为人"师"表的……不过即便是简凡这样说，也没有从杨红杏的口气里听出丝毫的轻视来，反而很有兴味地问着乌龙的风情和简凡有趣的乡下生活。

不知不觉，逛着大操场已经两三圈了，杨红杏找了个空隙，不知是有意还是无意，突然问了句："简凡，你……你有女朋友吗？"

"有啊！"简凡想也未想脱口而出，还补充了句，"高中同学，就差领本了。"

"呵呵，你挺诚实的嘛？"

"这和诚实有什么关系？"

"当然有关了，不像有些男人，一见了女朋友之外的美女，一定要标榜自己是单身哦。"

"嘿，我这人很正派的，你大可放心！杨班长，你怎么关心起我女朋友来了？"简凡一点也不脸红地说道。

"我问问怎么了？可惜哦，好男人都被人捷足先登了。"

杨红杏揶揄地叹着，叹得简凡心潮起伏，呀呀呀……听这口气，这小姐还真对我有那么一点点意思？

简凡心里正暗暗地想着，不料杨红杏突然站定了，几分期待、几分羞于启齿一般轻轻地说道："简凡哥哥，我有个小小的请求，不知道你能不能满足我一下？"

站定了，阴暗里看不到彼此的表情。这么温言软语，简凡被吓了一跳，左右迅速一瞥，只有人声、没有人迹，于是压着声音问道："什么？"

简凡瞬间靠近之后，鼻子一下子闻到了几分幽香，一下子觉得有点热血上头。

杨红杏仿佛并没有感觉到简凡的变化似的，嚅嗫说道："明天……明天是我的生日，我想邀请你来。我请了宿舍里的姐妹们，男生我只邀请了你一个……你不会拒绝吧？"

"呀……"简凡心一下子掉回肚子里了，一想这事有点为难，"班长，这不好吧？你们那七个女生，见了我跟见了犯罪分子一样，你们玩吧，别让我去了找不自在。"

"不要啦！我好不容易才鼓起勇气来对你说，你怎么这样啊？我可是第一次请一位男生给我过生日啊……"杨红杏说道，话里有万分失落，不过跟着又劝道，"你其实不明白女人，女宿舍的八个姐妹们都挺喜欢你的，你风趣、幽默，人缘也好。你看咱们班其他男生，就知道三天两头跟在女生背后献殷勤，太小儿科了！"

杨红杏这番不吝言辞的赞美听得简凡如同冬天里闷了一口温酒般全身舒泰，恬不知耻地应了句："哟，那倒是啊……你们挺有眼光的啊，我就这么几个小优点，都被你们发现了啊！"

杨红杏听得简凡如此表达，掩着嘴轻笑了几声，声音不无几分欣喜："那你答应了？"

"那……我……我请不了假哦，咱们吕教官可是'驴教官'，好话赖话都听不进去！"简凡为难地说道。

"拜托，简凡，围墙才多高，我都跳得出去！男生宿舍楼后面，才一人高。再说不占用训练时间，就中午12点半，吃顿饭，外面我派辆车等着，两点上课保证回来，没人知道啊……哎哟，你就答应吧！我第一次求人，我给宿舍里的姐妹们可都打包票了，一定能请到你……简凡哥哥，你答应吧！"

求着求着，话里嗲味浓点儿了，杨红杏不顾身份，拽着简凡的胳膊摇起来了。这下搞得简凡心旌摇曳，不知道自己姓甚名谁了，忙不迭地点点头："好好，舍命陪美女……可别让教官发现啊！"

"噢，太棒了！我就知道你会答应我的。"杨红杏不无欣喜地拍着巴掌，喜出望外地差点蹦起来。

不知不觉中，两人的关系愈发拉近了几分，从理想谈到现实，从现实又谈到未来，瞎扯了不知道多长时候，杨红杏也不知道被简凡逗得乐了几次。熄灯哨声响起的时候，简凡才把杨红杏送到女寝的楼下。

杨红杏仿佛比简凡还不舍，不知道什么时候已经拉住了手，杨红杏回头颇有深意地看了简凡一眼，轻轻地说道："简凡，我明天中午在校门东北角等你啊，不见不散……"

"嗯，不见不散……"

"拜拜，不见不散哦。我等你……"

蓦然回眸间，杨红杏招着手，边回寝室了还边打着招呼，话里有千般不舍、万般依恋，一直依依不舍地进了寝室。

这话直听得简凡心里痒得无以复加，直到目视着杨红杏的身影消失才压抑着声音喊了一声，尔后欣喜若狂地、手舞足蹈地向着男寝奔去。一路走还一路怪声怪调地轻哼起了歌……

不对，可不能都看上我……简凡唱着唱着停下来了，心里暗道：那胖妞儿我可消受不起，对了，回头给费仕青介绍介绍，哈哈哈……

想到得意之处，直把简凡逗得要笑出声来……

二○二女寝室中，窗户上几双眼睛隐没在黑暗中，直看着灯光下简凡蹦蹦跳跳地走远了，一干女生才围着杨红杏说长道短。

"老大，怎么样？他答应了没有？"

"还用说吗！老大出马，牺牲了这么多色相，搁谁谁能受得了啊？"

"哎哟，老大为了咱们，肯定又被那厮轻薄了一番。"

几个女生笑着问着，话里不无取笑，杨红杏循着人声掐了一把，不过等坐下来，却是不屑地说道："这还用怀疑啊？能不答应吗？我媚眼都不用抛，他屁颠屁颠就来了！告诉你们啊，明儿按计划行事，谁露了馅回头收拾谁……这次咱们好好教训佗一次，从进训练班，这小子就总给咱们难堪！"

"对，不能放过他，得让他好好长长记性！"一位女生恶狠狠地说道。

"就是！气死我了，他居然说他看见我就想自卫！太恶毒了。"有个声音道，一听便是牛萌萌。

一说这话，清清脆脆的笑声响了一屋子。班里女生少，都已经习惯了被人捧着、哄着、恭维着，便是教官也客客气气，唯独那个简凡损话、怪话、流氓话层出不穷，差不多班里这些女生都被他笑话过。被"压迫"久了，让女生们终于联合起来了。

"舞云，订餐了吗？"

"订了，溢香园，十人桌的！"

"淑远，车准备好了吗？"

"好了，两辆，我们坐一辆先走，给你准备了一辆。"

"明天这样，舞云、秀苑，你们开车……剩下的，跟我看笑话去！"

"是，老大！"

女生们笑着，打闹成一团，看来这次整人计划已经蓄谋已久。闹腾了一会儿，两个宿舍的才分开各自去休息了。

黑暗里，二○二寝舍四位却是怎么也睡不着，各自翻着身。睡在上铺的牛萌萌听得杨红杏在铺上翻着身，小心翼翼地压低了声音问道："姐，你睡了么？"

"没有，怎么了萌萌？"

"没什么，咱们在一块儿真好，我以前宅得厉害，就一个人玩，每天上网、睡觉，连买东西都是逛网店，我要有你这么个姐姐就好了。"

"呵呵，那你现在不已经叫上姐了吗？得，你这妹妹收下了。"

杨红杏在女生里性格较强，虽然年纪不是最大的，可无形中成了这帮女生的领袖，特别像牛萌萌这种没主意没主心骨的宅女，更把杨姐姐当成知心姐姐看待。一帮女生合谋给简凡下套这事，身先士卒出马的，当然还是杨红杏了。

顿了一小会儿，牛萌萌仿佛难以启齿般又轻轻问道："姐，你恋爱过吗？"

"你问这个干嘛？"杨红杏疑惑道，冷不丁爆了一句，"我没有恋爱过！"

却不料，此话一落，剩下的两个铺位上哈哈大笑声迸了出来，原来都没有睡着。

梁舞云笑得乐不可支，不信地说道："班长，你不会是剩女吧？"

"是又怎样了？不要藐视班长权威啊，小心我明天派你们俩去给简凡陪酒！"杨红杏笑着叱道。

"行啊，我乐意！喝醉了我跟简凡亲密亲密，羡慕死你们。"梁舞云道。学计算机的梁舞云是寝室里最流氓的一个，说罢了自己却是捂着嘴哈哈大笑。

一听这话，叫淑云的却是疑问了："你别高兴得太早了啊！他敢不敢啊？"

两人笑得在被窝里乱打滚，压得双层床吱吱呀呀直作响。

"你们俩女流氓闭嘴啊！别把萌萌教坏了……萌萌，别听她俩胡扯。"杨红杏叱了句。上面那俩不吭声了，不过还是咪咪地笑。

"没事，我挺喜欢听你们瞎扯的，其实……其实我觉得简凡倒和你挺配的，一个漂亮一个帅，一对金童玉女。"牛萌萌正经八百地说道。

"哎，真拿你们没办法……好了，不说了，睡觉。"

杨红杏仿佛有心事一般，没有像往常一般胡扯打闹，寝室里不大一会儿又恢复了安静。安静的夜里，杨红杏却是不怎么有睡意，无聊之下才整出这事来，不过调戏了一番那位小帅哥，才看得出这小帅哥还是有真性情的，不遮不掩，很风趣也很自然。假戏演得像真戏一般，都不知道什么时候两人不知不觉地牵着手逛了几圈。

交这么个男朋友也挺不错的哦！杨红杏想着。不过转念一想，早已有人捷足先登了，而且集训马上就要结束了，又是颇为失望的感觉……

莺莺复燕燕

接受杨红杏邀约的次日上午，简凡不经意地发现，无数束秋波像集射的64式子弹一般不停歇地朝自己射来，这其中包括颇有气质的杨红杏、熟如蜜桃的梁舞云、一笑两个小酒窝的秦淑云，甚至连肥嘟嘟的牛萌萌也时不时对着他微笑，浑不似这些天来冷眼相对的样子。这笑得简凡心不在焉、魂不守舍，正常训练过无数遍的队列队形，不是迈错了腿便是甩错了胳膊，又让教官揪出来现行，做示范也走不对，引得队友们一阵阵哄笑。不过简凡心里只惦记着那个秘密，这是自己一个人和所有女生间的秘密，这样一来，倒不在乎别人的耻笑了。

有道是再高的围墙也关不住骚动的心。一下训练场，众人忙着往餐厅去的时候，简凡瞅空便迫不及待地钻到了男寝室楼后，飞身上墙，"扑通"一下子跳出了墙外。

刚起身便听得一声尖锐的口哨声。抬眼之处，怔住了！远处路边，先走一步的杨红杏却不知道怎么地已经换下了警服，红色的小轿车、红色运动衣、黑色小马靴、军绿长马裤，像裹着的一团火，嗫着嘴吹完口哨，使劲挥着手，正像一团摇曳的火焰。

这团火仿佛有某种磁性一般，吸引着简凡以冲刺的速度奔向前去。

开门、上车、点火、起步，两人就这么一溜烟跑了！

"你的车啊？"简凡不无羡慕地问了句。

"借的，我朋友的。"驾车的杨红杏兴致颇好，随口说了句。

"好漂亮！"简凡说了句。这话引得杨红杏回眼一瞥，随意说道："当然了，女车都漂亮。"

"我对车没兴趣，我是说人！"简凡嘿嘿地笑着。

"看不出来，你也会恭维美女？我还以为你只会损人呢！"杨红杏笑着说道。

"不是恭维，我是在说事实。"

"是吗？那我……比你女朋友还漂亮？"

"当然！"简凡诚心赞扬了句。杨红杏确有不同，这是确实属于那种越看越有味道的美女，大冲锋服裹着的时候倒不觉得，一换上女装，着实让人有惊艳之感。

杨红杏听后却不屑道："男人都有你这种见异思迁的品质吗？"

"不，我是在证明，你确实很漂亮，也值得欣赏，即便是我女朋友在旁边，我也会这样说。"简凡揶揄地说了一句。

"哈哈！"杨红杏爽朗地大笑着，踩着油门，加速向市区驶去。

不一会儿，便到了订好的溢香园酒店。天气有点阴，简凡正说着怕下雪的时候，门厅里又奔出一位美女来，身披着短襟蓝皮衣，下身穿着直筒牛仔裤，性感得要命，却不是换下了警服的梁舞云是谁。

一下车，杨红杏和梁舞云商量好了似的，一前一后，一人挽个胳膊，直挽着简凡上了二楼的大厅。

左边一半热情红似火、右边一半柔情蓝似水，队里两个最漂亮的美女挽着胳膊，一路上引得大厅里不多的几桌客人纷纷侧目。这可让简凡有点脸红了，从小到大没有这么嚣张过。

"来来，简凡，快坐快坐！"

"萌萌，快给你简凡哥哥倒水呀！"

"来来，梁姐坐这儿……"

莺莺燕燕一大桌，人未到、声先至，热情也跟着来了，八个人已经到了六个，花花绿绿的女装惹眼得紧。移椅子的、分餐具的、问候简凡的，叽叽喳喳说个不停，一时间让简凡应接不暇。看着众妹妹们这么热情，以前这冷嘲热讽要说还真是有点过了。

酒上菜至、琳琅满目的一桌子。不过简凡这小厨子现在已经无暇分辨菜品的好坏了，左边杨红杏、右边梁舞云，一个斟茶、一个倒水，剩下的人呢，都在悄悄地瞥着简凡偷笑，那笑，让简凡怎么看也是暗送秋波。自小便习惯了在饭店当伺候人的角色，哪受得这等倚红偎翠温柔之乡，酒未沾唇，人已有了几分醉意。

"简凡，今天喝白酒啊！"

"行！"

"我们陪你喝啊，大姐生日，你可不能推三阻四！"

"行！"

"萌萌，你最小，你倒酒！"

"好嘞！"

众人纷纷笑着的时候，简凡瞅着空隙看得暗暗吃惊，这群队友居然叫的是五十三度的高度汾酒，还一叫就是三瓶，用的杯子是一两的大盅。上酒的架势也是虎气得紧，平时看着笨手笨脚的牛萌萌，"砰"的一家伙，排了三瓶，开了两瓶，咕嘟咕嘟倒了七大杯。

我靠！不会是一群女酒鬼吧？那样的话还真成了同道中人了！简凡暗道了句。

众女看简凡答应得爽快，脸色并没有什么难色，都长舒了一口气，看来第一步成功了！不过心里多少有点觉得，简凡怕是被身边两位美女捧得已经有点忘乎所以了。

确实有点忘乎所以了，简凡乐得眼睛眯成了一条线，心里早美到九霄云外去了。

倒上了酒，先是梁舞云叫着都站起来了，颇为豪爽地说道："来来，举杯举杯，今天老大生日，我先祝老大心想事成、步步高升啊！"

"我祝老大，年年如今朝、岁岁都不老啊！"

"我祝老大，找个如意郎君，生个漂亮宝宝，哈哈……"

"我来，我祝老大，老公帅气，情人潇洒……大姐您这名好啊，红杏，红杏出墙满园香！"

一群女生嘻嘻哈哈的祝福听得简凡喉咙里噎了几家伙，看来女生群体其实和男生都差不多，一扯起来就没边没沿了。不过话里透的亲切却听得出来，杨红杏在女生群里威信不低。

简凡举杯正愣着，不料杨红杏蓦地一回眼，两眼如诱人的杏儿一般眨着问道："简凡，你祝我什么？"

"是啊，简凡，你怎么没说话？"众女用揶揄的口气问着，梁舞云还推他胳膊催促着，差点倒在了杨红杏怀里，又引得众人哈哈大笑。

简凡定了定摇曳不定的心神，微笑着说道："我的祝愿是……愿大家刚才的祝愿，都在你身上实现！好不好？"

这句话说得诚恳之至，倒让杨红杏心下颇有几分触动。气氛起来了，一阵"好好好""干干干"各人擎着大盅一饮而尽，那喝酒的姿势吓了简凡一跳！这酒前味辣、入口辛、后劲足，而这群女生却是毫无顾忌地喝下去了，有的还意犹未尽地抹抹嘴。这架势让简凡有点心虚了……莫非今天是来车轮大战，要把我放倒为止？

这群女人真有眼光啊，一找便找了我唯一的一个长项！简凡心里暗笑着，要是那样话，出丑的就不一定是自己了。

乱哄哄挨个敬了简凡一杯，差不多就下去半瓶了。跟着众女起哄，要简凡敬杨红杏，这时简凡蒙头蒙脑才记得旁边这位主角。回头看时，只见得今天的寿星已经酒意盎然，双颊飞红，两眼迷离，恰似那羞答答的玫瑰，平日的气势已经荡然无存，代而言之的是无限的娇羞。

这酒可推辞不得，神魂颠倒的简凡糊里糊涂连喝了三杯！

三大杯没消化，旁边坐着的梁舞云接上来了，又热情似火地倒了三大杯，笑着问简凡："简凡，你一直叫我匪女、女匪，我都不怪你，你知道为什么吗？"

众人诧异了，简凡也糊里糊涂摇摇头："不……不知道！"

却不料梁舞云脸上两片酡红，嫣然一笑亮底了："笨蛋，我喜欢你呗！装糊涂啊，罚酒三杯啊，不让你白喝，美女我陪你一杯！"

哈哈……众女乐得喜不自胜，捂着嘴你拥我抱。杨红杏在背后推着："嗨嗨，老二这么喜欢你，你别丢份啊！"

得！这下不知道是醉的还是羞的，简凡又灌了三杯！

温情的完了来热情，热情的完了又换上了纯情的牛萌萌，纯情完了，又来了个柔情的秦淑云，哪个也不好推辞……平时伶牙俐齿，根本寸步不让女生的简凡今天表现得大出意料之外，喏喏应着，仿佛难以推拒这美人恩似的来者不拒，一杯一杯倒凉水似的把酒灌进喉咙，直喝得众女和服务员啧啧称奇。

喝完了这一圈，菜没动多少，三瓶就剩小半瓶了，除了梁舞云和杨红杏，其他众人却是叫着喝不动了，抿着茶水饮料，这倒让简凡稍稍放心了几分。

刚一放心，这女匪梁舞云不依不饶了，豪饮似女中酒仙一般，握着酒瓶干脆把剩下的一个半瓶倒进茶杯里分了两份，看得简凡心跳加速，倒不怕自己喝，直怕把这姑娘喝坏了，忙不迭地拦着："哎，梁妹妹……不不，梁姐姐，咱少喝点，下午还上课呢。"

"我都不怕，你怕什么！"梁舞云脸红得透亮，宽宽的额头已经沁出了细细汗粒，一手一杯递给简凡，媚眼如丝、秋波婉转，说道："简凡，感情深、一口闷；感情浅、舔一舔，你说咱俩感情深还是浅？"

众女一听，俱是拍着手起哄喊着："深！很深！深不可测！"

简凡正待推辞的时候，和梁舞云最铁的淑云凑上来了，把两人的胳膊一交叉，嘴里却是喊着："喝个交杯酒，美女跟你走啊！"

众人个个笑得前俯后仰，敲着盘碟有节奏地喊着："交杯酒，交杯酒，喝了二姐跟你走……"

看来这临场发挥比当初商量的还精彩，众人都笑得忘乎所以了。

简凡正糗得无以复加的时候，那淑云一端杯底，帮着俩人灌下去了，看着俩人发愣，又是一使坏，直把俩人往一块推。简凡猝不及防地把梁舞云抱了个满怀。这次抱得孰无温柔可言，梁舞云勾着简凡的脖子做秀，倒把简凡羞得差点找个地缝钻。

平时老实巴交的牛萌萌这时也学坏了，摇着手喊着："醉了醉了，抱走抱走……"

一大杯见底，简凡的脸只是更红了几分，杨红杏使着眼色，梁舞云赶紧推托酒力不胜，捂着喉咙离开了，牛萌萌和淑云奔着去扶着。等了一会儿，还不见回来，杨红杏也不放心了，叫了句："走走，看看去，别真把舞云喝坏了。"

一句话把剩下的女生都带走了，几人心急地朝着卫生间奔去，下楼，转过楼道、钻进厨房，一眨眼从后门溜了出来。早有车等着，杨红杏带着一干刚才劝酒的女将，一溜烟跑了。

这次是杀敌一万、自损八千，杨红杏只觉得喝得有点头晕，车上躺在众人身上的梁舞云早哼哼叽叽快不省人事了。唯一喝真酒的就是她们俩人，剩下的倒是没事，不过都讨论着简凡：这小白脸，还挺能喝啊！

不过杨红杏却是不以为然道："不到半个小时，灌了差不多一斤多，一头猪也灌倒了，你们等着看笑话吧！

众人一想即将出来的笑料和已经发生的笑料，俱是乐不可支，再看已经自我牺牲爬在大伙身上哼哼的梁舞云，淑云又扮着简凡摸着她脸蛋调戏，逗得众人笑声响彻车厢……

溢香园二楼的大厅，空荡荡地只剩下了简凡和一干服务员，简凡还是若无其事地自斟自饮，要是众队员在的话，估计要看得咂舌了。有人灌喝得爽快，没人灌喝得潇洒。喝完了瓶底的剩酒，看着女生旁边还剩下半瓶，顺手拎过来满了一杯，一尝之下味道不太对，是白水！

"呵呵……我说这么豪爽？原来喝的是水！"

简凡乐了，笑着不以为然，本就不在乎陪她们喝多喝少，只当是玩，这下去掉了心里的疑团，便有几分可笑了。

简凡夹菜吃着等了一会儿，却不见再有人回来，心下一想，愣了！

一拍脑袋，大呼防不胜防……坏了！还是中计了！先用美人计把我骗来灌倒，灌不倒就让饭店扣住我，扣不住就把我当冤大头宰一顿，回头误了上课，又得被教官揪现行……啧！简凡想得倒吸了一口凉气，这是谁出的坏主意？比我还损！亏得自己有这酒量，要没有酒量，这帮子娘子军今天怕是早得逞了。

放下筷子，沉吟了半天，四周环顾了一下，只见得三个服务员都防贼似的防着这最后剩下的一个逃跑，心里倒暗笑，更确认这一群莺莺燕燕怕是早飞得毛也不剩一根了。想了想，又是若无其事地吃着，直吃到尽兴才喊了："服务员，结账……可以刷卡吗？"

"当然可以。"服务员说着，如释重负。

跟着服务员刷卡付了账，简凡心想这伙娘子军真是宰得不轻，足足花了一千零八十块。简凡快走时才又反过身来叫住服务员："哦，还得麻烦你们一件事，我是市局刑侦支队的刑警，把你们经理叫来，我有事询问。"

"请稍等……"服务员一看简凡的装束，而且又彬彬有礼，不无紧张地奔着去叫经理了。简凡抬头看着刚刚吃过饭的地方，脸上泛起了微微的笑意……

虽骗亦非骗

老窖里出来的高度汾酒可不是同着玩的，喝得最多的匪女梁舞云回到训练基地时已人事不省了，被一干女生架着回了寝室，乱吐了一番倒头便睡，叫也叫不醒了。即便是杨红杏也觉得喉咙里像烧了一团火，本想这一二两不在话下，还真没想到难受到这种程度。

那么简凡呢？这酒的后劲这么大，估计不醉也得趴下，即便是他真有钱买单，能不能回来还是另说。一干女生认定简凡估计回不来了，就是回来也最起码也得被教官训一顿。

下午两点半开课，几个人洗漱一番，又给梁舞云请了假。没一会儿时间就到了，反倒是牛萌萌心有不忍，上课路上悄悄拉着杨红杏有点担心地问道："姐，现在我想想，其实简凡也挺不错的，就是喜欢说几句混蛋话而已，总比那些不声不吭根本不来往的队友强吧？咱们把简凡灌醉了又扔到饭店里，这是不是有点过分了？"

"没事！"杨红杏却是非常轻松地说道，"他要是个男人，他自己就能回来，而且不会计较这些胡闹的小事；他要不是个男人，那就反目成仇了，不正好吗？"

"那他是男人吗？"牛萌萌莫明其妙问了句。

"这还不简单？"秦淑云笑着悄悄说道，"晚上你到他寝室瞧瞧不就明白了？"

"呀！你坏死了！"牛萌萌一脸飞红，要追打着秦淑云，俩人一前一后奔向教学楼。

杨红杏也笑了，不过转念一想起刚才的话，多少又有点担心。回忆起一天来发生的事，尤其今天中午看着简凡一下子变了性子一般，对一帮女生迁就得紧，浑然不似平时尖酸刻薄的样子，还真让她觉得心有不忍了，莫不是自己还真有点过分了？

不会真因为这事把他惹恼了吧？杨红杏想着，现在到有点后悔了。

患得患失地走到了训练楼前，基地的五层连体楼建成时间不长，可以同时容纳上千人的集训的队伍。一楼器械课里，教官们正在解说枪支的拆装；二楼心理辅导课，不知道是来自哪个部分的警种，清一色的黑衣黑帽没有标识，像是缉毒警察；此次特招班的教室在三层。

楼梯刚上了一半，却见得牛萌萌、秦淑云大白天见鬼似的往下跑，见着杨红杏便扯着胳膊紧张说道："姐，简凡……简凡坐在教室里！"

"什么？没看错吧？"杨红杏吓了一跳。

"怎么会？他跟没事一样！咋办？"秦淑云紧张地说道。

"没喝多？也没生气？"杨红杏诧异了。

"没有，还在那儿和成钢几个吹牛呢！"牛萌萌道。

"走！"杨红杏惊得心跳了几跳，小心翼翼地凑近阶梯教室的门口往里一瞧。人快到齐了，先来的几位女生，正使着眼色，手指指着教室后头，靠墙坐着的，可不是简凡是谁？仍然像平时一样，围着肖成钢、裘刚、杨国江几个正在胡吹大气，眉飞色舞、神采奕奕，哪像半点醉了的样子？甚至于连杨红杏进教室门都没有瞥过一眼。

杨红杏坐在前排略为思索了片刻，和几个女生耳语了几句便跑到教室后面，敲敲桌子，摆着架子正色地说道："成钢、杨国江，还有你……

150

坐到前面，我和简凡有事说！"

"干嘛干嘛？前面睡觉多不方便！"成钢不耐烦说道，典型的不爱上课。

"班长，您不能什么都管吧？"杨国江也不乐意坐前排，向来上课就坐在最后一排。

"我就更不能去了啊，我正和简凡商量回头到他们乌龙县玩什么呢！"裴刚随口应了句，城里长大的，最喜欢听简凡说农村的事。

几个人一个寝室，一个德性，简凡来这里最大的收获也便是又多了几位和成钢一般志同道合的狐朋狗友。

"是吗？"杨红杏似笑非笑地看着三个人，笑着斜斜一指，诱了句，"前面有几个美女想找你们谈谈理想、谈谈生活、谈谈学习，或者谈谈别的，你们难道不接受邀请？"

嗯？仨哥们儿一伸脖子，果然前两排的几位女生都暧昧地微笑着，淑云还勾着小指头呢。

"哗拉"一下子，三人着急得连招呼也不打，扯着书本，一瞬间都跑了。

简凡张口结舌，喊都来不及，暗说了句"没出息"。却见得这帮见色忘友的哥们乐得屁颠屁颠地和淑云、牛萌萌几个人凑到了一起，早觍着脸说上了。杨红杏得意洋洋地笑着，大大方方地坐到了简凡身边。

话还没开口，上课铃响了，非常守时且严肃的文化课教官踏着铃声进了教室。

平时上课简凡肯定听到十分钟就走神，再听十分钟肯定打瞌睡，等课完了，也睡着了。到了下课铃声一响，肯定准时醒来，灵得很。不过今天特殊，不知道是身边坐了位美女还是酒精在胃里多少发挥了点刺激作用，居然一点都不瞌睡，听着教官讲着警察法律条文一副津津有味的样子，还打开了笔记本，只是那笔记本根本还是空白的，今天没准是第一次做笔记。

装象！杨红杏暗道了句，有时候不经意看着简凡有意无意地看自己一眼，似笑非笑。原本想着灌醉也没醉，杨红杏怕真惹人生气，这才来提前说一句。不过看样子人家根本没有生气，反而还和拣了块金元宝一般喜滋滋的。

这次倒让杨红杏上课走神了，而且心里更拿捏不定主意了！几番思忖之下，胳膊肘碰碰简凡，把笔记本推过去，上了写着一行字：你不生气吧？

一会儿，递回来了，上面也歪歪扭扭写了一行字：你说呢？

杨红杏侧目偷偷瞥得几眼，看着简凡却没有一点生气的样子，这才放下心来了。一放心，刷刷地本子上写着：别不识抬举啊！本姑娘亲自来问候你，已经是给足你面子了，花了多少钱？我给你。不过你不能怨别人，平时你对女同学尖酸刻薄，她们不整你整谁？

本子递过去，简凡看着，想了想写道：这么值钱的脸哦，愧领了。土匪还好吗？

杨红杏接过来一看，却是更放心了几分，难得简凡还想着梁舞云，笑笑写了句：喝多了，睡了。可惜她的牺牲毫无价值，我们小看你了。

简凡纸上回答道：咎由自取，不值得同情。你们不是小看我了，是太高估你们自己了。

杨红杏接过来，想了想再写道：那咱们扯平了吧，重头来过。

递过去的时候，简凡蓦地嘴角翘着像在笑，刷刷几笔不客气了：想得美，你这个主谋还没有正法，这事怎么扯平？

杨红杏看着，又斜眼看着简凡，似乎不像兴师问罪，可又说不准他想干什么，不过好像并不介意把这种无聊的话题继续下去，写了句：那你想怎么样？

简凡写道：很简单，从今天开始到集训结束，每天晚上陪我散步赏月、聊天解闷，把我哄高兴了，我兴许放你们一马。

杨红杏心里一动，脸上微微发烫，写了句：你想得美！

简凡暗笑着，眼睛贼兮兮盯着杨红杏，又是潦草地写着：郑重警告你，拒绝的话我会采取非常极端的措施。最后问你一遍，答应不答应？

"休想……"这次可没写，杨红杏趁着教官不注意，凑着简凡的耳朵上轻轻叱了句。

得，简凡也按捺不住了，斜眼看看杨红杏，也瞅了个空凑过去轻声说道："我虎躯一震，不管多么高傲的美女都会被我倾倒的，哈哈！"

杨红杏却不为所动，轻声道了句："好啊，那你现在震震！"

"君子谋定而后动，岂能乱震！"简凡说着，又坐直了身子，一本正经地听课。

杨红杏轻哼了声，抽过本子，一副正经八百记笔记的样子，本子上却写了句：本姑娘严阵以待，下课就把姐妹们召集起来，有本事你来女寝室把我请走！可别请不走满地找牙啊！

笔记本已经被两人胡乱涂画了几页了，简凡又翻了一页写道：好啊！我最喜欢有挑战性的骚扰活动，我会让你乖乖跟我走的，信不信？

"吹牛！"杨红杏不服气地悄悄凑上说了句。

"我是顺手牵妞！"简凡揶揄说着。杨红杏不由抬脚要踩，简凡反应机灵，早抬脚架住了杨红杏的脚。两人僵持了几秒钟，均觉得不雅，又是瞬间放开了。

杨红杏有点羞色地在本子上刷刷画了一句：有种你就来！

简凡得意洋洋地写了句：没种我都去！

杨红杏扑哧一下被逗笑了，一笑，班上的几十双眼睛都朝着这儿看过来了。简凡却是一本正经地背着手坐着，当什么事也没发生过似的。那教官估计也揣摩到了这货没干好事，虎着脸喊了句："简凡，站起来！回答一下，人民警察四个必须做到是什么？"

"啊？"简凡霎时被问愣了，张口结舌看着教官。正傻眼着，旁边的杨红杏飞快地把书本掀开了一角，简凡暗道侥幸，照着大大方方念到："秉公执法，办事公道；模范遵守社会公德；礼貌待人，文明执勤；尊重人民群众的风俗习惯。"

"请坐！"教官看没难住简凡，摆了摆手，还是不放心地说道："注意听课，这关系到你们的职业前途……还有，以后大把的姑娘追你们，就怕你们到时候顾不过来！这时候急什么？"

教官隐晦地说着，下面和女学员扯淡的男生们心知肚明，都嘿嘿地笑着，这次，倒把杨红杏糗得一脸红，暗暗踢了简凡几脚。

第二节政治思想课，杨红杏还是鬼使神差地和简凡坐到一起，还是继续着互相捉弄的话题。政治思想课教官是一位在职的老警察，还真没发现下面的小动作乱飞，连肖成钢也和秦淑云也谈得热火朝天……

下课，训练队列队形半个小时，吃饭……接着男学员们都趁着这时间锻炼锻炼，女学员就不用说了，这么大冷的天，八成是不会出来了。

二〇二寝室里，四位早知道原委的都已经是严阵以待了。梁舞云还躺在床上哼哼，牛萌萌和秦淑云俩人倒觉得简凡未必敢来，集训期间跑出去喝酒，这事要让教官知道了，他肯定没好。唯独杨红杏心里如同揣了只小兔子般砰砰乱跳，好像想让他来，又怕他来了大放厥词让自己难堪，甚至有点后悔，为什么不在课堂上直接答应他呢？那样的话，他可以顺理成章地在楼下喊一句，然后自己顺理成章地奔下来，不就散个步吗？在这里他还能干什么？

说曹操，曹操立马到，窗口掠过个人影，眼尖嘴快的秦淑云紧张地喊了句："呀！还真有不怕死的来了！"

"咚咚咚！"敲了半天门没人理会，简凡喊着"我进来了！"说着便已经迈步进来了。一进门吓了一跳，站着三个人，床上坐着一个，都虎视眈眈地看着自己，浑然已没了中午浓情俨俨劝酒的热情。

"你来干什么？出去！"秦淑云不客气道，有点虚。

"简凡，这次没整住你，还有下回呢？别拽，拽什么拽？"牛萌萌也不客气地说道。

"简凡，我就不说了啊，我要喝坏了，这辈子我跟你没完！"床上的梁舞云蔫不拉叽地威胁了一句。杨红杏得意地笑着，没说话。

四个人对酒量如海而且根本不气不恼的简凡这时候倒是颇有好感了，不过一商量之下，还是采取了恶劣的态度，总不能真坠了威风不是？都是柳眉倒竖，恢复了以前对抗的局面。

却不料简凡得意洋洋，不走也不害怕，摸出个小瓶子往梁舞云床上一扔："给你！今晚吃上两片，明天就好受了，不能喝别喝，喝多了伤身啊！"

良言一句三冬暖，众女心下有点感激了，梁舞云不好意思地笑笑：

"谢谢啊！我还真有点喜欢你了，哈哈……"

"有眼光，我很值得你喜欢哦！"简凡恬不知耻地说了句。

这话让杨红杏听得刺耳，没好气道："来收买老二呀？送完药了请便吧，我们要休息了！"

"别别……我还有事！"简凡道。

"你能有什么事！赶紧走啊，你一大男人钻女生宿舍算怎么一回事？"秦淑云接了句。

"我想请一位美女，出去陪我散步！"简凡厚着脸皮说道。

"没门！"四个女人早知道了原委，异口同声道，吓了简凡一跳。

简凡笑着道："我只请一个，又不请这么多，你们不会四个都想去吧？我提前声明，我不介意啊！"

"死皮赖脸！想都别想！"四个人都是同时说道，像是在故意给简凡难堪。

如果在平时，简凡这损话早出来了，不过今天好像很笃定很有城府一般仰着脑袋看着梁舞云说道："土匪，别人不支持我，你也能不支持我？中午还喝交杯酒来着。"

梁舞云脸上发烧，嘴却硬道："胡说，谁看见了？萌萌、淑云，老大，你们看见了吗？"

"没有！"三个女人商量好了似的，又是异口同声一句。

得，这是准备赖账赖到底呢。几个女生得意地看着简凡，商量的办法就是死不认账了。

却不料简凡乐了，怪里怪气地说了句："是吗？土匪，那你看这个搂着我脖子的人是谁？"

啊？梁舞云接过照片，却是两人中午搂着喝交杯酒的照片。一紧张，手摇着床喊着："呀，羞死了羞死了……老大，你可看吧，我这名节可全毁你手里了！"

"切，你还有名节？"秦淑云接过照片一看，乐了，仰着头哈哈大笑。三个人都看着，乐了会儿又惊讶地问道："简凡，你真卑鄙，居然偷拍！"

"拜托，是你们没脑子，餐厅遍地都摄像头，我又穿着警服，我一诈唬饭店经理，他就都给我了。哈哈，看我像刑警队的么？专揪你们小辫。看你们笨的，捉弄人都留下这么重要的证据！"简凡得意笑着。

"那又怎么样？谁怕谁呀……"秦淑云不以为然地说道。

"是吗？那这一张呢？"简凡把照片又挑了一张递过去，得意地笑着，"你看看，你也在里面，咱们俩人的脸就快挨到一起了啊，我贴到公报栏里，我看你解释得清吗？"简凡没皮没脸说着，气得秦淑云悻悻地把照片扔到了床上，说了一句："真倒霉！"

简凡继续歪着嘴不屑地说道："你们听好啊，我现在就去散布谣言，我说二〇二女寝舍集体暗恋我，有照片为证，都哭着喊着要当我女朋友，结果被我一脚一个都蹬了……我挨着男宿舍先说一遍，然后我把你们的照片发网上，过不两天，你们就都出名了！哈哈哈……"

简凡得意地坏笑着，在餐厅发现这么个契机，却是正好利用上了。

"你……卑鄙！"三个女生，都红着脸啐了句。虽然知道简凡肯定不会这么干，他也未必敢，但照片到了人家手里，却是把几个人噎得说不出话来。

不知道为什么，简凡从进门就一直针对除了杨红杏之外三人，而杨红杏仿佛看戏一般，微笑地看着简凡和其他人斗嘴。匪女梁舞云反应快，伸着脑袋问了句："简凡，为什么只吓唬我们仨，老大呢？我告诉你啊，可都是她带的头，有本事你找她。"

"是啊，我就是来找她来了！这就是我留给你们的谈判机会，只要你们老大陪我散散步、聊聊天，哄着我高兴，什么照片什么喝酒，我就当没发生过，以后对你们毕恭毕敬。今天请了不说，集训完了，再请你们一顿都没问题。匪女，你说呢？"简凡揶揄地问着。

梁舞云想也不想，乐了："行！你抱走吧，哈哈！"

"淑云妹妹……你呢？"简凡再问一个。

"看来需要老大继续牺牲色相了啊，不过……同意了！"秦淑云一听，知道简凡志在老大身上，倒也不阻拦了。

"萌萌妹妹，你说呢？"简凡温婉客气地说道。

牛萌萌扭着胖乎乎的脸蛋看看简凡，又看看杨红杏，从进门开始，简凡就没有威胁杨红杏，这八成有备而来，而杨红杏也没有怎么斥责简凡，想想便说道："姐，那你陪他吧，我看你们也像一对。"

"呀……你说什么呀？"杨红杏一下子被孤立了，有点手足无措。

简凡似笑非笑地看着杨红杏，得意地说道："走吧！你不是说服从集体吗？看，集体可都同意你陪我散步啊，集体的利益大于一切！"

简凡做了个请的姿势，三个人乐了。秦淑云推了把杨红杏，杨红杏就势揶揄地笑着，简凡回身便开了门，向着屋里招手，示意着出去了。

下着楼梯，杨红杏还是忍俊不禁，四个人都商量好了的同盟却怎么也没料到简凡是这样半真半假地说服了同舍的人，不禁迈着步子道："你可够鬼大了啊，这办法你都想得出来？"

"我都说了，你会出来，其实你并不反感，只是需要一个台阶而已，我给你找了一个最好的！"简凡笑着说道。

杨红杏踢着腿，讪讪道："简凡，你不怕我喜欢上你，或者……或者你喜欢上我？"

"其实我一直就很喜欢你啊，你们寝室最好，都爱玩，萌萌可爱、淑云温柔、土匪又豪气，还有你，这么爽快，都值得喜欢……但不一定喜欢就怎么样，我估计集训完了我就要回乌龙了，说不定都见不着你了！"简凡笑着道。

杨红杏听得心里咯噔了一下，跟着小心翼翼地问："那为什么不留到市里？"

"不不……我其实巴不得回乌龙县呢。我家里开了个小饭店，一直是我爸里外忙着，要是回到县里，还能帮着他干点活，工作挣钱两不误，那多好？"简凡道，话题慢慢开始了，偷偷地伸着手，装着很不经意的样子把杨红杏的手握在手中。

杨红杏像是非常高兴一般，随他握着手，问着："那你没有自己的理想吗？"

简凡乐了："有啊，怎么会没有？"

"是什么？"杨红杏饶有兴趣地问。

"这个……不好意思对你说。"简凡嗫嚅了句。

"说呗，我不告诉别人。"杨红杏摇着简凡的手，就像昨晚的恳求一般。

"好，我对你说了，你别笑啊！"简凡想想，说道："我有个从小一块儿长大的哥们，叫费仕青，二百多斤重，他给我俩定了理想，四句话：天上纷纷掉钞票，多得只想当柴烧；各色美女任我泡，看我想要不想要……说了啊，别笑啊！"

杨红杏早压抑不住了，猛地爆出一阵银铃般的笑声，差点摔得在操场上，啐道："就不喜欢你这没正形的样！"

简凡也乐得哈哈直笑，这么长时间没见那个蠢胖子，还真有点想。

简凡正思谋着把话题展开大说特说的时候，冷不丁刺耳的警报响了，却是紧急集合的警报！顿时心里凛然地站定，那边有的人已经跑着出了寝室，速度快的队伍已经开始在报数。

得，不用泡妞了。杨红杏笑着说道："帅哥，你运气实在不佳啊！不管今天晚上你怀着什么鬼心思，都没戏了啊！"

好像被美女窥破了心思一般，简凡讪讪笑道："这就是理想和现实的差距……走吧！"

两人小跑着，恢复了队友间的距离，循着灯光和吕教官的声音奔回了队伍里。

队伍紧急集合了，吕教官扯着嗓子喊着："立正，稍息！接到上级的紧急通知，今天晚上将执行一项特殊任务。我重复一遍，不是演习，不是演习，每个人要打起百倍的精神来……"

那边大门口已经开进了几辆公安标识的客座大车，简凡心里暗道：不会吧，难道集训没完就让我们上一线？

任务一宣布完毕，得，简凡心扑通一下子差点跳出胸膛来，千想万想，打破脑袋也想不透怎么会有这种任务扣到一干学警的脑袋上……

小警出雪夜

从准备享受暧昧的快感里一下子掉进了现实的冰窟窿，着实让简凡郁闷得紧。不高不低的简凡站在队伍中间毫无出奇之处，但作为临时班长的杨红杏却不同了，和教官一起站在队前，即便是有宽大的冲锋服裹着依然能吸引大多数男学警的眼光！

可惜，理想和现实，隔着厚厚的两层冬装。简凡不无懊丧地想着。

任务布置得简单明了，说白了就是去给人站岗值班去。为谁呢？据说是为了来大原演出的一群艺人，其中包括国内一线、二线明星若干。据说缘由是归国华侨在大原投资的工业园区落成典礼，邀了众明星来演出助阵，市侨联、市文化局和市委宣传部都参与其中了，其目的当然是不言而喻，广而告之、扩大声势，进而吸引更多的投资落户到大原来。不少爱看报纸的学警早得知了这一消息，准备时间里，三言五句便让简凡揣得了个大概。据说不但动用了警察，演出现场还要动用武警。这帮子学警还不够资格到现场维持治安，仅仅是在明星下榻的几个宾馆里负责值勤。而简凡要去的地方便是大名鼎鼎的九鼎假日休闲酒店。

不过这要是牛气哄哄地去查案便还罢了，偏偏是去给人家当看门的，实在觉得肚子里跟下了三大碗隔夜饭一般，五味翻搅，说不出什么滋味了，再说要让熟人瞧见，多不好意思呀。

刚刚准备完毕登车的时候，简凡鼻尖上突然微微一凉，抬头一看，下雪了。

这才叫作背呢！看来得在雪夜里冻一晚上了。

出发了，学员们一路上饶有兴致地在轻声窃语着谁谁谁要来，谁跟谁有一腿。同室的杨国江是此类八卦的忠实粉丝，小道消息、网络谣传无数，能把娱乐界说得跟原始社会一样。车行到半路，他座位前面的扭着脑袋、后面的伸着脑袋，早围着七八个人听得津津有味。

简凡坐在前排车门口，教官和司机随意说着话，而刚刚还一起逛操场的杨红杏却是对自己瞧也不瞧一眼，正和胖萌萌聊着什么。梁匪女精神不佳，靠着淑云休息，时而耳语着。窗外的雪花越来越大，在客车前大灯的照耀下，纷纷扬扬的雪花像满地的花絮凭风而起，司机不得不开着雨刷放慢了车速。

车队进了二环路便分开了，向着市区不同地点的宾馆驶去。抬眼望去，灯火辉煌的大原一片迷茫，像童话里的城堡。等客车慢慢驶进目的地，九鼎假日休闲酒店方的安保早等在一边，和教官商议着什么，估计是布置巡逻。每逢有大型演出，倒也不是防着有什么闹事的，就怕热情过度的粉丝们围观哄出了乱子。

楼层巡逻的十人分成了两组，教官安排着杨红杏带队；沿街道两边一公里内巡逻的也是两个五人队，前门、侧门各四人值勤，剩下的人替补，六十分钟一巡逻。轮流作业，直到所有演艺人员下榻酒店。任务就是保证艺人们在酒店的安全，不能受到外界的骚扰。

这是上升到经济建设和和谐大原高度的任务，教官重申了好几遍。一重申完，自己倒大摇大摆随着九鼎的安保主任走了，简凡看得心里直想骂。

杨红杏安排着人员，偏偏不挑简凡和自己一起值勤，让简凡最后一点心劲也丧失了。丧失也罢了，偏偏这肖成钢又来凑热闹，第一个就挑着他去。简凡一听火气颇大，口气不善地叱了句："钢炮，你小子当了半年下属，现在想骑我头上是不是？"

肖成钢偌大的个子，对简凡可是推崇得紧，附着耳朵悄悄说道："锅哥，你不在，我心里没底，这么大的雪天，咱们不能真站街上傻等吧？那个……把咱们哥几个都叫上，咱们几个一组，您当领导还不成？"

简凡一下乐了，在乌龙每次出勤，都是简凡带队。钻哪儿偷懒，躲哪儿吃，都是简凡出主意，鲜有失误的，而靠成钢搞这个就不行了。

"走！我带你们去！"简凡看看杨红杏带着几个学员走了，看样子是没希望了。一挥手，叫着同舍的其他三人和一个学警，一共五个，向北溜达着开始巡逻了。眨眼间，几人的身影消失在风雪夜里。

又眨眨眼，大街上早没人影了，五个哥们巡逻过一公里，钻到了一家小区门口的小酒店里喝上了。简凡对四周的地形很熟悉，该小区正对着通往酒店的路，有什么动静都看得见，万一步话器里一呼叫，立马就能跑到路面上假装值勤，端得是万无一失。

大冬天里，烫着一瓶热腾腾的酒，叫了四盘炒菜，几个人跺着脚搓着手去着凉意，喝上了。肖成钢乐得直竖大拇指叫了句："锅哥，我就知道只要你在，就能找着吃的地方。"

另一位学警尚有点疑惑，讪讪问了句："简凡，喝酒这事教官不会说吧？"

"喷，你个笨蛋！"简凡喝着，不耐烦地说道，"这么冷的天，咱们就说在路边小铺随便买了一瓶驱驱寒，不过真别多喝啊！"

杨国江喝着，不耐烦地训着那位小子："不喝拉倒，去街上杵着站岗去！"

一旁的裘刚在呵呵笑着，那学警思量了一番，得，端着也喝上了！

"你们听着啊，第一次巡逻一个小时，然后回去咱们车上休息，我估计还得再来一次，得到三个小时以后了，看见没有，那地方……咱们第二次钻那儿去。再钻一个小时，就继续回去睡觉。"简凡吃着，筷子指着不远处霓虹灯闪亮的地方。

裘刚一看，噎了一下："洗浴中心哎！我可没带钱啊！"

杨国江蔫不拉叽应了句："不用担心，不会有人借给你的！"

"没事，就租个房间休息一下。要不你们自个儿冻雪地里，选吧。"简凡大方说道。

"得，听你的吧！"肖成钢说了句，吃现成吃惯了，也不太爱动这个脑筋。

几个人在车上睡着等换班的时候，另外一组老老实实巡逻回来的，一身雪冻得龇牙咧嘴，简凡五人心里直偷笑。第二次果不其然，一进那装修不怎么样的洗浴中心，老板见他们装束，又听得只休息一个小时，连房钱都没收。几个人休息了一小时，又原封不动回到了车上。队里在门前站岗的、放哨的、巡逻值勤的个个冻得直骂娘，这下，队里这四个人可简直要对简凡佩服得五体投地了。

过了零点，新的任务来了——雪天飞机延误，值勤的任务被无限期拉长了。除了巡逻楼层的留下，队伍暂时被拉回了基地，等一大早又被拉了出来。这下倒霉了，那位在九鼎酒店休息了一夜的教官，随意地安排着，把成钢又换到了侧门值勤上。五个人傻眼了，这可没机会跑了，而且还要负责查验进出车辆的牌照和证件，进内院的还要查组委会发的邀请函。

五个人悻悻然地到门口杵着电线杆，酒店外就是一个开放式停车场，能进大院里的，都是今天到大原的特殊人物，简凡生怕遇到熟人不好意思，躲躲闪闪帽檐压得很低。前面的四人也是假迷三道地值勤，遇到了男的虎着脸，看坏人一般查着证件，要遇到了美女，更不得了，把证件拿在手里握半天，还能觍着脸和美女扯半天，完事还装模做样地敬个礼！

简凡有点厌烦了，这种扯淡事在大学的时候常干，现在却是一点心劲也提不起来。隔一会儿就钻到楼后头靠着墙歇会。

雪下了半夜，但到了上午又成了大晴天。大原里里外外早被雪清理得干干净净，偶尔的雪把太阳光反射回来，直刺得人眼晕。

一个多月前，本想着工作无望，和香香商量着准备大干一番，却不料人生际遇如此让人难以捉摸，眨眼间还真就穿上了警服，偏偏没过多久又回到了这里……一想起自己的生活，简凡就有点茫然失措，有时候连他也说不清自己的人生目标到底在哪里，到了现在仍然像一叶浮萍，随波逐流。

生活的目标，就像遇见到的美女一样，连喜欢哪一个你自己心里都没谱！此刻简凡的脑子里一会儿萦绕的是娇小玲珑的香香、一会儿是白衣胜雪的蒋迪佳，不一会儿又是热情似火的杨红杏……再过一会儿，又想想自己屁都不是，除了香香还都没戏，更是有点悻悻然。

正想着的时候，侧门口突然闹哄哄地，简凡伸着脑袋出来一看，成钢正和驾着一辆蓝色宝马的司机在争执着，后面还跟了一辆车，好像是因为没有证件什么的。简凡眯着眼一瞧，车上坐了四个人，那司机正不耐烦地喊着："干啥呢？这是接金小姐，不认识呀？我是艺龙经纪公司的，邀请函在经纪人手里，她随后就到，你们不能这么死板吧？把你领导找来。"

"我就是！"成钢刚当一回小组长，牛逼了，看这人不客气，还叫上板了，"不管你什么艺龙艺虫，不管你什么小姐妈咪，我只认函不认人！谁知道你是什么人？"

那司机扬着脑袋："嘿……你怎么说话呢？警号多少，我投诉你！"

蔫坏的杨国江得意洋洋地说道："好啊，你现在就可以投诉啊，不过请你把车退出去，不要影响正常秩序！"当然得意了，几个人哪有警号，还没分配下来呢。

四个学警血气方刚，不依不饶，并排站到了车前。那司机悻悻地骂了一句："妈的，一群榆木脑袋。"车里，一个戴着大墨镜的女人伸着头，墨镜大得几乎遮住了半边脸，操着不太熟口的粤语不以为然地骂了句："怎么素质这么低呀，'勒色'！"

"嗨……骂人是不是，这娘们说什么呢？"成钢一下子没听明白。

简凡却是唯恐天下不乱一般，逗了句："'勒色'，骂你们四个是垃圾呢！"

简凡骂没事，可别人骂成钢就受不了了。一听得这话，火爆脾气的成钢抽着鼻子指着那不知名的女人便破口大骂了："他妈的，你骂谁呢？"

简凡一下子躲到楼后笑得肚子疼了，初中没毕业就上武校的肖成钢比乡下那赶驴的强不了多少，蔫坏的杨国江和赖皮裘刚也都不是善茬，这要打起口水仗来，可有得看了。

女人的喊声、尖叫声、拍车门声……简凡一伸头吓了一跳，后面的车里已经下来了三个彪形大汉，差不多都是一米八的大个，护在车前和成钢对峙。那被骂的女人看样子是气得不轻，伸着脑袋叽里呱啦说着，都是一串难懂的粤语。

坏了，不会真是个明星吧……简凡看这女人还带着保镖的架势倒是心里暗惊，不过本身不太注意娱乐界的明星，那女人又戴了那么大个墨镜，实在看不清楚。正寻思着上前拉开的时候，那火爆脾气的成钢和其中一名保镖已经推推搡搡干上了。保镖可能太过于小觑这个小学警了，被成钢虚晃一拳，躲过了拳头，没躲过下面的飞腿，一脚被踹得退了几步，靠到了车上。那女人不知又发了句什么神经，三个保镖倒瞬间扑上来了。

啧……简凡刚待上前，却是马上刹住了步子，不耐烦地喊着："嗨，真是吃饱了撑的，打什么打呢？住手住手！四个打人家三个，说出去不怕人家笑话！嗨！都停手……"

说是说，没敢上手，要真干起来，拳头不长眼可不是闹着玩的。队里学擒拿简凡就学得有一下没一下，自己上也是白搭！未等心思料定，形势瞬间起了变化，三个保镖看起来训练有素，出手出脚井然有序，个个都不弱，连拳打带腿扫，三下五除二便把四个人放倒了三个，成钢勉力支持了几招，鬼喊着："锅哥锅哥，快叫帮手，他妈的干不过这三个牲口！"

简凡看这形势，吓了一跳，扯着肩上的步话机摁着发送键喊着："呼叫支援、呼叫支援，侧门打起来了！兄弟们，快来帮忙呀，有人打咱们班人啦！"

刚喊了一句，惊魂未定，一眼扫过四个人都倒在地上。成钢野蛮，被两个保镖摁着猛踹，剩余三人直躺在地上哼哼，其中一个保镖冲着简凡就奔了上来。简凡情急之下，顺手拿着步话器当暗器，大喊一声："看招！"

那保镖脚步一停、侧头一躲，却见简凡嘿嘿笑着，只是做了动作，根本什么也没扔。不过笑罢脸一虎，又是一句："看招！"

那保镖再一躲，简凡又是做了假动作，根本没有扔，还龇牙咧嘴笑着骂了句："傻瓜！"

保镖被气坏了，支着身子要奔的时候，简凡却是猝不及防地出手了。这次可是真的，隔着不到十米，那保镖只觉得一道黑影瞬间飞到眼前，躲避不及，正中左眼，一摸一摸，被步话机砸到了眉骨上，沁出了一丝血。

简凡也怔了怔，谁可曾想砸这东西竟然比射击要准头好得多。一怔之下，掉头就跑，边跑边喊着："救命呀……有人袭警！有人袭警！"

砸了人还喊救命，讨了便宜再卖乖正是简凡的特色。

后面怒火中烧的保镖吃了亏又丢了脸，一鼓作气，朝着简凡恶狠狠地追了上来，围着后院的花池转了一圈。躲无可躲的简凡连滚带爬，吱溜一下子钻进了大厨房……

时穷计乃现

九鼎酒店的厨房里刚收拾完早餐器具，大上午开始洗菜、择菜、配菜的林林总总已经二十几人了。猛然间，一个人鬼喊着冲进来，他们惊得吓了一跳。没等醒过来，后面又是一人跟着喊着"站住"冲进来了。看样子像在打架，厨师们情况不明，都靠着锅台炉灶。

简凡人轻腿利索，奔跑的时候顺着就抽了一个两尺长的扁平炒勺，围着菜案转圈。追自己的人转了两圈突然省悟到这是驴推磨，根本没有终点，猛地站定了。

你走我也走，你站我也站，他一站定，简凡也马上站定了。

乍一看追自己的人，宽额阔嘴凶光眼，配着黑西装，整个就一黑社会分子。心里有点害怕，不过还是壮着胆子，抄着勺子乱敲着案子喊着："你什么人，敢袭警？不想混了是不是？"

"揍的就是你！"保镖恶狠狠地喊了句，抄了一个碗砸将过来！这不说还好，越说越气，堂堂的保镖被人干了一下还没治，说出去饭碗都倒要丢了。

砸了一个，简凡侧头躲开了，那保镖又抄起一个来。

"看招！"简凡声起手落，长勺一抄，正中那人拿碗那只手的指骨。保镖吃疼叫了一声，碗"吧哄"一下子掉了。

简凡的脑子里瞬间灵光一现，要说武器，有什么比锅勺还使用得更顺手呢？简凡心里狂喜之下，嘴上喊着："捞底……抄油……进料……敲大瓢……"俱是从五岁起便纯熟的动作。

嘴里说着，手里不停，长勺挥舞着左一下、右一下，专打那保镖的手背。白铁敲指骨，一敲一个准，那保镖早顾不上拿家伙了，疼得乱搓手，怎么躲也躲不过那把大勺子。他可哪里知道面对的是一个五岁炒勺的大师傅，用勺子比手还利索。

敲得几下把保镖敲蒙了，正搓着手，简凡又是大喝一声："看招！"保镖心慌意乱，猝不及防，两手紧张地缩到背后，却不料简凡又在使坏，反手一撩，"砰"的一家伙，结结实实拍在那保镖的鼻梁上！

只听得"啊"一声惨叫，那保镖捂着鼻梁连退了几步，鼻子里鼻血和着眼泪抹了一脸。这下保镖恼羞成怒了，状如疯狂地喊着："我劈了你！"说着就往上冲。

这个时候，谁也没有注意到简凡后退了两步，长勺底子已经伸进了通红的调料盆里，那人叫嚣着冲上来想跳上案子拼命的时候，却不料那长勺当头一扬，纷纷扬扬的一层红雾弥漫在他的脑袋四周。

又是"啊"的一声，保镖剧痛之下，捂着眼睛、鼻子、嘴连退了几步，一屁股坐到了地上狂喊乱叫，那架势如同白日见鬼了一般。一屋子大厨们看得刚刚还凶神恶煞的人满脸通红，不知道是血还是调料，就他本人惨叫的模样也挺像鬼了。

此时的简凡如同除暴安良的侠之大者，气定神闲，很潇洒地把勺子放到鼻子边嗅嗅，撇撇嘴骂了句："山北特产的灯笼椒，驱寒提神，味道特别不错，哈哈！像你这比猪还蠢的傻瓜，我真不知道怎么当的保镖？还敢袭警！抹呀，使劲抹，越抹越辣！"

狂笑了几声，那保镖双眼睁不开，便是有劲也没地使，暂时丧失了抵抗力。简凡正高兴的时候一抬头，心里又是一惊！

刚刚厨房里的人被俩人的冲劲吓住了，不过这个时候再看，却是个个一脸愤然之色。只见地下被两人折腾的盘碟碗和调料早摔了一地，斜眼瞪着，那架势，快到火山爆发的临界点了。

简凡心里暗惊，第一个涌上脑海的字还是：逃！

谁知情急之下手里长勺一扫，只见案子上尚还完好的盘、碟、碗砰砰又摔了一地。那些大厨脸气得青紫一片，顺手提着拖把就追！简凡一看，更是转身撒腿就跑。

一跑，厨师们的怒气更盛了几分，喊着："给我抓住这小王八蛋！"

师傅一喊，徒弟们提菜刀的、扛着擀面杖的、提盘子拎碗当武器的，哗啦啦追出来一群。

这时候，酒店外已经有围观的人了，只见四个学警打不过人耍起赖皮了，杨国江大咧咧躺在宝马车的车轮下、成钢靠着车坐在地上，哪怕倒下了还是和保镖僵持着。保镖们虽然教训了学警们，可也不敢真痛下狠手。

简凡夹在中间，后面是追来的厨师，心里暗骂了句怎么支援的还没来。不过眼下已经顾不上那么多了，腾腾腾向着两个保镖冲去。两个保镖见同伴追进了厨房，出来的却只有这小警察，俱是诧异不已，马上拉开了架势！更吃惊的是，后面追着一群白衣白帽的厨师，都叫嚣着冲过来了。

千钧一发的时刻来了！简凡硬生生刹住步子，举着拳头喊着："兄弟们，干死这几个！"

一句话，说得豪气顿生，连地下躺的那个也一屁股坐了起来，锅哥带着救兵来了！不过一看也傻眼了，不是同学呀？

简凡这话里玄机不浅，几个？哪几个？保镖认定了简凡搬的救兵来了，否则同伴不会没出来，心下凛然，俩人一字形拉开了架势……

俩保镖一拉架势，后面的厨师可就自然把他们归到简凡一伙里了。

只有简凡知道两方哪一方自己都惹不起，冲上前去的时候瞪着眼，一副挑衅姿态。到了将至未至的距离，却是一下子一矮身，连滚带爬从两个保镖的一侧溜了出去！

说时迟，那时快，追来的厨师们一哄而上，哪看得清这个细节，手里的家伙便招呼上了，俩保镖不是善茬，手腿并用，砰砰早干翻了几个厨师。这下好了，这帮厨师更认定这是找事的帮手，围着俩人抱腰的、搂腿的、大擀面杖和炒瓢招呼着，混战上了。

一时间，叫骂声、惨叫声此起彼伏，整个一活脱脱的群殴场面。而此时漏网的简凡早奔出了人群圈子，听得脚步声后面还有三个小厨追着，一回头大声喝了句："停！"

后面三个小伙还真听话，猝不及防被诈了句，一下子停下步子了。却见简凡嬉笑着指指三人身后说道："快去救你们师傅，回头咱们再打成不？"

三人一惊一回头，却见得冲在最前的大师傅早被保镖打翻，在人群里乱喊着，这还了得？三人却是顾不上简凡了，喊着师傅，又冲了回去，加进了包围圈里……

场面又颠倒了个，成了厨师痛殴保镖的局面了。俩保镖再厉害也挡不住十几个厨师们痛殴，被打得躺在地上乱吼乱叫，这越不服气，被厨师们踹得越狠。那辆被拦在当地的宝马车，进不得也退不得，按着喇叭让厨师让路，却不料火冒三丈的大师傅们一大炒瓢就扣到了车前盖上，吓得那人关紧了车门窗，连喇叭也不敢按了。

凑着这机会，四个学警灰头土脸地从包围圈里爬了出来。几分钟的工夫，一个个鼻青脸肿的，裴刚还抹了一脸鼻血成了个大花脸，各自捂着肚子捶着腰，看样子被揍得不轻。

背后的脚步乱上了，简凡一回头，却见得杨红杏带着班里二十几个同学助阵来了！后面九鼎的保安队也来了十几个人。这下，简凡终于放心，这是绝对安全了。

带头的杨红杏气喘吁吁地奔来了，拽着简凡："怎么了？怎么打起来了？"

"不是打起来了，是挨打了，你看！"简凡一指刚刚出来了的成钢四人，一干学警里哈哈笑着。简凡不耐烦地说道："教官呢？你们怎么才来呀？"

"去市局里，现在在赶来的路上，这可咋办？"杨红杏看打得乱七八糟的，围观的一二十个、那边还正干得起劲，两辆车被堵到了这里，还真是不知道该怎么处理了。

这时候顾不上讨论支援延迟问题了，简凡拉着杨红杏躲到一边，凑着耳语了几句，杨红杏秀眉蹙了蹙，不过还是同意了，跟着就带了七八个学警奔着往九鼎酒店里跑。剩下的列队等着，简凡又看着成钢几个人的糗相，拉着四个人，盯着成钢问："知道怎么说吗？"

"知道！他们先动的手，然后就打起来了！"成钢吸吸鼻子，有点不服气。

"你个猪头！"简凡踢了一脚，成钢"哎哟"了一声怒目而视。简凡不理会，却是说道："咱们在值勤，什么时候打起来了？这纪律难道你不知道？净是他们打咱们了嘛！"

肖成钢这下恍然大悟了，神色凛然道："对，对！就是！"

"你呢，懂了吗？"简凡看着杨国江，杨国江点点头、裴刚也点点头，都是心知肚明。一到追究责任的时候，这当然要小心了，什么也不敢乱说，心里不禁暗暗佩服简凡的心细。

最关键的一个人是和四人不是同一宿舍的小学警，简凡一问，那学警却苦着脸说："简凡，还用问我吗？我压根没反应过来就被揍了一顿，我倒想动手，那仨牲口太厉害了！"

这话又把几个人逗笑了，笑着心里放松了几分，再看那保镖被几个厨师逼着摁在墙角，也成了一副鼻青脸肿的德性，这倒解气得很。旁边一干学警们都是叽叽喳喳开始问了，怕是都对同学受了这么大欺负义愤填膺。

场面正乱着，保安们正劝解着厨师们，却不料又来了一群特殊的人物，足足二十多人，脖子里挂相机的、肩膀上架摄像机的，不知是记者还是狗仔队，噼里啪啦照了一通九鼎侧门群殴的场面，不知谁眼尖看到了车里，跟着便喊了句："是金丽娜小姐！"

一听这话，记者们哗拉一下前前后后把车围住了！噼里啪啦照相机一闪，连厨师们都觉得这事不对劲了，扔下被揍的保镖，扯乎跑了！

坏了！简凡心里一凉，虽然自己不太了解这娱乐圈，可看这样子还真是什么明星，要一让媒体瞎扯一遍，没事也要出事，别说还真有事！

坏了、坏了……

这一锅粥可是越搅越乱，越搅越糊，围观的酒店里的客人和路过的群众越来越多，保安们劝着也清不了场了，学警们没有领导，都傻站着你看我、我看你，无计可施。不一会儿便聚着了上百人的队伍，都在指指点点，不知道发生了什么事。

偏偏最关键的时候，车里伸出来个脑袋，却不是那个戴大墨镜的女人，而是那个油头粉面的司机，什么艺龙公司的，看样子也见过大场面，对着记者的话筒和摄像机说了句："金小姐的随从被这帮警察联合厨师们打了，我们要保留向他们控诉的权力！"

记者一哄而上，七嘴八舌地问着问题，那人便是一句"无可奉告"。闭上车窗，看样子也在等什么……

这话更让简凡心凉了几分，把自己这一帮子学警捆到一起怕都没有那个女人分量重，回头报纸媒体上一扎，估计警号分不到手就得打道回府了。思忖之下，看着学警里谁的手里还拿着喊话器，这本是疏散围观群众时准备的，简凡一把抢过来，又要和记者们干上了！

乱时好诡辩

乱像来了，公安局震动了，110指挥中心出警了，市局正开着集训人员的分配会议，一听得九鼎出事，会议也紧急中止了。带队的副局长第一时间朝着这里来了。都是多少有点影响的明星人物，哪一位出点事被报道出来，肯定要对大原、对公安都造成一定的负面影响。

而且影响的不仅是公安方面，九鼎实业的总经理蒋总、演出组委会的一干有头有脸的人物，甚至于连此次的主办方也惊动了，都在往这里赶。看来刚刚闹事的时候，车里坐着的明星没闲着，打电话找帮手呢！

九鼎假日休闲酒店十七层，一阵脚步过后，办公区监控室的大门"砰"的一下子被人推开了。值班的两个保安一惊一看，门口冲进来十名警察装束的人，呼拉拉挤了一屋子，四女六男，再一细看倒放心了，这是当天在楼层值勤的女警。

那女警正是杨红杏，正色说道："我们接到了上级通知，侧门发生的纠纷全部录像，也就是十五分钟以前到现在的，要全部封存，以待查证！请配合！"

"这……"俩保安一听傻眼了，好像还没有过先例，狐疑地道："我们主任没说啊？"

"就你们总经理也得配合公安机关！"杨红杏虎着脸，话里倒是威风得紧。

"可……我们硬盘是自动存档，这得专业人士才能拆下来，我们也不知道是哪一块硬盘。"保安又找了一个合适的理由。一排子机柜，正好遮掩了自己这个借口。

"那简单，我们有的是专业人士，开始！"杨红杏说了句。牛萌萌一听，站到了保安的操作台前，保安一让坐，牛萌萌一顿敲键盘，嘴里指挥着："A7、B5、C1、H4，三号线！"。

接着指挥学警们挑着线拖到了柜式机前，一指，梁舞云持着多功能小刀一拆，把盒仓式硬盘拉了出来，暗暗地给杨红杏竖了V字形手势。

保安们面面相觑，这警察什么时候也进修高科技了，这么厉害啊！

正要扯乎的时候，牛萌萌一声惊叫："哇，简凡在干什么？开新闻发布会呀？"

杨红杏几个人一惊，凑上来一看，只见两个角度的摄像头都对着简凡，一个后像、一个侧像，简凡正手持着喊话器说着什么。刚刚那群围着宝马车的记者、保安和围观群众都哄在一干学警的面前，还真像一场现场新闻发布会。

"坏了……快走！"杨红杏不容分说，喊了句，一干学警哗啦啦又往楼下跑。

这情形杨红杏却是识得厉害，万一要有不慎说错了话，那可比打架的后果还严重。简凡暗暗唆导着自己来取录像的时候她这心里就打鼓，八成这几个学警也没起什么好作用。特别是成钢，没准就是他先动手打的人。

侧门口，看着形势不对，宝马车里的人一下子把矛头掉转到了学警身上，简凡情急之下，扯着喊话器叫嚣上了："爆料爆料，明星指使随从出手伤人、警察值勤被打，忍辱负重……记者同志们，围观的大原父亲乡亲们，你们想知道真相吗？你们想认清所谓明星的真实面目吗？作为一个良知未泯的大原普通市民，我要把亲眼所见的真相告诉大家！事实的真相就是——明星指使保镖践踏警察的尊严，这是对警察的挑衅，是对法律的挑衅！"

说得义愤填膺、表情慷慨激昂，而且这料够猛，记者一听：哟，有戏！立马态度来了一个大转弯，全围了过来。不仅记者，加上围观的客人和过路的群众，怕有上百人了，把学警们都围到了中间。那一队保安看事情发展不对，早忙着打电话请示领导了，刚一愣神再想往里面挤，却是挤不进去了。

简凡面对着这么多人，却没来由地非常轻松，扯着嗓子喊道："我们是来自武警训练基地的学警，奉上级的命令在九鼎值勤，目的就是保护今天来演出的艺人安全。根据组委会的安排，下榻到此的明星都必须持有组委会的邀请函，但是那辆宝马车里坐着的明星，不但没有邀请函，而且还想硬闯！在被值勤警察阻拦后恼羞成怒，指使手下打伤了四名警察。大家看，这就是证据！"

简凡说着，一回手指着受伤的四个人。记者乐了，这可有猛料了，噼里啪啦朝着成钢一干人猛拍了几张照片。鼻青脸肿的四个学警，恰恰成了最好的证据。演这场戏的简凡瞬间又换了一副苦大仇深的神情，拉了一把成钢，句句有泪、字字见血地说道："看！这就是他们施虐的证据，把一个忠于职守的警察打成这样！这位警察叫肖成钢，是我们训练基地标兵人物，大家看看，所谓明星是何等的嚣张，根本不把警察和法律放在眼里！"

简凡又拉了一把杨国江，把杨国江转过身子，这灰头土脸的样子又让简凡找到说辞了："看！这是一位来自县里的警察，是农民的儿子，这么老实巴交的警察都被他们摁在地上殴打，大家说说，他们还有人性、还有良知吗？"

"再看这位……"简凡又拉拉身材比较瘦干的裴刚。只见裴刚眼肿了一片，简凡放大声音说道："他刚刚大学毕业，刚刚参加工作，为了演艺明星的安全，在冰天雪地里值勤冻了整整一夜，不但没有得到应有的尊重，反而被所谓的明星指使手下殴打，光天化日下做出如此野蛮的行径，公道何在，良知何在？"

相机拍照的声音如同给简凡说话伴奏一般，咔嚓咔嚓响个不停。这场秀让不明真相的记者和群众听得津津有味，看着一干年纪不大的小警察，个个稚气未脱，倒多少有了点同情之心。不过学警队伍里倒有一半人咬着嘴唇，那是怕笑出声来。简凡同寝室的几个人差不多都是一等一的刺头，一个比一个难缠，让简凡这么着一说，反倒都成了受委屈的小媳妇一般！

再看简凡，却是脸不红不黑，仿佛今天成了他一个人的独角戏，继续对着一干记者和围观的群众说道："整个事件从头到尾，有很多人目击了，我可以很负责任地说——打不还手，骂不还口，我们做到了。否则凭着我们这么多人，也不会受到如此欺负！我们为什么没有动手？不是因为我们害怕，而是因为我们正在执勤！我郑重地告诉大家，对于今天的事，我们会把责任追究到底，要通过正当的法律手段，向这些道貌岸然的公众人物讨回一个公道！"

说这话的时候，简凡挥着拳头，煽动着人群。本来对明星并没有什么好感的群众倒被这位小警察绘声绘色、声泪俱下的演说感染了几分，不知道谁喊了一句："好！支持！"

零零碎碎的起哄声响起，今天看着这警察像一个刚穿上警服的学生娃，而那明星又扭扭捏捏地钻在车里不说话，这下人气可成一边倒了。更有甚者，噼里啪啦鼓掌，这场面被搅和得可更热闹了几分。

记者们可不管，七嘴八舌地问上了，有的还把录音机伸到了简凡的面前。

问："警察同志，依您所说，金小姐的随从殴打警察，但他们怎么也被打了呢？"

答："很简单，九鼎的厨师们看不过眼，上来劝说，谁知道这群丧心病狂的保镖们连厨师们也一起打。大家刚才已经看到了，他们触犯了众怒，才引得厨师们义愤填膺，一哄而上。当然，打架斗殴不管有理没理都是扰乱社会治安的行为，我们是坚决不赞成的，但作为个人来讲，我在道义上支持这群有良知的厨师们！"

问："警察同志，您怎么知道幕后指使者是金小姐呢？是您亲眼所见还是猜测？"

答："亲眼所见，她当时就在现场指挥，还出言不逊，侮辱大原的警察是'勒色'！'勒色'是什么大家都知道吧？对此我表示遗憾，一个没有学会尊重别人的人，不管她是明星还是什么星，都没资格赢得别人的尊重。这就涉及到道德和素质问题了，对此，我们不予评价！"

当记者的自是深有体会，根本无暇分辨话的真假，就深以为然了，接着又问："警察同志，既然你认识金小姐，肯定也知道她是今天的演出明星，为什么还要拦下她的车呢？是不是存在故意的成分？"

这个问题够刁，要说不认识肯定说不过去，要说认识的话再不放行而且起了冲突，那势必就有故意刁难的成分了。这个问题就是生怕水搅不浑似的。

但这哪难得倒简凡，从小在饭店里察言观色，人精和人鬼都见得多了，眼骨碌一转悠便侃侃说道："这位记者同志，按照我们上级的规定，为了保证艺人的安全，出入内部的车辆必须持有组委会的邀请函。我们遵守的是制度，没有例外。这和我认识不认识金小姐没有必然的联系，因为在我们警察眼里，只有公民，没有明星！"

这话说得铿锵有力而且不失大气，人群里不知道谁喊了一句："好！好样的！"连记者也是一脸笑意，真个是觉得今天收获颇丰，遇着这么一位说话利索的警察，挖的东西越来越多。

人群中，简凡得意地说着，仿佛在店里面对着上门送钱来的客人们一般，侃侃而谈，越来越轻车熟路。

人群外就有点乱套了，看得见的饶有兴致地看，看不见的跳着脚看，杨红杏好不容易挤了进去，这场面却是不敢拉简凡。人群外110出警人员已经到了，警察正在请着一脸懊丧的保镖上警车，远处的一辆警车前，吕教官脸上有点悻悻然。一听这声音就知道又是简凡在胡扯，不好意思地看看同来的教官们和市局的副局长，说了句："我去把队伍带走！"

"别……听听，这个小学员挺有意思的嘛！"副局长笑着，伸手制止了。

正解释时，却不料宝马车里有了动作，估计是被刺激得够呛了，加上保镖又被110带走了，副驾上那位女人下来了，还是戴着大墨镜，看不清具体长相，指着简凡的方向喊着："他在胡说，他们先动手打的人！打了人还颠倒黑白！你们凭什么带走我的人？"

一石激起了千层浪！众记者的镜头，又是第一时间对准了气急败坏的明星，那明星倒过头来又是耍泼撒赖，质问110出警的警察。

简凡瞬间扯着嗓子扩大声音喊着："记者同志们，你们看清楚了，也听清楚了！她再一次侮辱警察，还试图阻挠公安机关的正常调查！我想问一句，难道女明星就可以拥有特权，就可以不配合公安机关的正常调查取证吗？大家知道她为什么这样吗？因为她心虚，她害怕，害怕真相公之于众！事实是隐瞒不住的，黑就是黑，白就是白，是谁也颠倒不了的！"

简凡的声音要大于那女人几倍，而且说得头头是道，可比一脸衰相的明星有听头，记者和群众的眼光仅仅是向后一瞥又被简凡全部吸引过来了，口水仗越打越有意思了。

这戴墨镜的女明星被说得气急败坏，早不知道形象为何物，玉手一指，红唇大张，声音尖利中带着几分恼羞地喊了句："你等着，我要告你，我要告你们！"

隔得不远，两人的吵声却是都听得见，一众人的眼光又被吸引了，扭过头去。

简凡的反应很迅速，生怕风头被人抢了一般，马上接着这话头在喊话器里大声说道："法律只会尊重客观事实，你永远凌驾不到法律之上！"

众人听得这一句，又是起哄般鼓掌。那明星气得跺着脚钻回了车里。杨红杏在背后扯着简凡示意清场，简凡还有点意犹未尽，又是擎着喊话器大声道："记者同志们，市民同志们，请配合我们公安机关清场。事实的真相、事故的责任还有待进一步调查！届时，我们会把真相公之于众，现在请大家离开现场……最后请允许我代表大原警察向敢于正义直言、敢于揭露真相的新闻工作者们，致以崇高的敬意，敬礼！"

简凡一敬礼，后面的学警也跟着齐刷刷地敬上礼了。

这下子倒也漂亮，面对齐刷刷敬礼的学警们，记者们倒无话可说了，都是拍手鼓掌示意着，心里都判断着，看样子今天这事，还真十有八九和他们无关，要不就不会这么高的姿态了，心下里都揣摩着手里掌握的东西能有多大的轰动效应，倒有一半记者紧张地快步走了，怕是抢先发稿了。

学警们配合着110将人群疏散，维持着秩序，三个保镖和几位打架的厨师都被就近带到了派出所做笔录。还有几位女警察护送着车里的那位明星，八成也得讯问一番。

别人都动起来了，简凡一干学警们可就闲了。几个人刚在地上找着自己的步话器，就听到了集合的命令，跟着就见得换班的警车又开来了一辆，不知道从哪里临时调集的。简凡心下揣摩着这下估计得回训练基地了，悻悻然跟着队伍上了车。

车窗里不经意地向外看时，简凡突然看见了一个熟悉的身影，身着红色的风衣，手持着微型摄录机，也在看着自己。

蒋迪佳？简凡的心蓦地砰砰直响……还是那么漂亮迷人，乌黑的长发披洒在肩后，恰似一朵冬日里绽放的红梅。拉开窗要仔细看的时候，蒋迪佳竟然笑着挥手示意，简凡也讪讪地招手示意着。

简凡在笑着、蒋迪佳也在笑着，仿佛有莫名默契一般。一闪而逝的感觉让简凡觉得好像抓住了点什么，可又一无所知，一直挥手到车缓缓地开走，才有点失魂落魄地关上了窗。一回头吓了一跳，杨红杏正直勾勾地盯着自己。简凡被人窥破心事一般驳了句："看我干什么？"

"哟！那位是谁呀？你女朋友？"杨红杏问了句，口气怪怪的。

简凡斜着眼笑了:"你看像吗?"

杨红杏摇摇头:"不像,跟你不是一个档次。"

"那不得了!哎,不对呀?你这话怎么这么刺耳呀?我是什么档次?"

"你属于那种不入流的档次,今天可真够现眼的啊。我真怀疑你是不是长了两根舌头,你损人已经到最高境界了啊!这事你都能说得大义凛然,我可真服了你了。不过依我对你的了解,你越是说得振振有词,越说明你同样心虚,我说得对吗?"杨红杏道,或许在训练基地的二十几天,和简凡嘴官司打得不少,多少有点了解了。

简凡讪笑着不置可否,手撮着凑到杨红杏耳朵上悄悄说道:"红杏,那录像你取到了吧?"

"交给教官了,将作为取证证据!"杨红杏说了句,把凑上来的简凡推到一边,坐着的时候不经意再往后看一眼,有点诧异地问,"简凡,我就有一件事不明白,你们一块儿值勤,他们都鼻青脸肿,为什么你什么事都没有?"

"啧……这话怎么更刺耳!你是想看到我鼻青脸肿才舒服?"简凡瞪着眼反问道。

"我问你话呢?你什么态度?"杨红杏道。

"哎!你真想知道啊?我告诉你原因,因为呢……我比他们帅一点,那些人不好意思对我动手,这理由怎么样?"简凡嬉皮笑脸地说了句,回头一看成钢几个,心里暗道万幸,要跑得慢几步,八成也成这德性了。

"是吗?那我正式通知这位帅哥,市督察处将对你们正式讯问,这车直接开到市公安局。我们归队,你进局里,做好心理准备啊!不知道督察会不会因为你帅就放你一马?"杨红杏也是一副幸灾乐祸的表情。

"啊?督察?没有这么严重吧?"简凡吓了一跳,还没当警察呢,先得见督察。

"你说呢?"杨红杏道。神色里优哉游哉,估计是对简凡的态度不太满意。

"好，我承认，我态度有问题，班长，有什么内幕……关键时候你得拉兄弟一把啊，我这也是为了集体荣誉啊！万一咱们开口慢了让那什么明星信口开河一番，到时候被动的就是咱们啦。"简凡不无几分紧张地说道。

"既然你这么说，那好，端正你和我讲话的态度，我从第一句开始问你啊，刚才那女人是谁？"

简凡一下子又愣了，颇为奇怪地看着杨红杏。杨红杏的眼光里闪烁不定，很傲气地坐在自己身边，不知道是在假公济私还是在公私兼顾，一副不达目的不罢休的样子。

平日油嘴滑舌、双目如炬的简凡猛地心一惊：这妞不是真喜欢上我了吧？莫不是被我刚才的表现引得意乱情迷、芳心暗许？

简凡的心里也被搅乱了，私情和大义早都分不清楚了，更顾不得什么督察不督察，贼兮兮地笑着和杨红杏说上了……

满目荒唐言

蒋迪佳迈着优雅的步子进了九鼎休闲酒店，但见里面比刚刚出来的时候更乱了几分，光大厅里就挤挤攘攘几十号人。一线明星金丽娜和值勤警察的冲突无疑成了最热门的话题，但这个过程太过短暂，有的人只是风闻事件已经就结束了。于是看见过程的、看了一半过程的甚至于没有看到过程的，都在添油加醋地讲着，那些脖子里架着相机、迟来一步的狗仔队大呼失望了，错过了好戏。

蒋迪佳一笑而过，从大厅走过也未引得多大的回头率，大家的兴致都已经被吸引到这个八卦话题上了。进了电梯上十七层的时候，蒋迪佳不由地看看手里的微型DV摄录，定格的画面正是简凡擎着喊话器、挥着拳头的画面：很帅很拽，乍看一本正经，细琢磨却是几分可笑。连她也没想到时隔数月，竟在这种情况下见到了他。刚才临走前的一笑之后，仿佛觉得那笑里有某种默契，像是好朋友之间的相逢一笑。

不过，让她耿耿于怀的是相逢难逢，一个月前的电话都没有接不知道是什么原因，再拨的时候却是已经停机。真不知道这小子是来干什么呢，还穿着警服来了……莫不是他已经成了一名警察？

　　敲响哥哥办公室门的时候，没人。拨了电话一问，办公室门才开了，蒋九鼎做贼似的把妹妹拉进来，赶紧关上门。看来在躲今天这事，无孔不入的狗仔队和各方正式媒体把九鼎当作关注焦点了。

　　"哥，你不至于吓成这样吧？"蒋迪佳哑然失笑了。

　　"唉！我简直和这帮小子有仇啊，已经来了五六拨警察，电话快要打爆了。我干脆关机，谁也不见……哎！"蒋九鼎长叹着气，一副无奈的表情，从进门就被搅得焦头烂额，副总、秘书和几个经理都派出去招待各方来人了。

　　"给你看一个现场报道！"蒋迪佳说着，把DV放到了哥哥面前，一播放便是简凡挥舞着手大肆演讲的一段。一分多钟的视频，看得蒋九鼎心里怪怪的，好像怎么看也像一个蛊惑闹事的主。看完了，蒋迪佳还饶有兴致地问："哥，怎么了？说说感觉呀？"

　　"这小子就是乌龙第一锅的简凡？现在是警察？"蒋九鼎不知为何莫名其妙地问了句。

　　"不清楚，应该是吧。怎么了，你不会心里有什么鬼吧？"蒋迪佳笑吟吟地看着哥哥。

　　"我能有什么鬼，放着好好的饭不做，奇怪而已……你给我看这个什么意思，还不嫌乱呀，拿走拿走。"蒋九鼎不耐烦地摆摆手，又是自言自语道，"我辛辛苦苦费了不少劲，才从组委会里得了这么个名额，本想沾沾明星的光，谁知道出了这事，要报道出去，公众形象都要下个档次。再说了，这些女明星能量大得很，我听说和工业园投资商还有裙带关系，这要回头再整我一下，咱们可和人家不在一个档次上啊！"

　　"你是当局者迷，我是旁观者清。我给你指点指点迷津，你想不想听呀？"蒋迪佳看着哥哥一脸愁容，笑着说道。

　　蒋九鼎不无诧异："你？那你说说。"

　　"呵呵……我从新闻的角度说啊，挖到第一批消息的记者已经走了，这条新闻的卖点在警察、明星、保镖和冲突上，相关的才是厨师、酒店什么的，咱们处于附加的位置，所以……"蒋迪佳说着停下了。

"别卖关子呀！快说快说。"

"所以很简单嘛，没咱们什么事呀！公众关注的焦点在金丽娜和大原的警察身上，你觉得炒这个有意思还是炒其他有意思呢？"蒋迪佳手指伸着，娓娓道出关键来了。

"啧……有道理！哟，佳佳，这两年新闻系没白学啊，继续说，那咱们采取什么办法？"蒋九鼎的兴趣上来了，要说经营是行家里手，要说这些事，还真是一下子琢磨不透，特别是碰到了一个身份比酒店还高的明星，就慌了阵脚。

蒋迪佳对新闻一类的事已经司空见惯了，安慰道："别心急嘛，我估计呀，双方处在一个均衡的态势，就是说谁也怎么不了谁。明星的能量再大，她最终也不敢和警察叫板；反过来说，警察一般情况下也不会动这个公众人物；至于咱们嘛，就属于非关键的要素了，尽量保持低调，或许根本就没人会注意到咱们，这就是爸常说的中庸之道，动不如静。你说呢？"

蒋九鼎沉吟了良久，拊掌道："好！"言语里不无几分茅塞顿开的感觉。再看妹妹，这眼里的欣喜更浓了几分，一转念说了句："佳佳，要不来帮哥的忙？咱俩兄妹联袂，过几年再搞个五星的也不在话下呀，怎么样，考虑一下？年薪百万哦。"

"哥，你和爸妈就是我的银行，我取钱多方便呀……你这高薪对我可没有诱惑力哦！别提这个话题，我天生不喜欢经商，跟你还不如跟爸去当老师呢！"蒋迪佳笑着道。

"得了，都是吃现成当姑奶奶的主！"蒋九鼎也是一笑置之了，看着妹妹要收起DV，不无紧张地问，"对了，佳佳，那这小子接下来不会还出什么洋相吧？"

"小人物改变不了什么，世界不是因为小人物而存在的！"蒋迪佳笑着说了句颇带哲理的话，盯着哥哥。

蒋九鼎听得这话，想了想，没说话，很赞许地竖了一个大拇指。

对于冷眼旁观的人或许能看到事情发展的趋势，而对于局中的人，仍然是一团谜。

餐厅里有七八位警察在做着讯问笔录，来自市局和辖区派出所的还对打斗现场拍了照。厨师们窝了一肚子火，大厨高师傅的秃头上起了一个大包，右眼青得像大茄子，气愤之下，和警察说话都不太客气了。艺龙演艺经纪公司派出的司机、金小姐的助理、经纪人还有化妆师什么的，乱哄哄挤了一个包间。这次的明星仍然是骂了一通、搅了一通、又哭了一通，做笔录的女警们面面相觑，这怎么比个孩子还闹腾？

说到事实真相更说不清了，厨师咬定是简凡先来厨房挑衅，而仨保镖却一口咬定那位小警察和厨师沆瀣一气，十几个围攻，三个人是自卫！但金小姐的几个随从却又咬定是警察故意找茬。三方的口供根本无法相互印证，而且存在一个明显的错误，那位叫简凡的小学警，绝对不会和保镖或者厨师是一伙，好像……好像双方确实是误伤！

乱啊，乱得找不着真正的诱因所在。

市局督察处在事发一个小时后接到了现场物证。那份录像提取出来刚看了一半就傻眼了，居然是值勤的警察先动的手，不过看样子不敌保镖神勇，四个人被放倒了；剩下一个没倒的，却比保镖还要神勇无敌，厨房里唯一的监控探头录下了几十秒的场面，持械的警察把保镖打得毫无还手之力，跟着好像带着一帮子厨师冲了出去，进而形成了混战局面，再往后就和从记者手里得到的录像衔接上了……

几个督察惊得眼珠子差点掉下来，本来就以为三个孔武有力的保镖是肇事者，这一来好像他们才是受害者。得，几个人赶紧往管事的副局长手里交。副局长看得也是惊讶得合不拢嘴，十分钟后就发布了口头命令：隔离五个现场的值勤学生警；对媒体保持缄默；进一步挖掘新的证据，特别注意是不是还有遗留的监控画面。

现场，得到的第一道命令是全部封存九鼎的监控录像。

据说在金小姐的影响下，工业园区的几个老板都向市府反映了此事，公安局局长办、副局长办的电话响个不停，都是上级各个领导在过问此事。

事态有点扑朔迷离，最高兴的当然是一干记者了，以速度和效率著称的晚报社第一份全版报道不到两个小时就新鲜出炉，一份打印的样版送进主编室时还不到中午。戴着小黑框眼镜的主编眼色一亮，抚掌大笑道："好好好！明星、警察、斗殴、保镖……有点意思！"

样版上，被打警察照片挂了四幅，这是不容置疑的；戴着大墨镜的明星手指着在跳脚大骂，有意思，有看点；厨师保镖围着乱哄哄一堆人，有场景！而且特别是那个大标题——"明星指使随从出手伤人，警察值勤被打忍辱负重"占了版面的六分之一，格外醒目。主编越看眼越亮，越看越喜欢，突然爆发出一阵大笑，笑了半晌才问来签发的记者："这……法律只会尊重客观事实，但你永远凌驾不到法律头上，这谁写的？这么经典？哈哈！"

"主编，这是原话，那个小警察是出口成章，铁嘴钢牙，说得现场上百人，净听他一个人白活了！"记者道，生怕这稿子被毙。不过看主编格外兴奋，心想着八成改改能过了，小心翼翼地问道："主编，这个……不会太敏感被人找麻烦吧？"

"不敏感怎么能叫新闻呢？好，写得好，非常好！谁会找麻烦？现在这明星，我告诉你，要是没有报纸媒体找点绯闻，那就说明过气了！这就叫炒作……发！马上发，增刊！别让其他家抢了先，下午全部上市！"主编说着，刷刷划了几个大字签名，递过去了。

增刊，十万份！

那现场报道的记者一看心里一阵狂喜：呀，这个月奖金又能增加不少了……

铺天盖地的报纸媒体给轰动一时的省城汇演又增色了不少，大演未开，前戏已是看足了。同样的报道多了便有三人成虎的功效，加之谁也没有发现更有力的证据，大致报道的方向便都将矛头指向了本身就绯闻不断的金丽娜。除了今天的主流报道，很多凑版的媒体把更多隔夜馊饭搞出来炒：据说这位明星行为不端，数次指使手下爆打记者，有暴力倾向，有此前科这次施虐大原警察不足为怪……

工人体育馆演出现场，类似的报纸已经是满天飞了，都生怕错过这个炒作明星带红自己的机会。网络上的版本已经新鲜出炉了十几个，都是炒这件事，百分之九十九是站在警察一方的，毕竟那几幅警察被打的真实照片确实有震撼力。说实话，这个新闻里更吸引人眼球的就是女明星和她的无数绯闻，不炒她不看她，那咱还看得有什么意思？难道看几个满大街随处可见的警察？那样不更没意思了不是？

到了下午五时，不知道是迫于媒体的压力还是想借势而起，官方有动作了。不少媒体得到了邀请，发布会的现场就设到了九鼎休闲酒店的多功能会议厅，蒋九鼎听从了妹妹的建议，一直保持着低调。这个短会开得时间不长，金丽娜本人及她的律师、经纪人双双出场，特别声明上午发生的斗殴事件属于保镖的个人行为，金小姐作为公众人物曾对此事进行过劝阻，劝阻无效后，致使保镖和警察以及厨师发生了冲突。金小姐表示将配合公安机关查究事实真相，严惩肇事者。而且金丽娜当场对被打警察表示了歉意。

话里言辞凿凿，那意思是，斗殴的事，怎么可能与一位娇滴滴的女明星有关？

当然，与会者还请到了市公安局的发言人，一位处理此事的副局长，在会上叙述了事情的经过，据称事情已经基本调查清楚，确实是三位随从与厨师发生了口角进而大打出手，值勤警察因为警籍尚未办理，未配警号，而被保镖误以为是保安而遭了误伤。相关涉案人员已经被处以治安管理处罚。至于网上流传的学警公开发言，实出于义愤，部分是实情但也颇带有感情色彩，希望不要因此误导媒体。

像一场木偶戏一般，各方都被牵着，达成了一种奇怪的默契和妥协……

世界确实不是因为小人物而存在的，一切虽有变故，但依旧照常举行。

或许有了这么个烂事，让大家来现场看一看肇事女明星的心理更甚了几分。华灯初上的时候，工人体育场里能容纳三万人的看台座无虚席，流光溢彩的霓虹灯、美仑美奂的舞台布景让人已经想不起白日里的不快了。明星集体出场和领导一起致词祝工业园区落成的时候，仍然是掌声一片，尖叫声此起彼伏，场面依然像所有的时候一样，让人兴奋、激动！

金丽娜一出场献歌，台下的口哨声、尖叫声、喊声、掌声响成一片，高举着的荧光棒汇成了华灯的海洋，巨幅的粉丝广告牌上书写着"金丽娜，我爱你"，要不是台前有一队武警在拦着维持秩序的话，狂热的粉丝们几乎要冲上台去来个集体拥抱。

依然是春光满面，依然是笑靥如花，依然是歌声动人……台前与幕后是截然不同的两个人。观众或许仅仅是喜欢舞台上这个形象，而并不介意下了舞台她会变成什么样子。

这个画面震动着现场的人，而且也通过现场直播传到了大原市的家家户户。

此时此刻，在公安招待所某一间简陋的房间里，五个小人物四散坐在床头椅子上，无聊地看着电视，金丽娜出场的时候，和她有过一面之缘的成钢傻眼了，瞪着眼看了半天才回头问："哟，没这么漂亮呀！"

半躺着的裘刚，捂着青肿的眼不屑地说道："你懂个屁呀，人家一个明星出来就是一个团跟着，知道不？化妆师、形象设计师、助理十七八个，就是你上也能给你化妆成清纯少女，你信不？"

几个人被逗得哈哈大笑，简凡刚刚洗完了澡，正专心致志地剪着脚指甲。那边裘刚刚想起个事来，饶有兴趣地问简凡："锅锅，杨国江他爸可是个老板，你这上午把他归到农民行列里，这岂不是对农民阶级的极大侮辱？"

正啃着苹果的杨国江被噎了一下子，简凡却漫不经心地说道："老板的官方叫法是什么？农民企业家！那不还是农民嘛？"

"就是！"杨国江说上话了，"裘刚，你就损我行，看看锅锅，那说话才叫牛呢，有本事你在现场不说，现在背后乱放！"

"你还说我，你不也是屁都没放一个？"

两人辩上了，成钢却是想起几个人的处境，紧张道："哎，锅哥，咱们可咋办呀？"

简凡慢条斯理地剪完指甲，一抬头却见得四个人都看着自己，没好气地说道："看我干什么，我哪知道？我要是局长那就好办了，给你发个打架斗殴奖……给你发个蔫不拉几奖……给你发个只会扯淡奖，还有你，挨打奖，行了吧？"

挨个把四个人的德性数落了一遍，依然是针针见血。

"嘿……"几个人怒目而视，围了上来。抹着红药水的、包着脑袋的、手上贴着创可贴的，四个伤病号虎视眈眈地看着简凡。

"干什么，想造反呀？不是锅哥我上午急中生智，你们开个瓢断根肋子都是轻的；不是锅哥我派班长取走录像，现在你们得关禁闭了。想知道怎么办是不是？给点态度呀！就这态度呀？"简凡迎着四个人的眼睛毫不示弱，像在训斥几人一般，谁都不放过。

四个人一听，知道简凡装大头了。赶紧地，杨国江去倒水递过来，裴刚去削苹果，另一个在谄媚地给简凡捶背，成钢傻站着没找着趁手的活，简凡一指："去，洗袜子去！"

"干嘛让我洗呀？不能因为我小就欺负我吧！"成钢不乐意了。

"数你一天能惹事，今天是你先动的手吧？又连累锅哥我了。不罚你罚谁？"简凡斥道。

四个人的同盟瞬间被打散了，剩下的三人也都瞪着眼："去，给锅哥洗袜子！"

作威作福了半天，咬着苹果配着茶，穷开心了好一会儿，简凡才对着围着自己的队友说道："放心，这次我想咱们躲过去了，原因有三。第一，要出事早出事了，现在能让你住招待所？第二，现场谁也说不清楚，证据在咱们手里，这么大的公众事件，公布出去多丢人，特别是还没打赢，被人家揍了一顿……第三嘛，嘿嘿嘿，就即使处理也是处理你们四个，我没参与打架啊！"

简凡嬉笑着说，几个人明白上当了，又是把简凡摁倒在了床上折腾，一室里俱是五个人的闹腾声音。

世界不是因小人物而存在的，但小人物同样不在乎世界以什么样的方式存在。于是，五个没心没肺的家伙闹腾了一会儿便睡下了。乱了一天，早都困了。简凡甚至没有做梦，就算做梦或许也梦不到，在西郊训练场冷清的操场，还有一个孤独散步的身影，两人相约的散步，而他失约了……

歪招好履险

简凡一行五人一大早被带到了市公安局，纪律使然，谁也没多问，就是问也是白问。他们碰到的这位把五个人扔到了综合部，就说了两个字：等着！

等着那就等着呗！看看这情况不和第一天一样被叫到督察处，简凡倒放心了几分。

刚刚上班，楼道里来来往往的都是一身警服的人，光鲜而威武，看得几个仍是一身训练装束的人眼热不已。不经意地看着四个队友，简凡的心里有点可笑，伤势都不是太重，可也不轻，裴刚早上还哼哼、杨国江的眼肿了一大片、肖成钢脑袋上还包着，另一个也好不到哪。或许……简凡想着，或许今天就是宣布结果的时候，根据自己在派出所的经验总结，这件事向外、向大扩展的可能性不大，没准就逃得过去。

不过就怕万一，什么事都会有万一，万一这事触了霉头，辞退一个连警籍还没来得及建的学警太容易了。简凡想到这一层就有点担心，再看其他四个，都耷拉着脑袋，一副前途未卜、忧心忡忡的样子，捎带着连他的心情也沉下来了。

综合部四张办公桌，空了两张，坐着的是两位女警，一个三十多岁，一个二十出头；一个胖点儿，一个瘦点儿。两人不知道什么时候已经在使着眼色，简凡一抬头，才发现俩女警盯着自己。那胖的指着报纸很奇怪地问了句："你……这张照片上是你吧？"

简凡紧张地起身去看，刚走两步，那女警便恍然大悟了，跟另一位一点头。瘦的眼尖，立马肯定地说道："没错，就是他！"

简凡走近一看，才知道是昨天在九鼎门前的照片，悻悻地拿着那份报纸，偷偷地瞥着这俩女警，小心翼翼地问："哦，是我……大姐，有什么不对么？"

对人说话挺客气，这是简凡的习惯。这倒让俩女警多了几分好感，话跟着就来了。

"没有！小伙子长得蛮帅嘛！"那胖的笑吟吟地说道，眼神就像简凡盯到了美女一般。

瘦的也凑上来了，不无八卦地说道："哎，我听说你们挺厉害的，和金丽娜的保镖打架？"

胖的又接上了："你可出名了啊，市电视台法制频道要来采访，被我们挡回去了！"

瘦的生怕落后似的又是一句："邵政委要见你们，他人可老凶的啊，你小心点！"

话一开，胖的那位八卦心思更甚了，估计平时也就是传小道消息的主，做贼似的四下看看，压低了声音问道："哎，小伙子，我听说好像是你们先打人的对不对？姐可告诉你啊，政委可厉害了，训人能把人训哭喽！没准给你们一个什么处分，做好心理准备啊！"

简凡尚未想得出应付的话来，两人已然是说了若干句。不知道为何，伶牙利齿的简凡这时候有点理屈词穷了，心底泛起一种从来没有过的感觉。

那叫什么来着？人怕出名猪怕壮，更怕肥了被盯上。

再细看两位女警，胖的明显营养过剩，瘦的明显营养不良，简凡眼骨碌一转，就见得他故作沉思状，对着那胖的说道："大姐，您一定喜欢煲汤吧，还喜欢亲自操刀下厨做美食！"

那胖的被一下子说愣了，仿佛见了外星人一般瞪着简凡。

简凡一回头，又对瘦的说道："这位姐姐，您……我看得出来，有不按时吃早饭的习惯吧？这不好唉，对您的健康非常有害啊！"

"嗯……你怎么知道？"俩女人一下被说愣了，兴致却是更浓了。

简凡心里暗笑，那瘦的柜子里泡着方便面，上班偷吃，这味道早闻到了；那胖的更不用说，就是一吃货。不过这话可不能这么着说出来，简凡开始郑重无比地大讲养生与美食之道，没过三分钟，俩女警乐得把简凡摁到椅子上，一个倒水、一个支肘，聚精会神地听上了。

成钢几个互看一眼，俱是咂嘴不屑。这丫的，甭管跟大姑娘还是老妇女，怎么都能扯淡……听到简凡"姐姐"叫得肉麻，四个人干脆捂着耳朵出去等了。

从综合部所在的二楼向上再走三层，五层的局长办公室里，正在决定着这五人的命运！

以黑色和深褐色为主基调的办公室显得肃穆而不失大气，办公桌后的墙柜里全是与法律相关的书籍，而侧墙上的一幅字，却是别出心裁地用十种字体写成的"法"字，再加上办公桌上并列的国旗和党旗，更平添了几分肃穆的气氛。

这才是公安局领导的办公室，和追求奇巧奢华的老板们自然不是一个档次。坐在桌后的梁局长正看着刚刚调试的视频，桌上摆了几份报纸，都刊载着与事件相关的新闻，大概是有意收集的。

坐在一侧沙发的邵政委说着："梁局，基本情况已经查清了，事发原因是金丽娜没有随身带邀请函，五个学警不予放行引起的冲突。不过是咱们学警里有人先动的手，四个人敌不过三个保镖。剩下的那位学警见势不妙，把其中一名保镖引到了厨房打倒，而后又把厨师带了出来，使得厨师和保镖双方形成了后来的混战……讲道理，当时的现场处理得很好，及时提取了监控录像，没有造成更大的乱子，那位打人的学警随后又给在场的媒体记者爆料了一番，现在的媒体基本都倾向于咱们……"

梁局长笑着说道："呵呵……有意思，报纸我看了，现在的媒体呀，生怕明星不出事，越出事他们越高兴！哎，是谁指挥着提取了现场的监控，很有预见性嘛！"

"您认识，司法局杨局长家的姑娘，现在是特招班的班长。"

"嘿！将门虎女啊，我早说给他们了，分配进咱们公安局，他们老俩口还死活不让丫头来，耽搁了一年……哟，这仨保镖是利索啊，这又是谁？"梁局长不经意问了句，邵政委凑上来了。

屏幕上是侧门的打斗录像，学警惨败；跟着又是厨房里拍摄的几十秒，完胜；一位持械的警察挥了几下子手，便将追来的保镖打得毫无还手之力，跟着又和一群厨师冲了出去……

邵政委随手翻着报纸，指着现场画面说道："就是他，简凡！唯一没有伤到的一位。"

"想起来了，那个……"

"'八一一'金店抢劫案！"

"对对……长得清清秀秀的那个小伙！"

"对，就是他！他是怎么进的特招班？成绩怎么样？"

刑侦一大队的一项重案发生才过去不久，两人好像对那位小协警仍然记忆犹新，同时想起来了。

"成绩一般，不过心理测试很突出，满分。省厅面试的张处长很是推崇，加之先前在乌龙当过协警治安员，又擒获过金店抢劫案的两名主犯，综合考虑还是录取了他！"邵政委道。

"这次的分配意向在什么地方？"

"噢，回乌龙县！"

"嗯……有点屈才了啊，你看刚才的录像！"梁局长说着，把画面重新倒了回来，若有所思地说道，"你看，三个保镖训练非常有素，这是罪犯的话，咱们这四个人可要吃大亏了；而这个简凡，你看，充分利用了场面的优势，挽回了颓势，回头说话又头头是道。现在咱们一线就缺这种胆子大、脑子灵光，身手又好的苗子……留在市里，让他到一线锻炼锻炼，没准是块好料子！"

"那简单，刑侦责任区划片后，一线缺人缺得厉害，支队长和几个大队长一天三次往我这儿跑，就俩字：要人！"

"哈哈……他们几个情绪怎么样？"

"还可以！昨天出事就被隔离着，现在都在综合部等着。"

"这样，老邵你出面吧，越是好钢越得好好敲打敲打，初生犊子不怕虎，这是好事，可也不能让他们惹事，昨天这事稍有不慎的话，咱们可想保都保不住他喽！"

"行，我去办！"

简凡再见到邵政委的时候猛地想起了，这个人曾经在刑侦一大队见过，嘴唇的角线拉得很长，烟不离手、话不离口，一笑就看得见牙上的烟渍。那天几次笑着让自己讲话。

不过今天没有笑，他被通信员叫进政委的办公室足足待了十分钟，虎着脸的政委愣是没说一句话，自顾自地看着报纸。

公安这个行当里，组织要培养人，得看"三性"，一是德性、二是耐性、三是心性；德性要好，耐性要高，心性更要稳，不能受点委屈就尥蹶子。

这个规矩虽未成文，但对于这个特殊行业已经成了约定俗成的，鲜有例外。而今天，邵政委看着前面四个都不太满意，先动手打人再被打的那个刺头肖成钢，一副老大不尿老二的德性，有点愣头青了；姓杨的那个小子，嚅嗫半天说不出一句，窝囊；叫裘刚的，明显一看就是个学生胚子，说话都不利索，明显未经过什么事；另一个更离谱了，再诈唬非诈唬哭了！

这次故意把简凡放到最后一个，愣晾了他十分钟，中间有几次斜着眼瞥见这人，仍然是老老实实地站着，不过目光里并未见得多少慌张和恐惧，反而有一种气定神闲的感觉，这倒让邵政委觉得不无奇怪了。但凡第一次来局里的，都是战战兢兢，鲜有这个样子的。

足足等了十分钟，邵政委才冷不丁说了句："你叫简凡？"

"是！"

"这次值勤期间打架斗殴，知道后果的严重性吗？"

"知道！"

问者语速极快，答者干脆利索、不卑不亢，让邵政委暗暗赞了个。脸上严肃，心里多多少少有点喜欢这小子了。一念之下，反而勃然大怒

190

般一拍桌子："知道严重还犯错误，我处分你！"

"是，我接受上级的处分，有责任不推诿，有过错不逃避，这是当警察的基本要求。"简凡这个时候又一反常态，挺了挺腰杆，不知道何来的如此气概。

"好，有点胆识啊！这话说得好！"邵政委难得笑了笑，说道："以下宣布对你的处分决定：鉴于此次事件的特殊性，对你们几个进行诫勉谈话并给予口头警告处分，不计入你们的档案。你要理解，虽然这件处理得很好，但终究打架不是什么光彩的事，特别是这么敏感的时期和敏感的人物，下不为例！你听懂了吗？"

"懂了！感谢领导栽培！"

"呵呵……好了，下午三点以前准时归队，不得延误！"

"是！"简凡敬了一个标准的警礼，昂首挺胸地迈步走了出去，这架势倒让邵政委越看越是喜欢。

看来还是领导有眼光啊！邵政委看着前一天会上拟定的名单，翻到了第二页，找到了简凡的名字，直接把后面分配去向一栏的"乌龙县公安局"划了！又想了想，上面写了个"平阳路派出所"；不过还觉得不妥，再想了想，干脆把"平阳派出所"也划了，又想着刚才这小子虎虎生气、不卑不亢的表现，得，干脆写了个"重案大队"，又写了一个考虑去向"刑侦支队"。过两天就是党委会，最终还要交到会上讨论才能决定。

不过在邵政委看来，这么能打、能说、有胆、有识的小伙子，最好呢，是上追逃一线！好钢要用在刀刃上，这么好的苗子，最好是放到最危险的地方！

领导当然不知道下面搞的什么小动作。出了门的简凡双手握着拳，压抑着差点就要喊出来了。一出门就没正形，走路一摇三晃，小碎步蹦蹦跳跳下了三楼。进了二楼，看得刚刚说话的那两位女警还在，乐得屁颠屁颠上前直拱手作揖，感谢地直叫姐。

在等待的时间里，简凡早和这俩胖瘦女警扯淡上了，一番美食与健康保养说得两个女警眉开眼笑。简凡略一提示，俩人都给简凡支招见了领导该怎么说，爱听什么、不爱听什么，喜欢什么样的小伙。简凡思量之下，只得把自己扮成刚正不阿的铁警了。

不过看样子效果不错，简凡一回头就来谢谢这俩支招的女警了。

那胖的乐了："看，我说什么来着，我给你支的招管用吧？"

"管用管用！谢谢陆姐！"简凡忙不迭地点头。

瘦的更乐了，嘿嘿笑道："简凡，邵政委就爱这一套吓唬人，有些刚进队的小警察被他诫勉一次，能吓得睡不着觉！"

"是，要不知道的话，肯定被他吓一跳！"简凡也乐了。

"哎，简凡，你刚才说那南瓜米羹，有那么好吗？还能防癌？"胖的乐呵着问道。

"当然，那还能有假……谢谢陆姐、刘姐，赶明儿我训练完了，我专程来请二位吃饭怎么样？不但请你们二位，有机会，我亲自给你做啊！铁锅炖菜，乌龙县传统的美食！"简凡乐得屁颠屁颠，没料到从综合部同行的口里得到了这么个关键信息，还就蒙混着过关了，而且看样子政委对自己的表现非常满意。

两个办公室女警无聊之下，自是满口应承。简凡就着办公室的电话给家里报了平安，老爸老妈压根不知道出了什么事。告别了综合部的两位大姐，高兴得一步三跳下了楼，和早在楼下等得不耐烦的四个人商量着，先去吃一顿，晚点再回队里……

五个人仿佛大赦一般，勾肩搭背地出了公安局，都想着这件事过去了！连简凡也是这么想的，有点歪打正着了，还给领导落了个好印象。

不过他可能没有想到，这后果，是非常严重的。

第四章
刑侦队，水太深

未欢便散场

终于把这个集训熬到结束了！

学员们长舒了一口气，教官们，长舒了很多口气。

最后一夜热闹得紧，各班的学员和教官在一起组织了个小型联欢，特招班里也热闹，可谓人才济济：嘴快手快的裘刚能说一口流利的快板；梁舞云拉了几个男生女生，能情意绵绵地唱一曲泰坦尼克号；连肥嘟嘟的牛萌萌居然也能讲个笑话逗你玩；肖成钢更了得，武校里那几招空翻、单手马爬精彩之极，比耍猴戏还热闹。

到简凡被众人推上去的时候，平时嘴损不饶人的简凡这回被人饶不过了。牛萌萌带队起着哄，可把简凡弄了个大红脸，要说除了做饭还真没有什么才艺可展示的，自小唱歌像牲口叫春、跳舞像毛驴撒欢，于是死活不开口。还是成钢了解锅哥的本事，提议让简凡来个口技，学乡下的牲口叫。简凡拗不过，还真来了几下，先是学老耕牛"哞……哞……"的悠长叫声；跟着是小草驴"姆呦呦……姆呦呦……"的求偶声音；尔后又是一阵"咯咯咯……蛋……"老母鸡下了蛋撒欢的声音；

最后完事了一仰脖子，却是夜半狼嚎，支着脖子那吼声能坚持一分钟，而且这声音惟妙惟肖，简直让人要身临其境了，听得一干队友傻眼了。

从小在乡下满山乱窜，鸡窝、狗窝、牲口棚没少钻过，对乡下的熟悉程度可要比城市高得多。

完了，这下技惊四座，被人推着下不来台，还要来几个。简凡干脆豁出去了，又来了个更生猛的，学着二狗打架，嘴里叫着简单的"汪汪汪"，不过却听得出来是一个老狗和一个小牙狗在斗殴。一"曲"叫完，四十个人早笑翻了，谁也没想到细眉粉嫩脸的简凡居然还有这本事，这倒比别的节目有感染力多了。

一干人捧腹之后暂且忘记了明日便要分别，闹哄哄两个多小时快到熄灯才结束。快出场的时候，简凡看着杨红杏在给自己使眼色，心领神会，很默契地一前一后下了教学楼，一眨眼，又肩并肩消失在操场的黑暗中。

最后这一周两人一直是这样度过的，散步已经成了一个默契的行为，谈谈瞎想出来的理想，谈谈连自己也搞不明白的人生，再谈谈彼此的大学生活，倒也为枯燥的生活增添了亮色。杨红杏从不掩饰自己喜欢简凡这种爱玩爱闹的性格，而简凡也喜欢杨红杏这种颇为强势的作派。

两人出来的时候还沉浸在欢乐的氛围中，杨红杏仿佛对乡下颇有兴趣，简凡就着这话题吹上了："不是跟你吹啊，要冬天这个时候，我跟我爷爷就在山上下套逮兔子，一个冬天能逮好几十只呢。我考试前就在乡下，烤玉米、嫩核桃、小甜枣还有崖头挂着的一串一串的野葡萄，别提多好吃了……我回去就不想回来了，我妈每次都训我，说要把我赶回老家种地去，其实我巴不得呢，呵呵……"

简凡其实很享受农村的生活，不过在别人听来这话里就有点没心没肺没追求了。暗夜里，杨红杏瞥了他一眼，跟着说道："简凡，我发现你有点不求上进啊。就准备回乌龙县？没想过别的出路？"

"啊？谁说的，我怎么不求上进了，你以为我不想啊，我还想进公安部呢，那得有人要我不是？"简凡听着，随口就对上了。平常只顾着胡思乱想带胡扯，向来过了今天不想明天的简凡还真是没想过这么深刻的问题。

杨红杏百无聊赖地踢着步子，带着随意的口气说道："进公安部你没想，可留市里多多少少还是有可能的吧。简凡，咱们这个特招班可都多少有点特点，都有点背景……可我就纳闷了，你的背景在哪儿？"

杨红杏不知道为什么说了一个俩人都没有涉及到的话题。

简凡发愣了："我没什么背景……哎，不对，有……我叔是乌龙县城关派出所所长，这算不算？"

"还有吗？"杨红杏道。

"没啦，我家就这一个当官的！"简凡释然了。

"你真就铁了心回乌龙县里，一点没留下的心思？"杨红杏的口气里，反问的味道很浓。

"啧……"简凡吧唧了下嘴巴，一下子被打击到了现实的漩涡里，有点悻悻然，"我告诉你一个秘密啊，你得替我保密！"

"说呗，和我有什么不敢说的，我的嘴可比你的嘴牢。"

"我其实有一个理想啊，一个很远大的理想。"

"是吗？天上纷纷掉钞票，天下美女任你泡？哈哈。"杨红杏说着便笑得停下了步子。

简凡有点糗，赶紧否认道："不是，那是开玩笑，其实我最喜欢的是做饭做菜，我想开一家自己的饭店，想挣下够这辈子花的钱，然后把我爸妈接到我身边享福，一年只干半年，剩下时间呢，回乡下玩去，呵呵……谁知道鬼使神差地居然考上警察了，实话对你说吧，我当年连大学都没考上，这考警察，我都不知道怎么考上了！哎，考上这么一回，就让我这理想一下子全破灭了。那我能怎么办？回乌龙县呗，别说我不想留，我就想留，我也留不下呀！"

简凡不无失望地说道，好像这是平生的一大憾事。

"那你想留下吗？"杨红杏笑着问道。

"怎么说呢？要挣钱呢，没准就想留下，可要当警察呢，我是想也不敢想……至少回到老家，房子、店面、工作都是现成的，有钱的多花、没钱了也能过，不用操那么多心……我这人懒，实在不想受罪。"

简凡一副懒人德性，话里还是不求上进。

杨红杏隐晦地说道："其实有人帮你的话，也很容易，即便是回了乌龙也能再调回来。"

简凡马上否定了："不可能，我可没那本事，我压根就没敢想！"

杨红杏顿了顿，想了一会才继续说道："调工作没有那么复杂，特别是一个系统里。"

"这我知道呀，要不是我二叔，我这辈子都和公安局没什么缘份。"简凡笑着说道。

"是啊！这不就简单啦，你为什么不动动脑筋？这么大了还一直把爸妈挂嘴上呀？"杨红杏反问了句。

"哎哟，我才不想那些呢，他们把我塞哪算哪，反正我能跟我妈交待就成了。其实回乌龙县挺好的，守着家、守着爸妈，互相有个照应，不一定儿子出息就什么都好吧？我给你举个实例哦，我家小区里住的教师两口子，大儿子在北京、女儿在美国，一个硕士一个博士，够出息吧？老头老太太可怜得要命，我给老头买过一回豆浆，老两口见了我比儿子还亲，看着人都心寒。我离不开爸妈，也不是什么丢人的事吧？"

简凡道出了真实想法，不管在社会还是警营的大熔炉里，自己只是一块顽铁而已。熔成了什么样，那可不是自己说了算的。但家庭中的简单生活自己还是当得了家的。

杨红杏恨铁不成钢一般叱了句："啧，你怎么这样？平时看你挺有主见的嘛，好吧，我就问你一句，你……真的一点都不想留在省城？如果你想的话，也不是一点办法没有……比如，求求我呀什么的……"

"啊？你？"简凡愣下了神，"什么意思？哇！你不会来头大得不得了吧？"

"我爸在司法局。"

简凡"呃"的噎了一家伙，喉咙里支吾了半天没说上话来。整了半天不知道原来自己身边这位就是高干子女，怪不得平时颐指气使，咋唬得别人一愣一愣，连教官都让着三分。

"怎么啦，吓着你了？"

黑暗中，杨红杏的口吻里有几分揶揄和得意。原本以为简凡死皮赖脸缠了自己几次或许是另有所图，在此之前颇为慎重，不过越来越发现，简凡是个很纯粹的人，是那种纯粹爱玩的人，而且根本不知道世情的关窍，越是这样，倒更让杨红杏觉得简凡可爱了。

简凡瞬间又换了一副清高的口吻道："我又不是违法犯罪分子，怎么会被吓住？理论上讲，公民在人格上都是平等的，这不正是司法的真谛吗？"

"所以，你回乌龙县城，人家都分配在市局，也是平等的吗？"杨红杏刺激了句。

简凡脸皮不是一般的厚，接了句："是啊，有时候我不做选择，就是最好的选择。"

"啧，你别贫了，我给你说正事，你要想留下，我帮你使使劲，留到市里哪个科室或者派出所多好，不比你回县城里强呀？"杨红杏说着有点不耐烦了。

简凡马上摇头不干了："不干。"

杨红杏被气得顿住了脚步，无可奈何地说道："你怎么这么没出息啊？算了，我懒得跟你说。"

杨红杏几句话不合心意，瞪了瞪眼，掉头朝寝室走去了。

"嗨，你别走啊，我还有话对你说呢！"简凡招着手，想拦又没来得及拦。

"不听！"杨红杏斩钉截铁地说了一句。

"那明天请你们吃饭呢？"简凡又喊着。

"不吃！"杨红杏气咻咻地说了句，跑得更快了几分。

看着那俏影快步到寝室口上了楼，简凡大呼失策地直拍脑门子，猛地想到准备了好长时间的甜言蜜语，压根连一句还没说呢，原本想着最后一天散步的机会没准能有点效果，这倒好，三句话不对胃口，走了！

简凡惋惜地咂吧着嘴，非常惋惜，简直惋惜得要命！心道我真是有病啊，我给她说这些干嘛？这说翻脸就翻脸，哥们儿连个吻别还没来就跑了……

晴天霹雳响

次日的毕业典礼开得非常隆重。局长、政委和政法委的一位领导都到场祝贺了，轮番的发言祝学警们在实践中取得更大成绩，成为一名合格的公安干警。操场上整齐划一地站着三百人的方阵，学警们终于穿上了期待已久的警服，男的神采奕奕、潇洒帅气，女警更是英姿飒爽。三百人在嘹亮的《警察之歌》中把一个月来走了无数遍的队列队形演示了一遍，雄壮、威武、整齐划一，不知道是制服还是人气，这种颇具共性的美很能感染到在场的人。

或许是沉浸在对未来美好的憧憬中，或许还沉浸在对新职业的新奇中，好奇和激动盖过了即将离别的难过和曾经有过的不快，连吊儿郎当的简凡在队列里也走得神气十足。

操演完毕后，就是市局综合部、人力资源把一摞厚厚的通知书按班送交到了教官的手里，那是各位学员的分配去向，教官大声地喊着名字发放着。学警们知道去向后，不无几分兴高采烈，有的已经商议着晚上到哪儿撮一顿聚一聚了。

肖成钢如愿以偿，分配到了平阳路派出所，正举着白纸黑字大红章的通知书叫嚣着请客；杨国江回了县城，显得有点不在乎；裘刚到了郊区公安分局下辖的派出所，离市里最远，大呼怀才不遇。

最出彩的是梁舞云了，CCIC，市局罪案信息处。要不是有人解释，简凡压根连那几个字母什么意思都不知道；牛萌萌进了市局下属的网监中心，即将成为传说中的网警；秦淑云，学经济出身的，对口到了经侦大队，据说这也是锻炼一下，迟早还是回局机关。

偌大的公安体系，几百人已经是四零五散，即便是特招班里，技侦、经侦、网侦、交通……分门别类好几类，都有了自己的归宿。

很多人关心代班长杨红杏的去向，一问之下，是挂靠到了市局法纪处实习，这可让一干学员大跌眼镜，直接成了管警察的警察了。

杨红杏在拿到通知的时候很有深意地看了简凡一眼，不过看着简凡还是一副心不在焉的样子，暗暗地叹了一口气，眼光里有点哀其不幸和怒其不争，悻悻地和女生们站到了一起。

杨红杏觉得第一次对这么个男生有了牵挂、有了欲说还休的感觉，以前担心他缠上自己有所求，而现在倒希望他对自己有所求。可那人一直还是一副满不在乎的姿势，实在让她无法接受！原本很喜欢这个男孩的豁达，可谁知道他居然豁达到什么都不在乎的地步。

即便是在这个训练场上，人与人之间的未来道路已经泾渭分明了。可以说这是一个结束，但同样是一个开始，一个人或者说一名警察职业生涯的开始。

不过不管怎么开始，简凡都清楚，自己因为无所欲求，对未来倒也不觉得怎么揪心，真穿上这么一身帅气的警服走在乌龙县城的大街上，那还怎么地？该知足了吧。

等了很久，快到结束的时候才听到教官大喊着自己的名字，简凡跳着脚伸手就把通知单抢到了手里，迫不及待地扫了一眼。

第一眼扫过，脸色变了；揉揉眼再细看，顿时有天旋地转、头晕眼花的感觉，不相信地再揉揉眼，确定看清了，得，五雷轰顶！又赶紧做贼似的把通知塞到了口袋里！简凡手轻抚着胸口，心里兀自剧烈地起伏不定。

几个室友围着上来了，前后拥着问："喂喂，锅哥，去哪了？"

简凡使劲咬着嘴唇，一副很复杂的表情盯着众人。众人正等着报喜的时候，那简凡咬牙切齿，声音里透着愤慨，眼光里很郑重地摇着头："不能说，保密单位！"

说罢就要冲出人群，却被孔武有力的肖成钢一把抱住了，这不说还不行了。不过简凡咬着牙，表情非常怪异，就是不说，看得班里一干人都诧异不已，干脆拦腰抱着直接搜口袋了。裘刚把口袋里的通知书抢了出来，还骂骂咧咧道："拽个毛呀？你还当国安了咋地？"

却不料一看之下，眼睛瞪得圆了几分，霎时又如决堤一般哈哈大笑。几个人乐了，都抢着看，又都是一般的神情，先诧异，后乐呵，最后是喜不自禁。这张特殊的通知书被一班人传来传去，看者都是笑得扯眉瞪眼，连杨红杏接到手里一看，也忍不住捂着嘴笑得乐不可支。

只有简凡受伤般地看着众人，唉声叹气说不出一句话来。

"锅哥，嘿嘿，大原下一个雷霆战警就是你哦。"肖成钢嬉笑着。

"锅哥，你将成为警察中的警察，祝贺你啦！"裴刚说道。

"锅哥，我听说……很多新人压根就不敢进那门啊！"杨国江关心了一句。

三个室友幸灾乐祸之余，都对简凡抱之以同情的目光。却不料简凡一点都不领情，怒目叱道："滚！"

仨人互视了一眼，立马转身便跑。

队友一个一个挨着离开了，最大咧咧的梁舞云还像哥们一般拍拍傻站着的简凡，揶揄地说了句："简凡，我怎么看你也不像那块材料啊，你不会为了留下来追老大而委屈求全吧？"

简凡一瞪眼，梁舞云怕遭到人身攻击，掩着鼻子笑着走了。

操场上，一转眼只剩下简凡和杨红杏。吕教官也是同情加诧异地看了一眼，却是摇摇头，没说话。

杨红杏默默走到简凡面前，把通知书递了过去，有点诧异地说道："刑侦部门分门别类很细，法医、痕迹检验、罪案心理学每年都招人，不过是专业人才，你既不是这个专业，也不会在支队机关，你……不会是自己要求上一线的吧？"

"你觉得可能吗？我连枪都拿不稳！"简凡好歹说了一句话，很没好气地说了一句。

"确实是不可能呀，就你要求也不一定会要你呀，他们最欢迎复员军人、警校专业的人才和派出所有实战经验的干警，按理说怎么着也不会把你调去呀？"杨红杏不无诧异地说道，不过话锋一转，又是透着几分得意地补充道："不过……我还是很高兴，你毕竟留下来了。"

说这话的时候，她抬眼看着简凡，黑白分明的眸子里带着诸多期待。说实话，连简凡也认为杨红杏天生是当警察的料，警服把个子和气质衬托得更是格外出众，警帽下那张秀靥妩媚中更添了几分英气。

可简凡此时哪还有心思欣赏美女，快快不乐地噎了一句道："你在讲黑色幽默呀？一点都不可笑！我的存在难道就是为了你高兴？"

"你！"杨红杏被说得气结，不过马上心平气和，想着简凡也真是有点不高兴，随即嫣然一笑，尽量用不在意的口吻说了句，"好，我不跟你争辩这些了。反正你留下来了。你现在如果请我吃饭，或者还有什么告诉我的话，我可以考虑接受邀请。"

说这句话的时候，杨红杏不无刻意迎合，几乎从来没有这样过，只等着简凡答应了。

不过她好像低估了简凡的逆反情绪，就听得简凡更噎人道："我都这样了，你还好意思让我请你吃饭？你吃得下去，我还吃不下去呢。"

"那我请你总成了吧？"杨红杏剜了一眼，反噎了一句。

"不去，没兴趣！"简凡撂了句，悻悻然掉头便走。

"德性！没出息！"杨红杏在背后说了句。

却不料简凡又是转过身来，瞪了一眼，那神情带着怒意，有点恐怖。接着手指戳上来了，吓得杨红杏后退了一步，就听简凡道："只有我妈能骂我没出息，再说这三个字，我跟你急啊！"

说罢这话，便是头也不回地走了。背后响着杨红杏一连串"没出息"连珠炮似的挑衅……

简凡这时可没心思打嘴仗了，一直走到寝室门口还不死心地又把通知书看了一遍，没错，分配的去向是——大原市刑事侦察支队一大队！

那个红色的大印，看着就像成钢咧嘴在笑。简凡看着火大，直想一把抓起来揉个粉碎。

不过他没敢撕，胆还没那么肥。可心里还是起伏不定，乌龙峙口连绵不绝的枪战、一大队那阴森的办公场所，再加上当日所见那群面目严肃的刑警……一想都把简凡想得有点毛骨悚然了。而且确如杨红杏所说，如果不是内勤，万一揣上真家伙出外勤，那可要吓死个人了！

到底谁瞎了眼了，专把胆小的往一线推，练胆呀？不行，这可不成！回乌龙，跟爸妈商量商量，这活咱可不干，他们不心疼儿子，我还心疼自己呢！

上岗先逃岗

当简凡迫不及待冲进第一锅店里的时候，端着盆的桃花尖叫了一声，差点和他撞个满怀，尔后又是喜悦地喊着："叔！表哥回来咧。"

简凡拿到通知书的当天就奔回乌龙了，回家的时候已经下午四点多了。这次实在急，连香香都没有来得及见一面。

再看此时的简凡，笔挺的警服穿着，说不出的光鲜。跑堂的也都围上来了，七嘴八舌地问这问那，简凡一喊"饿了"的时候，几人手忙脚乱地进了厨房，端着大碗给简凡摆了三道菜加两大馒头。一个月没吃家里的菜，简凡胃口大开，萝卜烩红烧肉、白菜宽粉条加上一碟青腌芥菜丝，吃得津津有味。

集训的伙食虽然不错，可要比家里的差得可不是一个档次。加上回家的心情也好，边吃边嗯嗯啊啊应付着桃花好奇的提问，毕竟老店里出了这么个警察还真是稀奇，兴致来了，都还小心翼翼地摸着警服的质地，眼光里不无羡慕。简凡也乐呵地看着几个人，脱了帽子扣桃花脑袋上。几人说笑着，直到简忠实出来才各自忙活去了。

老爸笑吟吟地，还是那副老样子，不愠不火，手里端着盘切成薄片的卤肉放到简凡面前，看着简凡狼吞虎咽地吃着，笑着道："小凡，要回来怎么不打电话呀？看把我儿子饿的！"

"我……"简凡正要把事由说说，不过猛地刹住了车。老爸这脾气太好，你说咋就咋，跟他说也不管用，关键是得跟老妈说。想了想，笑着夹着块肉尝着说道："我想你呗！哎哟，爸，您这猪头肉做得又有长进了啊。"

儿子在赞扬，老爸只是笑笑，饶有兴趣地看着简凡的警帽，眉眼之间俱是惬意和满足，仿佛是自己当了警察一般。

父子俩正说着，门外的自行车声音响了，风风火火奔进来一位女人，简凡一抬眼却是久别重逢的喜悦，乐滋滋地叫了一声："妈！"

桃花一打电话，老妈就奔着来了。大冬天里，穿的是黑呢子大衣，颜色很老气，不过穿在老妈身上可一点都不老，还是那么漂亮。特别是这时候看着儿子，笑得仿佛是春天提前来了，上前一把拉着儿子，高兴地上下打量一番，尔后是不无几分得意地说道："嗯，不错，这警服挺合身的，穿上这身，我儿子可更帅了。集训受罪了吧？吃得好不好？这次回来住几天？"

老妈说着，嘴里早葱花呛油锅般噼里啪啦说了一串问题，还怜爱地捏着儿子的脸蛋，有点不放心地说道："哟，瘦了啊，肯定伙食不好……对了，简凡，这次回来是不是就不用再回去了？"

话说这距离产生美，要在家天天待着，还没准老娘横眉竖眼没个好话，可要是一个月半个月不在家，再见面这亲得可不得了，老娘乐得就差像当小孩一般抱怀里了。

"妈，回来就跟你说这事呢……"简凡脸一变，马上委屈无比，悻悻地摸着口袋，把那张早揉了无数遍的报到通知书递到了老妈手里。

啊？刑警队！爸妈凑着一看，有点怔了，听他二叔说，不是回县城里吗？

老爸和气，也不太懂这里面的事，还乐呵地评价了句："哟，留市里了？我儿子真行啊！"

简凡一听，没治了，老爸这随遇而安的精神就是天塌下来也乐呵呵一脸笑。

看着爸妈，简凡一副苦脸说道："爸，妈，这可不是什么好地方哦，每天除了和死人打交道，就是和抢劫的、杀人的、盗窃的还有强奸的打交道，反正就是不和好人打交道。和什么都打交道，特别是和坏人打交道，我……我不想去！"

啊？这……夫妻俩一下子被难住了，互相看了看，如果真像儿子说的那样，还就得考虑考虑了。

简凡看着爸妈脸色犹豫了，马上又是加着砝码，很紧张地说道："妈，我听说……一大队一线光在去年就牺牲了三个警察，受伤的十几个，都没好利索。出门就挨枪子，不是胳膊折了就是腿断了，在那地方工作呀，经常是竖着出了门，横着就被抬回来了！"

反正是不想去，简凡把道听途说的东西添油加醋地给老妈老爸讲了起来。

"啊？"这话吓得梅雨韵惊叫了一声。不过马上醒悟到了一个情况，道了句，"你不会是不想当警察专门吓唬爸妈吧？哪有你说的那么夸张？"

简凡一听慌言快扯破了，更是郑重无比地旁征博引道："妈，你天天关学校里知道什么呀？你想想啊，你不常说现在坏人多吗？您天天看那法制频道，贩毒的、杀人的、抢银行的可多了。刑警队的天天抓坏人，一年三百六十五天，你敢保证没有个意外？还有前段时间的金店抢劫案，那歹徒当场开枪打死了一个、伤了俩。人家歹徒见了警察照样开枪，还专打刑警队的！"

简凡神色凛然，掰着指头数着危险系数，越来越危言耸听，越来越绘声绘色。老妈老爸听得俱是心惊肉跳、一脸苦色，你看看我、我看看你，好像都非常为难。

简凡却是知道老爸一辈子老实巴交，老妈虽然对子女严厉，可除了教训不好好学习的学生，基本也能归到胆小的那一类里。说不想当刑警肯定说不通，可要说刑警这么危险，老妈肯定不让去！看着爸妈快被说动了，简凡赶紧拽着老妈的胳膊哀求道："爸、妈，您去跟我二叔说说，当警察就当警察，咱到县里当不好吗？干嘛非到市里，再说刑警队那么危险，我真不敢去，我回乌龙县多好，白天上上班，没事溜出来还能帮帮爸……妈，你说呢？"

梅雨韵听到此处，想了想，下定了主意，拍拍儿子肩膀坐下来，不无几分怜爱地摸着儿子的头，还像小时候看儿子一般，决然说道："要真这么危险，咱不去了，妈养活你……妈可就你这么一个儿子，这和平年代，总不能把我儿子送这危险地方吧！谁爱去谁去，咱不去！"

简忠实还是面有难色，嗫嚅地说了句："要不，我给老三再打个电话？"

"打什么电话呀，走走，咱们一起去！"老妈这说风就是雨，拉着老爸就走。

听着门外破五菱车发动的声音，简凡是心里乐开花了，暗想着：咱家老娘，说归说，骂归骂，可关键的时候绝对护着儿子，不含糊。

过了好一阵子，老爸回来了，说着二叔会想想办法。这下子，更让简凡放心了。

一放心就在家里放心了若干天，早把报到的事扔一边了。这几天简凡又恢复了老样子，早起买菜、上午下午陪着老爸乐呵呵地做菜卖饭，看样子还真是乐不思蜀了，心里唯一的疙瘩就是偶尔能看到老爸没来由地长叹一口气，有时候坐着发愣。简凡心里暗想着没准是事情被绊住了，几次张口要询问又愣生生地刹住了。

一直在家里磨蹭了一周，这天晚上打烊关了店里，回到一中小区家里的时候，简凡看着城关派出所那辆警车也在。简凡乐了，这是二叔的车，心里一高兴，三步并作两步奔着上楼了，等着好消息。

刚开门，脸上的笑还没消散就愣了，只见爸妈一脸愁容地坐在沙发上，旁边二叔正端着茶杯，三个人看样子说很久了，烟灰缸里扔了一堆烟屁股。一见简凡进门，二叔简忠诚摆着手叫着："过来、过来，就等你了！"

简凡亦步亦趋地站过来和爸妈坐到了一起，狐疑地看看这个，看看那个。二叔一脸不善，爸妈却是有意躲着目光，简凡这心里咯噔一下：八成这事没戏！

果不其然，二叔虎着脸，带着几分愠怒地问道："小凡，你老实跟叔说，你到底是怎么想的？"

"二叔，我不想当刑警！你看我这样，我也当不了刑警呀！"简凡无奈说道。

"谁天生就能当警察啊？还不都是练出来的，你二叔我十七八岁还是放牛娃呢，现在不照样当所长吗？我说你可真行啊，谁告诉你一大队一年死了仨、伤了十七八个？一天心思净用在这个上……这谣是你这么造的吗？"简忠诚说着就训上了。

"叔，反正那活挺危险的，我不想去。"简凡说着，耍小脾气了。

"什么不危险啊？吃饭撑死人，喝凉水还噎死人呢！工作这事，容得着你挑肥拣瘦吗？你以为你想干什么就干什么？这斤两有多重，你自己掂量过没有？给你爸妈出这么大难题？"二叔一副恨之入骨的态度教训着。

简忠实夫妻俩脸色讪讪，半天没有插嘴。简凡傻眼了，嚅嗫说着："二叔，你了解我，你看我这性子，真不是当刑警的料，我也不知道谁瞎了眼了，就把我派那地方去了……"

实在有点理屈词穷，简凡真给噎住了。

"唉……"简忠诚长叹了一口气，脱了警帽，捋捋头发无奈地说道："小凡，不是叔要训你，到今天这份上，叔有些话还是得说说你，你就没有给你爸妈考虑考虑？你就没想想你从小到大不争气，你爸妈操了多少心？就没想想上个大学，让你爸妈把十几万家底都扔进去了，你不心疼呀？下面还有个上大学的妹妹，他们容易么？就你现在还是个实习警察，真正到转正，还没准得烧多少香！你看看你爸，一年挣钱不比我少，看他累成什么样子了，看他一年到头休息过几天没有？还有你妈，你就没发现，你妈身上换过新衣服没有？家里老的容易么？我说你这么大了，是不是没想着体谅过你爹妈的辛苦呀？"

简忠实抿着嘴埋怨了句："老三，你跟孩子说这个干什么？"

"啊？这……爸，妈，你们……"

简凡一回头，脸苦苦地，拉着老妈的手。老妈的脸色颇为不好，很为难的样子。

儿子大了，或许在自己的羽翼之下，再也不能为儿子遮风挡雨，这种力有不逮的时候，会让父母觉得非常难堪且难受。

简忠诚可不依不饶了，虎着脸道："哥，嫂子！儿子不能这么老惯着！这都二十几了，放在过去早成家养儿养女了！简凡，你给我听好喽，这是叔最后一次管你，还就是刑侦一大队，还就是你最不愿意去的。你要心疼你爸妈，老老实实去上班去！哪有你说的那么玄乎！"

简忠实砸吧着嘴，梅雨韵揽着儿子的肩膀有点无语，简凡听得犯怔。二叔见一家三口都没发言，悻悻然起身了，回头看了简凡一眼冷冷地撂了一句："简凡，我给秦队长请假了，他让你明天报到去。这么多天，你应该想明白了，要去，叔亲自送你；要不去，你待着吧，让你爸妈养活你，我也懒得再管了！"说着就摇着头告辞出去了。

送走了二叔，简忠实回头一看母子俩还偎在沙发上，摇头叹气着。

梅雨韵抚着儿子，也有几分无奈地说道："简凡，一直是妈给你当家，这次你当家吧，爸妈听你的……不愿意就别去了，妈想着这刑警队也危险得很！"

简凡发怔了，不知道在想什么，半晌没有说话。

梅雨韵半晌无言，爱怜地抚着儿子，拉着丈夫进卧室了，进了卧室还凑上门看了一会。儿子一直傻坐在那儿，一直都没吭声说话。

过了一个小时，过了两个小时……

过了三个小时，快到凌晨了，梅雨韵出来无言地揽着儿子，爱怜地说道："小凡，去睡吧，别想了，真不想去就别去了，爸妈再想办法！"

简凡沉吟了一会儿，才轻轻地说了一句："妈，二叔说得对！我去吧。其实没有那么危险，我只是胆小害怕。对不起，妈妈……我还没懂得珍惜，也没体谅过你们！对不起……"

话音里有点颤抖，就差一点扑到老妈的怀里哭了。梅雨韵心疼地捧着儿子的脸，她感觉得出，儿子还是个孩子，还是那么无助，这种感觉让她总是没来由得觉得一阵心疼。

梅雨韵轻轻说了句："别说了，睡吧！要觉得不合适就回来，爸妈也不愿看着你有危险。"

母子俩又说了很久才各自回房去睡，可这一夜，谁都没有睡着……

当头喝一棒

次日，当简凡悻悻无言地坐在刑侦一大队办公室的时候，已经是快到午时了。带他来的二叔简忠诚扔下他就和秦队长一块儿聊什么去了。一路上二叔都没给个什么好脸色，不过待遇是等同的，简凡同样也没给二叔什么好脸色。

一大队的院子里来过一次，多多少少有点熟悉了。这个环境和自己的心情一般糟糕，被前面二十七层的商业大厦堵得严严实实，快中午了阳光才照到了楼顶。进进出出的警察都像担负着拯救地球的重任一般，神情肃穆无比，男男女女脸色都见不到笑意。自己坐着的地方是个冷清的大办公室，放着两桌一铺，铺上还铺着被褥，不用说，这八成是个接警的报案接待值班室了，值班的干警只是看了简凡一眼便没有下文了，正襟危坐地看着一本什么书。

生存环境如此之恶劣，来到这儿，如同从温馨的被窝里掉进了冰窟窿。不过简凡此时只是思念更炽更盛，压抑住了所有可能产生的感觉。

一大早，二叔简忠诚就带着司机去接简凡，就像当年上大学一般，提着那个破包、塞着几身换洗的衣服、夹着那台老掉牙的破笔记本。笔记本的外层，塞着一把锰钢菜刀，这东西是老爸塞进包里的，让儿子闲暇了自个儿做饭吃。简凡留下了，钟爱了二十年的厨房，就留着做个念想吧。

临上车了，老爸老妈轮流摩挲着儿子的脑袋，神情里俱是依依不舍。平时就唠叨的老妈此时更是眼圈红红的，一夜没有睡好，拉着儿子嘱咐："天凉了，多穿件衣服，警服太薄了……出门在外，别跟人争执，学学你爸，有事忍忍就过去了……有危险千万别逞能，别想家里，有时间了爸妈去看你……多照顾着自己的身体，该花的钱一定要花，不够告诉爸妈……"

边给儿子整着衣领，边说着这些话，平时重复了千遍万遍的唠叨，此时却让简凡半晌不知道该说什么，只是点着头，不住地点着头，直到老爸往自己手里塞了一叠钱送上车，才挥着手告别。车缓缓走了，隔着车窗还能看着爸妈追到了小区的门口，一路挥着手。简凡手里攒着尚带着老爸体温的钱，没来由地一阵胸中气苦，鼻子酸酸地，低着头，捂着脸，悄无声息地消灭了从眼里涌出来的两行热泪。

等待的时间有点心潮起伏。或许这次根本不该回来，糊里糊涂来这里报到上班，他压根就不知道自己这份工作还如此地来之不易。

"咦？简凡！"

一声如银铃般的女声，惊喜中带着诧异。简凡一回头，吃了一惊，却是集训班里的梁舞云，俏生生地站在院子里，透过窗口正好看到了简凡，正喊着招着手。简凡心情非常不好，哼着鼻子侧过脸去，没理会。今天有点英雄气短，可也顾不上儿女情长，何况对这位大咧咧的匪女实在没什么兴趣，丝毫不觉得她出现在这里有什么不对。

梁舞云摸着手机拨了个号，一会儿院子里又站出来俩人，肖成钢和杨红杏不知道从哪儿钻出来了，仨人不无几分兴高采烈地奔进来。肖成钢可乐呵了，欣喜地问道："锅哥锅哥，你怎么才来报到？我可是专门为了你要求来刑警一大队了，我们还以为你不来了呢？"

此时简凡正沉浸在对家里的思念和对自己遭遇的极度怒意中，摆着手、侧过脸，撂了句："去！烦着呢！"

仨人还没说几句，听得队长办公室的开门声，人高马大的秦高峰陪同着简忠诚出来了。肖成钢乐得奔出去，站到了简忠诚面前，显摆似的敬了个礼："叔，您来了！"

看着老部下，简忠诚笑着擂着肖成钢的壮硕胸脯，鼓励了句："好好干，小子，现在可真是能耐大了啊！真当了刑警了，听说你还是主动要求来的，好！"高兴了片刻，一回头看着简凡耷拉着脑袋出来，又是无奈地摇摇头，什么话也没说。简凡直把二叔送出胡同看着那警车消失，才悻悻然回头往队里走，进大门就听得一声虎吼："简凡，进来！"

那声音大得很，惊得简凡一个激灵，亦步亦趋地进了队长办，一看却是已经有五个人在这里了，肖成钢、梁舞云、杨红杏，还有两位也是同一届参加集训的，却不知这几个货怎么都来了刑侦一大队。

"见了队长要敬礼、报告，有你这么傻站着的吗？"秦队长虎着脸，训斥了句。

这些倒会，简凡一挺胸膛："报告，编号0004327实习警员简凡，前来报到！"

"简凡，通知上要求你六天前就应该到这里报到了，你本人没有来请假，能告诉我原因吗？"秦队长说道，这话里差不多有点明知故问了。

"我……"简凡抬头瞥了眼，正襟危坐的秦高峰差不多和自己站着一样高，说不出的威风凛凛。嘟囔半天，这理由实在不好找，嘴唇动动道："我想我妈，我回家看看。"

俩女生扑哧一声笑了出来，仨男警也是笑意一脸。

秦高峰眉目之间稍稍缓和了下来，不过却没有多少笑意，只是很平和地说了句："笑什么？心里有爹娘，这是好事，值得表扬。看爹妈有什么不好意思的，不过下不为例，请假必须你本人来！"

"是！"

简凡又诚心诚意地敬了个礼，这么听队长一说，心里反倒舒服了不少，看来队长也没那么不近人情嘛。

说罢，秦高峰站起身来道："好，开会！四个实习的今天终于到全了！"

杨红杏却是接了一句："秦队长，我们也算啊，不能把我们排除在外啊。"

看这样子，俩女学警好像还不是来这儿的。简凡有点怀疑了，可没敢问。

"是例行的入队教育，你们想听就听听吧。"

秦高峰这人说话办事是干脆利索，说话间，人已经是走到了门外，六个人挨个儿跟着队长背后上了二楼。

此时简凡才有时间观察一下四周的环境：一幢老式的双面楼，楼梯在外头，楼中间隔着门和后院，不过那里可没进去过。虽然被前排的高楼大厦挡住了采光，可一大队的地方也不小，门外和院子里能停十几辆警车，只是出胡同的路窄了点。

二楼位于中间的大会议室，简凡曾经在这里授过奖，此时走在人群最后，一进会议室发现却是已经面貌大变了。其中一面墙上还和原来一样是整整一墙的锦旗，而另一面墙上，却是花花绿绿的光荣榜照片。

不对，有三个榜，其中一个"耻辱榜"格外醒目，每个榜上都有一堆照片，不会是搞正反教育吧？

"咳咳……"咳嗽的声音把简凡的思想拉到了现实里，六个人立正姿势站了一排，却是前面的秦高峰正在吸引着众人的注意力，他背后就是那面荣誉和耻辱墙。这时候再看这位一米九的队长，比几个学警差不多高出一个头了，不仰视还真不行。不过一仰视，在队长那铜铃般大小、犀利如鹰隼的眼光里，让简凡总觉得有一种无处可躲的感觉。

正心下惴惴的时候，秦高峰开口了："简凡、肖成钢、郝利强、隋鑫，还有两位临时实习来的女同志，杨红杏、梁舞云，欢迎你们加入一大队！"

秦高峰正色说着，很正式地敬了一个礼。六个人还礼，却是不知道秦队长这么高个儿的葫芦站到榜前，能倒出什么药来。

"会议的议题很简单，每一个进到刑侦一大队的警察，都要站在这里上第一课，你们从警生涯就是从这里开始的！你们所处的大原市刑侦支队一大队始建于十七年前，先后有六位大队长从这里走出去，上面是他们的照片，现任大原市刑侦支队长、特警队长都曾经在这里任职；我如果没有被撤职、没有被清除出公安队伍，将会有幸成为这张榜上的第七位队长，十七年间，我们先后受公安部、省厅及市局表彰六百三十三次，授奖立功个人，一共一百九十七人次，你们现在看到的，只是所有奖旗和奖杯的一部分，更多的还锁在那个柜子里。"

秦高峰说着，示意着会议室角落里的文件柜。话语里，这么得意的事情仿佛是家常便饭一般，听不出一点欣喜和骄傲来。

轻轻的咂舌声音响在六人之间，知道这里是一个赫赫有名的刑警大队，却不知道能厉害到这个份上，特别是俩女生眼中的敬意更盛。

"荣誉属于过去，属于为社会平安而献身的警察前辈们！建队十七年，先后有九位警察牺牲在任上：一位是心脏猝死、三名死于车祸，剩下的五名，都是牺牲在追捕一线上，他们都是英雄。这一位，我希望你们永远记住了，十八岁零九个月，参加工作四个月，九年前追捕麻四一伙黑社会分子时候，被逃犯击中脑部牺牲，是一大队最年轻的英雄！除了这九位牺牲的队友，十七年间，受伤的一百三十三人次，二级伤残六十八人次，可以明确告诉你们，这是一个危险的职业，我希望你们做好心理准备！简凡！"

秦高峰讲着，却是猝不及防地叫了简凡的名字，惊得简凡神色一凛，道了声："在！"

队长凝视着简凡帅气却带着几分稚气的脸，眼色中依然是毫无感情的漠然一片，冷冷地说道："天下只有协迫犯罪，没有人协迫你当警察！你随时可以脱下这身警服辞职走人，没有人会拦着你！对于要走的人，一大队的规矩是——不管你是英雄还是狗熊，来的欢迎、走的欢送！你听明白了吗？"

"是，听明白了！"简凡挺身故作姿态地说了句，站正了身子。

秦高峰说完这些，眼闭了闭，仿佛沉浸在对过去的回忆中，不过如同雕刀般的脸上，却看不到有任何悲伤或者欢喜的表情，或许对于这种人，很少能对什么事还有感情色彩。

简凡心里一直怀疑这家伙是个冷血动物，偶尔举手，那大手青筋暴露，像一株小树的枝节一般。丝毫不用怀疑，那里面流淌着的是暴力血液，看得人心里直害怕。

稍稍顿了顿，秦高峰威严地环视着六个人，指着那面耻辱墙说道："功劳和奖励就不多说了，今天的关键是要告诉你们这堵墙上钉的三十七张照片，这是历年来被清退、开除和受到刑事处罚的人，一共有三十七人。包括一名大队长，也是戴着手铐离开一大队的！他们中间，有违纪的、有伤人的、有泄密的……这些，都是一大队的耻辱，我希望你们看清了，记牢了，不要犯和他们同样的错误……全大原都知道一大队是个威名赫赫的刑警大队，人人心里一杆秤，事实就摆在这儿，轻重分量，你们自己掂量吧。我没有希望你们成为警察中的人上人，不管你们将来混到了什么位置，我不会羡慕，但在我的管辖下，要一切听从指挥。看看你们眼前，一大队的功劳够多了，我没有期望你们立功授奖；看看这上面排着九位烈士，我也不希望你们当什么英雄，人的脑袋只能掉一次，不像游戏一样可以按个键重来。我只希望……也是对一大队所有同志的希望，不管你当一天还是当一辈子警察，到了你扪心自问的时候，觉得自己无愧于这个职业，那你就是一个好警察，是一个真正的警察！"

秦高峰说着，话语铿锵有力，不由自主地挥舞着手臂，像是在对着六个人演讲。而学警们面对着耻辱墙上依然戴着警帽的前队友，各人的心里都被说得泛起了一阵阵涟漪，或许，这才是一支真正的警察队伍。

黑与白就像日与夜一样交替着，就像好与坏一样并存着。短短一席话说得六位学警心有戚戚焉，不过却感觉到了一个真实无比的警察世界。这时几个人再看秦高峰，眼神里的那份敬畏却是更深了几分。

"好了，这就是今天的会议。主题只有一个！"秦高峰说着，扫了一眼六个人，仿佛是专门给大家留下几分钟思考时间似的，才说道，"我对你们不提高标准、严要求。我唯一的希望，就是你们不要被我、或者我的继任者把你们的名字和照片钉在这面耻辱墙上！"

一言既出，让众人的神色又凛然了几分。秦队长再看了一遍，嘴里还是冷冷地说了句："简凡，我答应你二叔了，这次我给你分配了一个简单、安全的工作，到枪械保管室找陈保管报到！你的任务是每天负责把枪支擦净上油，告诉我，能把这项简单的工作做好吗？"

"能！"简凡瞬间听到这么个喜讯，一下子乐了，提高了声音说了句。要知道光让我擦枪，早来了。

"散会！"秦高峰看了简凡一眼，眼光很复杂，不置可否地离开了会议室。

六个人仿佛还沉浸在刚才队长的介绍中，几分钟时间听了十几年的队史，却是不无激动，个个心潮起伏，还盯着那几十张照片看着。

"嗯！厉害！厉害！咱哥们儿将来混个支队长就牛逼了！"肖成钢看着前面的几张照片说道。指点着第二位，介绍那是现任的刑侦支队长廉公威，据说是秦队长的师傅，牛逼得紧，跺一跺脚，能把省城的犯罪分子吓得全卷铺盖逃命！

"拉倒吧，就你？"剩下的俩队员不屑地拍拍肖成钢的肩膀，先出去了。这两人挑眉翻白眼的德性，简凡不用看就知道是大学里那类一瓶不响、半瓶晃荡，还总觉得自己有经天纬地之才的人，差不多和裘刚就是一路货色。

这时候俩女警也谈论上了，梁舞云竖着大拇指，抿着嘴一副心向往之的表情，不无羡慕地说道："老大，这队长很man吧？这就是我心目中的真男人！"

杨红杏笑着应了句，肖成钢饶有兴致地凑上来，被梁舞云白了一眼，简凡接着损了句："切，什么眼光啊，居然喜欢盗版人猿？没看你们不是一个品种吗？海拔差得太远了吧？"

梁舞云的个子不到一米六，站那儿比杨红杏要低得多。简凡这话里明显是笑话梁舞云。话一出口，惹得杨红杏也冷不丁笑了，肖成钢更是前俯后仰。梁舞云有点脸红地啐到："人猿怎么了，我喜欢！你倒长得像人，可还不如猿呢！"

"是吗？"简凡怪声怪调地侧头看看梁舞云，刚知道自己没有危险，只是擦枪的活计，这尾巴翘高了几分。一听有人表扬秦高峰，胃里有点泛酸了，怪声怪调地损着梁舞云："女人嘛，都是爱幻想，太不尊重现实了。你看看你，喜欢是有实际困难的哦，将来想拥抱英雄，你只能搂腰；想啵一个吧，你再踮脚你也够不着；就俩人手拉手走到大街，别人一看，一准是人贩子和被拐妇女的德性，哈哈……"

"你……简凡，我要跟你记仇！"梁舞云气得跳脚大喊着。

"别理他，舞云，抱谁也比抱某些人强。某些人逃岗回家，肯定是抱着老妈一把鼻涕一把泪诉苦不想当警察了，回头没出息地又来了。哼！"杨红杏损了句，斜眼觑着，明显在刺激简凡。

梁舞云一听转怒为喜了，笑着道："对呀，简凡，你这不招人待见的德性，一看就是从小缺钙、长大缺爱，拿我撒气有什么用？本姑娘有车，你要是真郁闷得不得了，晚上开回乌龙抱着老娘再哭一通，感受一下母爱，明儿一早再来！"

简凡脸上一红，被人说中了心事，吸吸鼻子哼了声："哼！是啊，这有什么不好意思的，我不抱我老妈，难道抱你们俩呀？就你们俩现在这德性，也就人猿能配个对，正常男人，白给加倒贴都没人愿意，切！"

杨红杏听得火起了，一脚踹上来，却不料简凡身手灵活，一后仰，躲过了。看来对杨红杏早有防备了。

要斗嘴，简凡可是有理不饶人，没理搅三分。俩女人被简凡气得哭笑不得，不过早知道简凡这德性，也没怎么放到心上，一路说着从二楼会议室下楼。刚下到楼梯就听得有人惨叫一声，那声音自是熟悉无比，是简凡！

俩人吓了一跳，仰着头往楼上看，却见得刚刚往二楼拐角去的简凡如同白日见鬼了一般，双手乱舞，飞也似的跑着，警帽被风掀起来吹到了半空都浑然不觉。边走还边惨叫着，那声音凄厉无比，就如同遭受了酷刑一般，霎时就冲着楼梯下来了！

梁舞云和杨红杏一惊，忙堵在楼梯口，一左一右拽着下楼的简凡，看着简凡一脸恐惧，却不知道这一下子发生了什么事，都是焦急地问："怎么了？怎么了？"

一脸惊恐的简凡回头一看，霎时如同被迫害了十七八年见到了亲人一般，一把搂着杨红杏抱了个满怀，脸贴着脸，嘴里还兀自喊着："妈呀！吓死我了，吓死我了……"

杨红杏羞得一脸通红，使劲推着简凡要挣脱，却怎么也挣不脱。梁舞云想从背后拽开两人，拽了几下却是纹丝不动，踢了一脚，简凡却浑然不觉。这大白天，男警搂个女警像什么话？情急之下，梁舞云扯着嗓子对着简凡的耳朵狂喊了："啊！非礼呀！非礼呀！"

这声音尖锐无比且歇斯底里，连院子外都听得清清楚楚，饶是如此也没有把简凡唤醒。没唤醒简凡也罢了，却一下子把古井无波的一大队大院搅得热闹了，楼上楼下的办公室都被这疑似"非礼"的声音吸引出来了。

于是，刑侦一大队当天在场的十几个干警都看到了这么一幕：刚刚报到的那位，和市局来一大队交流学习的女警，正热情地拥抱着。只不过是姿势热情，态度恐惧，那男警不知道被什么吓住了，而那女警一副委屈的样子，肯定是被那位男警吓住了。两个人，都是不无惊恐，正实施非礼行为的俩人没喊，反倒是旁边站着另一位看客在扯着嗓子喊"非礼"，这场面简直怪异之极，饶是一帮精通刑侦推理的警察们也摸着不来龙去脉。

一干人看着的时候，那男警还是兀自在喊着："妈呀、妈呀！"逗得一干警察哈哈大笑，开心之极！

怎么了？莫非简凡第一天上班，便被吓疯了不成？还是借机真的在非礼杨红杏呢？待到秦高峰几人强行把简凡拉开的时候，简凡的脸上依然是惊恐万状，这，绝对不是装出来的……

糗事一箩筐

秦队长在分开俩人的时候，不经意地发现简凡的臂力颇大，一下子居然没有分开。干脆来了个利索的，照着简凡的后脑勺就是一巴掌。这下子管用，简凡不叫了，一回头，两眼惊恐中带着诧异地看着秦高峰。

被放开的杨红杏如遭劫一般，可怜兮兮地双手护着胸前。众目睽睽之下，就被这糊里糊涂抱个满怀，而且还哭不得笑不得，不禁恨恨地剜了简凡一眼，和梁舞云站在一起。在训练基地那个晦明晦暗的环境里，或者也曾经憧憬过被简凡拥抱着，不过哪里有会想到是发生在这么一种情况下，愣生生地让一干警察们看着。杨红杏又羞、又恼、又急，右脸颊一片红色，不知道是被简凡抱红的还是气红的。

女人的心思最复杂，平时说上一句难听话，没准就让杨红杏伸手就打、抬腿就踹，不过现在看着触手可及的简凡，却没有报复的心思。

众人乐滋滋地看着。秦高峰拉着简凡，又气又好笑地问简凡缘由。

却见简凡惊魂未定，嘴嚅嗫着、手抖着，指着东边的楼顶，嘴唇也在颤着道："死人、死人、吓死人了！"

众人还没听明白，秦高峰又是脑后一巴掌，叱了句："讲清楚点，到底是死人，还是把活人吓成死人了？"

又挨了一巴掌，简凡一缩脑袋，这才省过神来，使劲抿了抿口水，定定神，紧张地说道："二楼那儿躺着个死人，啊呀，那心呀、肚啊、肠啊都露在外头……啊呀，吓死人了！"

语音里颤抖无比，看样子吓得不轻。

这次说清楚了，也不太紧张了。而且简凡发觉自己紧张之下，却是不知什么时候不由自主地抱着秦队长胳膊，一省过来，又赶紧放开了。

秦高峰一听，心里猜了个八九不离十，支着脖子喊了句："谢法医，今天有解剖任务吗？"

楼后的人应了声，伸出个脑袋来，却是简凡曾经有过一面之缘的那位，笑着喊道："没有，是个解剖模型，塑料的……这孩子真有意思，一个模型都能吓成这样？"

啊？楼上楼下，一听这话，都笑了。简凡一脸惊魂，此时才刚刚定了定，看着一干警察都戏谑地笑着自己，此时却恨不得找个地缝钻进去。偶尔瞥见杨红杏一眼，她的眼神犀利得简直要杀人一般，浑不似曾经有过的温柔可言。

这时候最高兴的可莫过于梁舞云了，咯咯地笑得差点站立不稳，指着简凡数落道："我还以为你有胆子非礼老大，弄了半天，是吓成这德性了啊！哈哈，简凡，你搂着老大叫什么不成？你别叫妈呀、妈呀，那我成你什么人了？"

惊魂未定的简凡此时却是顾不上和梁土匪打嘴官司了。几个同来的学警也是呵呵笑着，大队一位女警分开人群，捡回来简凡丢掉的警帽拍拍尘土，站在简凡面前，给简凡郑重戴上了，没说话。简凡抬眼一看，却是史静媛，心里又是一阵感激。

"简凡，跟我来法医室！"秦队长说着，拍拍简凡的肩膀，自顾自先走了。简凡耷拉着脑袋，不无几分糗色地跟在队长屁股后上楼了。上楼这姿势也是可圈可点，脑袋和身子差不多成了九十度角、一只手还堵在脸上，哦，那肯定不是受伤了，八成是有点害臊！

梁舞云笑得乐不可支，笑完了才回头看杨红杏，关切地问了句："老大，你没事吧？呵呵，看这小子平时咋咋呼呼，原来胆子这么小啊？"

杨红杏心潮起伏得厉害，怕是还没有从这场变故中反应过来，眼神只是一直盯着简凡的身影，旁边站着的史静媛倒接上话了："未必，他胆子可不小。"

"是吗？史姐？"梁舞云诧异道。杨红杏也不无诧异地看着这位。一大队女警没有几个，来了一周，都早已经熟悉得紧了。

"听说过两个多月前的金店抢劫案吗？"史静媛不答反问。

"知道啊，好像死了一名保安，报纸上报道过，那时候我们还在家呢。"梁舞云应了句。

"听说过，好像大原的警察都出动了。"杨红杏道。

"没有那么夸张，不过动用的几个警种有上千人了！"史静媛解释道，"这是你们知道的，还有你们不知道的。两个主案犯是简凡和肖成钢抓回来的，要说功劳，数他俩的功劳最大，突审两名主犯后，把这伙五个人全部成擒。要不，像他这种不是公安专业院校毕业、又没有实战经验的，一大队怎么会要他？早推出去了！"

史静媛话里多多少少在给简凡挣回点面子，看看两位女警的惊诧，也不说话，上楼了。

"哇！不会吧？简凡有这能耐？"梁舞云惊讶了句，回头看着杨红杏，正没好眼神的盯着自己，又惊讶问道，"怎么了老大？被英雄抱着的感觉如何？发花痴了呀？"

"土匪，你再这么疯疯颠颠，小心我和你断交啊！"杨红杏咬着嘴唇威胁道。

"又怎么了？刚才可是我救了你啊。"

"他抱着我，你喊什么'非礼'呀？你还嫌他丢人丢得不够呀？连我也捎带上？"

"喂喂，老大，我可没冒犯你的意思啊。您别担心，那小子脸皮比防弹衣还厚，他都不在乎，你在乎什么呀？"

俩女警喋喋不休说道，却是各有心思，言难由衷，一起进了技侦办公室。

这回简凡终于看清楚了，确实是模具，就像人体模型一般，只不过这个模型太过诡异、恐怖。一个成年男子的实体倒模，估计是教学实用的，胸腔一片都裸露着，心肝五脏显示得毫发毕现。被秦队长带进了法医室才看得清楚了，是塑料和硅胶的，上面还有标签呢！

知道是塑料的当然没怎么害怕了，不过这里光线不太好，乍看一眼，这么个开膛破肚的人像还真能吓倒一片人也说不定。即便是此时，简凡看着也是心下惴惴，直骂这简直是个变态人待的地方，里里外外，看哪个都不太像正常的人。特别是站在器械柜后的谢法医，四十多岁的年纪，安静的时候也像个贤妻良母，就怕笑，一笑让简凡觉得笑里藏着手术刀，要给人开膛呢！

秦队长却是生怕简凡不害怕似的说道："简凡，今天是假人，可这里很多的时候是真人，全市七个刑事法医鉴定室，一大队是设备和技术比较全的一个，没有什么可害怕的。死人在这里常见，从这里抬出去的死人，比队里的活人还多。"

"啊？"简凡惊得捂了下嘴，心又跟着提起来了。

前后左右上班，旁边就躺着个死人，这叫什么事呀？

"队长，有你这么吓唬小孩的吗？过来，小凡，到阿姨这儿来。"谢法医从第一面开始就特喜欢简凡似的，招着手。简凡亦步亦趋鼓着勇气和谢法医站到了一起，谢法医跟拉儿子一般，扶着简凡的肩膀示意解释道："解剖是一门学科，很多医药开发都必须依据对病灶的直接化验分析，在刑事案件中，解剖更是不可缺少了。我们的工作是为了替死者说话，替有冤屈的生命伸张正义，即便有鬼神也会得到他们的尊重。简凡，我听说你胆子挺大的嘛，敢抓逃犯还怕死人？再走近一点瞧瞧，就算真正的尸检也不过是身体器官，何况是假的模具？"

"哟！"简凡苦着脸，又后退了几步，龇牙咧嘴地说道："不看不看，看多了做噩梦呢……队长，我报到去了哦。"

说着便一溜烟跑了，连门口站着的史静媛也没顾上打招呼。

谢法医笑着摇摇头，做刑警工作的都要有一个心理的适应期，这一位的反应这么强烈，适应期恐怕要更长一点了。秦高峰也不置可否地笑着，刚来几个小时就折腾出这么多事来，还真是有点出乎意料了。

"队长，是不是有点失望啊？"史静媛笑着问了句，两人一前一后下楼了。

"失望？为什么要失望？"

"八零后是中国的第一代小皇帝，大部分都有胆小、懦弱的通病，我宁愿相信他们抓逃犯是个巧合。"

"呵呵，你也不比八零后大多少！"

"可对于我的内勤专业足够了，幕后工作不需要胆量，心细就可以了。队长，我还是没有看明白，几个大队一看训练成绩都不愿意要的人，怎么转悠了一圈，来咱们大队了？难道就因为那次巧合？"

"我也说不清，我总觉得这个小子很特别，平常的事他办得像白痴；你认为不可能的事，嘿，他还真做得出来。本来我也对他很失望，不太想要，可支队长给我看了一份录像，九鼎酒店那件事你知道吧，肖成钢四个人被保镖打倒了，他一个人居然打翻了一个保镖，而后又教唆着厨师和保镖混战上了，他倒在一旁作壁上观。呵呵，我总觉得在他身上还有我没发现的长处。"秦高峰脸色缓和了，话里不无几分可笑。

"是吗？没觉出来呀。"史静媛想了想，还是觉得简凡没有那么多长处，而且和梁舞云、杨红杏待的时候长了，经常听两人说这个损嘴怎么和女生天天斗嘴，捎带着连简凡也看低了。现在怕是认识的缘故，只是对这个可怜的孩子被糊里糊涂塞到刑警队抱以同情的心态。

恰在此时，又听到了一声惨叫和一声闷响，史静媛一惊，顿住了脚步。

"别理他，肯定又是老陈吓唬这小子！"秦高峰却是脚步不停，回头看看史静媛，笑着补充了句，"这不很特别吗？你见过一大队哪个警察第一天就被吓破了胆？还不止一次。"

两人说笑着，也各回办公室了，没人再理会这货的胡闹了。

这次的惨叫确实还是简凡，不过声音被厚重的防盗门挡着，已经没了前一次的轰动效果。

回形楼拐过弯就是枪械室，刚一进门，简凡就又看见了一件非常诡异的事：一个半秃的中年男子，面前正插着枪零件。简凡刚一进门，那家伙毛茸茸的两只大手如蝴蝶穿花一般，咔嚓几下把一堆零件瞬间变成了一支枪。正暗自惊诧的时候，那人虎躯一震，举枪直对着简凡。简凡神色一凛，跟着听到了"砰"的一声闷响，随即心里一惊，嘴里下意识地尖叫了一声，抱着头一屁股坐到了地上。

惨叫之后没下文了，屋子里只听得面前那人上气不接下气地笑着，抬头一看，刚才还威风凛凛的家伙，早笑得趴到了桌上，眉毛鼻子眼睛差点就挤到一块了。对方看着简凡，不拿枪了，伸着食指，嘴里却是又"砰"了几下，那声音倒和刚听到的声音有几分相似。

得，又被要了，看来这地方变态不是一个，而是一窝！

"起来吧！五四枪的初速是420米每秒，你躲得过吗？抱着脑袋就管用呀？哈哈……"那秃子喜不自禁地笑着说道，说着还埋怨道，"什么训练基地……训练出来的，都是次品，连个拿枪稳的都少见，不过像你这样分不出声音来的，更少见啊！"

话里不无蔑视的成分，简凡一下子有点火大，看着这家伙的警痞模样，也不怎么害怕了，糗了一路，这时候横眉瞪眼站起来就斥道："大叔，咱不带这么吓唬人的啊，吓死人你也要负刑事责任的啊！还拿枪对准我，走了火怎么办？一命换一命，我还吃亏着呢！"

"哟，有点意思啊，还有点脾气嘛！"那秃子咔嚓一声拉开了弹夹，笑着说道，"空的，枪械管理这是常识，枪弹要分离！自我介绍一下，陈十全！枪械管理员！这边往后三间，物证管理，都是我说了算……你是简凡吧？"

那秃子言语中毫无一点谦虚客气。一句话把简凡噎住了，那意思是：你胆小赖得着我吗？

"是！编号0004327警员简凡，前来报到！"简凡又是补充道，"队长安排我擦枪！"

这句话补充表明自己的身份了，生怕对方出馊主意，再让自己去干别的。

"噢，知道了，过来，教你三分钟，赶紧出师啊，你来我就轻松了。看好了，你眼前是一把红色经典，25米距离上可以打穿3毫米厚的钢板的五四名枪，子弹初速420米每秒。这是击锤，这是阻铁，这是击锤簧……它的击发寿命不长，三千下左右，所以要避免空发……看好，看我的动作！"

陈十全说着，手却是一刻不停，粗大的手指如同机臂般灵活，而且根本就是下意识地在操作，只是偶尔瞄上一眼，拆、擦、装，瞬间完成。枪变成了零件、零件又变成了枪，像魔术一般，"砰"的拍在简凡面前。简凡一抬眼，那陈十全一伸手："做一遍，我可没耐心教你第二遍，拆不开、装不来，自己扇自己耳光！"

"切！有什么了不起的？"

简凡被刺激了一下，噜地几下拆成了一堆零件，拆的速度不可谓不快，不过再装的时候就麻烦了，显得有点笨手笨脚，磨蹭了好一会儿才装完。一放到桌上，陈十环看着表，不无赞扬地说了句："噢，不错，光拆装就用了七分四十九秒，创下新纪录了！哈哈，好了，现在准备吃饭，你已经可以出师了，下午开始学习枪械管理规定，以后在我的监督下作业。"

"陈师傅，就……就这么简单？"简凡带着讶色问了句，好像没干什么吗，这就出师了。

"简单吗？"陈十全说着，握着枪站起身来，打开了内层的一扇铁门，又打开了三架保险柜中的其中一个，"咣当"一开——柜子里七层，都是枪支。

简凡一下子傻眼了！

不过陈十全的下一句话更让简凡傻眼了："忘了告诉你了，你不是擦一支，而是三个柜子里的枪全都要擦。咱们大队是这一片最安全的保管库，连五一路两个派出所的配枪都保管在这儿，三个柜子里全是，以后作业的时候我就把你关到里屋，以你现在的速度，从早到晚，五大类六十一支制式武器，不吃不喝不休息，差不多能擦完啊，哈哈……"

简凡被陈十全机械地拉着出了枪械室，看着这家伙白拣了一个劳力般幸灾乐祸的德性，隐隐地心里有一种上当了的感觉——简直是干要命的工作嘛！

简凡心里暗自咒骂着这群变态，跟着老陈进了后院的小食堂。屋里有十几张桌子，坐了几个警察，家在市里的内勤回家了，外勤基本吃饭没准点，也有单身未婚的在大队里吃午饭。不远处就是滞留室、特询室和问询室，看来连临时拘押的犯人伙食没准也在这里解决。

简凡一上桌，兴许是头天来的缘故，那陈十全还叫了两个菜。谁知道简凡一尝之下，第一口就被大米里的砂子塞了牙，再尝几口，"呸"一声，怒从心头起，生气地骂了句："大米硬得能打鸟、青菜炒得像猪草，还有，这是肉吗？嚼得还不如木头屑，当猪喂呢？太过分了吧！"

什么都可以忍，但对于简凡吃了二十几年、无比挑剔的胃来说，唯独这事是忍不下来的。这些天积郁的怒意，终于爆发出来了，而且是拍着桌子骂娘呢。

对面坐着的陈十全，这个刚刚认识的秃头上司眼睛瞪亮了，仿佛要经历什么恐怖的事情一般。简凡不解地看了一眼其余在座的五六个警察，也是瞠目结舌。正自诧异的时候，厨房里早奔出来一位年过半百的老头，提着大勺，瞪着眼斥道："谁骂人？活得不耐烦是不是？"

简凡看这位来者不善，警服外头系着个脏兮兮的围裙，花白的头发、胡茬、龇着大板牙，一脸凶相，做出这等饭来倒也不稀奇。不过这架势，简凡估计自己讨不了便宜，顾不上说话了，扔下筷子，撒腿便跑。这位大师傅提着勺没追上人，气鼓鼓地到秦队长办公室告状，让秦高峰直抓脑袋。

这位江师傅是一大队的老人了，从建队就一直在这里，内退了又返聘回来当厨师。工资不多，主要还是舍不得离开干了一辈子的警队，在这里差不多就是义务服务了，资格比支队长还要老，大小人物见了都称一声江师傅，谁知道第一天就被简凡气得吹胡子瞪眼，气没地方撒，全撒秦队长这儿了！

于是，简凡第一天又被秦队长叫到办公室单独谈话了。

工作和生活就是这么个样子，没有简凡曾经想象的那么恐怖，可也绝对没有秦队长说的那么简单。不知道这一次，是环境改变简凡，还是简凡能适应环境？

心闲事不忙

工作，往往是一种简单和机械的重复，重复久了，便会不经意地油然而生一种厌倦。现在的简凡，就能清晰地感觉到那种厌倦情绪。

一天二十四小时，经常能见到外勤各组铐着押解的嫌疑人，而特询室、审讯室加上滞留室，经常是叮叮当当拍桌子声。再看干警们的脸色，入目所见差不多都是一种躁动。

一群躁动的人里，简凡属于一个不厌其烦的人。他对这群半大小子组成的外勤组员无语得很，基本上平时见不着人，偶尔回来，不管是白天还是大半夜，吃完了就扑通倒在床上便睡。而且这些家伙那脚，脱了鞋子比瓦斯弹还厉害，隔着几米就能闻到味儿！简凡为此事找队长理论过几次，大谈不讲卫生、不规律作息和饮食的害处，旁征博引地要证明这种生活对健康的损害，目的是要换宿舍。最后秦高峰急了，虎吼一声："滚！"

于是简凡落荒而逃，不过转眼见他脸色缓和了，又回来烦他。这下连秦高峰也没治了，只得妥协，在会上破天荒地强调个人卫生问题，而且给简凡换了单人宿舍。

真实无比的警察生活就这么展现在简凡的眼前，但有时候，确实辛苦得让他颇为感动。

经历了最初的兴奋和刺激，厌倦多多少少也在侵袭着学警们。肖成钢素质不错，又是主动请战的，被分到外勤组里，一心想破大案、立大功。不过一个月下来，差不多在外面蹲坑守了二十天要逮一群毒贩，最后是毛都没捞着一根。

隋鑫和郝利强两位却是公安专业毕业的，一个是痕迹检验专业，一个犯罪心理学专业，每天的提审都在场，说是积累经验，不过看着摞了那么高的案卷，连简凡都替他们烦。

梁舞云和杨红杏倒是一大队的亮点，不过家在市里，又是司法系统内部的高干子弟，队里对俩人都客客气气，无形中和队友们拉开了一段距离。简凡过了几天才听说，全市的公安系统提出了"向一线倾斜"的口号，目标是一线干警占全市公安干警比例达到百分之八十五以上。这种大政策环境下，才把俩警花扔到这儿来实习几天。据说很多新招的干警都要被派到一线派出所巡查，寒冬腊月的还得上街冻冰棍去，相比之下，自己那暖烘烘的枪械室可简直是天堂了。

于是，简凡很快从中找到了某种平衡和满足，这里已经是再不能向前的一线了，而且是绝对安全的。这么好的事掉自己头上，还有什么不满足的呢？

更让简凡高兴的是，他在这里发现了一个志同道合的同志，正是那位年龄最大的老警察，也是警察中的大师傅，江义明。当初队长让简凡认错去，简凡略一思索便觉得这是个好机会，回头便提着瓶酒、觍着脸认了一番小辈，还颇为勤快地帮着老头干活，得，三盘菜炒下来，顿让老头惊为天人。一老一少，就着晚上没人的时候再喝了一瓶，都是面不改色，更让老头引为知己了。三天下来，那老头看着乖巧嘴甜、手脚勤快的简凡比看着儿子还高兴，闲聊了几次才听得简凡耸然动容，原来支队长还是他的徒弟。那陈十全也是个人物，曾经省城武警总队的神枪手，当年的绰号是"陈十环"，不过在执行任务的时候挨过一枪，退役后进了刑警队，也是老头的晚辈。至于简凡眼里凶恶得无以复加的秦高峰，在老头眼里差不多就是小屁孩的角色了。

简凡如获至宝一般把老头捧着。得，这下有实惠了，简凡一分钱都不用掏就能随便吃了，而且食材自用，想试什么新菜方便得很。做完了和老头俩一起吃喝，自得其乐，连队里人也开始反映小食堂近来的味道是越做越好了，来吃的人越来越多。更让简凡乐呵的是，一大队里，这当大师傅的江义明喊一嗓子，要比秦高峰还管用，最起码一叫自己去厨房帮忙，上司陈十全根本没敢拦着。简凡摸清了，刑警里头，从来都注重师徒传统，年纪、资历和经验在这个队伍里决定你的地位，而江老头这种身份，差不多就相当于游戏中的大BOSS了！有这么个大BOSS罩着，自然是诸事顺风顺水了。

小人物有小人物的生存法则，像一棵普通的小草，扔在哪里，都会在任何可能的夹缝中找到生机。

不知不觉，连史静媛也发现了简凡的特别之处。什么时候见了简凡都一身干净利索，精神面貌很好。每天很准时地把二楼楼层打扫干净，很准时地在健身房里活动半个小时，中午以后，又会很准时地站在楼顶上晒太阳。而且他不但关心自己健康，还关心别人，有一次案情分析会，居然闯进了大会议室，目的是叫一干被案子搅得愁眉苦脸的干警们去吃饭，殷勤得让人难以斥责和拒绝，连秦高峰也被逗得哭笑不得了！

更特别的地方在于，脾气暴躁最难相处的江师傅，跟简凡处得像爷俩；谁见了都畏惧几分的秦队长，还就简凡不害怕，经常揪着个事儿据理力争，争得秦高峰也没治了。特别是枪械室，那地方比牢狱里还结实，隔音隔热，坐里头比坐牢强不了多少，但凡在里面待上几天都会烦躁不已，可简凡却干得津津有味。偶尔有一次好奇地去看，那家伙居然吹着口哨在擦枪，动作已经是娴熟无比，比外勤的刑警们玩得还溜！

队里的人，开始慢慢接受和喜欢这个小警察了。和天天发牢骚、觉得自己怀才不遇的隋鑫和郝利强相比，和处处高人一等的梁舞云、杨红杏相比，和三句话不对就吹胡子瞪眼的外勤们相比，简凡随和、好玩甚至于有点少不经事的性格，更容易让大家喜欢。外勤那伙人，一回队里就找锅哥要吃的，关系自是熟稔无比。特别是谢法医，自打偶尔在小食堂吃过一顿，中午就再不回家了，见了简凡就想摸摸孩子脑袋。简凡自是每次都落荒而逃，看样子仍然是对那经常摸死人的手怕得慌。

时间不知不觉就过了元旦，转眼已经当警察一个多月了。这天天气尚好，秦高峰不知是有心还是无意，大上午敲响了枪械室的门，一进门却发现只有陈十全一个人在，诧异之下刚问了句，就听得嘴里哼哼的简凡从楼道尽头财务室过来了，陈十全笑着说道："领工资去了，高兴着呢！"

　　两人正笑着，简凡数着一手钞票就进门了，看那样子比中了个大奖还乐呵。一看秦高峰在，笑着立马把工资塞胸前口袋里："哇，队长，您怎么来了，我正找你呢，我有意见要提，怎么一天也见不着你？"

　　"免谈！"秦高峰利利索索回绝了，这些天这货提了不止一个意见，不止一次让他头疼。

　　"得，不提意见了，队长，提个建议成不？"

　　"好啊，说说看。要真挑我毛病，小心我揍你啊。"

　　"什么呀？我是说给厨房里添个保温箱成不？"

　　"保温箱？要那东西干什么？"

　　"为工作考虑呀，我告诉江师傅了，您是不知道，外勤那帮货回来都没个准点，根本等不及你把饭做熟，生的、冷的，净知道往嘴里塞，吃撑了倒下就睡，这不好啊，十个里头，八个胃要出毛病，干脆加个恒温箱，用盒饭配好，什么时候回来，什么时候吃……大家吃好了，才能心情好；心情好了，休息好了，才能工作好，才能保证工作中不出纰漏。这合理化建议不错吧？"简凡侃侃而谈，句句在理，一脸期待地看着队长。

　　秦高峰呵呵笑着应了句："行，这是你来后我听到的最好建议，回头我告诉办公室准备好！哎，简凡，这和你有什么关系呀？还这么上心？"

　　"什么呀？这帮货半夜回来不敢拉江叔，经常找我要吃的，影响我睡眠，你说我能不急么？"简凡悻悻然说了句。

　　秦高峰和陈十全听得这缘由，却是按捺不住笑了。笑着聊了会，秦高峰兴致颇好，问道："别光说别人，说说你，工作得怎么样，还习惯吗？"

"习惯，挺好的！"简凡随意道。

秦高峰和陈十全相看了一眼，眼光里不无赞赏。俩人在此之前碰过头了，一般情况下，有冲劲有火力的年轻队员，基本都闲不住，要关这枪械室里，过不了一周准烦，耐上半个月就不错了。这一次有意把简凡扔到这儿，屈指一算，足足一个半月了，简凡挑了无数个毛病，说了一大堆不满意，还就没说对自己的工作不满意，这倒让秦高峰按捺不住先上门了！

"老陈，拿枪来！"秦高峰盯着简凡说了句。

陈十全忙着打开里层枪械保管室，只见一桌一椅，头上悬着大灯泡，四周冷冰冰地放着几个保险柜，就是简凡的工作环境了。陈十全打开保险柜子，秦高峰随手在柜里抽出两把五四式，砰地拍到了桌上，喊了句："来，简凡，天天挑我的毛病，我看看你工作偷懒了没有？拆装一遍，比比？"

"好！比就比！"

简凡也乐了，马上一人一枪，噌噌拆成了零件，排成一排。一高一矮对视了一眼，秦高峰眼里正色无比，如临战场；而简凡眼里却是玩味一片，就像准备拣菜下锅一般从容。

陈十全看着俩人情绪不错，拍着手喊：开始！

一大一小，俱是手指飞快的挑着枪机零件，一个白白净净、一个紫膛面目；一个如蝴蝶穿花、一个如蜘蛛布丝；耳边俱听得咔嚓咔嚓金属零件的磨擦和撞击声音，秦高峰的作态里会让观者没来由地感到一阵威压；而简凡，即便是枪械在手，也如同小孩在拆装一件玩具一般。修长的十指捻着乌黑的枪机零件，只会让人感到几分赏心悦目。

"咔嚓"一声，秦高峰枪已顶到简凡的脑袋上，笑着说道："你输了！"

"嘿嘿，你也没赢！"简凡也笑着，眼珠子往下看。秦高峰一看，心里暗地吃惊了一下，简凡的枪差不多和自己同时装齐了，没有顶着脑袋，却是斜斜地指在自己的脐下三寸。

"平手！"陈十全高声宣布着，明显在向着自己的徒弟。简凡虽然稍有延迟，但没有举枪过头的动作，基本就和秦高峰的速度持平了。

秦高峰笑着一把打过简凡的手，俩人把枪各自放回了原处。那陈十全颇为长脸地说道："队长，我这徒弟没白带吧，外勤哪个小子不服气，比一场都乖乖地把烟放下走人！哈哈……"

"不错，能安安生生坐到这里，就不是一般人办得到的！简凡，你坐在这儿觉得烦不烦？"秦高峰饶有兴趣地问。

简凡傻乐着笑道："嘿嘿，队长，我就喜欢干这号不动脑筋的活。这跟玩一样。"

"呵，你小子，走，陪我出去一趟！"秦高峰说着就起身了。

"去哪？"

"玩去！你不是爱玩吗？给你介绍个更好玩的地方。"

秦高峰不容分说，先行一步，简凡披着外套跟着奔下来。楼上的陈十全微笑着，好似有几分深意地看着俩人驾着车，离开了一大队。

队长驾驶的是一辆黑色的帕萨特，车漆有点发灰了。坐在车里，简凡乐得东瞅西看，城市里的生活方式和县城里本不一样，除了在单位，这一个月就和寝室里老大、老三聚过一次。老三在忙着挣钱、老大在忙着升职加薪，再也不会像学生时代跑到什么地方疯玩去了；和香香的恋爱关系还保持在恒温中，只有周六周日才有机会约会一番，虽然缺乏了那种新鲜和激情，不过这也正昭示着两人瓜熟蒂落的时候快到了，在简凡看来，香香是老婆的不二人选。

环境和生活既然改变不了，就得学会适应。特别是游走在城市的钢筋水泥丛林里，维系着一丝温情殊为不易。

车驶进了五一路，熙熙攘攘的商业街繁华似锦；绕过了广场，快过年了，处处披红挂彩，广场上装饰一新，带上了几分喜庆的味道；又转过了解放路，五星级的大酒店耸入云端，坐在车里仰视着，都看不到楼顶在什么地方。

好像在等着简凡出口相询的秦高峰不无几分诧异，平时嘴里喋喋不休，此时只剩两人，却是一路沉默。瞥了一眼，看着简凡正饶有兴致地欣赏着城市的街景，笑着问道："简凡，喜欢刑警这个职业吗？"

"说不上喜欢不喜欢，就是一份工作而已。"简凡道。

说白了，自己不是为事业和理想奋斗着，和大多数人一样，是在生存，而不是在生活。

秦高峰看简凡无所谓的态度倒也颇为赞赏，八成以为这小子有扎根基层、献身公安事业的理想，笑着表扬道："值得表扬啊，江师傅、老陈还有外勤们，都对你利用工作之余改善大家伙食赞口不绝啊，我代表队里对你提出口头表扬了啊。"

"喂，队长，这太不正式了吧？您得到大会上公开表扬一次，怎么着也得来个以资鼓励吧？"简凡回过头来了，笑道。

"那不行，你二叔说你爱翘尾巴，不能捧得高了。"秦高峰揭了个小短，引得一阵笑声。看看简凡心情尚好，秦高峰淡淡地问了句："简凡，给我当徒弟怎么样？"

"当徒弟？学什么？我爱吃爱做，这事你根本不会，你教我什么？"简凡怔了怔，回头看着秦队长。

"我会玩枪。"

"玩枪，我也会！"

"不是拆装，而是实弹。"

"那我也会，你不就说的打靶么？队长，现在警察值勤难得带枪，我们训练基地分到派出所的，我跟他们说我天天擦枪他们都不信，搁半天他们基本就见不着枪！就咱们队里这都几个月了，没见着枪案和开过枪呀！"简凡笑着说道。

"我说的不是值勤，我说的是玩！"

"玩？"

"对，枪是男人最好的玩具！想玩吗？"

"这倒新鲜啊。"

"一会儿让你见识一种新玩法。"

俩人有一搭没一搭说着，车驶进了简凡熟悉的地方——省警校。看门的一见驾驶室里的秦队长，便开门放行了。驶到了教学楼后训练场边上停下来，不大的一个小门面上书"射击训练场"的标示。秦高峰带着简凡一路下了地下训练场，这地方，顿时让人眼界大为开阔。

这才是真正的射击训练场了，分割成几个区，在白炽灯的照耀下如同白昼，偶尔能听到场区砰砰砰的制式武器声音。看来秦队长是这里的熟人，进门找着个管事模样的人，一路领着两人进了自动靶区。调着靶身的时候，秦高峰回头看看简凡，饶有兴致地问："见过吗？这是目前国内最新的自动报靶装置，20米手枪速射靶。"

"队长，这有什么好玩的？还不就是砰砰射靶？没意思。"简凡悻悻地说道。

"你打不着，可不没意思么！"

秦高峰可没注意到简凡这鬼心思根本不在这个上面，不置可否地说了句，和靶场那位管事的耳语了几声，那人奔着取武器去了。

简凡看着秦高峰兴致勃勃的样子，暗道了句：你就打着了，有什么意思？

左顾右盼的时候，这地方尽入眼底，十个靶身一字排开，射击台前还放着隔音耳麦和护目镜，头顶上是嵌入式的灯光。这个对外开放的射击场半警用半民用，光这一个封闭式靶场就四百多平米。旁边是休息区，有精致的茶几和沙发。

稍稍等待的几分钟里，秦高峰脱了上衣、紧着腰带，做着准备工作。这倒没什么看头，简凡坐到了休息区无聊地翻着杂志，翻着翻着就被一样东西吸引住了，一看是九鼎实业的招商广告。一下子那位被遗忘了很久的蒋迪佳又映到了自己的脑海里，这个时候才发现，蒋迪佳在自己脑海里留下的印象是如此清晰，在乌龙招待所、在店里、在九鼎酒店门口……

猛地听到一句当头棒喝："简凡，看什么呢？"

"噢！队长，我在呢！"简凡讪讪应了句，慌乱地扔下杂志。

秦高峰一合弹夹，喊了句："看我怎么玩！"

"噢，看着呢！"简凡应了句。

就在身旁不远的队长，瞬间如出笼的猛虎。

"砰"的一声，枪响了。

简凡的眼睛瞬间睁大，一下子被眼前的景象吸引了……从来没有想到，长得像盗版人猿的队长动作这么灵活，而且这出枪的角度，简直是闻所未闻……

惊鸿现神枪

队长的影子状如鬼魅一般消失了——不是真的消失了，而是移动的速度太过突然和迅速，让简凡顿觉眼前一晃。跟着那高大的身影蹲下去，背朝着靶身的方向，来了一个下蹲式犀牛望月，左手撑地、右手伸出右肩，"砰"的一枪！报靶：九环！

简凡的眼睛瞬间睁大了，这枪玩得，比自己电影里见过的还精彩。

容不得仔细考虑，只见队长左手一支，身影跟着翻滚，又来了个侧身出枪，右手从左腋下侧身射靶，"砰"的一枪，十环！

哇，帅呆了！几乎看不到子弹是从什么方位射出来的！

跟着又是一个空翻，人躺在地上，手向前伸着，几乎看不到靶身的位置，依然是诡异地射中了靶身！一个瞬间，躺着的队长又是鲤鱼打挺，人未起、枪已发……人未站定，后仰动作接着又是下一枪已出！

高大的身影一番腾挪起落，恰如蛟龙出渊，又如猛虎跳涧，几个动作看得简凡眼花缭乱了。枪声砰砰大作，六发子弹眨眼间俱敲在靶身上，两个十环、三个九环，一个八环！分别是从肩上、腋下、侧身、后跪式、前俯式出枪，出枪角度刁钻无比，就像一个杂耍艺人手里飞速出来的小球，你永远不知道会从什么地方消失，什么地方出来。

最震惊的是速度，仿佛仅仅一瞬间，队长又安然地站到自己面前，就像刚才什么都没有发生一般，只留下了空气中淡淡的火药味。刚刚送武器的那位，站在远处不住地拍巴掌，而简凡早惊讶地忘了鼓掌。

早听队里人说队长的身手不是一般的好，当过侦察兵，退役后做过卧底，队里三个大小伙三对一都未必敢和队长过招。虽然对这些早有思想准备，可是仍然没有想到枪还能这么着玩，一时间让简凡惊得大跌眼镜了。

喷，简凡看着队长在笑，才把伸着的舌头伸回去，抹抹嘴里快流出来的口水，眼里热切地看着队长竖着大拇指："哇，队长，太帅了，您这一手要在战争年代，肯定是要迷倒万千少女呀！就人长得寒碜点都没关系！"

要说队长得真不怎么地，大长的马脸浓墨扫帚眉，哪怕穿上警服都像个犯罪分子。听得这话队长倒不介意，笑着说道："你小子别一天光图嘴快活！想学吗？"

"嗯，不想，怪吓人的，怕一不小心打着自己个儿了。"简凡头摇得像拨浪鼓。

"你是打不着靶怕丢人吧？"秦高峰乐呵着问道，手还是压着子弹，不以为然地说道，"简凡，我答应过你二叔要照顾你，可你真要握不住枪，明年万一考核一下子，因为这么个毛病把你捋下来怎么办？那这一年实习不白干了么？我可没指望你练成神枪手，可总得及格吧？来，你也试试，我看看你到底能差到什么程度！"

"队长，您不知道我有毛病，我这眼睛有毛病，不能瞄准，我射击最好成绩是五环！嘿嘿……"简凡笑着，有点脸红。

"你看我刚才瞄准了吗？"秦高峰声音怪怪地反问道，眼神里有点玩味。

哟！这话一下子把简凡说愣了，想了想刚才的几个动作，根本没有瞄准的时间，疑惑地说道："哎，对呀，没瞄准啊！"

"来，握枪！"秦高峰又是不容分说地拉过简凡来，把上好弹夹的枪塞到了简凡手里，站在简凡的身后指着靶身道："这不是打中长距离和狙击，不过二十米的距离，根本不需要瞄准，打的是速度和感觉。标靶不在你眼里，而在你心里，看一眼心里就有了它的位置，即便是你闭着眼睛也应该能打到靶身上。开第一枪，凭感觉！"

"砰"的一枪，无意识击发了，简凡吓了一跳，空放了！

枪口被后座力震得向高抬了一点，可抬一点，就飞到靶上方不止一点了。

背后的队长摸着简凡的肩膀，没有责备，好像在让他放松，古井无波的声音缓缓地说道："不要紧张，枪是一匹烈马，它会在你最紧张的时候发脾气，而且你越胆小，它就会越欺负你、笑话你，只有勇者才配驾驭它……注意它的后座力，不要让它影响到你击中标靶……枪放下，然后快速抬起来，凭你的感觉无意识出枪。"

简凡听得兴起，干脆不瞄了，放下枪长舒了一口气，抬手便射。

"砰"又是一枪出空了！旁边不远处站的那位笑了，敢情是一个高手来教一个白痴了。

不过这一次，简凡隐隐感觉到没有那么恐怖了，后座力就那么一点点，就像一个顽皮孩子在无形抬你的枪口，控制它好像也不太难。

队长还站在身后不知道什么地方，继续说道："很好！你的手开始稳定了，闭上眼！"

秦高峰像一位长者，蒲扇般的大手掠过简凡的眼睛，闭上了。就听得队长在娓娓说道："闭上眼回忆一下你刚刚出枪的位置、手势和靶标的位置，找一下握着枪的感觉，对于一个优秀的射手，标靶只要出现在眼中一次，便会在心里定位，即便是在黑暗中也能够打出精准的一枪。现在，仍然是随意出枪……"

简凡长吸了一口气，这时候却觉得心里隐隐地提起了一种兴趣，最起码不会像在训练基地，被人傻呵呵地笑一通。于是睁眼一瞥，举枪便射。

"砰"的一声，终于上靶了，五环！

简凡面露喜色，第三枪上靶可是绝无仅有了。秦高峰拍拍简凡的肩膀赞了句："好，这么快速度就上靶，已经很不容易了。简凡你再回忆一下，你最喜欢用什么工具，比如笔、比如鼠标、比如其他什么，什么东西到你的手里最有感觉？要不是勺子？你不是喜欢做饭吗？"

"菜刀！"简凡想也不想，脱口而出。

"好，那你回忆一下，刀到了你手里是一种什么感觉？很趁手、很熟悉，比如你在厨房切肉剁菜，很简单，你切得很熟练，就即便闭着眼睛也伤不到手，很多事情道理是相通的，没有什么神枪手，用得熟练了、打得多了，自然就成了神枪手……神的不是枪，是人！"

队长娓娓道来。简凡闭着眼，不由自主地感觉到拆装了一个多月的枪支摸在手里有一种熟悉的感觉——正如自己每天在切肉、削菜时，手里的那把锰钢菜刀，是那样游刃有余。

这一瞬间让简凡思想上有些空灵，闭着眼睛的时候仿佛都感觉到了眼前那个标靶的位置。

简凡猛地睁开了眼睛，眸子里精光一闪，手动枪响，这一刻几乎能感觉到子弹射中靶身的震动一般！又好像是自己的精气神凝聚到了那一点——靶心的那一点。

十环！机械的报靶声报出了一个让简凡瞠目结舌的成绩。

"呸！我靠，我居然这么牛逼！"简凡惊得眼一瞪，口水差点流出来了。

"都说了，很简单，笨蛋都会的活，根本不用动脑筋！"

秦高峰反而不笑了，站在背后又着手，抿着嘴，心里暗道这一关算是过了。只有打出一个惊喜来，才能引起兴趣和消除对枪的恐惧——让他拆了四十几天枪，这功夫没有白费。

简凡高兴得眉开眼笑，嘴里喊着："再来个百步穿杨，看枪！"朝着前方靶标又是砰砰射完了最后两颗子弹。

不过没意识之下，这准头可丢了，又是两个脱靶。

"哇……没蒙着！"简凡又傻眼了，有点愣神，八成刚才那一枪是蒙的。

"你太浮躁了，第四枪你抓住了一闪而逝的感觉，所以你上靶了！而现在，你是胡射，这才是真正的瞎蒙！"秦高峰笑着，接过了枪。招招手，靶场上管事的跑上来收回了武器。

"喂喂，队长，我再打几发！"简凡不舍，有点意犹未尽。

"嗯，没机会了，你都浪费了！对外开放的小口径体育用枪一颗子弹两块钱，五四式的，花钱你可买不着啊！"秦高峰穿着衣服，好似已经结束了。

这下把简凡勾得心里直痒痒，求了句："别啊，队长，别这么小气呀？咱们一共才打了两个弹夹，要不我掏钱？您跟他说说？"

"呵呵，你真想玩？"

"啊，是啊！"

"不过今天不行了，我还有事。"秦高峰摸索着口袋，将一张卡递给简凡。简凡一看，是一张标着俱乐部名称的会员卡，就听得队长说道："要玩自己玩，不过每天有限量，我会告诉刘经理每次给你一个弹夹，多了你自己掏腰包啊。枪不是枪，记住了，它是玩具，男人最好的玩具！"

"哟，谢谢队长！哎，队长，这卡挺贵的吧？我可不能白要啊！"

"呵呵，不掏钱，我是这里的客座教练，白送我的。"

"噢……"简凡刚愣了下神，队长已经准备要走了，简凡赶紧跟着队长出门了。又回到了车上，秦高峰又是不经意地问道："哎，简凡，我听说你臂力不小啊！成钢掰腕子掰不过你？你练过？"

"哈哈……"简凡一听这话倒乐呵了，笑着说道："队长，我七岁开始跟着我爸提瓢炒菜。您想啊，左手提瓢、右手提刀，当厨师的哪个腕力不比普通人大？"

"哦，这样啊……简凡，你和别人打过架吗？"

"没有没有，绝对没有，我这人最老实不过了，一般不跟人争执。"简凡否认道。

秦队长笑道："是吗？这可当不好警察啊！"

"这……"简凡愣着看着队长，看队长不像责备的意思，这才大咧咧说道，"我打倒是打过，不过是觉得能讨便宜才打，打不过我跑得快，怕吃亏。"

"哈哈哈，说得好，这是成为一个警察最优秀的品质。"

秦高峰更加证实了自己心中的想法，长笑着，驾着车离开了警校。这一次和队长两人单独相处，反倒让简凡觉得这个面相凶恶的队长也颇对胃口。

简凡在回队里前，先在一大队旁边一家银行门口下了车。时间近午时了，他摸着口袋里刚领的工资，进了银行，一会儿工夫从银行里出来了，就忙着给家里打电话。

"妈，我发第一个月工资了，嘿嘿，我给莉莉汇了一千，你们别给她了啊，以后我按月给她汇就行了……呀！没事，我有钱花呢！我们单位福利好着呢，衣服鞋子都是发的……妈你别光问我呀，你们还好吧……什么？换对象？没换，还是香香……您放心，我现在是人民警察了……妈，你放心吧，我在单位挺好的，你儿子我算聪明的了，领导可喜欢我了，再过十几天就回去过年了啊……"

简凡和老妈瞎扯了半天，挂电话时，手机、手心和耳朵边都有点发热。从单位会计手里接过工资，让简凡心里有点莫名的激动——第一次独立在外挣钱了、有一份稳定和固定的收入了，虽然不多，还是让简凡摸着胸前热烘烘、暖洋洋的。据说转正后的工资要比实习期多三分之一，再加上奖金、福利、补贴之类的，也有不少了。一想到那个时候，简凡不由自主地又多了一分憧憬，过上三年、五年或者再长一点时间，自己没准也能在这里扎根，在这里成家立业，说不定也能成为这个城市的一分子，自己的理想跟着环境，又在慢慢改观了……

"交枪！"

三组佩枪的郭元、肖成钢走进了枪械室，喊了句，"啪"的把枪拍到了桌前。

"简凡，检查一下，签了字。"陈十全喊着，乐得指挥属下干活。

在里间检查枪械的简凡把俩人的枪收起来，刚一拉弹夹脸就拉长了："喂，明明有枪套你们又塞裤腰里是不是？沾上了皮屑和汗渍容易生锈，又不好擦。跟你们说几次了，就不听是不？"

"嗨，训谁呢？我去乌龙的时候你还是个小协警，让你进队里我可是投了一票赞成票，怎么跟前辈说话呢？"郭元笑道。两人在乌龙县见过面，熟悉得很，而且是差不多大的年龄。

"我教训他呢！"简凡觍着脸笑着，指指肖成钢，却是不敢和郭元叫板。

"嘿，郭元现在可是我师傅，你教训我等于教训我师傅，是不是，师傅？"肖成钢摇头晃脑说道，在外奔波了一个多月，更黑瘦了几分，那样子不用说，肯定是累的，三组这一出勤，又是四五天没见着面。

"少废话，签字。"

简凡说着，双方签字交接，简凡却是已经擦上枪了。肖成钢签着字，又想起伙食问题凑上来道："哎，锅哥，晚上吃什么？我想吃老家的块肉炖蘑菇，哪天闲了给炖一锅呗，天天吃快餐和方便面，憋死我了。"

"哟，一说吃就想起锅哥来了，我教训你一句你都敢叫板，谁还认你这老乡，切！"简凡低头擦着枪，不理会了。

"别别……你训、你训，你使劲训！训完了，给整一锅炖菜吃。训吧，连我师傅也训，师傅您老别生气，咱们这是忍上一时之辱，回头吃上一肚。"肖成钢兴高采烈地说道。郭元早尝过了简凡手艺，却也是笑着应着。

"懒得训你们。江叔给你们准备好了，去吃吧！哎，对了，郭元，队长今天说枪是男人最好的玩具，这话有点意思啊。跟你们说过吗？"简凡擦着枪，猛地想到了今天和队长在一起时的那句话。

郭元笑着道："他好像是这样说的，枪，是一个警察能够战胜恐惧、证明自我的工具！会上讲过，我刚进队的时候就听过。这都已经改成玩具啦？不过我进队四五年了，只朝天上开过几枪。"

两人听到的话都是不一样，不过都有琢磨的劲道。正说着，这没皮没脸的肖成钢却是笑着把脸凑上来道："不对，这个观点是错误的，女人才是男人证明自我的最好工具，哈哈！"

三个人猛一愣神，都哈哈笑了，连陈师傅也在笑着。

"滚！"简凡又气又好笑着赶走了两人，郭元、肖成钢两人乐着奔出去了。简凡和陈十全看看时间，估计没事了，交接着钥匙，锁上了枪械室的门准备吃饭去。还没出门，这肖成钢又乐滋滋地跑回来了。简凡看着没好气地问道："不是饿了呀？又来干什么？"

"锅哥，外面有人找你？"

"谁呀？"

"嘿嘿，一个很漂亮的'工具'！"

肖成钢说了句，笑着就奔着跐了。简凡看着上司陈十全，有点脸红，陈十全却不和年轻人开这玩笑，点点头示意着简凡出去吧。

转出了甬道，刚到了楼道上，简凡就看到大门口的来人。他一下子看呆了，薄暮冥冥、将暗未暗的天色里，停在大门外的一辆白色轿车前，站着一位长发飘飘的女人，却是怎么也想不到，她竟然会出现……

依旧蚀骨香

虽然变了装束，变了形象，虽然还隔着很远没有看清楚，虽然是很长时间没有见过，可仿佛是念念不忘必有回响一般，简凡一眼便认出了蒋迪佳。

心一下子提起来，却不知道为什么心里没主意了。愣了半晌，蒋迪佳早已看到简凡，招着手高兴地喊着："简凡，我在这儿，快下来！"

一干进出的警察们跟着蒋迪佳的手势回头一看，几个年纪不大的也开着玩笑喊着："喂，简凡，快跳呀，还等什么呢？"然后都是哈哈笑着走了。蒋迪佳倒落落大方，还笑着和一干小警察们打招呼致意。

简凡愣了下神，跟着蹬蹬蹬下楼了，一路思忖着该怎么应对，不过直到门口还是没有想出来。待站到蒋迪佳面前的时候，又是心神不能自已了，笑着叫了声"蒋姐"便没有下文了。

一切都是下意识的，所有的一切动作都不受大脑控制。至少简凡觉得是这样，高兴地看着几个月来只透过车窗看见过一次的蒋姐姐。

此时的蒋迪佳套着一身米黄色的风衣，尖头的高跟鞋在宽大的裙裤下只露出一点点，没有夏天那么撩人，却也别有一番风韵。而今天她又戴上了一副黑框眼镜，凭空增添了几分书卷气，文雅与美糅合在一起，多多少少有点动人心魄的力量——即便动不了别人，动简凡是肯定没问题。至少现在简凡的目光一直被吸引，平时的伶牙利齿已经不太发挥得出效力来了。

蒋迪佳还如初见之时那样浅笑着，不过开口说话却是埋怨道："你们这单位真难找！"

"嘿嘿，我们警察得藏得深点，那你怎么不打电话？"简凡傻傻地瞪着眼问了句。

"本来想打，可后来我觉得还是亲自来比较保险。"蒋迪佳道，"之前有一次给你打电话，你接了又给挂了，后来我又给你打了几次电话，都是停机……"

简凡一愣，猛地想起当初去警校报道那天手机被偷的事来。起初自己并不在意，谁能想到来电话的竟然是蒋大美女？心里直呼倒霉，赶紧解释了一番。

蒋迪佳本来心里对这电话还是颇有芥蒂，不过刚才见了人，早已消弥于无形了。此刻又听得简凡的解释，自是笑得前仰后俯。

"蒋姐，你怎么来了？"简凡小心翼翼问了句。

却不料蒋迪佳颇有深意地说道："怎么？难道你不希望我来？"

"噢，不！"简凡摇着头赶紧否认，看着蒋迪佳笑着仿佛很有兴趣地欣赏刑警一大队的风景，小心翼翼地问，"那……来找我有事？"

"当然有事。"蒋迪佳直盯着简凡，仿佛在欣赏小警察的装束一般，抿着嘴葺地笑着说道："你留在大原也没告诉我，我还以为你把我忘了，去乌龙县的时候我到你家找你，还被你妈妈训了一顿，你说吧，这些账怎么算？"

嗔怒的蒋迪佳仿佛就是来兴师问罪一般，脸沉下来了，不过眼里却是像简凡一般促狭。

简凡一听乐了，这事倒已经听费胖子说过一次了，隐隐地有点歉意，笑着说道："蒋姐，这不能怨我吧？费胖子早告诉你别去了，你非要去。我妈那对你已经很客气了，要费胖子去，一准挨巴掌。嘿嘿，您别见怪我妈，她当了一辈子老师，见谁就训谁，你要再多见几次就习惯了。"

蒋迪佳嗔怒地指着简凡，很不满意这句话一般："看你幸灾乐祸我就来气，不行，今天得把账算清。"

"怎么算呀？又想让我请你吃饭呀？要有家伙什我倒可以给你做一顿。"简凡笑着应对道，知道蒋迪佳在开玩笑而已。

蒋迪佳倒不知道简凡在打着什么鬼心思，她握着拳头状似威胁完了，一回头又笑着给简凡整了整衣领，还真像一位大姐姐一般，笑着说道："你当然要请了，择日不如撞日啊，给你个认错的机会，西餐怎么样？不要找借口回绝，否则的话我会很不客气的。"

如此邀约，是美女的专利，或许在蒋迪佳看来，这样无论如何也不会遭到拒绝的。她笑着，露着一圈整齐的贝齿，看着简凡两眼偶尔有点发滞地欣赏着自己，心里多多少少有那么一分满足。

却不料简凡是人傻心不傻，眼骨碌一转悠，两手一摊，很诚实地说道："我不找借口，可我有充分的理由不能请你。"

"为什么？"蒋迪佳一下子不高兴了，这回是真不高兴。

"没钱，请不起！"简凡两手一摊，爱莫能助了。

蒋迪佳一下子怔了，惊讶地看着简凡，不过马上又乐了，低着头呵呵笑着，一抬手指指简凡要说什么，再看简凡神情很严肃，又被逗得直弯腰。

"笑什么？我真请不起。"简凡正色说道，不知道话里是不是有开玩笑的成分，还补充了句："这月工资寄给我妹妹了，剩下的够不够生活费还难说，我这人比较现实啊，打肿脸充胖子的事我可不干。"

一半是现实，一半是委婉地回绝。而且请这样的美女吃饭，那绝对是无谓的投资，这事简凡肯定不会干，白看还差不多。

蒋迪佳又被说怔了，一怔之后，却是笑得更厉害了，第一次被这样的理由拒绝，笑了半天才缓过劲来，手不经意地扶着简凡笑着道："这个理由很充分哦。我表示理解和支持，不过……呵呵，我只是说请我吃饭，可没说让你掏钱，你也可以理解成陪我吃饭怎么样？"

蒋迪佳笑着把话说完了，早知道简凡说话和行事都会出乎意料，却没想到这么个意料之外，说完了还是一副乐不可支的样子。

"嗯，那是我小气了。"简凡故作窘态，悻悻然道了句。

"知道错了还不改呀？简凡，我们是朋友，在乌龙县你和仕青都把我当朋友，难道我不能诚心诚意地请你吃一次饭？"蒋迪佳眨着眼睛，直视着简凡。

"我……"

"走吧，你再装就不像了。我知道你想去。"

蒋迪佳这次真不客气了，按着摇控锁，车"嘀嘀"响了两声，跟着推着简凡直塞到了车副驾上，尔后自己又非常得意地坐到驾驶员位置，开了CD、打着喇叭、倒着车，看了看简凡，俩人互视笑着，却是各有心思，转着方向一溜烟走了。

大队里技侦科的办公室里，两个脑袋挨着，直看着车走远了才意犹未尽地缩了下来。俩人互视了一眼，杨红杏眼里几分惊讶狐疑，这梁舞云嘴快，八卦地问着："喂喂，老大，我说这小子这段时间怎么不纠缠你了，原来有新目标了啊，看样子还是富家女啊，那辆车四十多万呢！哟，看这两人，关系发展得不浅啦！不是美女倒贴这小白脸吧？不像呀！"

"和我有什么关系，多嘴。"杨红杏白了一眼。

"哟，关系大啦，要喜欢就赶紧，现在这矜持不值钱了，别被人抢了后悔。"

"谁说我看上他啦？我能看上他？切！"杨红杏继续翻着白眼，明显心里不爽。

"那倒是，不过没准人家也没看上你，你看刚才那位，气质长相可比老大你要强不少啊。"梁舞云说了句实在话。

"土匪，信不信我踹你。"杨红杏瞪着眼轻斥道，这话伤自尊了。

"好好，不说了……走走，去我家。"

俩女警推推搡搡着，直到坐到梁舞云车上还见得杨红杏有点气呼呼的样子。不知道为什么，看着简凡一副没出息的样子，杨红杏便会生气；看着他窝窝囊囊钻在枪械室里不出门，杨红杏也会生气；而现在，看着他和别的女人在一起，好像比所有生的气加起来还要生气。

直到下车，杨红杏才若有所思地拽着梁舞云，征询似的问道："舞云，你说，我是不是太霸道了，把他吓跑了？"

梁舞云一听，一怔，跟着是前俯后仰地笑着，鼻子眉毛挤到了一块，乐不可支地说道："老大，喜欢就喜欢吧，你还不好意思说？人家请你的时候，你故作姿态；人家不理你了吧，你又是失态。有什么瞻前顾后的？又不是谈一次就非得嫁给他，第一次谈对象就谈成老公，那多亏呀！喜欢就放手去追，怕什么呀？"

"可他有女朋友……"

"哎！女朋友算什么？而且我告诉你啊，抢别人的男朋友，最有成就感；抢回来再蹬了，更有满足感，不信你试试？"梁舞云神神叨叨地说道。

"算了，我不和你说了，你要是个男人，还没准流氓成什么样子。"

杨红杏悻悻然下了车，和这位虽是密友，可却经常难以说到一块……

简凡可乐呵了，舒服惬意地靠在副驾上，有美人在侧、音乐在耳，偶尔听得蒋姐姐温言软语问句什么，随口心不在焉地答应着。一路上正逢着下班高峰，走走停停差不多一个小时才到北城。下车的时候一抬眼，却是简凡没来过的五洲酒店。欧式回廊形建筑在夜色里显得金碧辉煌，停车场四周的草坪灯、路灯和酒店里映射出来的灯光交相辉映，把这里变成了一座灯的宫殿、美的海洋，就像电影里的魔幻世界。

学生时代简凡听说过，据说这地方有最正宗的原豆咖啡和红酒，那时候的理想是携个漂亮学姐或者温柔学妹来这儿潇洒。无奈囊中羞涩，一个月的生活费也未必够在这里吃上一顿，自是不敢尝试了，只敢偶尔路过羡慕地看上一眼。

而今天梦想实现了一小半的时候，简凡心里怦怦跳得厉害。特别是蒋迪佳一路温言软语，下车便非常自然地挽上了自己的胳膊，更是让简凡怀里如同揣了一只小兔子般咚咚直跳。

走进金碧辉煌的大厅，在这个代表着上层人士出没的地方，不管你挽什么样的美女都不会有太大的轰动效应。不过美女挽个警察就有点让人侧目了，从门厅到电梯不远的距离，倒还引起了不少的回头率。这感觉让简凡颇有"成功人士"的味道，走路走得气宇轩昂。

进了电梯，蒋迪佳颇有兴致地问："哎，简凡，你来过这儿？"

"没有啊，怎么可能？"

"不像啊，你走得挺潇洒的么！一点都不拘束。"蒋迪佳笑着问。

"嘿嘿，"简凡笑笑，侧头凑到蒋迪佳眼可见的地方，脸马上正色无比，压低了声音道，"我装的。当不了大款，我装大款，反正是你掏钱。"

一句话逗得蒋迪佳又是咯咯直笑。

简凡刚笑了笑，反过来问出心里的疑问了："蒋姐，你近视呀？"

"没有啊！"

"那你怎么戴着眼镜？"

"呵呵……"蒋迪佳也学着简凡样子凑到耳边说道，"我也是装的。戴个眼镜看上去斯文点，讨人喜欢。特别是装大款的那位。"

这句话倒把简凡逗笑了，生分的感觉被消除了不少。

两个人的出身虽有不同，言语间却默契无比，虽然不是非常熟稔，可更像多年的老朋友一般。蒋迪佳仿佛特别喜欢简凡经常没来由的黑色幽默，而简凡就更简单了，这么个美女陪着，当然是求之不得了，何况还是一个很随和、不会随便耍脾气的美女，这就更求之不得了。

蒋迪佳随便介绍了几句五洲酒店，以正宗西餐闻名，经常有外宾在这里聚会，楼高二十七层，这些年开发出了多种饮食和娱乐项目。西餐厅在第二十层，俩人进去的时候已经坐了不少客人了，轻柔的音乐声中，能看出尚有几位肤色不同的老外在窃窃私语，白衣黑领结的服务生很谦恭礼貌地迎着每一位客人，两百多平米的大厅四周是高大的罗马柱布景，镶铜椅子、胡桃木欧式餐桌，有的桌子上还放着一个精致的烛台，异国的情调仿得非常浓郁。

蒋迪佳领着简凡挑了一个临窗的位置坐了下来，透过观景窗，夜色中的大原俱在眼中，早成了一片望眼无际的灯的海洋。简凡四下里看看颇有感触了，平时这个时候，怕是早钻在臭烘烘的宿舍里玩电脑或者和几个外勤大小伙瞎扯淡了。

两厢相比之下，简凡不由地暗道了句："这才叫生活。"

蒋迪佳看样子对这里非常熟悉了，征询着简凡意见，随意地点了两份牛排，一份芋艿蔬菜沙拉、金枪鱼三明治加一瓶红酒。红酒的名字在蒋迪佳嘴里娴熟地发了一串音节，简凡这根本没听明白，不过也没好意思问。

当然也顾不上问——脱了外套的蒋迪佳，里面穿着高领的厚线衣，乳白色的线衣贴得身材玲珑有致，早把简凡看得晕三倒四了。

"对了，简凡。"蒋迪佳点完菜，笑着轻声细语道，"上次你做乌龙第一锅，真叫人一直念念不忘呀！前天陈主席和我爸下棋，他们一直埋怨我哥没把你们家招呼过来……我就奇怪了，到底是怎么做出来的？后来九鼎几个厨师模仿着做，可做出来，就觉得哪里不对劲。"

蒋迪佳说道，一脸诧异和神往。不料这话一说，简凡笑得眉毛一翘一翘，要不是这环境，估计早笑倒了，跟着很神秘地问："是不是觉得很神奇？"

"嗯。"蒋迪佳点点头。

"很好吃吧？"

"嗯。"蒋迪佳又点点头。

"嘿嘿……"简凡又是一副贼兮兮的样子，凑上来轻声说道，"想知道为什么吗？"

"嗯！"蒋迪佳被简凡撩得兴起，不自觉地凑了上来。

美人近在咫尺，正眨着美目侧耳倾听，眼神里好像有那么一点点倾慕，翘翘的嘴唇和鼻尖历历在目，在幽幽的灯光下有幽香传来，让简凡沉浸在这种心旷神怡的感觉里……

福至祸亦降

这个晚上，大概是简凡留在大原最为惬意和得意的一个夜晚了。

灯火辉煌的城市就像一片明河星海，点缀在凭窗而坐的俩人身畔，西餐厅晦明晦暗的水晶吊灯像故意在制造暧昧的氛围一般，在这个座位的四周留下了一圈暗暗的光影。眉飞色舞的简凡、侧耳细听的蒋迪佳，两人的眼中，都有着对彼此的倾慕，这一刻，都不知不觉地沉浸在愉悦之中了。

一说到厨艺，一看着对面蒋姐姐不无倾慕的神情，离自己不过咫尺之遥，简凡的兴致自是高涨，他兴高采烈地说道："不是他们做得不好，而是你觉得他们做得不好。这中间是有区别的……嗯，其实美食的成功之处不光在于做得好，而是环境、情景、时间把握得好，这都是美食的重要组成部分。"

简凡又来了，一说起来，又忘乎所以了。两人本来咬着耳朵窃窃私语，恰如一对亲密的伴侣。不过一听这话，蒋迪佳却是几分不相信，一指差点指到了简凡的鼻子上，笑啐道："少来了，又蒙我？我不信。"

一见简凡这等正色的表情，蒋迪佳又想起了在乌龙被他蒙的那回事，侃侃而谈正色无比，又是把脉又是挽发，你浑然不觉的时候，他早把你当赌注押了。

简凡却狡黠地笑着道："这么说吧，乌龙有句俗话：饥了香，饱了臭，饿得厉害，糠面窝窝赛过肉。就是这个道理，你最需要、最渴望的时候，才会觉得这东西好。"

简凡眼亮着像在捉弄人，蒋迪佳听得入神，拽着简凡的胳膊肘摇着，不耐烦地说道："呀，别卖关子，快说呀。"

"味道好是一个因素，但不是主要的。"简凡笑着说，"关键的问题在于，你想想，每当在我们那吃了几道油大味重的锅菜，最需要的是什么？"

246

"嗯？不知道。"蒋姐姐美目眨着，很诚实地摇摇头，估计就只想做忠实的听众。

"笨……玉米黄呗！"简凡笑着说道，"你想啊，在我们那里吃到最后肯定是满嘴油腻，已经分不出什么好味道了，突然有清凉的玉米黄入口，一下子从喉咙里直透胸肺，肯定是如饮琼浆玉液，能不叫好吗？就是上一盆冰镇自来水拌糖精，都能喝得津津有味，嘿嘿……"

简凡低着头，捂着嘴压抑着笑声，不无几分得意。蒋迪佳恍然大悟之后，想通了其中的奥妙，眼早笑得眯成了一条线。

两人的这番笑谈更是拉近了彼此间的距离。不一会儿，菜上来了，两人轻嚼慢咽着，蒋迪佳偶尔一看简凡，还是没来由地想笑，几次都低着头忍俊不禁。

简凡仍是一副无动于衷的表情，等着服务生离开了，这才食指轻叩着桌面提醒道："哎，别笑了啊！这是美食的最高境界，吃得你口服、想起来让你心服，说起来让你佩服，一句话，不服不行！嘿嘿，我听我爸说了，知道你哥一直想复制第一锅的手艺，除非我亲自上，否则他也只能学个形似而神非。"

不说还好，一说蒋迪佳却是再也忍不住了，扑哧一声大笑出来，惹得邻座有客人投来诧异的目光。蒋迪佳觉得失态，一手捂着肚子，一手捂着嘴强自忍着，忍了半天才坐直了，脸上尚在笑着，不过却是正色说道："不许再逗我了啊，笑得我肚子疼，还怎么吃呀？"

简凡反而成了浅笑的模样了，乐得看着美女失态，自己却一本正经地说道："又赖我了吧？你要问的，我是在为你解疑答惑。"

说了半天，这其中的道理非常简单，只是抓住了吃客的心理而已。蒋迪佳也没想到在这个层次上能说出这么多道道来，还真是不服不行。再看简凡的眼神里，玩味和开怀之后，依然是目光清澈如水，蒋迪佳蓦地被感动了一下。简简单单的一个男孩，在面对可能心怀叵测的每一个人时都从不设防，都是如此真诚。偶尔的小聪明和恶作剧，看起来都是那么可爱。

笑了半天，终于安生下来了，两人边吃着边偶尔碰一杯。让蒋迪佳不无诧异的是，简凡一手持刀、一手持叉，切着牛肉往嘴里放，动作娴熟无比，切下来的牛肉利利索索，骨上干干净净，就像一个经常吃西餐的主。蒋迪佳浅尝着，兴趣又上来了，轻声问："味道怎么样？"

"不错，很有味道。"简凡点着头。

"是吗？我还以为喜欢中餐的一定会贬薄西餐。"

"不，那是狭隘的，我没有啊！西餐还是有一定可取之处的，比如蔬菜沙拉的做法基本保留了菜的原味，要从营养的角度来说，这是最科学的。"简凡很中肯地说道，"不过好吃不好吃就另一说了，咱们这儿人，胃里怕是不好消化这生东西。这样说的话，西餐永远是点缀，它成不了主流。根本不需要去贬薄它。"

"你喜欢就好。"蒋迪佳说道，笑着看着简凡，心里泛着绮念，怎么也想不通每次见着简凡都是不同的感觉，每次都能笑得忘了一切。

两个人轻声说着、饮着红酒，偶尔还碰一下杯，气氛自是轻松无比，一瓶红酒浅浅地下了一小半，盘碟中的菜品已去十之七八。时间缓缓流逝了不知道多久，蒋迪佳优雅地抹抹嘴，笑着看着简凡说道："简凡，其实，我今天找你还有一件事。"

简凡听得稍稍一顿，笑着回了句："说吧，蒋姐。不会是……"

蒋迪佳嗔怪了句："喂！先听我说好不好，不要老抢白我行么？"

"行，你说。"

"我说话的时候，不许插嘴，等听我说完再开口。"

"行啊！我当听众，没问题。"

蒋迪佳在就着此时环境的情绪来说事，而简凡答应得轻松之至，心里却知道这世界上不会有无缘无故的爱和无缘无故的恨，彼此能坐到一起，缘分是次要的，关键估计还是九鼎关于第一锅配方的事。简凡在乌龙的时候曾听父亲提过一次，一直没放在心上。虽然蒋迪佳几次声明不是为这件事，可简凡知道最终还要回到这一件事上。

蒋迪佳看着简凡，眼神带着几分歉意，缓缓道："我不瞒你，简凡，我哥下午打电话让我和你接触一下，具体洽谈一下……乌龙一行，也纯属偶然，我只是不经意地告诉我哥有这么一家特色炖菜，却没想到整出这么多事来。简凡，我只是想很正式地先向你说一句对不起。"

"对不起？"简凡愣了下神。

"毕竟是因我而起、毕竟蒋九鼎是我哥哥，而且我了解我哥哥，他是彻头彻尾的生意人，如果他真的想收购'第一锅'，不达目的绝对不会罢休，之前我给你打过电话，可一直联系不到你，今天终于有机会了。"

蒋迪佳现在倒是郑重无比，双手百无聊赖似的交叉着，这个表情并没有掺假，简凡看得有点不忍，笑着不以为然地道："瞧你说的，有什么大不了的。"

"呵呵，你要不介意，那我就放心了，不过这件事因我而起……"蒋迪佳说着，从随身的风衣里掏出来一个信封，轻轻地放在桌子上，盯着简凡，仿佛生怕简凡怪罪似的说道，"这是我刚刚从九鼎支出来的三十万，先送给你，过两天我哥回来，我们要不再一起找他谈谈吧，你想想你有什么样的要求，我再为你争取一部分股权。他敢骗你，但不敢骗我，而且你是我朋友，我不会让你吃亏……你现在刚刚工作，肯定也需要钱，就拿这笔钱在大原置一套房子成家立业怎么样？把这件事做成双赢结果你同意么？自从认识你，和你在一起每一次我都很高兴，我也不想因为什么误会而失去你这样一位好朋友，你能理解么？"

蒋迪佳缓缓地把现金支票推到了简凡面前。

没音了，话完了，简凡的眼早瞪得铜铃般大小，喉咙里"呃"的噎了一下子，喉结动动，两手僵着，眼睛直勾勾地看着桌面上。信封里露着一角，那是什么？那是钱！那是十多年的工资，那是车，那是媳妇，那是房子，那是……什么都是……

不由自主地掏出来那张支票，从来没见过这么多、这么可爱的零挂着，简凡看得如此心旷神怡，梦想中的一切一下子都触手可及了。

蒋迪佳看着简凡，还是很诚恳地劝慰道："请收下，我不会因此小看你。相反，如果你碍于面子想故作清高、不好意思收这个钱，那我才会看不起你。有时候，男人的面子不得不靠钱来维持着，在省城不名一文，谁会给你面子？你现在正需要它。"

蒋迪佳的温言软语诚恳中透着客气。不知是被蒋姐感动了，还是被支票糊住了嘴、蒙住了眼，简凡半天没吱声，偶尔抬眼看看蒋迪佳，想要从那一弯浅笑里发现点什么。不过，看来看去，只有温柔恬静，却不像有阴谋的样子，或许，她确实是诚恳地，没有挟带什么。

简凡正要准备开口的时候，突然很诧异地拧拧鼻子，深呼吸了几下，脸上表情怪怪地："嗯？烟味？哪里起火了？"

一说这，简凡一屁股坐起来，吓了一跳，自己的鼻子有多灵自己是知道的，一丝不祥的念头涌上来了。

蒋迪佳一惊站起来了："哪里？我怎么没有闻出来……"

简凡狐疑地四下看着，从所在的二十层朝楼下看时，只见楼下却是影影幢幢在向外跑着的人群。简凡惊声叫了句："坏了！"

是坏了，跟着"砰"的停电了，好多人同时惊叫起来。昏黄的应急灯只闪了一下，也爆了。惊呼的声音更大了几分，刚刚还柔情似水的环境，瞬间成了漆黑一片。门厅口服务生一拉门，惊叫着："着火了！"一声惊叫之后人便跟着跑了，楼道里踢踢踏踏都是人群杂乱的脚步声。人群乱喊着："着火了，着火了！"

餐厅外也是乌黑一片，偶尔有亮着的应急灯昏黄如豆，根本起不到照明的作用了。封闭式的餐厅门一开，即刻涌进来浓重的烟味，被隔着的警报声音响了几声后戛然而止，惊呼声、女人的尖叫声、桌椅碰撞声和盘碟破碎声清脆地响着。餐厅里乱作一团，便是数十只耳朵也听不清到底有多少种声音掺杂在了一起。一眨眼的工夫，几十人"哗"的一下子像开闸的水一般涌向了门口，加入到了乱糟糟逃命的人群之中。

"简凡……简凡……"

蒋迪佳目瞪口呆的一瞬间，心里害怕地回头喊着，隐隐地看着对面座位上早没了简凡的影子。心里惊恐之下，什么也顾不上了，蒋迪佳朝着门的方向奔了过去，加入到了逃命的人群里。

从天堂到地狱，仅有一步之遥。

街区外看着富丽堂皇的五洲酒店，在光亮闪过几次之后便成了漆黑一片，较近的地方已经闻到了浓烟呛人的味道。呼救着、惨叫着从火光中逃出来的人群依然是惊魂未定，有的在拨着电话，有的在声嘶力竭地呼喊着亲人的名字，还有衣冠不整的在寒风中瑟瑟发抖。高层反应迟的顾客，依然在浓烟滚滚的楼层里冲撞着、奔逃着……不过几分钟时间，火光从四层窜上了五层，起火的范围在蔓延着。偶尔有玻璃墙被烧爆了，像冰山消融一般，"哗"的一声巨响扑倒下来，又引起一片惊叫。金碧辉煌的酒店，霎时变成了浓烟缭绕的炼狱……

第五章
突如其来的神秘任务

奔逃何仓惶

灾害面前，所有生命都是平等的，都是一样的无助，都是一样的孱弱。这一刻，没有身份的差别、没有年龄和性别的区别，所有的人都在仓惶奔逃着，哭喊拥挤着，无助泪流着，只为一个目的——活着。

起火的是四、五层，等高层的顾客反应过来向外跑时，火势却是已经封住了楼层，向上蔓延着。紧急出口塞满了人，男女老少挤拥在楼道里，被浓烟呛得剧烈地咳着，不少人绝望地向后退，又有不少人鼓着勇气钻进了浓烟弥漫的紧急出口往下奔。过了不久，火势蔓延到了这里，浓烟和火光中传来了阵阵呼号的声音，不知道是绝望的哀鸣还是绝处逢生的吼声。

满心绝望和恐惧的蒋迪佳惊恐地跟着人群往楼下跑，差不多已经走到了队伍的最后，不知道下了几层，不知道走了多远。前面的在跑、后面的也在跑。穿着高跟鞋的蒋迪佳被后面的人一推搡，猝不及防地摔倒了，下意识抱着头扑倒在楼梯上的时候，稍一迟疑，身上便被后来者踏上的若干只脚踩过，一只脚正踩到了小腿弯部，蒋迪佳吃痛喊了一声。

绝望之中，她向着楼层的方向爬过去几米，躲开了紧急通道。

突然间，蒋迪佳下意识地大喊了一句："简凡！"

声音是如此哀痛、无助，和着绝望和希望。这是唯一和最后的一次呼救，或许这是蒋迪佳仅存的一点点希望。

没有人理会她，仍然是绝望。

而且自己的声音马上被剧烈的咳嗽声打断了，被嘈杂的人声和脚步声淹没了。又是一个瞬间的慌乱之后，楼层里的人声渐杳，只听得见仿佛从地底传来了炼狱般的呼声。黑暗夹带着浓烟吞噬了一切，刺鼻呛人的味道不仅在窒息着人的呼吸，而且在烧灼着人的眼睛，一点一滴地带走了所有生命的潜力。

蒋迪佳绝望了，闭上眼，抱着膝坐下来，孱弱地缩在墙角，虽然离紧急出口不远，可那里烟最浓。下面的人还在呼喊，隐约已经传来火光。即便从这里出去，也未必是一条活路。蒋迪佳放弃了，不想再作无谓的挣扎了。还有多远的路她不知道，可她知道，在越来越稀薄的空气里自己坚持不了多久了。与其葬身火海，还不如安安静静死在这一隅。

绝望中脑子里一片空灵，不知道什么时候，两行泪早涌出了眼睛，湿了脸颊。

长年练习瑜珈的闭气可以调整呼吸，将身体的消耗放到最低，那样的话，即便是死也不会有什么痛苦。蒋迪佳尽量蜷缩着身子，拉着衣领掩着口鼻，放缓了呼吸，神志开始缓缓地模糊了，模糊中恍如回到了家里、坐到了暖洋洋的西餐厅。这一刻，亲人的面孔一一掠过了脑海，是父母、是哥哥、是曾经熟识的朋友、是刚刚在身边的简凡……不管是谁，都不重要了。蒋迪佳下意识地把胸前的链坠扯断了，紧紧地攒在手心，唯一留下的意念是，即便是面目全非，亲人至少可以凭着这个信物认出自己……

一个人在绝望的时候，会产生最原始、最简单的希望，不过此时此刻，都成了不可能再实现的奢望。每一个消逝的生命，毫无例外都是带着绝望和遗憾离开的。

神志，更模糊了，渐渐昏迷了……

火灾现场依然是一片慌乱，被火焰灼烧的玻璃墙像冰山轰塌一般，不一会儿，便是"轰"的一声巨响，四散碎落在楼前。停车场各色豪车惊吓了一般鸣着警报，星星点点的火焰掉到了车上，又产生了新的火源。隔着几十米远，逃生出来的人、围观的人还有刚刚赶来救援的人，都惊恐地望着像一个怪物般喷吐着火焰和浓烟的五洲大楼。

　　"啊！有人跳楼！"

　　人群里响起了女人的尖叫惊呼声，不少人也已看到了，五层楼上，熊熊燃烧起火的窗口，一个人影迟疑了片刻，纵身从火焰的包围中跳出来了，数百双惊恐的眼睛直视着那个惨烈的生命划着一条垂直的线、砰然坠地！惊呼之后，更多的人闭上了眼睛，为逝者、为一个素不相识的陌生人潸然泪下，在他消失的身后，依然是一道肆虐的烟幕火墙……

　　消防车凄厉的警报声，像是在为已经消逝的生命哀鸣。

　　从四个方向、五条主干线向着出事的地点，都有消防车在疾驰。第一辆消防车到达火灾现场的时候，火势已经蔓延到了六楼，逃生出来多少人、酒店里还有多少人、被困的还有多少人都是一个未知数。两架云梯上架着水龙开始喷向肆虐的火舌，但火势仅仅被压了一下子，之后又重燃而起……

　　全市十二个消防中队同时接到重大火情动员令。支队总指挥部从市区、郊区几乎调集了这座城市所有的救援力量，都在倾尽全力地向这里赶来。距离最近的北郊武警三中队，四十名留守的队员来不及装备好便接到了紧急救援的命令，钻进了闷罐车一路飞驰……

　　公安局大院，平时难得一见的领导专车都呼啸着进院了，跟着就是紧急磋商和亲临现场。越是在这种时候，越是要站在一线。

　　沿着五一路、解放路十数公里，上百名紧急调援的公路巡警声嘶力竭地在为消防车清障，几十辆红蓝三色警灯闪着，死死地压在岔路口，生怕关键时候交通堵塞，各路口被压制的车龙越来越长，都在为救援的队伍让路。车龙静止在这里，车窗伸出头来的人都在小声地互问着。知道了缘由，没有人再鸣着笛催促，没有人再吆五喝六，也没有人再质疑此时的警察和警车，都在直着脖子，一脸惨然地望着浓烟升起的地方。

没有人去抢那条空荡荡的路，那是生命的通道。

医院，四处急救中心十七辆救护车向着出事地点疾驰，司机把油门踩到了底，悠长的鸣笛像在挽留即将逝去的生命。灾难面前，生命，再没有尊卑和贵贱之分，滚滚的车轮，在和肆虐的火、在和时间赛跑着……

楼外喧闹，楼内却是一片恐怖的寂静，偶尔在墙角一隅，会听到虚弱的呻吟，头顶已经短路烧裸的管线会迸出星星点点的火花，黑暗和烟气笼罩着的楼里，像一个无法容纳生命的绝地。

蒋迪佳蜷缩着，不知道过了多长时间，在意识即将昏迷的时候，仿佛听到熟悉的脚步、仿佛看到了影影幢幢的灯光、仿佛是在梦里或者什么地方见过一个怪模怪样的动物在向自己爬过来，像一只獾儿从土里钻出来一般。

迷迷糊糊之下，蒋迪佳感觉被人扒下了口鼻上的遮掩物，跟着听到了"噗"的一声，脸上清凉一片，浑身激灵一下子，睁开了眼。黑暗里射来微弱的电筒光，身畔跪着一个人，那人的装束看不清楚，脑袋上缠着什么掩着口鼻。

"噗"的又是一声，却是那人灌了一口什么喷在自己脸上，还未等说话，嘴上便被蒙上了一块湿布。

清水，救命的清水。这一个简单的动作，却是让脑袋瞬间清醒了，另一只手死死地拽着那人的胳膊，抓住了救命稻草一般……是简凡！蒋迪佳一阵惊喜，对方脸露出来的瞬间，蒋迪佳认出来了。来不及思考，只见得简凡打着微弱的电筒，头裹着布片，手指指上方，附耳轻声说道："不要说话，跟着我走，压低身子，别靠近金属的东西，千万别扶栏杆！"

于是，两人像两只偌大的硕鼠，弯着腰，几乎是趴在地上缓缓移动，一前一后。身前的微弱电筒光所过之处，俱是烟雾缭绕，照不了多远，只有把身体伏到最低才能感觉呼吸稍稍舒服点。上了两层，简凡回头又倒了些冷水，把蒋迪佳嘴边的湿布再浸一遍，继续向上爬。

蒋迪佳没敢说话，只觉得好像逃生不应该是向上逃，不过此时已经没有了主意，只是跟着简凡往上爬，偶尔简凡还回头拉一把。在这个寂如死地的地方，他成了唯一生的希望。

又上了四层，简凡拽着蒋迪佳从紧急通道里钻进楼层，辨认着方向，踹开了一间客房，一进门把蒋迪佳拽进来便猛地关上了门。

这间客房里也有烟了，不过勉强能呼吸。简凡推开卫生间，跟着响起了哗哗的水声，回头一拉脸上的布喊着："进来！"蒋迪佳终于能大口喘气了，空气里烟味很重，刚喘了几口气，闻言后连滚带爬进来了，如逢甘露一般把头浸在已经温热的水中。浸了几次，发出"啊"的一声，却是死里逃生后的舒爽。

一声之后，她颓然坐倒在地上。

微弱的光下看不清简凡，只见得他正浸着毛巾，却是凑上来，光照在她脸上，声音里浑然不见害怕，反倒带着几分笑意说道："喂，我还以为你跑了，弄半天还是搁半路上了啊……挺厉害的嘛，还没给你做人工呼吸你就醒了啊！"

"你……混蛋！"蒋迪佳一听，怒从心头起，挥手就是一下。只听见"啪"的一声清脆响声，简凡"啊"得一声，却是结结实实挨了一个耳光。

"干嘛打我？"简凡捂着脸喊了声，一屁股坐到了地上。

"……为什么扔下我跑了？呜……"蒋迪佳悲从中来，掩面大哭。

"谁扔下你了，我到厨房找水，回头你就跑了……这么大的烟，捂着鼻子就跑，那不送死吗？你可真行，我喊都没喊住……"简凡悻悻然说道，摸索着找被打掉的电筒。

刚一起身，却不料黑暗里被蒋迪佳一把抱了个满怀，简凡只觉得湿漉漉的脸蹭到了自己颈上，跟着就是蒋迪佳"哇……"的一声，哭声更大了，抱得是如此紧。哭得是如此可怜，连简凡也不好意思再计较刚才的一耳光了。

"喂喂，咱一会儿再哭行么？别搂这么紧，还不到亲热的时候……"

还得继续往上，这儿马上也待不住了……烟已经透进来了。"简凡顾不上扯淡，使劲分开蒋迪佳的双手。回手捞了块浸湿的毛巾，却不料蒋迪佳放开了手，又是拦腰抱着他了，嘴里惶恐地说了句："我害怕。"

害怕是女人的专利，需要保护也是女人的特权，蒋迪佳劫后余生，死死地抱着这根救命稻草。

"废话，谁不害怕？"简凡没好气地应了声，将湿毛巾裹到了蒋迪佳的脸上。

蒋迪佳仍然没有清醒似的，拽着简凡生怕他跑似的说着："带我出去。"

"废话，谁不想出去？"简凡更没好气了。拽着蒋迪佳的手捂到她自己嘴上，教着："咱们现在要找一个安全的上风向的地方藏着，火灾里百分之八十都是被烟呛死的，还有百分之二十是自己吓死的。害怕就跟着我，不想死就把嘴和鼻子捂好。"

说着自己把头蒙好，只露着眼睛，搜索着房间里，摸了两块大浴巾浸着水披到了肩上备用，拉着蒋迪佳，两人做贼般地弓着腰，顺着来时的路往外走。

缓了一口气，走得更轻松了。一层，再上一层，没有说话，只是轻轻地走着，不急不缓。紧急通道里的烟气却是比其他地方的还浓，每走上两层，简凡用手拧拧浴巾里的水，掬着水往自己和蒋迪佳脸上洒，保持着清醒。走过其中某一层的时候，简凡却是摸索到了扔在这儿的消防斧，看样子是准备好了才去找蒋迪佳。消防斧旁边还放着一盆清水，这是二十层。蒋迪佳模糊一看也明白了，那盆是味斗，厨房里调味用的，扑到脸上的水还有沙拉的味道。

稍做停留，又不知道上了多少层，蒋迪佳手足并用，跟着简凡一直向上爬着，没有迟疑也没有怀疑，不过越走越感觉呼吸轻松了。一直快到顶部的时候，却被被简凡拉着往楼层内部钻，消防斧砸开紧急出口门后，进门便觉得呼吸一下子舒畅了。这里快接近顶层了，封闭着的门没有开，烟气进来的量不大。

两人进了这一层幽暗的楼层通道里，电筒照着窄窄的甬道，简凡像在辨识着方向，一直拉着蒋迪佳绕着通道走了几十米才站在一间房间门前，手起斧落，砸开门，带着蒋迪佳闪进屋里，砰的顶上了门。

急步拉开窗，两人趴在窗口，贪婪地大口吸着涌进来的夹着淡淡烟味的新鲜空气，从未感觉到能够呼吸也是如此的幸福。这个西北角上，正处在整幢楼的最上风向，浓烟斜斜地从不远处升腾到了空中，由于风向缘故，根本灌不到这个窗口里。楼底，四面蜂拥而来的消防车、警车、救护车已拥在四周，十几道白练似的水龙齐刷刷地喷向起火点……

"我们能逃生吗？"蒋迪佳轻轻地问道，看着依然在燃烧的底层，心里不禁又回忆起了刚刚经历的恐怖，侧头看向简凡，却是夜色中看不清此时的表情。

"我们还用逃吗？"简凡淡淡地回了句。没有答案，话里非常镇静，蒋迪佳跟着长舒了一口气，她知道，恐惧，已经过去了。

情浓话亦长

火，依然在肆虐着。火场救援的人越来越多，赶赴到场的民警、巡警开始维持着秩序，为消防车、警车、救护车清障。停车场上着火的私车被拖离了现场，市委、市政法委领导亲临现场指挥后，又紧急调拨了市委机关中巴，临时安置从宾馆里逃生出来的住客。离五洲最近的铁路二院，成了伤者的安置和避难场所，十几辆救护车往返穿梭着运送伤者，一趟接一趟忙碌着。几十名陆续赶到的消防队、武警队正整装待发，架设着云梯直插进了六层，在四十架水龙的喷射压制下，明火已经渐渐萎缩。

人群不再惊慌，这个糟糕的晚上，终于在人们的眼里有所希望了。

而这个糟糕的晚上，并不是所有的事和人都糟糕，最起码在蒋迪佳看来是如此。

二十七层，在吸足了新鲜空气后，简凡省过神来的时候才发现这里是个客房改造成的办公室，带着一间小小的卫生间和休息室。翻箱倒柜一番之后，简凡将浸湿的床单塞住了门缝，又拖着茶几顶住门。卫生间里的水流了一会儿便断水了，不过办公室里还有纯净水，足够支撑一段时间了。现在连蒋迪佳也明白了这种应急手法，在火势没有蔓延的时候，只要保证不呛烟就是安全的，即便是烟进来了，有水浸成简单的过滤布，也可以支撑到冲上天台或者逃生到安全的地方。

事儿，其实就是这么简单，如果自己不慌不乱的话，或许今天不会这么糗了。

干完了这些，简凡像完成了一项重大的工作似的，颓然坐到了窗边，长喘着气，抹着脸，不知道是抹水迹还是汗迹。

蒋迪佳看得心里颇多感触，讪讪地坐到了他的身边，想想刚才经历过的恐惧、想想两人从漆黑恐怖的通道中一路爬到这里，还是有点后怕。如果没有他，那后果是什么，连她自己都不敢去想。想了半天却无法表达一句此刻的心情，只是轻轻地说了句："简凡，谢谢你！"

简凡抹着脸坐着，黑暗里只能看见个影子和自己坐到了一起，不以为然地说了句："别客气，为人民服务。"

此情此景说出这样的话来，逗得蒋迪佳轻笑出来，说道："噢，我忘了，你现在是人民警察啊，为我服务是应该的，可以不谢的啊。"

"错了，实习警察，还没转正。"

"呵呵，那么警察先生，我们现在安全了吗？"

蒋迪佳问得揶揄，简凡答得调侃，都像是在开玩笑一般。一问到了安全的问题，简凡却是胸有成竹地说道："这个嘛，最起码不会被呛死了，这是第二十七层西北角，整个楼的上风向，烟从里从外都进不来。火要蔓延二十层才能到这里，我们从这儿还可以冲到天台上。放心，框架式结构的楼层烧不塌的，所以理论上，已经安全了。"

"那火要是上来呢？"

"呵呵……"简凡傻笑着，用玩味的口气说道，"喂，你也太不相信救援了吧。要是坐视这么有影响力的一个酒店化为灰烬，别说咱们市里，我看省委里都要有大员挂印罢官吧？这对经济强市的负面影响多大知道不？放心吧，我告诉你，用不了一个小时，火就会被压住。哎，其实天灾有一半都是人祸，一急一慌，互相一吓唬，跟着是乱七八糟挤挤嚷嚷，火烧不着也都被烟呛晕了。"

蒋迪佳听得哑然失笑了，不过更放心了几分。放心之下，坐得离简凡更近了几分，笑着问道："简凡，我怎么觉得，你一点都不害怕？"

"害怕管什么用呀？难道我和你一起抱头痛哭呀？对了，刚才借哭鼻子工夫还扇了我一耳光，你说吧，这账怎么算？"简凡回头说着，暗影里看不到蒋姐姐的花容月貌，不过近在咫尺，不调戏几句实在可惜。现在才反应过来，刚才拉着蒋姐姐一路逃命，压根就没什么感觉，心里净害怕得出了一身冷汗。

这话一提，让蒋迪佳有几分歉意了，悻悻然道："说对不起总行了吧。"

简凡一扬头，装腔作势道："对不起怎么行，不行！伸过脸来，我得还回来。"

"哇，不会这么小气吧？对我也下得了手？"蒋迪佳惊呼道，也在装腔作势。

"男女平等，你怎么就例外啦？打得我这么狠，我现在还疼着呢！"简凡道。

"那给你……平衡一下你的心理。"

暗夜中，蒋迪佳真伸过脸来了。简凡打开电筒，蒋迪佳眨着眼，俏脸上已经几片污渍，眼睛红红的，不知道是哭得还是被烟熏得，看起来楚楚可怜，简凡真有点忍不住想抱到怀里抚慰一番，不过此时此刻，却是提不起这勇气来，故作姿态地说了句："那你闭上眼！"

"嗯，闭上了，你轻点啊，打重了我又要哭了，你还得哄。"

蒋迪佳不知道为什么说了句玩笑话，而且带着撒娇的味道，跟着闭上眼睛了，心里却是有点怦怦乱跳。她知道，简凡没胆子也舍不得打耳光，肯定就是促狭地逗逗自己。从第一次俩人见的时候，从简凡那目光里就看得到倾慕，而蒋迪佳也一直觉得俩人会发生点什么。

"你快点呀！"蒋迪佳见简凡半晌没动，催了句。心里窃喜之下又有几分担心，暗忖着：这小子总不会怎么样吧？这儿只有我们两人，他要使坏的话，我又能怎么样呢。

瞬间转了一堆心思，就感觉对方有动作了——那条湿湿的毛巾上来了，只觉得简凡轻轻地给自己擦干净了脸，仔细地帮着自己拢顺了散乱的头发，不无爱怜地从毛巾上撕下布条，给自己细细挽好头发。

蒋迪佳心里暖暖地睁开了眼，感动之余又是满心温馨，见简凡正开着电筒看自己，仿佛在欣赏什么一般，不无得意笑着道："我就知道，你舍不得打美女……何况还是你姐。"

蒋迪佳说着，情不自禁地靠到了简凡的肩膀上。

不料此言一出，电筒马上灭了，黑暗中听得简凡哼着鼻子有所不屑地说道："你不要自我感觉太良好啊，我是擦干净了一会儿出去使劲打！"

"不会吧，对我这么大怨气呀？那要出不去呢？"

"那没办法，咱们做对苦命鸳鸯吧，你不乐意都不成。嘿嘿。"

"你这算盘打得蛮精明的嘛，出不出去都是你沾光哦。"

"谁沾光了？今天只有你沾光了。"

"我？有吗？"

"当然有了，请我吃西餐，一分钱都没掏就跑了，这便宜可占大了。"

"对……还没买单呢！哈哈，我估计也没人朝我要了。"

黑暗中，俩人说着话，开心地大笑起来。靠着简凡，蒋迪佳不经意地伸伸脖子，断了的链子还在，好像还有什么东西，又抽了抽，却是第一次捂在口鼻上的布，闻着味道怪怪的。她诧异地拎着问简凡："哎，你捂我嘴的这布哪儿来的？"

"毛巾呀，客房里的。"

"不是，第一次，小的。"

"哈哈，那是从厨房里找的，还能有什么？抹布呗！"

"啊？简凡！"蒋迪佳此时却是不再温柔，握着拳头咚咚直擂简凡的后背，边擂边气笑着啐道："叫你使坏，叫你使坏，往我嘴上捂抹布，我说怎么味道怪怪的。"

"哈哈，我火急火燎的有什么办法，要找不着抹布，就该捂袜子了。你知足吧！"

两人已经浑身忘了身处的环境，打闹起来了……

明火渐渐灭了，十二个消防中队的器械力量发挥了极大的效力，十几台水罐车供着水，十台大功率排烟机从机械破拆口伸进了烟雾弥漫的火场，轰轰隆隆地抽着烟气；二十多米的曲臂举高车，把第一队搜救队员运送进了高层火场，全副武装的搜救队从第七层开始搜索生还人员。楼底的破拆分队已经强行打通了四层五层被大火烧坍的紧急通道，急救医护的担架在楼底待命，等着运送伤员。

秩序，正在慢慢恢复。指挥车上，负责现场指挥的支队长声嘶力竭地喊着："楼里群众请注意，大火已经扑灭，救援队马上就到，请坚持五分钟，请坚持五分钟，用蘸水的湿布捂好口鼻，不要随意离开房间，以免造成不必要的伤亡！"

这是火灾应急方案里的一个程序，几遍之后，楼里还是一片死寂，六盏照明灯挨着窗户照着，没有人呼救。在场经历过火灾的人心里都清楚，最可怕的不是火，而是烟，被烟雾弥漫之后的楼层不通风，即便是有幸存者也早昏迷了。

第一队担架出来了，五层被堵的出口里，抬出来的是几具烧焦的尸体，挂着听诊准备急救的医生一脸惨然，一眼望去便知道没有生命特征。一队队警察，无言地脱下了帽子。

第二队出来了，一对夫妇，重度昏迷着，不过还有呼吸。一下子现场乱了，前面走着的是医护人员，后面跟着的是领导还是新闻记者，焦急地询问着，没有肯定的答复之后，还是不死心地求着医生：一定要救活，一定要救活……

不太祥和的气氛代替了先前的慌乱，遇难者的遗体已经在医院躺了十四具，不知道运送出来的还有多少，不知道这场火灾最终吞噬掉了多少活生生的生命。

"蒋姐，真的不打电话么？"

简凡手里拿着手机，坐在窗后问道。俩人已经知道了，火势已灭。

"不用了，既然已经没事了，打电话不是惊吓家里人吗？何必要多此一举呢？"

蒋迪佳靠着简凡的肩膀，像情侣一般，俩人说了一个多小时，却不知道说了些什么。只是相拥着，寒夜里，彼此是最好的依靠。

"呵呵，英雄和美女所见略同啊，好，准备好了吗？"

"嗯……"

"看我的！"

简凡拍拍坐麻的腿，踩着窗台趴到窗户上，手指嗯在嘴里，"嘘"的一声尖厉口哨声划破了夜空，把几盏探照灯都引到了自己身上。

明晃晃的一个光点，像一个人的舞台，楼底顿时惊叫一片。

指挥车里一下子激动了，对着喊话器猛喊着："顶层、顶层、西北角，有幸存者！"

搜索到十二层的搜救队一听，赶紧分成了两个小队，其中一组带着担架沿着紧急出口向上飞奔。

房间里，简凡手脚利索地脱了警服、撕了警号、掏着口袋里的东西拿出来。蒋迪佳惊声问道："喂，你干什么？"

"哎呀，别问啦，这还不明白呀？我身为警务人员，藏在这儿卿卿我我，说出去多丢人……别说我是警察啊，谁问就说咱们是一对，开房一不小心遇上火灾了，嘿嘿……"简凡笑着，把警服反过来卷成一卷挟到手里，只留下了羊毛衫穿在身上。

蒋迪佳捂着嘴笑得花枝乱颤，笑着说道："要见人了，怎么反而胆小了，刚才的英雄气概哪儿去了？"

"嘿嘿，我当你的英雄就行了，别人怎么看我还不稀罕呢！你看我长得像救世主呀？"简凡笑着说道。一句话说得蒋迪佳心里那根弦被触动了下。整整衣领，楼道里已经响起了脚声步，并晃着灯光。这个时候听到、看到这些，恍如又重回人世间。简凡一拽一伸右臂，蒋迪佳拿着电筒却是会意，款款地挽上了简凡的臂弯。

门"嘭"的一声被人打开了，粗喉咙喊着："担架！"

不过声音戛然而止，应急灯照到的方向，两个人正笑吟吟看着自己，哪像有事的样子？消防员这倒愣了。

"喂，大哥，您这是救人来了还是吓人来了，吓我一跳。"简凡笑着说道。

"哟，有点意思啊！"带着滤清的消防员看看四下环境，处在上风口，房间里连烟气都没有进来，不无佩服地竖竖大拇指，接着扔过来两副滤清口罩让两人戴上，一挥手，簇拥着俩人往下走。

"报告指挥员，二十七层B1455房间，发现一对幸存情侣，一切正常。救援时间，二十三点四十七分，报告完毕。"

简凡和蒋迪佳相携着下楼的时候，听到了背后带队的那个粗嗓门这样的汇报，俱是脸上莞尔一片。

一吻三十万

从下到上，爬得是那样慌乱；而从上到下，走得是如此从容。

应急灯过处，影影幢幢、脚步声嘈嘈杂杂，几层楼上都听得见搜救队的声音。蒋迪佳一路紧紧攒着简凡的衣角，被简凡揽着肩膀，口鼻上扣着滤清，再不必担心没有散尽的烟。眼随着灯光过处，烧得已经乌黑掉漆的栏杆不少地方已经变了形，四面墙身都已成了一片黑色。须臾之间，富丽堂皇的五洲大厦变得触目心惊，火源中心的四层五层，紧急通道已经是狼籍一片，变形的栏杆、坍塌的楼梯和烧成一堆的炭状物已经看不出原来的质地，消防队员在这里搭起了紧急救护梯可以勉强过人。

这让蒋迪佳又是一阵没来由的恐惧，不经意地靠着简凡更紧、更近了些。相互偎依的俩人，因为这场突如其来的灾难，走得近了，心也仿佛靠得更近了。

一行七八人，终于弯着身子从紧急破拆口里回到了地面上。一扯防护滤清，口鼻之中尽灌新鲜空气，看着人群也是异常亲切。简凡禁不住昂着胸、抬着头，舒爽得要喊出声来了。

不过有人比他更快喊出来了，蒋迪佳伸手扔了滤清，跳脚喊着，扑到了简凡身上，兴奋地搂着简凡的脖子当秋千，声音里兴奋不已："简凡，我们出来了，我们真的出来了！"

从温馨到恐怖，从绝望到希望，一夜之间大起大落，让蒋迪佳不禁要有重见天日的欢欣雀跃和喜极而泣了。

救护医生看这俩劲头大，没上来，知道没什么事。搜救队的笑着，比自己见了亲人还高兴，向着简凡招手示意着，又钻进了破拆口。大功率的应急照明灯照在这里，仿佛要尽显这一刻劫后余生的喜悦一般，白衣乌发喜极而喊的蒋迪佳显得格外注目，咔嚓咔嚓一阵暗响，这一幕成了现场记者镜头里最好的画面。

简凡被兴奋得忘乎所以的蒋迪佳搂着脖子转了一圈，一看有人拥上来，赶紧在蒋姐姐耳边轻喊："喂喂，快下来，有记者……"

这个拥抱曾经是多么期待，不过此时此刻，却是不敢坦然受之。没人的时候蒋姐姐胆小谨慎，楚楚可怜，到人前了，反倒疯上了，这下，可让简凡有点受不了了。

两人刚刚放开，还真就被一群人包围上来了。男男女女，七嘴八舌地问开了。挂着相机的、拿着录音机的，还有架着摄像机的。

"这位女士，你们来自哪里？是五洲酒店的住客吗？"

"围困了三个多小时，你们是怎么样自救的？"

"这位先生，您能说一下此时此刻感觉吗？"

"你们身边还有其他人吗？"

又是十几个人把蒋迪佳和简凡围在中心，蒋迪佳见惯了这等阵势倒也不觉得什么，可简凡好似很糗似的，一只手遮着脸，悻悻然被蒋迪佳拉着，挤着人群往前走。蒋迪佳只是点着头道："谢谢，谢谢大家！我们被救要感谢消防官兵，感谢救援队员！我男朋友受了点惊吓，实在不好意思，不能接受大家采访，请大家原谅。"

说这话时，蒋迪佳有意地捏捏拉着的简凡的手，两人已经有了这种默契，简凡下意识地往蒋迪佳背后躲，还真是一副羞于见人的样子。

不料还有不死心的，一位长头发的帅哥凑上来了："我是大原电视台记者，这位女士，看您刚从火场出来依然谈笑风声，让人折服，您能接受一下我们的采访吗？"

　　蒋迪佳丝毫不为这句恭维所动，迎着那位笑着说道："我本人也是记者，在大原日报社工作，咱们是同行。您说我会接受采访吗？"

　　那位记者被噎了下，敢情遇上同行了。那意思是，有新闻，我会给你吗？

　　婉拒了一番，两人快步走着，跟着是现场指挥和市里一群领导也上来了，握手、拥抱。蒋迪佳倒也应对得体，反倒是简凡畏首畏尾了，一直缩在蒋迪佳身后。不知道谁喊了一声，又有七名幸存者获救，话音刚落不久，从烟未消散的门厅里出来了一队人马，担架上抬着的、相携扶着的，还有搜救队员背着的，浩浩荡荡一大队。伏在搜救人员背上的老人痛哭流涕，据说是关在卫生间里压根没出来才躲过了一劫，而老伴却躺到了担架上。

　　镁光灯找到了新目标了，霎时把所有人的目光和注意力吸引了过去。而蒋迪佳和简凡俩人手拉着手，悄悄地、轻轻地走出了这个焦点区域，走到了人群外层。街道边上，来来往往的警车、忙忙碌碌的救护车，谁也没有注意到，这对男女，也是刚刚劫后余生。

　　不经意地走着，手还是那样紧紧挽着，就像还没有脱险一般。蒋迪佳想想简凡面对记者的糗相，情不自禁地笑着道："简凡，你胆子不大嘛，吓成这样，算我救了你一回啊！上次我好像记得你振臂一呼，把新闻记者都召身边来了，今天大失水准了啊。"

　　"嘿嘿，情况不一样，我现在毕竟挂了个警察的名……不过你要知道哦，我这人一向很低调的。"简凡开玩笑般地说道。

　　"嗯，确实很低调。你说的有理啊，要早知道，我连那几句话也不说了。"蒋迪佳笑着认同了。

　　俩人缓缓走着，偶尔一回头，看着仍旧在冒着烟的五洲，或许在心里都是感触良多。仅仅几个小时而已，仿佛是沧海桑田换了人间，不仅这个环境，好像也包括俩人的心境。此时落落大方的蒋迪佳仿佛有什么心事一般不无扭捏，而一贯满嘴跑火车的简凡也意外地安静了，走了好长一段，都没有出声。

这次，反倒是蒋迪佳先打破沉默了，想了很久仍是那一句："简凡，谢谢你啊，直到现在我还是有点后怕，先前几个小时发生的事，就像一场噩梦，要没有你，我也许走不出来了。"

"呵，要没有我，或许你就不会来这儿。"简凡反其道而言，好像根本不在乎这件事。

"我怎么觉得你好像一直是拒绝我对你的感谢啊？"蒋迪佳诧异地问着。

"我的意思是别客气，要真算那么清我可就给你算账了啊！"简凡开着玩笑说道。

"没人你都不敢动手，现在这么多人，你敢？"蒋迪佳故意激他道，知道简凡拿那个俩人都不在乎的耳光说事。

"有什么不敢？"

"吹吧！"

"你不会是逼我动手吧？"

"谁怕谁呀？给你。"

蒋迪佳故意捉弄简凡一般，快走了一步，脸伸到了简凡面前。简凡一惊，手一做势，又是故伎重演，说了句，那你闭上眼。蒋迪佳真闭上了，说了句，来呀！

还是故伎重演，等了好一会儿没有什么动静。蒋迪佳一睁眼，却见简凡正贼贼地盯着自己，表情虽不清晰但也绝对不模糊。路灯的照明尚亮，街区里车来人往，偶尔车灯闪过，正见得简凡一脸揶揄地笑着，坏坏地笑着。

"笑什么？"蒋迪佳笑着问。

"没笑什么。"简凡侧头笑着。

"想干什么坏事了？知道你没安好心思。"蒋迪佳也坏笑着。

"你知道我想什么。"简凡说着，很肯定的语气。

此时无声胜有声，蒋迪佳一听，多有不屑，眉目眯成了一条线，翘翘的瑶鼻和嘴角像是在挑衅一般地说道："我知道，可我也知道你不敢，没有人的时候你都不敢，现在你已经没有机会了。"

"谁说我不敢？"

简凡蓦地动了，顺势一拉蒋姐姐，扶上了肩、揽紧了腰，朝着那渴望已久的笑靥，跟着霸道地吻上了那红唇。蒋迪佳嘤咛一声，挣扎了一下子，但就像在火场的时候一样，嘴一下子被堵了个严严实实。

抗拒，仅仅持续一秒钟，或许仅是诧异了一下，蒋迪佳双手揽着简凡的脖子，没有再推拒这劫后的温存。简凡仿佛回到了初见蒋姐姐之时那个明媚的中午，闭着眼睛也能感受到春光明媚照耀在自己身上，感觉到拥在怀里的蒋姐姐是如此温柔，感觉得到是如此甜美，比二十年来尝过的那一道名肴都让人心神俱醉。

蒋迪佳仿佛也在这一刻不再在乎对方是谁，不在乎来来往往投来的诧异目光，在绚丽的夜色笼罩之下、在寒冷的包围之中、在刚刚经历恐惧的心房里，只有对温存的渴望。

良久，分开了的俩人还保持着拥抱的姿势。蒋迪佳仿佛刚刚从迷醉中清醒过来，揶揄地伸着食指撩着简凡的下巴说道："喂，你很会吻嘛，吻得很动情。"

简凡侧侧头，眼睛骨碌碌转着，坏坏笑着："嘿嘿，我练过。"

蒋迪佳一把推开了简凡，跟着是嗔怒地一句："没正形，我不喜欢花心的男人。"

简凡笑着不以为然，有几分恬不知耻地说道："我也想专心，可我禁不住你的诱惑。"

"胡说，谁诱惑你了？"

"你长得这么美，难道不是一种诱惑？"

"你……"

蒋迪佳被这一句逗笑了，不过还是一副一本正经的样子，正色指着简凡的鼻子教训道："你要为今天的莽撞付出代价的！"

这句话不知道在指什么，不过在简凡看来倒更具有挑衅的味道了，浅笑着帮蒋迪佳放下了手，缓缓地说道："我已经准备好代价了。"

"是吗？你……"蒋迪佳倒让简凡说愣了，自己那句话不过是无心讲出来的。

"这个……是什么？"简凡伸进内衣口袋，哗啦一亮，却是那张支票。两手捻着，很拽的样子。

"拜托，这个时候别谈钱，多煞风景。"蒋迪佳一下子泄气了，跟着双手悻悻然叉在胸前说道："要嫌多别退了，你自己挥霍去吧！要嫌少，回头我再帮你争取一部分……哇，别告诉我你不要啊，现在已经没有清高的人了，除非是装的。"

"嗯……我要！"简凡扬扬眉毛，很正色地说道，把支票递过来，"谁说谈钱煞风景了，我现在还就谈这个。我把价值三十万的支票现在送给你，为刚才的一吻买单，怎么样？今天晚上，你得到了一个最有感情而且是史上最贵的一个吻，一吻三十万！不虚此行吧？"

"呵呵，"蒋迪佳被简凡的一本正经逗笑了，笑着把支票接过来，还是几分不相信地问道："简凡，别装相啊，这可是三十万，你真不要？你不要我可撕了，你可就再没机会了。"

"你还没搞明白，现在已经属于你了。"简凡笑着，看着蒋迪佳的眼神，丝毫不为所动，笑着解释道，"我差点就动心了，可这个钱还是不能拿。这件事说起来很简单，即便我愿意'第一锅'让九鼎收购，我爸也不会同意……'第一锅'所谓失传的配方，仍然存在着很多缺陷，我爸这么多年一直在尝试改善。我家凭着这个在小地方做，肯定赔不了钱。但是要是九鼎接手……"

简凡侃侃地说着，看着蒋迪佳脸色渐渐的忿然了，只好道："说对不起的应该是我，钱你还是收回去吧，不该我得。"

蒋迪佳脸色变了几变，一看手里的支票又是气不自禁地说道："噢，拿着我的钱，再返回来调戏我一番，你可真拽呀。"

说着便把支票撕得粉碎，悻悻地摔了一地。这个动作让简凡蓦地十分反感，不卑不亢地说道："即便我拿了这笔钱，你们以后也会怪我。因为我知道这配方不能量产，如果今天站在这里的人不是你的话，我可能就会收下了……"

"那你说，我应该感谢你喽。"

"你要真谢，我领情了，不客气。"

"你……"蒋迪佳感觉到了话里的刺激，刚刚温情早已化为乌有。或许对刚才的话太过刺耳，悻悻然跺跺脚，自顾自走了，冷冷地摔了一句，"懒得理你，你和我哥一路货色！"

说罢，转身便走了。走了两步，才发现不对劲，又掉头走回来了，站在简凡面前，又气又嗔还偏偏一副毫无办法的样子，像个受了委屈，等着大人呵护的小女孩。

简凡却是揶揄地笑着说道："我知道你车丢了、包丢了、手机丢了、风衣也丢了，要不要我借给你零钱？"

"废话，送我去九鼎。"蒋迪佳拉着脸，说得自己都差点被气笑了。这简凡有时候白痴，有时候却聪明得要命，这回又是一言中的，还真是囊中羞涩了。

拦了辆出租车，简凡一直把蒋迪佳送到了二环路外的九鼎休闲酒店，一路上俩人却是各有心思，谁也没有说话。一直送到九鼎大厅看着有人把蒋迪佳迎了上去，简凡才悻悻然返回了五一路一大队。门早已上锁了，简凡爬墙进了大门，到宿舍直接和衣躺到床上，叹上气了。

哎，三十万呀！三十万亲了个嘴，败家子呀！简凡心疼地哼哼了半天，回头又想着：哎，算了，拿了也不安生，风吹鸡蛋壳，财去人安乐……睡觉！

这么一想，心里那块大石头也掉回肚子里了，简凡一觉睡到了大天亮……

劣马配好鞍

一夜无梦，是因为累极了。醒来兀自恍惚，那是因为心里还有着纠结和遗憾。

简凡醒来的时候，就是这种感觉。自己蜗居的宿舍里仅有一桌一椅一床，床是竹皮双层床，桌椅是从讯问室里抬回来的，一层薄薄的被褥，荞麦皮的枕头，这就是自己在大原的全部家当了，还基本都是队里的公物。

昨夜五洲金碧辉煌的印象还在脑海里，长街上拥着蒋姐姐长吻仿佛刚刚发生，简凡咂吧着有点发干的嘴唇，实在不相信几个小时前还真的和蒋姐姐亲了嘴。梦想成真的时候，他现在已经说不清楚那种云里雾里飘渺的感觉，就像发生了一场公主和乞丐的童话剧。作为剧中的主人公一下子从梦幻般的温存跌回了这个空空荡荡的宿舍里，还是不由自主地失落。

生活，有固定的轨迹。那一夜简凡心里清楚，不过是这条轨迹稍稍偏移了几分而已，因为某个意外、某个美女稍稍地偏移之后，仍旧是要回到现实的轨迹上，大方向是不会变的。蒋迪佳还是蒋迪佳，还是千万富豪家里的千金，而自己依然是个刚刚从小厨变到小警的小人物，俩人之间的距离肯定不会因为亲个嘴就发生天翻地覆的变化。

所以，简凡老老实实地回到了自己的生活轨迹上，起床、跑步、洗漱、早饭，然后老老实实回去上班。

一上午，简凡边打着哈欠边工作着，现在对柜子里的枪械已经是熟悉得紧了。一大队建队时间最长，这个枪械室的古董也最多。六四式和七七式的几支用枪，因为配件停产，早就成了报废品了，偶尔有什么大行动，这些就是配个枪套别谁腰上吓唬人呢。微冲倒有几支，不过听陈师傅说，从配发下来只用过一次，而且没开枪。厅里新配发的转轮式新式警枪有七支，那玩意是塑料子弹，初速比老五四低一半、五米之外不会致命，可惜的是，还在实验期，子弹太宝贵，也是没人动那玩意。能用和常用的，还是老五四式。

不过话说回来，简凡来了俩月才揣摩出点道道来，出勤不带枪已经是刑警里公开的秘密了，有些枪怕走火还带着压弹锁。如果是长途追缉，一般到就近的公安部门借枪。简凡一直认为枪是凶器，特别像这种老五四，连街上那种大邮筒也打得穿，按照发射理论，就算俩人站一块，一枪过去就能洞穿，而且还有跳弹原理，即便是碰到硬物，反弹两次也还有杀伤力。这么凶的家伙，根本不像影视剧里那枪战的热闹场景，否则光流弹就不知道要打死多少人。

刑警里，除非是恶性案件不得不动用，平时这枪就长躺在保险柜里，除了老陈，除了简凡，没人招惹这东西。自从简凡来了之后，连陈师傅也懒得去动那些铁家伙了。不过效果还是有的，摸了两个月，简凡渐渐地觉得这枪有熟悉的感觉了，而且秦队长那番眼花缭乱的表演也着实让简凡羡慕得紧。现在即便是闭着眼也拆装得起来，每天耳边响着咔嚓咔嚓的金属撞击声，听惯了也觉得顺耳了，玩来玩去的时候，倒也真相信这东西再怎么厉害也是人造出来的，要说它是玩具，也对。

外屋电话响了，听得陈师傅"嗯嗯"了几声，向自己喊了句到队长办公室报到。

"噢，马上就去。"简凡一听，乐了，正愁着不知道找个什么借口溜出去，没准就能钻到厨房里歇会儿呢。三两下收拾齐了手里的活，奔着出来下楼了。

刑警队里是万年不变的肃穆景象。要说这里的效率确实不低，经常抓回来的嫌疑人审讯完了，有的往分局一扔深挖底子，有的直接扔进看守所，整个就像一生产流水线一般。

不可否认，一大队是公认最有效率的生产线，这两个多月，连肖成钢也算得老队员了，一回来就在健身房打得砰砰叭叭，立志要当大原第一警。

今天有点奇怪，队部外头停了辆银色豪车，车身很高，也很长，看上去比普通的宝马车型还有派头，简凡愣着眼瞅了半天压根没认出那标志是什么车型来。不过他肯定知道，要认不出来的，肯定是好车了。狐疑地刚进队长办公室，更吃惊的事发生了，平素里不苟言笑的队长，脸上喜色一片，指着报告进门的简凡笑着说道："李总，我最得意的弟子，简凡，有时间您多指点指点他啊。"

"呵呵，客气客气，秦队长的弟子我怎么敢指教，年轻有为呀，还是公安系统厉害，人才济济，层出不穷啊，不怕人才断链呀。"办公室里的人说道。

简凡被说傻了，看看一脸诡笑的队长，再看看和队长说话的人，心里暗道了句：嘿，我什么时候这么出息了，敢情这队长讨我便宜呢，成他弟子了。一眼瞥过办公室沙上那戴着金边眼镜的男人，快奔四的模样，中等个子，两眼即便是在镜片后也是深邃一片，大有纸上论兵百万的儒商气质。这老帅哥的长相可让简凡更诧异了，是什么倒不奇怪，就是奇怪居然能让匪性十足的队长表现得如此谦恭。

这家伙不是一般人，简凡心里暗暗下了个定论。

秦高峰仿佛视若不见地道了句："简凡，去把三号特讯室的那个叫唐授渔的带出来。"

"是！"简凡应声出了门，心里狐疑更大了：今天怎么破例让我干这事？

简凡心里坏坏地想着，看队长这架势，这么巴结人家，八成是拿了好处。

不过这事也不是自己管得着、管得了的，简凡笑着吊儿郎当地进了后院，就着通道尽头问了问旁边的人，推开了三号特讯室的门。

哟，又吓了一跳！

后面问讯的俩队友双手叉在胸前，冷眼射着寒光，仿佛恨不得揪着对面的人揍一顿。而那位被讯问的牛逼了，板寸头，俩脸蛋全是油，脑袋显得奇大，偏偏身上一点都不胖，叫嚣着拍着椅子道："凭什么呀？凭什么不放人啊，这都快二十四小时了，你们警察乱抓人，信不信我去告你们一大队去……二十四小时不给老子吃饭，你们这是虐待公民。郭元，别装不认识我啊，我认识你，还有你……"

郭元一拍桌子，瞪着眼："唐大头，这才关了你十个小时，我们有权滞留你四十八个小时，你以为这是五星饭店，还想吃鲍鱼？就你，有多少案子你自己还不清楚？你以为我们真不敢抓你是不是？送你两年劳教都是轻的！"

看来这家伙是个滚刀肉类的人物，简凡看着那姓唐的斜着眼，一副根本不惧的样子，心里暗笑道：这号人你吓不住，越吓他越横。

果然不错，这家伙横声说着："吓唬谁呀？谁是吓大的？你就扣留我四百八十小时，我照样不知道，你爱问谁问谁，反正我就是不知道。"

两刑警气得眦眉瞪眼，郭元这时候才省得有人进来了，问了句："简凡，你怎么来了？"

"队长让带他走。"简凡笑着说了句。

"带走带走，省得看着这小子心烦。"俩队友估计也得到了队长的指示。

简凡扬扬头，示意着那叫唐大头的：走吧。

"喂，不是要给我上手段吧？咱们可都知根知底啊，我唐大头好歹也是经理级别的人物，你们不能这样吧？我哪儿也不去。"唐大头显得有点慌乱了，估计怕下黑手。

"唐先生，外面有位戴着金边眼镜的，开着辆银色的车来接你了，您要不出去，那我可没治了啊。要不我出去说您还想待着？"简凡促狭地说道，转身就要走。

"别别……那是我姐夫。"唐大头一听，小碎步紧张地跟到了简凡身后，回头看看审讯自己的俩人，恨恨地瞪着眼："看看，看看，这位警察多有素质，这才是人民警察形象。再看看你俩，压根就跟我场子里的小弟没啥区别，切！"

估计是听到姐夫来了，说得是嚣张之极。另一位要发作，唐大头早奔着出去了，一路跟在简凡背后，乐滋滋的。出去之时，秦队长和那人早等在门口了，这唐大头跟秦高峰看样子也是熟悉得紧，点头哈腰净握手了，寒暄了一番才和姐夫一起离开了一大队。走的时候，那唐大头对简凡印象颇好，又是握手道别，又是笑着再见。

嫌疑人见了警察，经常没皮没脸套近乎，这点简凡倒是知道的。秦高峰也笑着，不过笑意渐渐凝结了，一会儿便回复了往常的态度，拍拍傻站着的简凡："来我办公室。"

"队长，您要训话？"简凡笑呵呵地站到秦高峰的办公桌前。

"训话？那就训两句！"秦高峰不置可否，看不出乐子来了，点了支烟，缓缓道，"你来了快俩月了，感觉怎么样？"

"这个……怎么说，就那样吧。"简凡抓脑袋了，还真不好评价。

"这么问吧，你觉得危险吗？"

"噢，不，那倒不觉得。"

"吃苦吗？"

"也不。"

"那你觉得一大队怎么样？"

"不错呀！"

"那就是了。"秦高峰笑着说道，"这就是警察的工作，除了抓不完的嫌疑人，关键是要做好本职工作，像个警察的样子。对吧？"

简凡听得云里雾里，不知道队长要说什么，小心地问道："队长，您这是要说什么？我怎么没听明白。"

"我是说呀，你小子放一大队，真是没个什么用处啊！法医你不懂吧，就懂也不行，你怕死人对吧？痕迹检验，这是专业技术，你更不会，对吧？现场堪察，你也不太懂，而且这方面咱们也不缺人；想着让你接触一下犯罪信息库吧，你连电脑也不太通；出外勤吧，我又怕你掉链子。我想了两个月，就没想着给你安排点什么正经事干啊……你总不能一直擦枪吧。"秦高峰很为难地说道。

"喂，队长，这不正好，你把我打发回乌龙县得了。"简凡乐了。

"哎，我说简凡，你怎么一点上进心都没有啊？刚才这个人认识么？"秦高峰突然说道。

"不认识。"

"再想想？"

"哟，有点面熟。"

"再想想，你肯定见过。"

"哟！对了，见过见过，在哪儿……"简凡灵光一现，一提醒这倒想起来了，是在会议室的光荣榜上见过这个人！

"呵呵，"秦高峰笑着，眼里不无几赞许，赞了句，"记性不错，这是你唯一的优点了。他是咱们一大队第二位队长，名叫李威，后来不当警察了，下海了……你看人家，开的是一百多万的车，身家亿万。男人嘛，怎么能没点志气呢，净想着回乌龙，没出息。"

"队长，"简凡这才省得是拿自己当反面教材呢，不乐意道，"这人能跟人比么？那您不比比，您这一月才多少工资，不也没出息？"

"啧，小子，想找抽是不是？"秦高峰愣了下，却不料想教训人却被简凡反训了句，话里有点讪讪地。看着简凡嘻皮笑脸丝毫不经心的态度，摇摇头，无可奈何地说了句："算了，不教训你了，你就这德性了，这样吧，给你安排个轻闲事。"

"您说。"

"明年全省警营大比武，咱们队应该要参加，到时候你参加手枪速射比赛，怎么样？"

"比赛？那有什么意思。"

"那要不出外勤？"

"别，参加参加，不过我可不保证名次啊，您知道我这水平，不能您教一天就让我当冠军吧，我没那本事。"简凡先把丑话说到前头了。

"呵呵，当然不会，我答应你二叔了要照顾你，这么着吧，要参加好处可大了。"秦高峰笑着说着，拉开了抽屉，扔出了一串钥匙，说道，"外面那辆，03200警车，归你了，你每天去训练场可以开着，上午干老本行，帮着你陈师傅整理枪械室；下午到档案室，把这几年的档案、案例好好看看。明年考核的时候啊，他们正常就是挑一些突发的案子问问经过，看看你的理解怎么样，别到时候卡了壳。下午五点以后，提前一个小时吧，车归你支配，训练场完了，你可以自由活动，别贪玩啊。刚才那位李总，曾经就是大原警察里有名的快枪手，现在是那所俱乐部的常客，有空多向前辈请教请教。"

简凡一听，乐了，把车钥匙揣手里，心里顿时觉得队长的形象是高大无比，嘴里忙不迭地应着，早憧憬着开着这标着公安标识的车，那可拉风多了。

"对了简凡，你昨天晚上有没有把我白天教的好好回忆回忆？"秦高峰不经意又发问了。

"回忆了，我琢磨了好几个小时，我都融会贯通了。"简凡乐得瞎话张口就来。

"是吗？在哪琢磨的？"

"在宿舍。我躺在床上一直想这事呢。"

"哈哈哈……"秦高峰爆出一阵大笑，笑着把一份《大原日报》撑开，放到简凡眼前，笑着说道："五洲里有你的宿舍？抱着这女人还琢磨怎么射击？哈哈！"

谎言拆穿了，简凡糗得一脸通红，悻悻地骂着队长太鬼了，不动声色就说出来，一点防备都没有。报纸上几幅火灾的场面上，正有一幅是蒋迪佳抱着自己转圈的图片。没照清蒋迪佳，倒把自己的脸照清楚了。

"队长……这是我女朋友，我们去……去那个地方吃饭了。"

"你是从火场里跑出来的？"

"嗯！"

"说说经过。"

简凡这不敢开玩笑了，大致说了一遍经过，秦高峰听得不动声色，只是淡淡地说了句："嗯，万幸，这可比你出外勤危险多了，以后注意啊！知道我跟你说这事什么意思吗？"

"知道，不能对领导撒谎。"

"呵呵，错了，错不在撒谎，错在你撒谎了却编不圆。"

"噢，这样啊。那我还得好好锻炼锻炼？"

秦高峰像是并不在意简凡说什么，和简凡如同朋友一般地瞎扯了几句，挥手打发简凡走了。简凡悻悻地出了门，看看那辆已经属于自己支

黑锅：我和罪犯玩命的日子　　**277**

配的警车，回头又不放心地问了句："队长，这车真归我开？"

"嗯，跟外人说就说是我的司机。没人管你。"秦高峰点点头，看着报纸，回了句。

简凡一脸迷茫，下文接着来了："那油谁管？这可是油老虎啊，比普通车高一倍不止。"

"呵呵，你问了个现实问题。这样吧，每月核定配给四十公升。"

"不够吧？队长，这……再多点？"

"嘿，简凡，这么说吧，就凭每月队里配的油，二十几辆车连一星期都跑不下来，你见大家朝队里要过油吗？去吧，自己想办法。"

秦高峰不再深说了，不过是一脸高深莫测，简凡却是猛地想起这俩月肖成钢这群货色要比自己活得滋润得多，有时候还开着那面包警车带自己逛去。随即简凡又觉得今天队长的表现太过特别了，又是给车，又是调工作，又是暗示自己找油什么的，对我这么好什么意思？莫不是我二叔打招呼了？想到这一茬，简凡确定了八九分，心里倒觉得二叔确实也不错。

正想着，电话来了，一看心里狂跳不已，得，香香的电话。本来不觉得心里有事，可刚刚见过那份日报，万一香香要知道了，那可满身是嘴都说不清了。

接了电话，更是心往下沉得厉害，咱家媳妇敢情已经到路上了，不是兴师问罪来了吧？

简凡紧张地思忖着这乱七八糟的事，到底该怎么样圆这个谎……

当差便是官

香香的到来是虚惊一场。两人处了几年的关系自是彼此熟悉得很，一看香香的表情，简凡就知道不是兴师问罪来了。果不其然，香香只是拿单位发的福利卡顺路送过来了，嘱咐着简凡办点年货，到了腊八腊九一起带回家。学信息工程出身的香香在衣食住行方面自然要比简凡差许多，这些事扔给简凡也最放心。心怀鬼胎的简凡自是答应得唯唯诺诺，跟着香香又行色匆匆地走了，据说是去给某幢写字楼调试光纤接入。那玩意对简凡来说太过深奥，香香知道简凡这脑子里只装得下油盐酱醋，懒得跟他解释。

匆匆来，又匆匆走，来得虚惊、走得又是怅然若失。这周没见香香，头发又染成了流行的暗红色，身上的学生气越来越淡了，愈发像一个混迹于这个城市的白领了。

简凡说不出香香有多漂亮，不管怎么打扮都是那个样子，即便穿金戴银也脱不了朴素影子，放人群里也不会显得有多突出。可相处了六年多，两人已经像老夫老妻一般温情，要不，简凡就不会这么胆战心惊怕香香也看到那则报道了。

车走了很久，简凡才返回单位里，对于这种一周一见的方式仍然是深恶痛绝之。两人都是朝九晚五，一个在五一路市中心、一个在北城边上，两边相距就有十几公里，比牛郎织女隔得还长。有时候香香忙周六周日都见不着，真是让简凡一番相思独守空房，相比而言，倒更喜欢咱们乌龙县乡下的那种老婆孩子热炕头的生活。

哎，想娶个专职太太吧，没那本事；回家当全职老公吧，又怕老婆看不起，又是个两难选择啊！

简凡悻悻然抹着嘴，一副没有被香香发现的万幸之态，乐呵着往队里走。刚进院子不远吓了一跳，一个人影蓦地闪过来，一看却是梁舞云堵在眼前，眼若桃花、媚态万方，正鬼里鬼气地盯着自己。简凡吧唧着嘴小话就来了："喂，看帅哥不能用这种眼神吧？想色诱我呀？"

"切！就你……"梁舞云匪态一脸，食指小指捏了诀、手背向外，做着一个经典的动作，那意思是：你得瑟吧！

简凡和梁舞云说话从来不忌讳什么该不该说，什么敢不敢说。梁舞云要说也不丑，白白嫩嫩，就是个子有点矮，不过这都不是问题，关键简凡和她根本不来电，没什么感觉，见着她比见了个哥们还随便，一随便当然就没有什么非分之想了。一看她又是装腔作势，简凡坏笑着打趣道："嘿嘿，匪妹，你不管打击我还是色诱我，从我这里，你永远没有找到自信的机会，除非咱俩玩背背山。"

这话气得梁舞云银牙暗咬，瞪着眼要挝上来："简凡，我上辈子跟你有仇是不是？"

"哟！"简凡一闪身，今天兴致不错，马上又是一句，"莫非我们有恩怨情仇？上辈子你不会是我小老婆吧？要不我们怎么会如此纠缠不清呢？"

"我踹死你！"梁舞云恶狠狠地说了句。正要动手，简凡坏笑着指指身后，一看却是进来了一辆警车，这架势再发飙就有点不雅了，不过不依不饶，跟着简凡往楼上跑，边跑边拽人："喂，我事还没说呢，过来过来，问你一件事。"

说着梁舞云便拽着简凡，流氓架势不减，腿蹬着墙，把简凡堵到了楼道中间，神秘兮兮地问："问你一句话，喜欢杨红杏不？"

"喜欢！"

"我给你们创造一个独处的机会，你想不想？"

"哟！"简凡乐了，笑着掀掀梁舞云的警帽道，"看不出来啊，舞云妹妹你还有当媒婆的潜质啊？你别戴警帽了，围着红头巾、嘴角点个痣，嗯，腮上打片红，哈哈，那样才专业啊。"

"我这回真踹你。"梁舞云说着，真是抬腿一踹，简凡轻轻松松便躲过去了。梁舞云这才正色道："不跟你瞎扯了啊，我们四姐妹商量着，这周六，到绵山玩，我、萌萌、淑云还有老大红杏，怎么样？你跟着来，给你个追她的机会？"

"啊？谁说要追老大了？"

"哎，你不追你在训练基地屁颠屁颠跟她背后干嘛？散步散了一星期，就没找着点感觉？"梁舞云在诱导着。

"想追来着，后来又不敢追了，客观条件不允许。"简凡摇摇头。

梁舞云再诱道："你想好啊，这可是局长千金，后面排队的可多了啊。"

简凡刚刚见过香香的负罪感还没有卸下来，笑着道："嘿嘿，我有女朋友。"

"简凡，女朋友和老婆是有区别的哦。再说了，谁信你现在身边只有一个女朋友啊？就我都不止一个男朋友。"梁舞云撩着，大咧咧道。

"呵呵……"简凡竖着大拇指，表扬道，"土匪，知道我喜欢你什么？就这一点，从不装。哈哈！"

"那你答应了，我到时候开车来接你啊。"梁舞云笑着凑上来。

简凡刚要点头，再看梁舞云破天荒对自己如此恭敬巴结的样子，猛地一愣神："不对不对，又想蒙我是不是？"

"谁蒙你了，不信你问问老大去。"梁舞云眼中掠过一丝慌乱，被眼神恰好被简凡捕捉到了。简凡跟着一想，恍然大悟，乐了："我知道了，你们这四个懒姑娘草包，说是同游，一定是拉我扛包当脚夫对不对？想得美。"

简凡挥手要走，梁舞云紧张道："喂喂喂，帅哥，不会连一点怜香惜玉的心思都没有吧？这可是真是你追杨老大最好的机会啊，路上我给你独处的机会怎么样？"

梁舞云眉飞色舞地说着，这回可真是色诱，不过是拿别人当诱饵。

简凡一停步，瞪着梁舞云："不去，你们四个个个都有前科，在一块商量不出什么好事来。再说了，土匪，我追杨红杏关你屁事，我不会约她一个人？还带上你们仨灯泡，有你在难道还会有情调可言？切，队长说了，最可恨的不是撒谎，而是把谎撒不圆。你这智商太低了，连我都骗不了，切！"

简凡得意扬扬地大摇大摆进枪械室，把梁舞云一个人扔下了。

"我智商低？靠，本姑娘可是双料学士！"

梁舞云跺着腰竖着大中指，见到简凡根本不予理会，悻悻然拿着电话边走边说："喂，淑云，这小子吃亏成精了，不上当，咱们自个儿去吧，你到经侦队骗个……哎哟，不帅也没关系，只要体格好能背动咱们四个人的包就成了，一定要孔武有力，最好是未婚，见了警花，肯卖力气的那号大小伙啊……"

电话里商量着，俩人不知道说到了什么都哈哈笑出来了。刚出楼道挂了电话，却见得技侦办公室窗户边，杨红杏正站在那儿看着简凡走过，隔这么远也感觉得到那眼神里……对，那眼神里才是真正的期待。这段时间，杨红杏连话也说得少了，看这样还没准真被简凡迷住了。

哎，这小子，脑子是怎么长得……梁舞云叹了一句。被简凡识破了这个小把戏倒还在其次，连抬出杨红杏来都没把简凡勾引出来，实在是有点出乎意料了。在训练基地的时候，男队友都对队里的女学警恭维有加，偏偏简凡不假辞色。说话行事霸道的班长杨红杏，还就简凡收拾得住。而且在最后一段时间里看着两人还真像黏糊上了，真是让人大跌眼镜，每每这个不起眼的小子都能给自己带来意外。

这一次，还是很意外。

简凡不跟姑娘瞎扯淡，要开始好好当警察了，下午准时到了省警校的地下射击场。

这次多多少少也有被逼的成分，简凡回头把队长说的话好好琢磨了一番，想来想去还真是如此。内勤都有一技之长，不是通晓案情案理分析，就是计算机、犯罪信息库、指纹比对、现场勘查等方面有那么一手。想来想去，唯独自己是一无是处，队长这么做，还真是对自己青睐有加，再不知趣，就有点不识抬举了。

十发子弹，一支枪，那位熟悉的管理员送上来了。

乌黑的枪身很熟悉，黄澄澄的子弹就有点陌生的感觉了。在枪械室里自己是接触不到子弹的，这东西摸到手里，让简凡心里升起一种莫名的敬畏感觉。如果是玩具，穿透的是靶身；如果是凶器，那么穿透的就是人身了。

一颗一颗压进了弹匣，简凡保持着一贯的细心和耐心。

队长说，近距离射击，打的是感觉，不需要瞄准；

教官说，有意识瞄准，无意识击发，三点一线，射击；

陈师傅说，把枪当成身体的一部分，子弹是你手指的延长，戳哪便是哪。

三个师傅，三种相悖的理论。简凡有点迷糊，不知道究竟谁说的对。不过自己比较倾向于秦队长说的，原因在于自己根本不会瞄准，眼睛无法一闭一睁，一瞄准眼前就会出现重影，这是自己天生的缺陷。

"咔嚓……"匣入仓、弹上膛，简凡瞬间平举之后，又放下了枪，闭上了眼睛。

调匀呼吸，枪在手，努力回忆着前一天最精确的那一射，努力从握枪的手里感觉枪身的重量和枪的质感，感觉从冷冰冰的玩具身上传过来熟悉的感觉。或者这个时候，眼前还晃着白色的影子，是靶身吗？

蓦地睁开眼，举枪便射，够快、够拽，抬枪击发的速度不到一秒。

脱靶。回到老路上了。

再调整、再试……再脱靶。

不死心，重来，调整了足足五分钟才快速开一枪，还是脱靶。

脱靶、脱靶、脱靶……一连六枪都是脱靶。

不对不对，哪里错了？简凡拍着脑门，肯定是哪里错了，明显地能感觉到子弹的轨迹，和第一天的感觉一样，可为什么都脱靶了？蒙也应该蒙上一发吧？不对，哪里错了呢……

对，我的心没有静下来，刚刚进门的时候还想起了蒋迪佳……简凡蓦地心里一动，想到了这一茬。没错，就是这样，那晃着的白色影子，在一天之内已经出现了很多次，那刻骨铭心的温存到现在还挥之不去。脑子里下意识地让子弹躲避着眼前的白影子，可不都脱靶吗？

妈的，我真没出息，射击的时候还想着女人……简凡恨恨地拍拍自己的脑门，举起了枪。举了半天，没把握，又把枪放下了。

这是一个难题，一个要突破自身心理和生理障碍的难题。

简凡想到了自己所经历过的，有哪一种和射击很相似的事……游戏？打鸟？扔石子？偷核桃？都不行，最终眼里的景象还是落在了最熟悉的厨房、做饭、菜刀。

五六岁刚和厨房案板差不多同高的时候，看着父亲店里伙计的菜刀上下翻飞，或圆、或长、或大、或小的菜品，利刃过处，纷纷分离，成了长短均匀、粗细适中、大小相一的形状，那时候就觉得很好玩。后来，就拿着一把木刀蹲在地上切土豆，再后来，就偷偷拿着父亲的菜刀，垫着凳子实地操作。有时候切了菜，有时候切了中指，就捂着血不敢吭声，怕老妈知道了骂自己，不知道切过多少次中指，然后终于能切得出长粗均匀的菜了。

蓦地，简凡睁开眼了，眼里是从容一片，枪作刀、靶作菜。这一刻枪身显得如此熟悉，击发就像砍瓜切菜一般……

"砰"的一枪，八环！

"砰"的再一枪，九环！

"砰"的继续，十环！

"好枪法！"背后响起了一句惊呼，声震头顶，音似破锣。

简凡被这声音吓了一跳，蓦地手一抖，"砰"的一枪。

妈的，脱靶！

简凡正暗自享受着玩枪的乐趣，没来由被这一下搅了兴致，没好气地回头斥了句："谁呀？有毛病呀？"

射击厅门口，站着三个人，两男一女，居中而立的，正是上午从特讯室带出来的唐授渔，估计是准备拍着巴掌吆喝，却不料简凡最后一枪脱靶了，这喝彩声便卡在喉咙里了。此时的唐授渔一脸诣笑凝结在脸上，那嘴还没有合拢，配着个大脑袋，说不出的可爱。

"哟，兄弟，不认识我了？"

"不认识！"

"不会吧？我长相这么有特点，半个大原都认得出我来。"

"你很出名么？"

简凡不置可否，唐授渔却是极尽媚态。简凡知道这唐授渔是大原放水收债的狠茬，市里几个刑警队差不多都光顾过，不过奇怪的是，越抓人家的生意还越大。不过今天发生了事，接着就找上门来了，还真让简凡奇怪得很。

"介绍一下，兄弟唐授渔，浑号唐大头，还有一起混的弟兄叫我'大头鱼'。叫我什么都成，都是自家兄弟。您叫简凡吧？久仰大名，秦队长最得意的弟子哦。"唐授渔脸上表情瞬间几变，似乎是久仰。

得了，简凡听明白了，绕着弯准备巴结队长呢，脸上笑了笑："唐大头，别久仰啊，我知道你是第一次听着我的名。说吧，有话我听着，有事我办不了。"

"哈哈，痛快，初次见面，我怎么敢劳烦您大驾呢？我派人守了一天，就为给兄弟你打个照面，混个脸熟，攀攀交情。以后山不转水转，没准哪天兄弟还有求得着您的地方。"唐大头双手抱拳，江湖味道颇足，话说得豪气。

"咱们俩不会有交情的，这点您放心。"简凡道了句，估计是刚刚被搅了兴致，神情里不无几分倨傲。自己不值钱，可身上这衣服在这号人眼里，那就很值钱了。而且，这人估计是冲着队长来的，自己应该还没有和人家攀交情的分量。

"哎，话不能这么绝对啊……"唐大头不无几分得意地说道。

"是吗？那你找你哥们儿去呗，找我干什么？"简凡说着，把枪交给了射击场，整着步子要出门。这唐大头忙不迭地拦着说道："喂喂，兄弟，给个面子，借一步说话，就说两句话，说完咱就走。"

"好吧，您说吧……唐大头，你这次真走眼了，我是队里的厨子兼跑腿的，连你的小弟都不如。两句话，开始吧。"简凡笑着说道。两人进了休息区，简凡拿起警帽，准备走人。

唐大头谄笑着，解释道："您不能拒兄弟千里之外吧？回头没准你也有求得着兄弟我的地方哦……"

"一句了，第二句是什么。"简凡笑着看着唐大头，促狭道。

唐大头看这架势，被噎了一家伙，调整一下直奔正题了："好，过年了，给兄弟你捎了点小年货。美美，过来！"

唐大头打着响指，那门厅的姑娘随即一步三摇地上来了，抛着媚眼，手里提着两瓶酒。唐大头接着"砰"的往茶几上一放："好，就这事，走！"

"嗨……这平白无故送什么酒啊。"简凡提着东西就追上来了。

"喂，兄弟，太不给面子了吧？"唐大头的脸沉下来，三人一字排开，不无几分练出来的威风，大咧咧道，"你是秦队长的高徒，我不敢高攀你。就冲你上午对我客气，我本想请你撮一顿，可怕给你找麻烦，两瓶小酒，当我请你了。看不起我唐大头，您自个儿出门扔了。"

这铿锵有力的话倒把简凡说愣了，一晃神，唐大头三人却是走了。简凡赶紧又追上去，却见得这三人驾着辆红色小车已经起步了。那唐大头还伸着大脑袋在车窗里冲自己招手。

这凭白无故从天上掉下来的送礼倒把简凡搞得哭笑不得了，两瓶酒，倒也不贵重。简凡悻悻然提着礼物上了警车，刚坐定，又想着不对了……这里头有意思，上午秦队长一发话说自己是他的得意弟子，这下午就有人送礼来了？看来队长这脸还真值钱啊！

拿着那两瓶酒，简凡细细看看，又是狐疑了，心里一动，把包装拆开了。果不其然，里面还夹着个红包。简凡心慌之下，一拆开，只见整整一摞大红钞票，数了数，整五千！

赶紧地，简凡驱车出了警校，却是已经找不着那辆红车的影子了。

一直到第二天，简凡瞅着没人了才到队长办公室说这事，这也是第一次自己主动找队长谈话。摸着那个烫手的红包，简凡还是决定向组织坦白这个被迫的受贿经过。

细细把经过一说，秦高峰却是笑了，捏着上缴的那红包笑着说道："你这一天不学无术，遇着个事不会处理了吧？我问你，受贿构成有三个先决条件：使国家或者社会利益遭受重大损失；故意刁难、要挟有关单位、个人，造成恶劣影响；利用职权为自己或者他人谋取私利的……这里面，你占哪一条了？"

"没有啊，我有什么权力。"简凡两手一摊，当然没有了。

秦高峰把红包扔到简凡怀里，随意说了句："那就是了，既然什么都没有，这就是人家过年送礼的。我可管不着，你拿回去吧。"

简凡不无紧张地捏着那家伙，有点烫手，紧张地问："啊？这……队长，这不是收黑钱么？"

"该给脸给他们脸、该翻脸跟他们翻脸，怕什么？好了，以后别再跟我提上路车没油、加班没补助、工资不够花的话了啊。"秦高峰说着，不为所动。

"那这钱？"

"没听人家王大头说吗？不要你就自个儿扔了，别来烦我。"

"哎，不来了。"

简凡仔细看着队长的无动于衷，乐得应了声，跑了。秦队长在办公室里，一副很想笑的样子。

自寻险路钻

从警以来，简凡还没有感觉到警察工作中的辛苦和危险，反倒越来越被这份职业吸引住了。特别是开上了警车，又收了红包之后，更觉得好像职业生涯这条路走得还蛮准。从小被老妈、被老师、被生活打击的自信心多多少少开始恢复了。

咱哥们放对了位置，谁敢说不是块料？

心里是这样想，可第一次收钱总归是心虚。这钱收得毕竟是不明不白，心里想着，这小子要是出难题，就退给他；不过他要是不吭声，那我也装傻。一连好多天都再没有见着唐大头那个滑稽的大脑袋，简凡才渐渐地放心了。

工作还是那样，上午帮着陈师傅整理枪械，听听警界一系列关于枪的奇闻；中午帮着江师傅做饭，偶尔外勤的小伙子们破了案，高兴之余，简凡还炒上几个菜喝上两盅，队长有时候还和大伙一起来凑热闹；下午就轻松了，钻在一股布满陈味的档案室里，七组档案柜上万份副卷宗堵了整整七面墙。没过三天，腿脚勤快的简凡也颇得管档案的喜欢，干脆把档案室的钥匙给了他一份，都是几年前解密的副卷，什么时候想来看就来看呗。

下午五点，简凡会准时去地下射击训练场，干得也用心。不过这水平仍然是徘徊在天才和白痴之间，精准的时候出枪迅速，而且能打出四五个十环；发癔症的时候，不是脱靶就是只能蹭着靶边。不过最好的时候也是和队里的人打个差不多平手，偶尔去给队长汇报汇报，队长听听结果，只是嗯嗯几声便即没有下文了。

不过简凡没在乎，难不成这才几天，就让自己成神枪手？

生活像平时一样继续着，并没有那么辛苦，也没有那么危险。一帮子聊天打屁，喝酒耍赖，睡觉打呼噜的队友，和自己差不多像哥们儿一样。唯一的心结在那俩警花身上，估计是对简凡拒绝同游有关，梁舞云和杨红杏商量好了似的，见了简凡都没好脸色，偶尔楼道里碰面，两人都是昂首挺胸装着没看见。简凡想搭讪，两人又是一般模样，哼一声，扭着头就走。

"嘿，你挺什么挺，再挺你也是有波难起浪。"简凡悻悻然损了梁舞云一回，这次倒好，你说风凉话人家也不理会了。

算了，姑娘们拿小性子呢，懒得迁就。简凡一想倒放下了，如果放到几年前，八成会挖空心思哄那位妹妹高兴，可现在不知道为什么，实在提不起兴趣来。特别还是一个单位的，更不想招着这些闲话了。

眼瞅着就到了腊月二十，是掰着指头数着过年的日子了。这些天简凡又多了一项工作，跟着办公室主任挨家挨户给家在大原的外勤、内勤们送福利。大家都忙，内勤几个闲人搞好队里的后勤当然是责无旁贷了。队里发的东西不少，面、大米、油，还有一堆调味品。一天送下来，简凡大叹这内勤也实在不好当，而且自己年纪最小，总不能让主任扛吧。他和隋鑫两人给人家扛米面扛得腰酸腿疼，好在每到一家都是客气之至，笑脸相迎，又是递烟又是让茶，感谢之至。简凡也知道集体生活就是这样互相帮着，所以牢骚也都不好意思发了。

这天刚送了一圈福利回到队里，下车就见得院子里多停了几辆车，想着又是哪里领导来了，楼上就有人支着脖子喊："嗨，简凡、隋鑫，快来，就等你们了。"

"咋啦？喜成这样？发补助呀？"隋鑫应着。

简凡一抬头，却见是队里三组长郭元站在楼道上，会议室门口还有几个人，都是支着脖子往会议室里看。

"快来吧，比武招亲选女婿呢！"郭元笑着喊到。

一听，隋鑫赶紧往上跑，简凡跟在背后。简凡记得在乌龙县见到郭元的时候还觉得对方虎虎生气，处的时间长了才发现，这也是个耍娃娃，警校毕业在派出所干了四年才混进刑警队，诈唬起来比肖成钢还凶，玩起来更野。

"谁选呀？"隋鑫支着脖子，喊了句，"哟，这咋这样面熟呢？"

简凡也支上了脖子一看，哦哟，里面居中坐了三个女警，一大两小，里头居然还有位自己认识的警花妹妹，正是几个月未见、被分到经侦队的秦淑云。居中的那位手里拿着一摞人民币，面前站着一大队的几个人，旁边是秦队长和一个四十多岁的中年人坐在一起。简凡一看没明白，回头就问："郭元，这干嘛呢？发钱呢？"

"可不，快去领呀！"郭元头乜不回，咧着嘴笑道。旁边站着的几个也呵呵笑了。简凡一看这阵势肯定不是，还没明白咋回事，肖成钢悻悻然跑出来了，嘴里小声骂骂咧咧："经侦队的都成假钞贩子了，这哪认得出来？"

"怎么回事？"简凡拽着肖成钢问道。肖成钢瞥着简凡，没好气道："拿假钞蒙人呢。"

这越说越糊涂，跟着郭元笑着摸摸肖成钢脑袋说道："就知道你不行，还上去出洋相，那警花是白看的呀？遭白眼了吧。"

"喂，郭元，不对吧，中间那个可老大不小了，也算警花？"

"你懂什么呀？那是副支队长，比咱们队长级别还高。那才是警花中的金花呢！"

"今天到底干什么呀？什么假钞，什么金花？"

经郭元一解释才知道，原来经侦支队有协助办案的项目来一大队挑人，要求是能认出假钞来。结果秦队长把一干外勤招了回来，几个组看了一遍，愣是没有能行的，都被赶出来了。特别是那仨警花，压根是没正眼瞧几人一眼，让大家实在伤自尊。

说了缘由，郭元还添油加醋地说道："你们这新来的不知道，经侦队办案前后都是漂亮警花，而且给哪个单位办经济案件都招待得没得说呀，跟咱们比？就是天上差地下。"

"真的假的？郭元你不是胡说吧？"简凡不无羡慕之色，问上了。

"那咱去呗，你们不行，我上呀！"隋鑫眉飞色舞道，跃跃欲试。

一群干警正小声音嘀咕着，秦队长在里面喊着谁还没进来。这隋鑫一听声音，倒拽着简凡进门了。后面的起哄一推搡，把俩人都推进会议室了。简凡却是有点不好意思，隋鑫在前头，简凡站到了门口。

正对着的三位女警，侧面坐着的是秦队长和经侦队的领导。秦淑云看着简凡就笑着示意，居中那位副支队长笑着问："谁先来呀？"

"我！"隋鑫倒毛遂自荐上了，几步上前，坐到了仨警花的面前。

秦淑云手里掂着一摞纸币递给了副支队长。副支队没戴警帽，一头烫过的卷发，看样子年轻时也应该是个漂亮的主。十指捻着钱如同玩弄扑克牌一般，在手里一搓，往会议桌上一铺，笑着一伸手说道："这里面有很多张假币，挑出来吧。"

啊？这么多！隋鑫一回头，看着队友个个正咧着嘴笑，这才知道上当了。一百张红通通的纸币现在看着倒不诱人了，而是难为人得厉害。但凡有假币案子都是经侦队挑头的，不管哪个版本的假币样本他们都有，要是一两种还好挑，可谁知道，今儿来了个伪钞荟萃，假币开会，傻眼了。

隋鑫硬着头皮挑了半天，一张一张看，有的还放到眼前晃晃，半天才挑出来几张。简凡暗暗地注意到，副支队长和秦队、支队长互视了一眼，已经在暗暗摇头了。

挑了半天，隋鑫嗫嚅地看着三个警花，不好意思地笑笑："挑不出来了。"

"谢谢，你先忙去吧。挑出了十张，已经不错了。"那位副支队笑着做了个请的姿势，那意思是：凉快去吧。

隋鑫悻悻然出了门，那副支队笑着问秦高峰："秦队长，你没藏私吧？把你们队里的帅小伙都给我招走，我可就全指望你们一大队了。"

"刘副，我们这穷大队呀，真钱他们都没见过多少，你别说假币了。"秦队长讪笑了句，引得大家一阵笑声。那副支队一看门口还站着一位，乐了，笑着招手道："你……来来，你叫什么？"

这警花笑起来很和气，让简凡也颇生好感。

"快上呀，简凡，上啊！"后面的队友生怕简凡出不了丑，在背后推着。简凡本不好意思上，拗不过众队友，愣被推上前了。他讪笑着走到桌子前，看着那位挺面善的副支队大金花，乐呵说道："大姐，我叫简凡。"

一听这称呼，人群哄地笑了，这是赤裸裸和副支队长拉关系呢。那刘副支队仰着头哈哈大笑，一大队出什么人物都不稀罕，出这么个乖巧伶俐的小警察，倒是觉得有几分可爱。旁边俩女警也笑着，秦队长怕脸上挂不住，斥了句："怎么称呼呢？这是经侦支队的刘副支队长。"

"哎，刘副支队长。"简凡笑着，点着头。那刘副支倒不介意，拆着那一摞钞票，还是放到了简凡面前，笑着说道："同样的题目，很简单，把里面的假钞挑出来。"

"有多少张？"简凡拿着那一摞钞票，问了句。倒不显得难为。

"我告诉你，你还用挑吗？"刘副支队笑道。

"哦，那有时间限制么？"简凡依旧在用手翻着钞票。

"越快越好喽。"又有一位接了一句。

说话的当会儿，几个人只见得简凡十指如穿花一般，钱在手里攒着翻数，嗖嗖地往外抽纸币，仿佛仅仅是一摸就抽出来了。话没说完，已经往外抽了若干张，几个人讶色刚起，简凡已是抽了薄薄的一叠纸币，两指夹着往桌上一扔，说了句："一共一百张，假的二十六张。"

"哇！真的假的，蒙的吧？"门口站着的人发愣了，特别是等着看笑话的郭元愣了。

"哟，锅哥不是造过假钞的吧，这么拽？"肖成钢更愣了。

里面的几位比外面的还愣，那刘副支队根本不信，一掂票子递给秦淑云，秦淑云一点，有的还在对号码，检验的时间却是比简凡挑的时间还长。点完了，秦淑云朝着刘副支点点头，跟着像看外星人一般看着简凡，好像是第一次认识简凡。

秦高峰看得一直腰，惊讶了，从来不知道简凡有这等偏门的本事。

那位支队长却是一脸喜色，示意着同来的人。那刘副支队看着简凡一副笃定的样子，惊讶中带着诧异，示意着右侧的女警，又掂出了一摞纸币来，却是没有给简凡，狐疑地说道："你凭手感可以挑出假币？"

"当然了，我摸着钱感觉最亲切。"简凡说了句，倒像开玩笑一般，把几位又逗乐了。

刘副支把另一摞放到简凡面前，征询似的说了句："再快一点，不要拆封，能挑出来吗？"

"当然可以。"简凡笑着，随意地掂着一墩钞票的一角，双手飞快地数着，一边数一边过。直到快结束的时候，才抽了三张出来，将其放到桌面上。

"只有三张？你确定？"刘副支队像是在拷问。

"这三张伪造得最差，我是说纸的质量。"简凡说道。

"那么你手里的呢？"刘副支队问道。

"都是假的，没真的。"简凡笑着把一摞纸币扔到了桌上。

三人的震惊还未罢了，右侧那位不认识的女警又从小银柜里抽出三张说道："那你看这三张呢？"

"假的！"简凡马上说道，很肯定。

"你怎么知道？你看都没看？"刘副支高兴了，看来今天是遇到意外之喜了。

"嘿嘿！"却见简凡笑着说了句，"你的表情告诉我了，第一次是真钱里掺假的，让我挑；第二次都是仿得比较好的，用来迷惑我；第三才肯定是用仿得最好的考我，对吗？"

三个女警一下子被说愣了，简凡不但把假币挑出来了，而且把三个人的想法猜得一点不差。还未等说话，那边和秦队长坐在一起的经侦支队长倒先拍着巴掌喊了句好！跟着又是大拍秦高峰的肩膀，大赞强将手下无弱兵，一大队藏龙卧虎！简凡悄悄瞥了秦高峰一眼，只见连队长也得意得不行。

刘副支队这边可诧异得无以复加了，奇怪地看着简凡道："简凡是吧？你能告诉我，这是怎么学的吗？这里面包含了七种版本的假币，就是银行的职员凭肉眼也认不全，即便认得全，也挑不了这么快。"

"这个……我们家是开饭店的。"简凡笑着说道。

"我们还是搞经侦的呢，这里面有必然联系么？"刘副支队笑道。

"当然有了。"简凡怕几人不相信似的说道，"我从小就爱钻店里，有一次我爸收了一张假钞，老版的那种，哎呀，把我爸给心疼的，好几天睡不着觉。我妈心疼的呀，唠叨了一个月。我也心疼，毕竟那时候一天都挣不了一百块呢！后来我就勤学苦练，练啥呢，专认钱，嘿……你们别笑，别说一百、五十的，二十、十块的都有假，还有过假钢蹦呢！我们店开在路边，天天有生人，你要不认识真假钱，那不得赔死呀？所以我就练，我天天摸真钱。后来摸得假钱根本过不了我的眼，假币的花样不少，可毕竟是假的。虽然不知道它们为什么是假的，可我一摸就知道，它肯定不是真的！"

"看来还是实践出真知啊。很像英国银行的培训，专门强化对真钞的手感来辨识假钞。"刘副支队叹了句，不过眼光里对简凡倒是青睐有加了，示意了一下支队长，笑着道，"秦队长，就是他了，这个人我要带走。"

"啊？带我走？去哪？"

"经侦大队呀。"

"刘大……副支队，那个，我还等着回家过年呢！"简凡一说，把大家逗乐了。

"就两天时间，我们经侦大队给你发补助，怎么？你不愿意呀？"刘副支队说道。

简凡一愣神，却见得秦淑云正微微笑着，又想起郭元刚才对经侦的介绍，再想想这两天净在队里当苦力了，鬼使神差地点点头道："愿意，不过，我听我们队长的……"

刘副支队笑着说道："你们队长还得听我们支队长的呢！秦队，怎么样？"

秦高峰笑笑，不过还是有几分犹豫地想想，问了句："简凡，你要去也行，不过不能给一大队丢人啊。不管干什么活，可不能偷懒打退堂鼓啊！"

"不会不会，您放心吧队长。"

简凡乐呵地看着秦淑云，心想八成就是拣假币的活，那事要说起来，可轻松多了，总比这天天给人扛米扛面要轻松得多吧，自己这腰现在还疼呢。

"好，伍支队，人归你了，不过用完了，要完好无缺地给我送回来！这可是我们一大队的宝贝，想挖我的墙角，没门啊。"秦高峰说了句。这话在简凡听着，大有往自己脸上贴金的意思，不无感激地看了秦队长一眼。

这下热闹了，经侦支队乐得拣到宝了，一大队的都不无羡慕地看着简凡。刘副支队和两个女经警一左一右簇拥着简凡下楼了，秦淑云趁机和杨红杏、梁舞云去搭了句话。简凡再回头时，只见郭元一干十几个大小光棍，不无眼馋地看着简凡大流口水。简凡得意洋洋地招着手，上了经侦支队的警车。这车厢颇大，坐在后座又是一左一右，一个妹妹一个姐姐。前座的刘副支队给简凡开了罐饮料递过来，简凡心想和这两天扛米扛面相比，真是一下掉蜜罐里了。

两辆警车出了一大队，简凡随意地问了句："淑云啊，这有多少假币还需要咱们专门找人挑啊？"

"不是，有一个假钞制贩团伙被我们盯上了，经、刑、网、特四大警种联合出动，要有一次大动作了。你运气真好啊，多少人想摊都摊不上这活儿。"秦淑云说道。

"那我们干什么？"简凡吓了一跳。

旁边那位女警生怕简凡没听懂似的解释道："我们要找一位智勇双

全的刑警乔装深入虎穴，找了好几天，谁知道就在眼皮底下。"

"啊？"简凡惊叫了声，手里的饮料罐"咣当"一声掉车厢里了，一急之下紧张地俯身去捡。看看俩女警掩着嘴笑，简凡紧张地问道："淑云，你最了解我，我可是没智没勇净会扯淡，不会是让我去吧？"

秦淑云倒知道简凡这德性，有点幸灾乐祸地笑着说道："呵呵，谁说你没智没勇，这么聪明，一猜就猜着了。"

简凡一下子被说傻眼了。

"小伙子，害怕了？当刑警可不能胆小啊，要不是你有这本事，捡功劳的事我们都不愿意往外推。"前面的刘副支队笑着回过头来看着简凡，现在再看那脸，不是和气了，而是笑里藏刀了。

"不害怕、不害怕……我一点都不害怕。"

简凡悻悻然摇着头，说得自己都有点心虚，暗道了句："我还说天上掉馅饼了，原来是掉铁饼了，掉就掉了，还自个儿捡着往自个儿脑袋上砸了一家伙……"

逼尔上梁山

经侦支队坐落在开发区，原本是个不起眼的小单位，不过这两年经济腾飞，经济案件也跟着发达了，这就把经侦大队的重要性显现出来，全市科技强警差不多都体现在这里了。新楼新车格外显眼，新招的学警们且不论水平如何，这朝气蓬勃总是有了。简凡坐在秦淑云办公室等待的时候，看得心里实在是羡慕得紧，四十多平米的大办公室就两张办公桌，笔记本是IBM的、激光打印机是松下的、传真机是夏普的，房间里窗明几净，屋里还有一个大盆景，坐南朝北，这家伙上班时候肯定是亮堂堂的，比一大队那鬼地方可不知道要舒服多少了。

简凡诧异地喊着："这人不能和人比，警察也不能和警察比呀！跟你们比，一大队简直就是土匪窝了。"

秦淑云被逗笑了，同办公室的那位姓廉，年纪要比秦淑云大不少，看样子像个老同志，一路上早看得这个满嘴跑火车、说话不把门的小刑警有点意思了，笑着接了句："简凡，想来我们这儿吗？办完这案子，申请调我们这儿来呀？"

"我就应该来这种单位，对口呀，我大学学的是国际贸易，放刑警队那是大材小用了，呵呵。"简凡胡吹大气道。一下子接触的都是新人新事，实在心虚得紧，一心虚话就多，话一多，就漏嘴。

"就你，快算了吧。你就适合生活在一大队那种阴暗的角落。"秦淑云道。

"嗨，怎么说话呢？怎么听你这话，一大队的都像犯罪分子呢。"

"别人不像，你像！"秦淑云捂着嘴咯咯直笑，笑着不无几分八卦地问简凡，"哎，简凡，你和杨红杏怎么样了？"

"什么怎么样了？"

"嘿，装傻，问你们俩发展得怎么样了？"

"没怎么样啊！"

一听这话，秦淑云像没挖到什么有价值的话题非常失望一般，不无几分埋怨道："简凡，你可真没良心，老大可是专为你才要求去一大队实习锻炼的。要不，她去哪个单位不行？学警训练的时候你追得挺紧的嘛，这怎么到一块了，反而'凉拌'上了？"

"啧，这你就不懂了，泡妞有三大忌你知道不？"

"什么？"

"没听说过呀？这三大忌也适用于你们，我告诉你，分别是：兔子不吃窝边草、同学同乡别乱找、同事之间别骚扰。本来还有点意思，这同学同事加同志，就不好意思下手了。弄成了还好说，弄不成就是满城风雨，那不给自个儿找不自在不是？"

简凡一张嘴，小话一说，俩女警被逗得前俯后仰，笑得花枝乱颤。秦淑云原本还想问什么，不过多日不见简凡，再见之下，这笑料不断，只顾着乐呵了，有什么话也问不下去了。

停留的时间很短，跟着秦淑云一接电话，就领着简凡上了三楼的封闭式会议室。同去一大队的刘副支队在门口接应到了简凡，领着进门，简凡再一回头,却见秦淑云被关在会议室外了,正想问什么,又不敢问了。进屋正眼一瞧,又是心虚不已,只见大大小小的笔记本沿着会议室放了一溜,居中的投影仪"咻咻"地响着,替换成了Windows的桌面。

一大队的俩领导认识,剩下四个男的都不认识了,差不多都四五十岁的样子。会议室里烟雾腾腾,一溜儿烟枪冒着袅袅青烟,到这地儿,不吸二手烟都不成。

"就是他吗?"会议桌后的一位发言了,双手叉在胸前,很威严,脸上坑坑洼洼,看样子像是伍支队的上级。刘副支队和伍支队介绍了下简凡,那人还是虎着脸,像审犯人一般地盯着简凡问道:"出过任务吗?"

"没有。"简凡摇着头,有点紧张,看这人比秦高峰还凶。

"单独处理过案子吗?"那人再问。

"没有。"简凡心里蓦地一动,心思转悠了。

"那是没有过和这些人打交道的经验喽?"那人又问。

"没有,一点经验都没有。"简凡赶紧说道,强调了句。

简凡心里暗自高兴了,把自己说得差一点,衰一点,没准领导一摆手,说上一句:那回去吧!哈哈,那样的话可就躲过去了,岂不更好。

哪知道这话一出,这领导不但不摆手,反而拍了一巴掌,好似正中下怀一般高兴,笑着说道:"好,就是你了,生面孔、新手、懂假币,从哪儿看都不像警察。坐!"

啧,简凡倒吸了一口凉气,隐隐地觉得牙疼,心想今天嘴漏了,又中奖了!这可真够背的,这任务不会是专门给我准备的吧?怎么哪里都那么合适呢?

想是这么想,不过还是悻悻地坐了下来,不敢造次。

会一开才知道,还真是撞到大雷上了。案子大,在座的人也都大,问自己话的那人是主管刑侦的副局长,姓陈;以及在座的两位经侦支队的领导,一位重案大队的陆队长,还有一位是特警支队的,年纪最轻却在交通指挥中心。原本看着还像个领导的刘副支队在这场面上可就不够看了。不过刘副支队倒很照顾自己,还倒杯茶过来。简凡赶紧轻声道谢，坐下来开始细听关乎自己的大案了。

介绍的陆队长，是一个四十多岁胖胖的中年人，牙上烟渍很厉害，几次都示意简凡仔细听。一介绍才知道，领省陕西陕南警方四个月前发现了当地市面上大量流行编号为HF、HG的假币。经鉴定，这种假币类型源自同一电版，比之前的HR、DS版本要更先进不少，很难用肉眼识别，做工精良的甚至可以骗过普通的验钞机。陕南警方经过三个月的侦破，抓获了四名嫌疑人，据审讯交待，所有的假币均来自大原。

本来由经侦队负责此案，不过重案大队在排查一桩抢劫杀人案的时候，无意中牵涉到了本案的同一嫌疑人，两案并案跟踪调查又过了一个多月。根据线索顺藤摸瓜，摸到了这伙嫌疑人在大原城郊结合部的三个窝点，但无法确定真正制贩和藏匿的地点，只锁定了浮出水面的三个嫌疑人。随即画面上放出了跟踪拍摄的住所和嫌疑人的正面、侧面像。第一位戴着眼镜，文质彬彬的样子，像个老师，姓范名晋阳；第二位是个光头胖子，身高很矮，以一家长途货运部掩护，姓樊名朝东，绰号就叫胖东；第三位长发遮着眼，说是对方保镖，姓曹，绰号草蛇。三个家伙都是有案底的人，矮胖的那个和另一桩抢劫案还有关系。

看了二十几天案卷，简凡多多少少也有点了解，哪一件案子都不是孤立的，有些惯犯根本就是进进出出屡教不改，有些根本就是没家没业，把看守所当家，公安局当院，被释放了就当出门旅游，过不了几天肯定重新回来，比回家还准时。今天一听到这么一伙人，简凡的心里却是更担心了几分，再一听副局长的安排就有点傻了——市局的方案是准备设局来一个交易，外围围堵、中心诱捕，一网打尽！

诱？简凡一个激灵，这下全明白了，敢情自己糊里糊涂成诱饵了！

箭在弦上，不得不发；人在毂中，有话难发。简凡现在一肚子苦水没地儿倒了，而且这场合根本没有自己说话的份儿，就算能说话，这当会儿却是退堂鼓也打不得，难道当警察还敢不接警察的工作？看看一席面不改色的老警察们，心里真觉得不是个滋味，有点那种糊里糊涂被推到一线当炮灰的感觉了。

这个会开得短小精悍，事办得是雷厉风行。副局长部署了：特警队设点围捕；经侦大队负责查封几个涉案的账号，摸查嫌疑人资金的藏匿方式；网络和交通管制中心监控嫌疑人以及嫌疑车辆的动向。各自领命之后，一摆手，却是重案大队的那位陆队长带着简凡，两人一前一后，押解犯人一般，出了经侦大队的大门呼啸而去了。

四十分钟后，当一身西装革履的简凡从重案队休息室出来时，重案大队队长和几位接应的人员脸上都浮着笑意。简凡的嫩脸上戴了一副眼镜，眼影和额头化妆着色深了点，比原先看上去的年龄稍大，像一个奸诈的生意人。

"好，就这样了，记清你的身份啊，你现在是陕西渭南人，姓杨名二刚，杨双成是你本家哥哥，千万别露了馅啊！还有什么问题么？"重案大队陆队长笑着说道，这人倒比秦高峰和蔼，从经侦支队出来，一路上，几句话过后便熟悉了几分。

"陆队长，陕西的买家真来了怎么办？那我不就危险了？"简凡不无几分紧张地问道。今天糊里糊涂被人揪来揪去，第一次经历这事，还是心慌慌。

"放心，他们本家兄弟俩都在咱们手里。这是嫌疑人照片，这个杨二刚和大原几位都没见过，杨双成已经在电话上引见了，只要你不露馅，出不了问题。"陆队长大咧咧说道，递过来照片看着。

"我可啥也不会，就会摸钱啊，这行不行啊？"简凡紧张道，要上场了，有点心虚。

陆队长颇宽心似的说道："哈哈！就这个本事管大用场了。我跟你细讲一下，但凡这些制贩假钞的交易，他们只批发不零售，而且只和行内打交道。见面一是试你的言行举止，一有不对，他们马上就消失了；第二，和你交易之前，他们还要试水，就是试试你摸认假钞的本事，不是他们行内人，一般是不会和你交易的，即便是交易也是黑吃黑。要是没你的话，我们都要考虑到银行系统里找个饵了。任务的成败关键就在你，只要你和他们讨价还价让他们相信你确实是个行内的买家，促成这次交易，人赃俱获，把主谋引出来，你的任务就成功了。剩下的事我们来办，几百警察等着他们从老鼠洞里钻出来呢。一会儿到了酒店，给你送款的队员会给你上一课……还有问题么？"

"有，那……危险不？"简凡问道，越到临阵的时候，越紧张。

"不危险，一点都不危险……不但不危险，就跟玩一样，而且还给你配了个媳妇，胡丽君，进来！"

陆队长一说话，门口应声进来一位——黑色的高腰皮靴、大红的毛裙、紧身的白毛衣，外面套着大风衣，一米六几的个子，笑容可人，模样也可以，不过却是很恶俗的浓妆艳抹打扮。越是这样打扮，越说明根本不会打扮。

陆队长指着新人介绍道："重案大队的队花，便宜你小子了，给你当一天老婆。胡丽君同志出过十几次任务，临敌经验非常丰富，关键时候她会保护你的，而且你带着女伴，容易放松对方的戒备心理。我问秦高峰了，知道你是个内勤，所以我会格外小心。放心，外围有几百名特警、身边有重案队策应，你的一举一动都在我们的眼线之下，一有不对，我们马上可以控制局面。来，你们认识一下，准备去酒店。"

简凡这识人眼光多毒，特别是女人。一握手，一近距离看便知道，这是个奔三的女人扮嫩，在用化妆品掩盖年龄呢。不过话也不敢说出来，悻悻地握了手，倒比那女警还扭捏。

看着简凡在观察女伴，陆队长不无得意地问道："这回总该没问题了吧？"

"那个……还有一个小问题。"简凡小心翼翼地看着陆队长，指指姓胡的女警道，"那个陆队长，能不能那个……"

"有什么你说呀？"陆队长道。

简凡小心地提问了："那个……能不能给我换个媳妇，这也太不像了。我这么小，她这么……那个……就跟哪家大嫂一样……"

这话一出口，那女警听得明显是嫌自己老了，瞠目结舌一副要揍人的样子，陆队长俩人一愣神，却是仰头哈哈大笑起来，随即又瞪着眼指着简凡道："组织给你安排的保镖加老婆，不要也得要……秦高峰是怎么教你的，有你这么挑三拣四的么？这出任务，你还以为你真娶媳妇呀？

找老公小胡都看不上你呢！准备走！"

这是最后一次中转了，中转出来就已经半下午了。被掩饰着出了重案队，简凡俩人如同旅游的夫妻一般在街头打了个的，一路驶着到了建设路的酒店。一下车，简凡一看不过个三星级，暗自哼哼了句："缩水了、缩水了，还说五星级呢，郭元这小子净骗人。"

"说什么呢？"胡丽君提着皮箱，随意地问了句，不过话里对简凡却并没有几分客气。一路上两人都没有说话，斜着眼看简凡的时候，胡丽君却又忍不住笑了，两人扮这么一对夫妻，不光简凡别扭，连自己都别扭。

简凡没吭声，往酒店里走着，那女警故意逗简凡一般，挽上了简凡的胳膊。简凡挣了几下都没挣脱，悻悻地说了句："喂喂，你别当真啊，再说进出酒店挽的都是小蜜情人，哪有挽老公挽这么紧的！"

那胡丽君笑着，却促狭般地挽得更紧，气得简凡没治了。

登记、持着房牌进了电梯。一看电梯里没人，简凡要后退时却被胡丽君一把推了进去。一进门，胡丽君按了十二层，得意洋洋地看着简凡，仿佛是这猎物到手一般，怪声怪气地问了句："小子，你还不乐意是不是？"

"注意称呼啊，我现在是你老公，有和老公这么说话的吗？"简凡挑衅了句，一副痞子样，估计是干脆破罐子破摔了。

"你……你才多大？信不信我拍你！"那女警就一暴力分子，说着就伸手做势。简凡指着胡丽君赶紧威胁道："喂喂，不能动手啊，我可帮你们重案队干活，敢打我我立马就跑，你再去找人吧。"

那女警见简凡如此耍赖，倒被逗笑了。俩人出了电梯，简凡又被胡丽君挽着走过楼道，边走那胡丽君还边揶揄地说道："简凡，我真有那么老吗？"

"嘿嘿……"简凡傻笑了片刻，马上一本正经地看着胡丽君，盯着坏坏地看了半天才说道，"老不是你的错，可这么老了还装嫩就是你的不对了。"

"你给我进来。看老娘怎么收拾你。"

刷卡开了门，胡丽君却是直接卡着简凡脖子。简凡刚要还击，胳膊又被拧住了，跟着就像犯人一般被押进了房间。

门被胡丽君一脚踢上了，房间里传出来"啊"的一声叫喊……

暂借英雄胆

下班时分，一大队回家的回家，吃饭的吃饭，陆陆续续离开了单位。外勤没准点，内勤的上班八小时还是蛮准时的。人快走完了，杨红杏和梁舞云差不多最后才出来。下午心神不宁的杨红杏就偷偷给秦淑云打电话，但对于简凡去执行什么任务她也说不太清楚，只是说到了假钞团伙什么的，不过却是转述了简凡的话，把"同志关系莫乱搞"的原话添油加醋说了一遍。杨红杏听得没觉得可笑，反倒有点怪怪的，暗忖着简凡不会真是这种想法吧？如果那样的话，还真有点弄巧成拙了。

两人相跟着出了办公室，杨红杏终于按捺不住，又对梁舞云说起来了。一说到淑云的电话，她有点愤愤地说道："土匪，你这狗头军师出的什么馊主意，你不是说他憋不住三天么？这都三周了，连我都觉得别扭。早知道就不听你的了。"

自从上次邀简凡出游被拒之后，梁舞云便出了这么个以退为进的法子，给简凡来个冷战，让他按捺不住主动上门来说好话，谁知道梁舞云觉得百分百有用的法子大大失策了。这下倒好，简凡比她们两个还凉。

不过梁舞云向来脸皮厚，就着这话头若有所思地开始分析了："老大，这个不怨我，他要是喜欢你，早靦着脸来了。这不来，说明他根本不喜欢你，我说，您不会就准备在这一棵树上吊死吧？我没见他优秀得不得了啊？"

杨红杏没好气地瞪着梁舞云，接了句："我怎么听着你这话，把我和他都贬低了一遍？怎么？CCIC罪案分析也夹带人身攻击？"

"别别，你别捕风捉影啊。走，捎我一程，还有一种可能你考虑过没有？在集训队的时候，他对你青睐有加，哪怕赔钱丢面子，就为和你不疼不痒地散步谈心什么的，我想啊，如果你是个小警察的话，没准你们之间就没有什么问题了。但是……"梁舞云驾着车，倒出了胡同，强调了这个"但是"，强调完看看杨红杏的脸色才说道，"按你说的，最后一日你给他亮出了底牌，说了你的家世，然后他就冷淡了，这说明了什么，说明了他在面对家世优越的你的时候，内心有一种强烈的自卑情绪。也许不是他不想，而是他不敢来追你。"

车驶出了胡同，杨红杏倒被这个貌似精辟的论断说愣了，不过还是奇怪地问了句："自卑？他会自卑？"

"切，谁都会自卑。这很正常。"梁舞云大咧咧说着，又开始出主意了，"老大，我觉得到这份上了，咱别墨迹了成不成？快刀斩乱麻，你要真喜欢他，得嘞，改明去牺牲一下，再色诱一回。男人比女人怕缠，我就不信他受得了美女给他献媚，要是不喜欢，正好，菜都快凉了，咱以后甭提这茬了。大原财貌兼有的钻石王老五有的是，你不会找，我给你介绍。"

"闭嘴，系上安全带，好好开车。"杨红杏羞得呵斥了句。

车厢里，随即爆出了梁舞云一阵放肆的大笑……

隔着四个房间，院西北角是队长的办公室。队里人差不多走完了，史静媛才敲响了队长办公室的门，进门的时候见得秦高峰正仔细地看着电脑屏幕和手里的一摞资料。这东西史静媛却是清楚，是从射击训练场取回来的资料，每隔一周，史静媛都会到靶场替队长取一份图像和射击记录，不过她没想到偶尔看过一眼之后，却是简凡的成绩。

"有事吗？"秦高峰抬抬眼，诧异道。

史静媛向来保持着一个严肃和矜持的态度，在队里几位女同志中间口碑很好，对于罪案发案的描摹也颇有建树，外勤那帮小子见了都是'媛姐，媛姐'的叫，人缘很好。不过此时看着秦高峰，却像是有偌大心事一般，轻声地问了句："没什么事，就是有点担心。"

"担心简凡？坐。"秦高峰坐着没动，放下了手里的资料，示意着史静媛坐下。

史静媛静静地坐到办公桌前的沙发上，好像在想想怎么开口似的："既然您问了，我就提醒一句，他的射击成绩我看过了，接近普通队员的水平。我分析过他的射击录像，最快的出枪速度是零点七七秒，这一点要比队里其他人都优秀一点，可他最大的缺陷是成绩不稳定，命中率如果划一个范围，是从零到百分之百，成绩受情绪波动的影响太大。"

"你想说什么？"秦高峰诧异了。

"这种情况没法出外勤。队长，我觉得他这个性子，在队里负责内勤就不错，没人待得住的枪械室，他待得住；没有人喜欢去的档案室，他打扫得干干净净，而且看得津津有味；没人喜欢干那些婆婆妈妈的事，他干得比谁都好，而且做得一手好菜……我觉得他这样就不错，为什么非要他改变呢？"史静媛看样子对简凡的褒奖不低。

"呵呵，"秦高峰欠欠身子说道，"我和你看到了同样的事，不过咱们的想法有点差距。枪械室那地儿，除了老陈是没办法窝得住，队里没有第二人能窝在那儿待一个月，而他待了两个多月。我其实在等着他说不耐烦，可他没有，他从中找到了乐趣，有时候还蒙着眼和老陈玩装置枪械，起劲得很。档案室我是故意把他扔那儿的，等着他发牢骚，可他也没有，他看案例还看得蛮起劲，说得头头是道。三个月前，他不会摸枪；一个月前，他不会开枪；而现在呢，如果打实弹攻击，我想手感没有比他再好的……不管哪一件事，做得最好的人，肯定不是最聪明的人，而是最坚忍和最细致的人，比如当警察就是如此。如果要真是一块好料子放咱们这儿当柴烧了，那才叫可惜呢。"

史静媛担心地说道："可他胆小，怕危险，这个心理障碍不是所有人都过得去的。以前咱们大队晕血、晕枪，看着死人做噩梦……类似精神类问题都见过，如果因此给他带来心理上的阴影的话，那可是一辈子的事。"

"天才和白痴、勇者和懦夫经常是以同一类面孔出现的。敢在乌龙带人集体逃跑、敢对逃犯下重手、敢在九鼎攻击歌星的保镖，这不是一个胆小鬼能做得出来的事。安逸和普通的生活久了，很容易埋没了人的真性子，我一直相信他不应该是个普通的人。"秦高峰对史静媛毫无隐

304

瞒，看样子对简凡的期待颇高。

"队长，您不要期望值太高，即便是克服心结，也需要时间和时机，特别是心理性格的转变，有的警察一辈子都克服不了对枪的恐惧感。"史静媛提了个醒。

秦高峰神秘地笑笑："时机来了，我正在拭目以待。"

"我也正担心这事，第一次出外勤，没有任何经验，不管是任务失败还是出了什么意外，对他的心理影响都不太好，我也奇怪您为什么不拦着。"史静媛蓦地想到了那件案子，这才是今天的主要目的。

"警察的队伍向来是好马上阵、劣马归槽。他要是闯过去了，那就是匹好马，要闯不过去，不也正遂了他的心愿吗？"秦高峰笑笑。

"不会有什么危险吧？"

"不会，重案队之虎在他身边，放心吧。"

"重案队之虎？胡丽君？"

"对！"秦高峰不知所谓地笑笑，史静媛的神情却是哭笑不得。

重案队之虎，不是虎虎生威的"虎"，而是母老虎的"虎"。这个外勤女人的凶悍在大原刑警里是出了名的。不说还好，现在让史静媛想起简凡那文弱白净的样子，就觉得更担心了。

同一时间，某酒店1202房间内，一声"啊"又响在房间里……这声音却是女声。

房间里，胡丽君双手捂在胸前，对着简凡怒目而视，刚刚一卡脖子、一拧简凡的左手，却不料自己的右侧成了空档，简凡左手一挣、一拧身子，胡丽君没料到这个小白脸的力气这么大，猝不及防被挣脱了。还未反应过来，被简凡双手一推，正推在了胸前，噔噔退了好几步，靠到了门上，不禁惊叫了一声。

简凡瞬间傻眼了，胡丽君跟着就扑上来做势要打。简凡一矮身子，绕着屋子跳过了床，抱着头喊着："啊！救命呀！啊！救命呀！"

喊了半天没动静，简凡悄悄睁开了眼，却见胡丽君双手叉在胸前，似笑非笑地站在自己身前，撇着嘴不屑道："喂，别这么怂好不好？我一个女人，还能吃了你怎么着？"

"切！"简凡被胡丽君这态度刺激了一下，悻悻然站起身来："我怕你非礼我。"

胡丽君笑了，想到队长说过这还是个刚入警队的小子，在这个时间胡闹怕是会影响到任务，故只是吓唬了一下子便收住手了。看着简凡，胡丽君长舒了一口气，打开了随身的箱子，接驳着PDA掌上电脑调试了片刻，递给简凡道："废话少说啊，你把要见面的嫌疑人资料从头到尾再熟悉一遍，所有知道的，一点也别漏了，上了正场掉链子，我可负不起这责任。"

胡丽君侃侃而谈的时候，简凡的贼眼溜溜地看着胡丽君，不知道在想什么。等着胡丽君把掌上电脑交过来时，简凡狐疑地问道："侠女呀，我怎么看着你这化妆有问题呀？"

"什么问题？"

"你本来不丑啊，你看你看，你额头比较窄，化妆还故意给你留披肩发，显得更窄了；眉毛本来适中，谁给你修粗了，成扫帚眉了，越显眼越难看；还有……谁把你这嘴角线拉这么长，整个一血盆大口，这不是故意把你往坐台小姐的方向打扮么？"简凡正色说了几句，又开上玩笑了，实在觉得诧异得不行。

"呵呵……"胡丽君不怒反笑了，笑着拽着简凡拉到穿衣镜前，说道，"你别说我，你看看你是不是老了、丑了？"

简凡瞪着眼看着镜子里的自己——哇，戴着平光镜，浓眉大眼，额上着色深了，哪像个小学警，简直像个备受压迫的破产企业员工一般。一愣神之后，简凡笑了："噢，我不明白了，为啥把咱们打扮得这么丑啊？难道扮犯罪分子必须是这么一副丑恶嘴脸？"

"哈哈！外勤直接接触犯罪分子的时候，都需要做必要的掩饰，这是规矩，也是出于安全考虑，就现在你出现在熟人眼前，也未必能一眼被人认得出来，懂了吗？"胡丽君道。

"哦哟，失敬，原来还真是警花啊。"简凡嘻皮笑脸地看着镜子里的俩人，别扭得紧。如果卸了这层妆，胡丽君或许比现在要漂亮不少。

"什么警花？小屁孩，还想调侃女人，有那本事么？看资料，一会儿问你答不上了，小心我揍你啊。"胡丽君瞬间脸又变了，话里野蛮得紧，不理会简凡了。

资料全部压缩在PDA电脑里，简凡看着看着就惊呼起来了："哇，这何晋阳居然有伤害罪的前科？"

没人理他，胡丽君白了他一眼。手机铃响了，赶紧跑到卫生间去接电话了。

过了一会儿，简凡惊讶地喊上了："哇，这胖东客串抢劫，还坐过六年牢，谁说这不危险？"

还是没人理，胡丽君在卫生间打电话不出来了。

等胡丽君出来的时候，却被吓了一跳。只见简凡傻愣愣地盘腿坐在床上，两眼失神，像是见到什么恐怖的事一般。胡丽君吓了一跳，赶紧地问："怎么啦？怎么啦？"

简凡仿佛受了很大委屈一般地质问道："我好好一个人民警察，一个阳光男孩，干嘛非要让我扮黑社会犯罪分子，接触的还是这么危险的人，真要磕着碰着我了，给我一家伙，我妈可就我一个儿子！"

简凡说得声泪俱下，颇能博人同情，胡丽君哭笑不得了，咬着嘴唇悻悻地盯着简凡说道："那你说怎么办？"

"我……我……不去，反正还没开始，你们再换个人。"简凡说着，起身一激灵，要穿鞋撂挑子走人。胡丽君一脚伸过去把简凡的鞋踢过一边，揪着简凡的膀子摁在床上，无奈地说道："我告诉你，这是没办法的办法了，谁想用本地人？陕南警方三天前就派了一个外勤准备来接头，可路上出了车祸，经侦大队火急火燎找了两三天才挖出你这么个活宝来，你说你现在撂挑子？你不是你说你是人民警察吗？你的责任呢，你的荣誉感呢？"

"我没转正……"

"那你想不想转正？"

"要是干这活，鬼才愿意转正呢……"

"你……"胡丽君气得伸手要打。简凡却是不惧不怕，伸出脑袋道："你打！敢动手？我正好不去！"

　　俩人僵持了一分钟，胡丽君妥协了，被气得悻悻然坐到了地板上，盯着简凡，瞪着眼说道："简凡，我知道你的情况，我向你保证这次任务绝对安全，大庭广众之下，没人敢对你怎么样，再说了，就即使有危险，我也挡在你前面。我一个女人都不怕，你怕什么？"

　　"我……"简凡被胡丽君盯得不好意思，讪讪说道，"那我再考虑考虑……"

　　"没时间了，刚才范晋阳已经约我到三和火锅城，晚十九点三十分，还有二十七分钟。"胡丽君看看表，无可奈何地说了句。

　　"啊？"简凡张口结舌，有点傻眼了。

　　时间指向了十九时二十分，一辆墨绿色的车里，胡丽君驾着车驶近了三和火锅城，车里正坐着一脸不情愿的简凡。

　　连哄带骗不管用，晓之以为民除害、保护社会安定、严惩违法犯罪分子等等诸如此类的大义更不管用。无奈之下，胡丽君把电话打到秦高峰那里，秦高峰只是说了句——他就是个窝囊废、胆小鬼，指望不着……说了这么句怪话就挂了，胡丽君诧异之下原话一转告，嘿，管用了，把简凡激得一咬牙，去！

　　腊月二十了，街上的年味已经足足的。从酒店到三和火锅城不过十分钟车程，一路上街边的夜灯和挂在显眼处的灯笼给寒冷的夜增添了几分秀色。车停在饭店临街的台阶上，一下车，胡丽君大大方方挽着简凡的胳膊。不过一挽却发现不对劲了，这家伙的手正在抖着，走路也发颤着，这哪上得了正场？胡丽君轻轻踢了简凡一脚："喂，手抖什么？"

　　"我我我……没没没……抖！"简凡一说话，更露馅了，连嘴也开始抖了。

　　这架势上场肯定是不行，胡丽君看四下安静，拖着简凡便走，快步拐过饭店，到了阴暗角落。这回可是真生气，她一巴掌扇到了简凡脑袋上："抖什么？"

　　简凡喘着气道："我……我害怕！"

"有什么害怕的？都是人，你怕什么怕，他们还怕你呢！街两头都有咱们的人。火锅城里也有人接应。"胡丽君呵斥道。

"哎呀，我真害怕，我忍不住，我……"简凡跺着脚，自己也控制不住心里的紧张。

"好好……放松放松……告诉我，记得你的身份吗？你叫什么？"胡丽君扶着简凡的眼镜，摸着简凡的脸蛋……冰凉冰凉的，看样子还真是害怕了，说话的声音都发颤。

"我……我叫害怕……不对不对，我叫简凡……不对不对，哎呀，胡姐，我真害怕，我……哎呀，我对不起。我……"简凡紧张地语无伦次，越说越迷糊，双手胡乱地推开了胡丽君。

黑暗中，胡丽君沉吟片刻，摸索着捉住了简凡的手，温润坚强又不失几分柔软。而简凡的那双手，仍然是止不住地颤抖。

突然，胡丽君做了一个意料之外的动作，居然吻上了简凡的嘴！居然是打啵！

时间，静止在这里，仿佛有一万年那么漫长，又仿佛是一秒钟那么短暂。简凡神志不清地感受着这柔软的、滚烫的吻……几乎无法形容这火热的感觉。

分开了，胡丽君捧着简凡的脸，黑暗里几乎是面对着面说着："怕并不能解决问题，社会上每时每刻都发生着杀人、抢劫、伤害，一年要有几万起，没准哪天就到你头上了。你不像个男人，怎么保护自己？怎么保护你身边的女人，怎么当好一个警察？你听着，里面的嫌疑人也是人，他们也胆小、懦弱，你越害怕，他们就越小看你、欺负你，你越横，他们就越怕你，他们都是普普通通的人……我是女人，你连保护我的勇气也没有吗？告诉我，有吗？"

"有！"黑暗里简凡应了声，声音不再颤抖。刚才的温存，是激发男人勇气的最好工具。

"哼！"胡丽君却是冷冷说道，"看来你还是个男人，相信你现在会分泌出超出常量十倍的肾上腺素。男人最大的胆是色胆，有了色胆，杀人放火都敢干……你还害怕么？"

"不害怕！"

"好，像个男人一样保护我。你是男人，你要干的事，谁也挡不住你。我们可以走了吗？"

"嗯！"

胡丽君诱导着，简凡方才省得此时还有正事，胡丽君整整衣服，大大方方地挽起了简凡。

终于能够走得稳健了，胡丽君边走边小声问："你叫什么？记得身份吗？"

"兄弟杨二刚，道上有个诨号叫'四眼金刚'。"简凡沉稳说道，话里已经恢复了平时的老练。

走到门厅的时候，简凡侧头一看胡丽君，俩人正好对视了眼，仿佛心有灵犀一般，眼神里有了几分默契。简凡有意识地伸出自己的手来看看——嘿，真稀罕，手一点都不抖了……

（敬请期待《黑锅：我和罪犯玩命的日子2》）

《黑锅：我和罪犯玩命的日子2》
即将出版，精彩预告：

　　简凡就这样涉险走上了一线，本就没有做好心理准备的他，却在和嫌疑人交涉的过程中，持续经历着出乎意料的事态变化。如何化解眼前的困局，成了简凡首先要面对的难题……

　　然而这只不过是他警察生涯的前奏，即将等待简凡的，是令所有警方束手无策的"迷魂案"。在该案件中，每一个线索、每一个疑点，都大有玄机却又不可说破，背后纠葛牵扯，令人寸步难行。初露头角的简凡，能否再用自己的"黑锅之道"，成为破案的关键人物？

扫描紫焰二维码，并回复"黑锅2"，即刻抢先阅读《黑锅：我和罪犯玩命的日子2》前一万字！